Das
Narrativas
Verdadeiras

Luciano de Samósata

Ensaios, notas e tradução
Denis Bruza Molino

Das Narrativas Verdadeiras

ILUMI//URAS

Título original
ΑΛΗΘΩΝ ΔΙΗΓΗΜΑΤΩΝ

Copyright © desta tradução
Denis Bruza Molino

Copyright © desta edição
Editora Iluminuras Ltda.

Capa
Eder Cardoso / Iluminuras
sobre gravura *Jonas jogado ao mar*, 1584 [fragmento], por Johann Sadeler

Revisão
Eduardo Hube

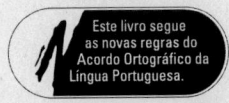
Este livro segue as novas regras do Acordo Ortográfico da Língua Portuguesa.

CIP-BRASIL. CATALOGAÇÃO NA PUBLICAÇÃO
SINDICATO NACIONAL DOS EDITORES DE LIVROS, RJ
M971D

   Luciano, de Samósata
      Das narrativas verdadeiras / Luciano de Samósata ; ensaios, notas e tradução
Denis Bruza Molino. - 1. ed. - São Paulo : Iluminuras, 2024.
      256 p. ; 23 cm.

      Edição bilíngue: português/grego.
      Tradução de: ΑΛΗΘΩΝ ΔΙΗΓΗΜΑΤΩΝ
      ISBN 978-85-7321-228-5

      1. Prosa grega. 2. Diálogos gregos. I. Molino, Denis Bruza. II. Título.

24-91915   CDD: 888
                       CDU: 82-7(38)

Gabriela Faray Ferreira Lopes - Bibliotecária - CRB-7/6643

ILUMI//URAS
desde 1987

EDITORA ILUMINURAS LTDA.
Rua Salvador Corrêa, 119, Aclimação
004109-070 - São Paulo - SP - Brasil
Telefone: 55 11 3031-6161
iluminuras@iluminuras.com.br
www.iluminuras.com.br

Sumário

AGRADECIMENTOS

Manifesto, aqui, minha gratidão a Samuel Leon, a Ticiano Curvelo Estrela de Lacerda, a Tadeu Bruno da Costa Andrade, a Waldemar Zaidler, a Adriano Machado Ribeiro, a João Adolfo Hansen, a Leon Kossovitch, a Liliana Crego Forneris.

APRESENTAÇÃO

Denis Bruza Molino

Comentadores constantinopolitanos do século IX, como Fócio, veem em Luciano de Samósata uma autoridade helênica de diálogos cômicos, narrativas paradoxais, textos ecfrásticos e outras peças epidíticas. Já os comentadores modernos, desde o século XIX, veem o homem Luciano escondido atrás da obra, passando a desnudar a vida empírica do escritor com todo o psicologismo que acompanha semelhante procedimento. Como as fontes antigas são escassas, os glosadores modernos, desde pelo menos Croiset,[1] traçam o retrato biográfico de Luciano, concentrando-se no conjunto de textos que lhe são atribuídos, conhecidos como *Corpus Lucianeum*. Cristalizou-se, assim, a imagem de um homem de origem síria — Samósata, capital da Comagena, localiza-se nas bordas orientais do Império Romano — que teria vivido sob a égide dos imperadores Antoninos entre 120 e 192.

Nessa linha, um discurso epidítico,[2] em que se faz o louvor das Artes Liberais — personificadas por *Paideia* — em detrimento das Artes Mecânicas — alegorizadas por Escultura —, passou a ser proposto como sendo um conto autobiográfico no qual Luciano discorreria em tom confessional sobre seu pendor inicial para a vida de escritor. Assim, o que é tópica encomiástica ligada à invenção de histórias, vira fato singular marcador de uma existência vocacionada às letras.

O referido *Corpus Lucianeum* reúne pouco mais de oitenta obras extraídas de mais de uma centena e meia de manuscritos,[3] sendo algumas delas, a julgar pela crítica, de autoria incerta, enquanto outras são

---

[1] CROISET, Maurice. *Essai sur la vie et les œuvres de Lucien*. Paris: Hachette, 1882.
[2] *O Sonho ou A Vida de Luciano*.
[3] Tomando por base apenas os manuscritos de Luciano anteriores a 1600, Jacques Bompaire recorda que M. Wittek enumerava 182 deles (em 1952) e que J. Coenen ampliava o conjunto para 185 (em 1977). Cf. BOMPAIRE, Jacques. À la Recherche du Stemma des Manuscrits Grecs de Lucien. Contribution à l'histoire de la critique. **Revue d'histoire des textes**, n°23, p. 1-29, 1993.

tidas como simplesmente apócrifas.[4] Quanto ao Ἀληθῶν Διηγημάτων (*Das Narrativas Verdadeiras*),[5] título estampado tanto no *Corpus do Vaticanus Γ* (op. 13),[6] quanto no epítome fociano,[7] apresenta-se ele como uma narrativa em primeira pessoa em que o narrador, autointitulado "Luciano", conta e comenta suas próprias expedições.[8]

A prosa de Luciano é aqui deslindada em sua materialidade de artifício, no que é posta em relação com as práticas retóricas e poéticas assinaladas desde Górgias e prolongáveis aos preceptores da época Imperial, notadamente a paradoxologia, ou prosa paradoxal, entendida, como se verá nos ensaios e notas adstritas à tradução, em dois aspectos. Um deles concerne à produção incessante de relatos extraordinários, tão incessantes e circularmente operantes que nunca alcançam qualquer fim, como dá a entender a fórmula irônica com que o narrador remata a narração, dizendo que vai continuá-la em livros vindouros, que nunca vieram a lume. Já o outro aspecto, complementar do primeiro, trata de pôr em relevo os procedimentos técnicos empregados na efetuação de prodígios, como amplificações e inversões, ancorados, por sua vez, em cenas de maravilhas anotadas nos livros de viajantes: o Odisseu homérico a cantar suas errâncias aos Feácios, os registros de expedições de Heródoto, Ctésias, Iambulo. Em Luciano, a paródia, modelada com o paradoxo do mentiroso atribuído ao cretense Epimênides, se patenteia comicamente já no título *Das Narrativas Verdadeiras*, tendo

---

[4] A. M. Harmon julga apócrifas obras como *Alcíone ou Metamorfoses, Nero, O Patriota ou O Discípulo, Sobre a Astrologia, O Julgamento das Consoantes, Elogio de Demóstenes, Caridemo ou Sobre a Beleza, O Cínico, Os Amores, Os Longevos, Hípias ou O Balneário, O Pseudossofista ou O Solecista, Ocípode, Epigramas*. HARMON, A. M. *Lucian. Volume I*. Cambridge; Londres: Harvard University Press, 2006, p. xi. Em sua edição oitocentista, Bekker considera que 28 textos do referido *Corpus* não são da lavra de Luciano. Também são frequentes os casos de reatribuição. Ademais, no tocante aos textos tidos por autógrafos, recaem dúvidas sobre a cronologia deles.

[5] O título suscita discussão: conquanto os manuscritos da obra concordem no uso do adjetivo "verdadeiras" (ἀληθῶν), divergem eles quanto ao substantivo posposto, pois "narrativas" (διηγημάτων), que figura nos códices acolhidos como principais, é em outros cambiado por "histórias" (ἱστορίας). Isso repercute nas traduções: *Historiae Verae* se impõe como o título latino da obra (a partir da versão de Poggio Bracciolini, de datação ignorada, publicada em *Opera Omnia* de Luciano), o qual se difunde na crítica, pois não poucas edições modernas do livro, quaisquer que sejam os idiomas, tomam-no como referência. Entretanto, *Veris Narrationibus* precede por nomear a primeira versão latina conhecida (de Lilio Castellano, c. 1475), sendo seguida pelas também primeiras versões no italiano e no francês, *Le Vere Narrationi* (de Niccolò da Lonigo, 1529), *Les Vrayes Narrations* (de Simon Bourgoyn, c. 1530), respectivamente.

[6] Cf. a introdução da obra: *Lucien. Œuvres*. Tomo 2, op. 11-20. Textos traduzidos e estabelecidos por Jacques Bompaire. Paris: Les Belles Lettres, p. 40.

[7] FÓCIO. *Biblioteca*, 166, 111b.

[8] O título *Das Narrativas Verdadeiras* será doravante também designado pelo acrônimo NV.

12

em vista que nenhuma verdade, como adverte o narrador, encontra guarida nas narrativas.

Utilizou-se o texto grego de Luciano[9] estabelecido por Jacques Bompaire.[10] A confecção das notas[11] leva em conta o aparato crítico consignado nos estudos de Stengel,[12] de Ollier,[13] de Georgiadou e Larmour,[14] de Tichit.[15]

[9] A presente publicação é fruto de um estudo de doutorado defendido na FFLCH-USP, o qual foi revisado, aprimorado e ampliado com a inclusão de novos ensaios e notas explicativas suplementares.

[10] LUCIEN. Œuvres. Tome II, opuscules 11-20. Paris: Les Belles Lettres, 2012, p. 56-134.

[11] Para as figuras míticas referidas nos episódios, foram consultadas obras de referência: GRIMAL, Pierre. Dicionário da Mitologia Grega e Romana. Tradução de Victor Jabouille. Rio de Janeiro: Bertrand Brasil, 2005. HARVEY, Paul. Dicionário Oxford de Literatura Clássica Grega e Latina. Tradução de Mário da Gama Cury. Rio de Janeiro: Jorge Zahar, 1998.

[12] STENGEL, Albert. De Luciani Veris Historiis. Berlim, 1911.

[13] OLLIER, François. Lucien. Histoire Vraie. Paris: Presses Universitaires de France, 1962.

[14] GEORGIADOU, Aristoula; LARMOUR, David H. Lucian's Science Fiction Novel True Histories. Leiden: Brill, 1998.

[15] TICHIT, Michel. Lucien. Histoire Véritable I et II. Paris: Bertrand-Lacoste, 1995.

ΑΛΗΘΩΝ ΔΙΗΓΗΜΑΤΩΝ

Βιβλίον Α᾽

DAS NARRATIVAS VERDADEIRAS

Livro I

1. Ὥσπερ τοῖς ἀθλητικοῖς καὶ περὶ τὴν τῶν σωμάτων ἐπιμέλειαν ἀσχολουμένοις οὐ τῆς εὐεξίας μόνον οὐδὲ τῶν γυμνασίων φροντίς ἐστιν, ἀλλὰ καὶ τῆς κατὰ καιρὸν γινομένης ἀνέσεως — μέρος γοῦν τῆς ἀσκήσεως τὸ μέγιστον αὐτὴν ὑπολαμβάνουσιν —, οὕτω δὴ καὶ τοῖς περὶ τοὺς λόγους ἐσπουδακόσιν ἡγοῦμαι προσήκειν μετὰ τὴν πολλὴν τῶν σπουδαιοτέρων ἀνάγνωσιν ἀνιέναι τε τὴν διάνοιαν καὶ πρὸς τὸν ἔπειτα κάματον ἀκμαιοτέραν παρασκευάζειν.

2. Γένοιτο δ' ἂν ἐμμελὴς ἡ ἀνάπαυσις αὐτοῖς, εἰ τοῖς τοιούτοις τῶν ἀναγνωσμάτων ὁμιλοῖεν, ἃ μὴ μόνον ἐκ τοῦ ἀστείου τε καὶ χαρίεντος ψιλὴν παρέξει τὴν ψυχαγωγίαν, ἀλλά τινα καὶ θεωρίαν οὐκ ἄμουσον ἐπιδείξεται, οἷόν τι καὶ περὶ τῶνδε τῶν συγγραμμάτων φρονήσειν ὑπολαμβάνω· οὐ γὰρ μόνον τὸ ξένον τῆς ὑποθέσεως οὐδὲ τὸ χαρίεν τῆς προαιρέσεως ἐπαγωγὸν ἔσται αὐτοῖς οὐδ' ὅτι ψεύσματα ποικίλα πιθανῶς τε καὶ ἐναλήθως ἐξενηνόχαμεν, ἀλλ' ὅτι καὶ τῶν ἱστορουμένων ἕκαστον οὐκ ἀκωμωιδήτως ἤινικται πρός τινας τῶν παλαιῶν ποιητῶν τε καὶ συγγραφέων καὶ φιλοσόφων πολλὰ τεράστια καὶ μυθώδη συγγεγραφότων, οὓς καὶ ὀνομαστὶ ἂν ἔγραφον, εἰ μὴ καὶ αὐτῶι σοι ἐκ τῆς ἀναγνώσεως φανεῖσθαι ἔμελλον,

3. <ὧν> Κτησίας ὁ Κτησιόχου ὁ Κνίδιος, ὃς συνέγραψεν περὶ τῆς Ἰνδῶν χώρας καὶ τῶν παρ' αὐτοῖς ἃ μήτε αὐτὸς εἶδεν μήτε ἄλλου ἀληθεύοντος ἤκουσεν. Ἔγραψε δὲ καὶ Ἰαμβοῦλος περὶ τῶν ἐν τῆι μεγάληι θαλάττηι πολλὰ παράδοξα, γνώριμον μὲν ἅπασι τὸ ψεῦδος πλασάμενος, οὐκ ἀτερπῆ δὲ ὅμως συνθεὶς τὴν ὑπόθεσιν. Πολλοὶ δὲ καὶ ἄλλοι τὰ αὐτὰ τούτοις προελόμενοι συνέγραψαν ὡς δή τινας ἑαυτῶν πλάνας τε καὶ ἀποδημίας, θηρίων τε μεγέθη ἱστοροῦντες καὶ ἀνθρώπων ὠμότητας καὶ βίων καινότητας· ἀρχηγὸς δὲ αὐτοῖς καὶ διδάσκαλος τῆς τοιαύτης βωμολοχίας ὁ τοῦ Ὁμήρου Ὀδυσσεύς, τοῖς περὶ τὸν Ἀλκίνουν διηγούμενος ἀνέμων τε δουλείαν καὶ μονοφθάλμους καὶ ὠμοφάγους καὶ ἀγρίους τινὰς ἀνθρώπους, ἔτι δὲ πολυκέφαλα ζῶια καὶ τὰς ὑπὸ φαρμάκων τῶν ἑταίρων μεταβολάς, οἷα πολλὰ ἐκεῖνος πρὸς ἰδιώτας ἀνθρώπους τοὺς Φαίακας ἐτερατεύσατο.

1.   Assim como para os que se ocupam do atletismo e os que cuidam do corpo há dedicação não apenas à boa saúde e aos exercícios físicos, mas também ao oportuno descanso — que estimam seja a parte mais importante do treinamento —, assim também para os que se empenham em discursos, julgo conveniente descansar o pensamento após muita leitura de obras mais sérias e torná-lo mais vigoroso para um esforço ulterior.[1]

2.   A distensão lhes seria adequada se se ocupassem com essas leituras, as quais não só proporcionarão por sua agudeza e graça uma leve diversão, como também demonstrarão uma visão não desprovida de Musas: entendo que algo assim eles ponderarão acerca destes escritos. Pois não apenas a estranheza da matéria, a graça em sua escolha, as variegadas mentiras que exponho de modo crível e verdadeiro serão, para eles, atraentes, mas também porque cada uma das histórias alude, não sem comédia, a alguns dos antigos poetas, historiadores e filósofos que também escreveram sobre muitos prodígios e fábulas que eu nomearia por escrito[2] se não estivessem prontos a se revelar a você mesmo na leitura.[3]

3.   Um deles[4] é Ctésias de Cnido, filho de Ctesíoco, que escreveu acerca da região dos indianos[5] e do que concerne a eles, daquilo que ele nem viu nem mesmo ouviu de alguém que tenha falado a verdade. Já Iambulo[6] escreveu muitas coisas extraordinárias sobre o Grande Mar,[1] forjando a falsidade de todos conhecida, compondo uma nada desagradável matéria. Também muitos outros, tendo feito as mesmas escolhas, escreveram sobre andanças e viagens como se fossem suas, a inquirir sobre as enormidades das feras, as crueldades dos homens, as novidades dos modos de vida. O pioneiro e mestre nesta sorte de bufonaria foi o Odisseu de Homero quando expõe na corte de Alcino a servidão dos ventos,[7] os monoftalmos,[8] os homófagos[9] e uns homens selvagens,[10] como também os animais policéfalos[11] e as mutações dos companheiros por meio de poções;[12] contou ele assim muitos prodígios aos feácios, homens simplórios.

[1] O Oceano Índico.

4. Τούτοις οὖν ἐντυχὼν ἅπασιν, τοῦ ψεύσασθαι μὲν οὐ σφόδρα τοὺς ἄνδρας ἐμεμψάμην, ὁρῶν ἤδη σύνηθες ὂν τοῦτο καὶ τοῖς φιλοσοφεῖν ὑπισχνουμένοις· ἐκεῖνο δὲ αὐτῶν ἐθαύμαζον, εἰ ἐνόμισαν λήσειν οὐκ ἀληθῆ συγγράφοντες. Διόπερ καὶ αὐτὸς ὑπὸ κενοδοξίας ἀπολιπεῖν τι σπουδάσας τοῖς μεθ᾽ ἡμᾶς, ἵνα μὴ μόνος ἄμοιρος ᾦ τῆς ἐν τῶι μυθολογεῖν ἐλευθερίας, ἐπεὶ μηδὲν ἀληθὲς ἱστορεῖν εἶχον (οὐδὲν γὰρ ἐπεπόνθειν ἀξιόλογον) ἐπὶ τὸ ψεῦδος ἐτραπόμην πολὺ τῶν ἄλλων εὐγνωμονέστερον· κἂν ἓν γὰρ δὴ τοῦτο ἀληθεύσω λέγων ὅτι ψεύδομαι. Οὕτω δ᾽ ἄν μοι δοκῶ καὶ τὴν παρὰ τῶν ἄλλων κατηγορίαν ἐκφυγεῖν αὐτὸς ὁμολογῶν μηδὲν ἀληθὲς λέγειν. Γράφω τοίνυν περὶ ὧν μήτε εἶδον μήτε ἔπαθον μήτε παρ᾽ ἄλλων ἐπυθόμην, ἔτι δὲ μήτε ὅλως ὄντων μήτε τὴν ἀρχὴν γενέσθαι δυναμένων. Διὸ δεῖ τοὺς ἐντυγχάνοντας μηδαμῶς πιστεύειν αὐτοῖς.

5. Ὁρμηθεὶς γάρ ποτε ἀπὸ Ἡρακλείων στηλῶν καὶ ἀφεὶς εἰς τὸν ἑσπέριον ὠκεανὸν οὐρίωι ἀνέμωι τὸν πλοῦν ἐποιούμην. Αἰτία δέ μοι τῆς ἀποδημίας καὶ ὑπόθεσις ἡ τῆς διανοίας περιεργία καὶ πραγμάτων καινῶν ἐπιθυμία καὶ τὸ βούλεσθαι μαθεῖν τί τὸ τέλος ἐστὶν τοῦ ὠκεανοῦ καὶ τίνες οἱ πέραν κατοικοῦντες ἄνθρωποι. Τούτου γέ τοι ἕνεκα πάμπολλα μὲν σιτία ἐνεβαλόμην, ἱκανὸν δὲ καὶ ὕδωρ ἐνεθέμην, πεντήκοντα δὲ τῶν ἡλικιωτῶν προσεποιησάμην τὴν αὐτὴν ἐμοὶ γνώμην ἔχοντας, ἔτι δὲ καὶ ὅπλων πολύ τι πλῆθος παρεσκευασάμην καὶ κυβερνήτην τὸν ἄριστον μισθῶι μεγάλωι πείσας παρέλαβον καὶ τὴν ναῦν — ἄκατος δὲ ἦν — ὡς πρὸς μέγαν καὶ βίαιον πλοῦν ἐκρατυνάμην.

6. Ἡμέραν οὖν καὶ νύκτα οὐρίωι πλέοντες ἔτι τῆς γῆς ὑποφαινομένης οὐ σφόδρα βιαίως ἀνηγόμεθα, τῆς ἐπιούσης δὲ ἅμα ἡλίωι ἀνίσχοντι ὅ τε ἄνεμος ἐπεδίδου καὶ τὸ κῦμα ηὐξάνετο καὶ ζόφος ἐπεγίνετο καὶ οὐκέτ᾽ οὐδὲ στεῖλαι τὴν ὀθόνην δυνατὸν ἦν. Ἐπιτρέψαντες οὖν τῶι πνέοντι καὶ παραδόντες ἑαυτοὺς ἐχειμαζόμεθα ἡμέρας ἐννέα καὶ ἑβδομήκοντα, τῆι ὀγδοηκοστῆι δὲ ἄφνω ἐκλάμψαντος ἡλίου καθορῶμεν οὐ πόρρω νῆσον ὑψηλὴν καὶ δασεῖαν, οὐ τραχεῖ περιηχουμένην τῶι κύματι· καὶ γὰρ ἤδη τὸ

4. Tendo-me deparado então com tudo isso, não repreendi severamente esses homens por mentirem, vendo que isso é habitual até nos que professam a filosofia. Admirou-me que eles considerassem escrever inverdades que não se faziam notar. Com isso, tomado pela vanglória, eu me esforcei em legar algo à posteridade para não ser o único excluído da licença no fabular.[13] Conquanto eu não tivesse qualquer verdade para inquirir — pois de nada memorável fui afetado — voltei-me para uma mentira muito mais razoável que a dos outros. Logo, dizendo que minto, direi ao menos uma verdade. Parece-me assim que absolvo a mim mesmo da acusação de outros confessando que não digo verdade alguma. Escrevo, por conseguinte, acerca do que não vi, não padeci, não soube por outros e, ainda, acerca do que de nenhum modo é e, por princípio, nem mesmo pode vir a ser. Ora, os que se depararem com isso não devem de modo algum dar-lhe fé.[14]

5. Certa feita, lançando-me além das Colunas de Héracles[2] e partindo para o Oceano Ocidental,[3] naveguei com vento favorável. As causas e o propósito de minha viagem eram a curiosidade do pensamento, o desejo por coisas novas e a vontade de saber qual é o fim do Oceano e quais os homens que habitam o lado de lá. Por isso, estoquei muitos alimentos, bastante água e reuni cinquenta companheiros[15] da mesma idade e pendor que os meus. Preparei, ainda, uma quantidade imensa de equipamentos, contratei o melhor piloto,[16] convencendo-o com altos honorários e, sendo a nave uma embarcação leve, reforcei-a, visando a uma navegação longa e conturbada.

6. Tendo navegado dia e noite com vento favorável e a terra ainda aparente, buscamos o alto-mar sem muita turbação. Na manhã seguinte, com o nascer do sol, ergueu-se o vento, elevaram-se as ondas; descida a escuridão, ficou impossível arriar as velas. Abandonados ao vento e entregues a nós mesmos, ficamos à mercê da tempestade por setenta e nove dias, mas no octogésimo, o sol de repente raiou e avistamos, não longe dali, uma ilha alta e arborizada com suaves ondas, marulhando ao redor. Muito

[2] São os promontórios que flanqueiam o lugar modernamente chamado "estreito de Gibraltar".
[3] O Oceano Atlântico.

πολὺ τῆς ζάλης κατεπαύετο. Προσσχόντες οὖν καὶ ἀποβάντες ὡς ἂν ἐκ μακρᾶς ταλαιπωρίας πολὺν μὲν χρόνον ἐπὶ γῆς ἐκείμεθα, διαναστάντες δὲ ὅμως ἀπεκρίναμεν ἡμῶν αὐτῶν τριάκοντα μὲν φύλακας τῆς νεὼς παραμένειν, εἴκοσι δὲ σὺν ἐμοὶ ἀνελθεῖν ἐπὶ κατασκοπῇ τῶν ἐν τῆι νήσωι.

7. Προελθόντες δὲ ὅσον σταδίους τρεῖς ἀπὸ τῆς θαλάττης δι᾽ ὕλης ὁρῶμέν τινα στήλην χαλκοῦ πεποιημένην, Ἑλληνικοῖς γράμμασιν καταγεγραμμένην, ἀμυδροῖς δὲ καὶ ἐκτετριμμένοις, λέγουσαν « Ἄχρι τούτων Ἡρακλῆς καὶ Διόνυσος ἀφίκοντο. » Ἦν δὲ καὶ ἴχνη δύο πλησίον ἐπὶ πέτρας, τὸ μὲν πλεθριαῖον, τὸ δὲ ἔλαττον — ἐμοὶ δοκεῖν, τὸ μὲν τοῦ Διονύσου, τὸ μικρότερον, θάτερον δὲ Ἡρακλέους. Προσκυνήσαντες δ᾽ οὖν προῄμεν· οὔπω δὲ πολὺ παρῇμεν καὶ ἐφιστάμεθα ποταμῶι οἶνον ῥέοντι ὁμοιότατον μάλιστα οἷόσπερ ὁ Χῖός ἐστιν. Ἄφθονον δὲ ἦν τὸ ῥεῦμα καὶ πολύ, ὥστε ἐνιαχοῦ καὶ ναυσίπορον εἶναι δύνασθαι. Ἐπῄει οὖν ἡμῖν πολὺ μᾶλλον πιστεύειν τῶι ἐπὶ τῆς στήλης ἐπιγράμματι, ὁρῶσι τὰ σημεῖα τῆς Διονύσου ἐπιδημίας. Δόξαν δέ μοι καὶ ὅθεν ἄρχεται ὁ ποταμὸς καταμαθεῖν, ἀνῄειν παρὰ τὸ ῥεῦμα, καὶ πηγὴν μὲν οὐδεμίαν εὗρον αὐτοῦ, πολλὰς δὲ καὶ μεγάλας ἀμπέλους, πλήρεις βοτρύων, παρὰ δὲ τὴν ῥίζαν ἑκάστην ἀπέρρει σταγὼν οἴνου διαυγοῦς, ἀφ᾽ ὧν ἐγίνετο ὁ ποταμός. Ἦν δὲ καὶ ἰχθῦς ἐν αὐτῶι πολλοὺς ἰδεῖν, οἴνωι μάλιστα καὶ τὴν χρόαν καὶ τὴν γεῦσιν προσεοικότας· ἡμεῖς γοῦν ἀγρεύσαντες αὐτῶν τινας καὶ ἐμφαγόντες ἐμεθύσθημεν· ἀμέλει καὶ ἀνατεμόντες αὐτοὺς εὑρίσκομεν τρυγὸς μεστούς. Ὕστερον μέντοι ἐπινοήσαντες τοὺς ἄλλους ἰχθῦς, τοὺς ἀπὸ τοῦ ὕδατος παραμιγνύντες ἐκεράννυμεν τὸ σφοδρὸν τῆς οἰνοφαγίας.

8. Τότε δὲ τὸν ποταμὸν διαπεράσαντες ἧι διαβατὸς ἦν, εὕρομεν ἀμπέλων χρῆμα τεράστιον· τὸ μὲν γὰρ ἀπὸ τῆς γῆς, ὁ στέλεχος αὐτὸς εὐερνὴς καὶ παχύς, τὸ δὲ ἄνω γυναῖκες ἦσαν, ὅσον ἐκ τῶν λαγόνων ἅπαντα ἔχουσαι τέλεια (τοιαύτην παρ᾽ ἡμῖν τὴν Δάφνην γράφουσιν ἄρτι τοῦ Ἀπόλλωνος καταλαμβάνοντος ἀποδενδρουμένην). Ἀπὸ δὲ τῶν δακτύλων ἄκρων ἐξεφύοντο αὐταῖς οἱ κλάδοι καὶ μεστοὶ ἦσαν βοτρύων. Καὶ μὴν καὶ τὰς κεφαλὰς ἐκόμων ἕλιξί τε καὶ φύλλοις καὶ βότρυσι. Προσελθόντας δὲ

da tempestade cessara. Após aportarmos e desembarcarmos, como se espera de um longo sofrimento, repousamos por muito tempo na terra. Já recuperados, escolhemos trinta dos nossos para vigiar a nave e vinte para comigo subir na exploração da ilha.[17]

7. Após avançarmos três estádios[4] a partir do mar, avistamos através da floresta uma estela feita de bronze, inscrita com letras gregas, indistintas e gastas, com os dizeres: "Héracles e Dioniso vieram até aqui".[18] Nas proximidades também havia duas pegadas numa rocha, das quais uma media um pletro[5] e a outra, a menor, parece-me que esta, menor em tamanho, seria de Dioniso enquanto aquela, de Héracles.[19] Após reverenciá-las, prosseguimos. Pouco caminhamos, pois logo topamos com um rio em que corria vinho muito semelhante ao de Quios. Seu curso era muito abundante e caudaloso, a ponto de ser navegável em alguns lugares. Passamos a acreditar mais na inscrição da estela, observando os sinais da estada de Dioniso. Decidi descobrir onde era a fonte do rio e subi margeando a corrente, mas não a encontrei, somente inúmeras e enormes videiras, carregadas de cachos de uvas; junto a cada raiz manavam gotas de vinho puro das quais nascia o rio. Nele, também se podiam ver numerosos peixes muito semelhantes ao vinho em gosto e cor. Pescando e comendo alguns deles embriagamo-nos. Após dissecá-los, encontramo-los, evidentemente, cheios de mosto. Para diluir o excesso dessa vinofagia,[6] lembramo-nos mais tarde de misturá-los com os peixes que vivem na água.

8. Tendo então atravessado o rio onde era transponível, encontramos vinhas, riqueza prodigiosa, pois, na parte saída da terra era o talo vicejante e robusto, enquanto na parte superior eram mulheres em tudo perfeitas a partir dos quadris, como é pintada Dafne tornando-se árvore assim que Apolo a agarra.[20] Da ponta dos dedos delas nasciam ramos carregados de cachos de uvas. De suas cabeças pendiam longos cabelos com gavinhas,

---

[4] Cerca de 533 metros.
[5] Uns 30 metros.
[6] O hápax οἰνοφαγίας designa qualquer alimento derivado do vinho. Na mesma chave lexical, o composto "favofagia" (κυαμοφαγίαν, cf. NV, II, 24) diz respeito à dieta à base de fava.

21

ἡμᾶς ἠσπάζοντο καὶ ἐδεξιοῦντο, αἱ μὲν Λύδιον, αἱ δ᾽ Ἰνδικήν, αἱ πλεῖσται δὲ τὴν Ἑλλάδα φωνὴν προϊέμεναι. Καὶ ἐφίλουν δὲ ἡμᾶς τοῖς στόμασιν· ὁ δὲ φιληθεὶς αὐτίκα ἐμέθυεν καὶ παράφορος ἦν. Δρέπεσθαι μέντοι οὐ παρεῖχον τοῦ καρποῦ, ἀλλ᾽ ἤλγουν καὶ ἐβόων ἀποσπωμένου. Αἱ δὲ καὶ μίγνυσθαι ἡμῖν ἐπεθύμουν· καὶ δύο τινὲς τῶν ἑταίρων πλησιάσαντες αὐταῖς οὐκέτι ἀπελύοντο, ἀλλ᾽ ἐκ τῶν αἰδοίων ἐδέδεντο· συνεφύοντο γὰρ καὶ συνερριζοῦντο. Καὶ ἤδη αὐτοῖς κλάδοι ἐπεφύκεσαν οἱ δάκτυλοι, καὶ ταῖς ἕλιξι περιπλεκόμενοι ὅσον οὐδέπω καὶ αὐτοὶ καρποφορήσειν ἔμελλον.

9. Καταλιπόντες δὲ αὐτοὺς ἐπὶ ναῦν ἐφεύγομεν καὶ τοῖς ἀπολειφθεῖσιν διηγούμεθα ἐλθόντες τά τε ἄλλα καὶ τῶν ἑταίρων τὴν ἀμπελομιξίαν. Καὶ δὴ λαβόντες ἀμφορέας τινὰς καὶ ὑδρευσάμενοί τε ἅμα καὶ ἐκ τοῦ ποταμοῦ οἰνισάμενοι καὶ αὐτοῦ πλησίον ἐπὶ τῆς ἠϊόνος αὐλισάμενοι ἕωθεν ἀνήχθημεν οὐ σφόδρα βιαίωι πνεύματι. Περὶ μεσημβρίαν δὲ οὐκέτι τῆς νήσου φαινομένης ἄφνω τυφὼν ἐπιγενόμενος καὶ περιδινήσας τὴν ναῦν καὶ μετεωρίσας ὅσον ἐπὶ σταδίους τριακοσίους οὐκέτι καθῆκεν εἰς τὸ πέλαγος, ἀλλ᾽ ἄνω μετέωρον ἐξηρτημένην ἄνεμος ἐμπεσὼν τοῖς ἱστίοις ἔφερεν κολπώσας τὴν ὀθόνην.

10. Ἑπτὰ δὲ ἡμέρας καὶ τὰς ἴσας νύκτας ἀεροδρομήσαντες, ὀγδόηι καθορῶμεν γῆν τινα μεγάλην ἐν τῶι ἀέρι καθάπερ νῆσον, λαμπρὰν καὶ σφαιροειδῆ καὶ φωτὶ μεγάλωι καταλαμπομένην· προσενεχθέντες δὲ αὐτῆι καὶ ὁρμισάμενοι ἀπέβημεν, ἐπισκοποῦντες δὲ τὴν χώραν εὑρίσκομεν οἰκουμένην τε καὶ γεωργουμένην. Ἡμέρας μὲν οὖν οὐδὲν αὐτόθεν ἑωρῶμεν, νυκτὸς δὲ ἐπιγενομένης ἐφαίνοντο ἡμῖν καὶ ἄλλαι πολλαὶ νῆσοι πλησίον, αἱ μὲν μείζους, αἱ δὲ μικρότεραι, πυρὶ τὴν χρόαν προσεοικυῖαι, καὶ ἄλλη δέ τις γῆ κάτω, καὶ πόλεις ἐν αὐτῆι καὶ ποταμοὺς ἔχουσα καὶ πελάγη καὶ ὕλας καὶ ὄρη. Ταύτην οὖν τὴν καθ᾽ ἡμᾶς οἰκουμένην εἰκάζομεν.

11. Δόξαν δὲ ἡμῖν καὶ ἔτι πορρωτέρω προελθεῖν, συνελήφθημεν τοῖς Ἱππογύποις παρ᾽ αὐτοῖς καλουμένοις ἀπαντήσαντες. Οἱ δὲ Ἱππόγυποι οὗτοί εἰσιν

folhas e cachos. Quando nos aproximamos, fomos saudados por elas, que cumprimentaram falando, algumas em lídio, outras em índico, a maior parte em grego. Puseram-se a beijar-nos, ficando imediatamente bêbado e fora de si quem recebera o beijo. Entretanto, não permitiam colher o seu fruto e padeciam e gritavam quando o arrancavam. Desejaram também unir-se a nós: dois dos companheiros que se achegaram a elas não mais conseguiram soltar-se, pois as partes lhes ficaram presas: entrelaçaram-se e enraizaram-se com elas. Dos seus dedos já nasciam ramos e, enlaçados pelas gavinhas, estavam prontos a dar frutos.

9. Após abandoná-los, voltamos à nave e, ao chegarmos, contamos aos que ficaram, entre outras, a promíscua mistura dos companheiros na videira. Tomamos então algumas ânforas, fizemos provisões de água e vinho do rio e passamos a noite acampados no litoral; quando amanheceu, zarpamos com vento não muito conturbado. Por volta do meio-dia, quando a ilha não mais aparecia, surgiu repentinamente um tufão a rodopiar a nave, elevando-a no ar por trezentos estádios,[7] não mais deixando-a baixar ao mar, pois um vento que caía sobre as velas e as inflava, arrastava-a, suspensa, no ar.[21]

10. Após aeronavegarmos por sete dias e tantas outras noites, no oitavo[22] avistamos uma grande terra no ar como se fosse uma ilha, brilhante, esférica e de muita luz iluminada. Aproximamo-nos dela, ancoramos e desembarcamos: inspecionando a região, achamo-la habitada e cultivada. De dia nada víamos dali, mas, ao cair da noite, apareciam-nos muitas ilhas próximas, umas maiores, outras menores e de cor semelhante ao fogo, e, abaixo, outra terra havia com cidades, rios, mares, florestas, montanhas. Imaginamos que esta seja a nossa morada.

11. Quando decidimos avançar ainda mais, encontramos os que ali se chamam "Cavalos-abutres",[23] que nos capturaram. Esses Cavalos-abutres são homens

[7] Aproximadamente 53 km.

ἄνδρες ἐπὶ γυπῶν μεγάλων ὀχούμενοι καὶ καθάπερ ἵπποις τοῖς ὀρνέοις χρώμενοι· μεγάλοι γὰρ οἱ γῦπες καὶ ὡς ἐπίπαν τρικέφαλοι. Μάθοι δ᾽ ἄν τις τὸ μέγεθος αὐτῶν ἐντεῦθεν· νεὼς γὰρ μεγάλης φορτίδος ἱστοῦ ἕκαστον τῶν πτερῶν μακρότερον καὶ παχύτερον φέρουσι. Τούτοις οὖν τοῖς Ἱππογύποις προστέτακται περιπετομένοις τὴν γῆν, εἴ τις εὑρεθείη ξένος, ἀνάγειν ὡς τὸν βασιλέα· καὶ δὴ καὶ ἡμᾶς συλλαβόντες ἀνάγουσιν ὡς αὐτόν. Ὁ δὲ θεασάμενος καὶ ἀπὸ τῆς στολῆς εἰκάσας, «Ἕλληνες ἄρα, ἔφη, ὑμεῖς, ὦ ξένοι;» Συμφησάντων δέ, «Πῶς οὖν ἀφίκεσθε, ἔφη, τοσοῦτον ἀέρα διελθόντες;» Καὶ ἡμεῖς τὸ πᾶν αὐτῶι διηγούμεθα· καὶ ὃς ἀρξάμενος τὸ καθ᾽ αὐτὸν ἡμῖν διεξήιει, ὡς καὶ αὐτὸς ἄνθρωπος ὢν τοὔνομα Ἐνδυμίων ἀπὸ τῆς ἡμετέρας γῆς καθεύδων ἀναρπασθείη ποτὲ καὶ ἀφικόμενος βασιλεύσειε τῆς χώρας· εἶναι δὲ τὴν γῆν ἐκείνην ἔλεγε τὴν ἡμῖν κάτω φαινομένην σελήνην. Ἀλλὰ θαρρεῖν τε παρεκελεύετο καὶ μηδένα κίνδυνον ὑφορᾶσθαι· πάντα γὰρ ἡμῖν παρέσεσθαι ὧν δεόμεθα.

12. «Ἢν δὲ καὶ κατορθώσω, ἔφη, τὸν πόλεμον ὃν ἐκφέρω νῦν πρὸς τοὺς τὸν ἥλιον κατοικοῦντας, ἁπάντων εὐδαιμονέστατα παρ᾽ ἐμοὶ καταβιώσεσθε». Καὶ ἡμεῖς ἠρόμεθα τίνες εἶεν οἱ πολέμιοι καὶ τὴν αἰτίαν τῆς διαφορᾶς. «Ὁ δὲ Φαέθων, φησίν, ὁ τῶν ἐν τῶι ἡλίωι κατοικούντων βασιλεύς (οἰκεῖται γὰρ δὴ κἀκεῖνος ὥσπερ καὶ ἡ σελήνη) πολὺν ἤδη πρὸς ἡμᾶς πολεμεῖ χρόνον. Ἤρξατο δὲ ἐξ αἰτίας τοιαύτης· τῶν ἐν τῆι ἀρχῆι τῆι ἐμῆι ποτε τοὺς ἀπορωτάτους συναγαγὼν ἐβουλήθην ἀποικίαν ἐς τὸν Ἑωσφόρον στεῖλαι, ὄντα ἔρημον καὶ ὑπὸ μηδενὸς κατοικούμενον· ὁ τοίνυν Φαέθων φθονήσας ἐκώλυσε τὴν ἀποικίαν κατὰ μέσον τὸν πόρον ἀπαντήσας ἐπὶ τῶν Ἱππομυρμήκων. Τότε μὲν οὖν νικηθέντες — οὐ γὰρ ἦμεν ἀντίπαλοι τῆι παρασκευῆι — ἀνεχωρήσαμεν· νῦν δὲ βούλομαι αὖθις ἐξενεγκεῖν τὸν πόλεμον καὶ ἀποστεῖλαι τὴν ἀποικίαν. Ἢν οὖν ἐθέλητε, κοινωνήσατέ μοι τοῦ στόλου, γῦπας δὲ ὑμῖν ἐγὼ παρέξω τῶν βασιλικῶν ἕνα ἑκάστωι καὶ τὴν ἄλλην ὅπλισιν· αὔριον δὲ ποιησόμεθα τὴν ἔξοδον. Οὕτως, ἔφην ἐγώ, γιγνέσθω, ἐπειδή σοι δοκεῖ».

13. Τότε μὲν οὖν παρ᾽ αὐτῶι ἑστιαθέντες ἐμείναμεν, ἕωθεν δὲ διαναστάντες ἐτασσόμεθα· καὶ γὰρ οἱ σκοποὶ ἐσήμαινον πλησίον εἶναι τοὺς πολεμίους. Τὸ

sobre grandes abutres e utilizam as aves como cavalos, os abutres são grandes, o mais das vezes tricéfalos. Pode calcular-se o tamanho deles do seguinte modo: cada qual tem penas mais compridas e mais grossas que o mastro de uma grande nau cargueira. É ordenado aos Cavalos-abutres que, se, ao voarem pela terra e encontrarem algum estrangeiro, conduzi-lo ao rei.[24] Fomos, assim, aprisionados e conduzidos a ele. Depois de nos ter visto e observado as nossas vestes, ele perguntou: "Estrangeiros, vocês são gregos?". E, ao confirmarmos, disse: "Mas como chegaram até aqui, atravessando tanto ar?".[25] E nós lhe contamos tudo. Começou ele então a nos falar sobre si mesmo: também ele fora ser humano e se chamava Endimião. Certa feita, quando dormia, foi raptado de nossa terra e, ao chegar, tornou-se rei daquela região. Dizia ainda que a terra onde estávamos era a Lua, que aparece lá de baixo, e que ficássemos tranquilos, sem temer nenhum perigo, pois teríamos tudo aquilo de que precisássemos.

12. "Caso saia vitorioso da guerra que ora travo contra os habitantes do Sol, vocês terão a mais feliz das vidas junto a mim", disse ele. Perguntamos então quem eram os inimigos e a causa do conflito. Respondeu: "Faetonte, o rei dos habitantes do Sol — pois, como a Lua, também o Sol é habitado — guerreia contra nós há muito tempo.[26] E isso começou quando, certa feita, tendo reunido os mais pobres do meu império, eu quis enviar uma colônia à Estrela da Manhã,[8] pois era erma e inabitada. Com inveja, Faetonte, à frente de Cavalos-formigas, impediu a colônia, a ela se opondo no meio do seu caminho. Então, vencidos, pois não tivemos condições de enfrentá-los, recuamos. Mas agora quero levar a cabo a guerra e reenviar a colônia. Se quiserem, juntem-se a mim nesta expedição. Terão abutres do rei, um para cada um, como também o restante dos armamentos. Amanhã, partiremos". "Que assim seja, pois lhe parece melhor", assenti.

13. Fomos então recebidos com um banquete e ficamos. Ao alvorecer, levantamo--nos e nos posicionamos para o combate, pois as sentinelas assinalaram que os

---

[8] O planeta Vênus, cf. PLÍNIO, O VELHO. *História Natural*, II, 36-38.

μὲν οὖν πλῆθος τῆς στρατιᾶς δέκα μυριάδες ἐγένοντο ἄνευ τῶν σκευοφόρων καὶ τῶν μηχανοποιῶν καὶ τῶν πεζῶν καὶ τῶν ξένων συμμάχων· τούτων δὲ ὀκτακισμύριοι μὲν ἦσαν οἱ Ἱππόγυποι, δισμύριοι δὲ οἱ ἐπὶ τῶν Λαχανοπτέρων. Ὄρνεον δὲ καὶ τοῦτό ἐστι μέγιστον, ἀντὶ τῶν πτερῶν λαχάνοις πάντηι λάσιον, τὰ δὲ ὠκύπτερα ἔχει θριδακίνης φύλλοις μάλιστα προσεοικότα. Ἐπὶ δὲ τούτοις οἱ Κεγχροβόλοι ἐτετάχατο καὶ οἱ Σκοροδομάχοι. Ἦλθον δὲ αὐτῶι καὶ ἀπὸ τῆς ἄρκτου σύμμαχοι, τρισμύριοι μὲν Ψυλλοτοξόται, πεντακισμύριοι δὲ Ἀνεμοδρόμοι· τούτων δὲ οἱ μὲν Ψυλλοτοξόται ἐπὶ ψυλλῶν μεγάλων ἱππάζονται, ὅθεν καὶ τὴν προσηγορίαν ἔχουσιν· μέγεθος δὲ τῶν ψυλλῶν ὅσον δώδεκα ἐλέφαντες· οἱ δὲ Ἀνεμοδρόμοι πεζοὶ μέν εἰσιν, φέρονται δὲ ἐν τῶι ἀέρι ἄνευ πτερῶν· ὁ δὲ τρόπος τῆς φορᾶς τοιόσδε. Χιτῶνας ποδήρεις ὑπεζωσμένοι κολπώσαντες αὐτοὺς τῶι ἀνέμωι καθάπερ ἱστία φέρονται ὥσπερ τὰ σκάφη. Τὰ πολλὰ δ᾽ οἱ τοιοῦτοι ἐν ταῖς μάχαις πελτασταί εἰσιν. Ἐλέγοντο δὲ καὶ ἀπὸ τῶν ὑπὲρ τὴν Καππαδοκίαν ἀστέρων ἥξειν Στρουθοβάλανοι μὲν ἑπτακισμύριοι, Ἱππογέρανοι δὲ πεντακισχίλιοι. Τούτους ἐγὼ οὐκ ἐθεασάμην· οὐ γὰρ ἀφίκοντο. Διόπερ οὐδὲ γράψαι τὰς φύσεις αὐτῶν ἐτόλμησα· τεράστια γὰρ καὶ ἄπιστα περὶ αὐτῶν ἐλέγετο.

14. Αὕτη μὲν ἡ τοῦ Ἐνδυμίωνος δύναμις ἦν. Σκευὴ δὲ πάντων ἡ αὐτή· κράνη μὲν ἀπὸ τῶν κυάμων, μεγάλοι γὰρ παρ᾽ αὐτοῖς οἱ κύαμοι καὶ καρτεροί· θώρακες δὲ φολιδωτοὶ πάντες θέρμινοι· τὰ γὰρ λέπη τῶν θέρμων συρράπτοντες ποιοῦνται θώρακας, ἄρρηκτον δὲ ἐκεῖ γίνεται τοῦ θέρμου τὸ λέπος ὥσπερ κέρας· ἀσπίδες δὲ καὶ ξίφη οἷα τὰ Ἑλληνικά.

15. Ἐπειδὴ δὲ καιρὸς ἦν, ἐτάξαντο ὧδε· τὸ μὲν δεξιὸν κέρας εἶχον οἱ Ἱππόγυποι καὶ ὁ βασιλεὺς τοὺς ἀρίστους περὶ αὐτὸν ἔχων· καὶ ἡμεῖς ἐν τούτοις ἦμεν· τὸ δὲ εὐώνυμον οἱ Λαχανόπτεροι· τὸ μέσον δὲ οἱ σύμμαχοι ὡς ἑκάστοις ἐδόκει. Τὸ δὲ πεζὸν ἦσαν μὲν ἀμφὶ τὰς ἑξακισχιλίας μυριάδας, ἐτάχθησαν

inimigos se aproximavam. O contingente militar[27] chegava a dez miríades,[9] excetuados os carregadores, os fazedores de máquinas, a infantaria e os aliados estrangeiros. Daquele, oito miríades[10] eram Cavalos-abutres, duas miríades, Asas-verduras. Este pássaro também é grandíssimo, totalmente coberto, não de penas, mas de verduras, com as asas ligeiras em tudo semelhantes às folhas de alface. Perfilavam-se em seguida os Lança-painços, bem como os Guerreiros-alhos. Também vieram os aliados da Ursa:[28] três miríades de Arqueiros-pulgas, cinco miríades de Corredores-ventos. Os Arqueiros-pulgas montam pulgas grandes como doze elefantes e que lhes emprestam o nome. Já os Corredores-ventos pertencem à infantaria e, sem asas, movem-se assim no ar: suas túnicas, amarradas aos pés, enchem-se de vento como se fossem velas e, destarte, movem-se como barcos. Constituem, o mais das vezes, a infantaria ligeira nas batalhas. Dizia-se também que, das estrelas que estão sobre a Capadócia, viriam sete miríades de Pardais-glandes,[29] bem como cinco quilíades[11] de Cavalos-grous. Não os vi pois nem mesmo vieram. Por isso, não me atrevi a escrever acerca de sua natureza: deles se diziam coisas prodigiosas e incríveis.

14. Eram estas as forças de Endimião, e todas tinham o mesmo equipamento: os elmos eram de favas, pois as favas eram grandes e resistentes; as couraças, de tremoços, pois as faziam costurando as cascas dos tremoços que, naquela região, eram inquebráveis como o chifre; já os escudos e as espadas assemelhavam-se às dos gregos.

15. Surgido o momento oportuno, as forças assim se dispuseram: na ala direita estavam os Cavalos-abutres e o rei cercado por seus melhores guerreiros, e nós mesmos. Na esquerda, os Asas-verduras; no centro, os aliados, como cada qual decidia. A infantaria[30] se constituía de aproximadamente seis

---

[9] 100 mil soldados.
[10] 80 mil.
[11] 5 mil. A mudança de miríade (10.000) para quilíade (1.000) remete às divisões decimais que regem os corpos militares gregos, nos quais os quiliarcas chefiavam formações compostas, como diz o nome, por 1.000 soldados, assim como os miriarcas encabeçavam tropas de 10.000. Os Persas, escreve Heródoto (*Histórias*, VII, 60), contam seus homens em miríades. Já Xenofonte (*Anábase*, I, 7, 10), emprega a mesma unidade quando trata dos mercenários gregos, proverbialmente conhecidos como os *Dez Mil*, embora seu efetivo superasse os 13.000 homens.

δὲ οὕτως. Ἀράχναι παρ᾽ αὐτοῖς πολλοὶ καὶ μεγάλοι γίγνονται, πολὺ τῶν Κυκλάδων νήσων ἕκαστος μείζων. Τούτοις προσέταξεν διυφῆναι τὸν μεταξὺ τῆς σελήνης καὶ τοῦ Ἑωσφόρου ἀέρα. Ὡς δὲ τάχιστα ἐξειργάσαντο καὶ πεδίον ἐποίησαν, ἐπὶ τούτου παρέταξε τὸ πεζόν· ἡγεῖτο δὲ αὐτῶν Νυκτερίων ὁ Εὐδιάνακτος τρίτος αὐτός.

16. Τῶν δὲ πολεμίων τὸ μὲν εὐώνυμον εἶχον οἱ Ἱππομύρμηκες καὶ ἐν αὐτοῖς ὁ Φαέθων· θηρία δέ ἐστι μέγιστα, ὑπόπτερα, τοῖς παρ᾽ ἡμῖν μύρμηξι προσεοικότα πλὴν τοῦ μεγέθους· ὁ γὰρ μέγιστος αὐτῶν καὶ δίπλεθρος ἦν. Ἐμάχοντο δὲ οὐ μόνον οἱ ἐπ᾽ αὐτῶν, ἀλλὰ καὶ αὐτοὶ μάλιστα τοῖς κέρασιν· ἐλέγοντο δὲ οὗτοι εἶναι ἀμφὶ τὰς πέντε μυριάδας. Ἐπὶ δὲ τοῦ δεξιοῦ αὐτῶν ἐτάχθησαν οἱ Ἀεροκώνωπες, ὄντες καὶ οὗτοι ἀμφὶ τὰς πέντε μυριάδας, πάντες τοξόται κώνωψι μεγάλοις ἐποχούμενοι· μετὰ δὲ τούτους οἱ Ἀεροκόρδακες, ψιλοί τε ὄντες καὶ πεζοί, πλὴν μάχιμοί γε καὶ οὗτοι· πόρρωθεν γὰρ ἐσφενδόνων ῥαφανῖδας ὑπερμεγέθεις, καὶ ὁ βληθεὶς οὐδὲ ὀλίγον ἀντέχειν ἐδύνατο, ἀπέθνῃσκε δὲ δυσωδίας τινὸς τῶι τραύματι ἐγγινομένης· ἐλέγοντο δὲ χρίειν τὰ βέλη μαλάχης ἰῶι. Ἐχόμενοι δὲ αὐτῶν ἐτάχθησαν οἱ Καυλομύκητες, ὁπλῖται ὄντες καὶ ἀγχέμαχοι, τὸ πλῆθος μύριοι· ἐκλήθησαν δὲ Καυλομύκητες, ὅτι ἀσπίσι μὲν μυκητίναις ἐχρῶντο, δόρασι δὲ καυλίνοις τοῖς ἀπὸ τῶν ἀσπαράγων. Πλησίον δὲ αὐτῶν οἱ Κυνοβάλανοι ἔστησαν, οὓς ἔπεμψαν αὐτῶι οἱ τὸν Σείριον κατοικοῦντες, πεντακισχίλιοι [καὶ οὗτοι] ἄνδρες κυνοπρόσωποι ἐπὶ βαλάνων πτερωτῶν μαχόμενοι. Ἐλέγοντο δὲ κἀκεῖνοι ὑστερίζειν τῶν συμμάχων οὕς τε ἀπὸ τοῦ Γαλαξίου μετεπέμπετο σφενδονήτας καὶ οἱ Νεφελοκένταυροι. Ἀλλ᾽ ἐκεῖνοι μὲν τῆς μάχης ἤδη κεκριμένης ἀφίκοντο, ὡς μήποτε ὤφελον· οἱ σφενδονῆται δὲ οὐδὲ ὅλως παρεγένοντο, διόπερ φασὶν ὕστερον αὐτοῖς ὀργισθέντα τὸν Φαέθοντα πυρπολῆσαι τὴν χώραν.

17. Τοιαύτῃ μὲν καὶ ὁ Φαέθων ἐπῄει παρασκευῆι. Συμμίξαντες δὲ ἐπειδὴ τὰ σημεῖα ἤρθη καὶ ὠγκήσαντο ἑκατέρων οἱ ὄνοι — τούτοις γὰρ ἀντὶ σαλπιστῶν

quilíades de miríades,[12] assim dispostas: havia ali muitas e grandes aranhas, cada qual muito maior do que as Ilhas Cíclades. Foi-lhes ordenado tecer o ar entre a Lua e a Estrela da Manhã de modo rapidíssimo e elaboraram, assim, uma planície sobre a qual a infantaria se dispôs. Noturnal, filho do príncipe Sereno, era o comandante e com ele havia outros dois.

16. Quanto aos inimigos, à esquerda estavam os Cavalos-formigas e, no meio deles, Faetonte. Eram feras grandíssimas, aladas, semelhantes às nossas formigas, exceto pelo tamanho, pois a maior delas media dois pletros.[13] Mas não só lutavam os que as montavam, como também elas próprias, principalmente com as antenas. Dizia-se que eram aproximadamente cinco miríades.[14] À direita perfilavam-se os Mosquitos-ares,[31] sendo também eles aproximadamente cinco miríades, todos arqueiros sobre grandes mosquitos; em seguida, vinham os Dançarinos-ares,[32] soldados da infantaria ligeira, também eles combatentes que ao longe lançavam rabanetes grandíssimos: quem era por eles atingido não podia resistir pois morria com o fedor da ferida. Dizia-se que besuntavam os projéteis com veneno de malva. Ladeavam-nos os Cogumelos-talos, hoplitas que combatiam corpo a corpo, em número de uma miríade. Eram chamados "Cogumelos-talos" porque utilizavam escudos feitos de cogumelos e lanças de talo de aspargo. Perto deles perfilavam-se os Cães-glandes, enviados pelos habitantes de Sírio: cinco quilíades[15] de homens com cara de cão que combatiam sobre glandes aladas. Dizia-se que, dos aliados, atrasaram-se os fundeiros enviados pela Via Láctea, bem como os Centauros-nuvens que, todavia, só chegaram quando a batalha estava decidida; teria sido melhor que não tivessem vindo. Dos fundeiros, aliás, nenhum se apresentou; fala-se por isso que, mais tarde, Faetonte, enfurecido, incendiou-lhes os domínios.

17. Com essa tropa, Faetonte atacou; erguidos os estandartes e zurrado de cada um dos lados os asnos usados como trombeteiros,[33] travou-se enfim

[12] 60 milhões.
[13] Cerca de 60 metros.
[14] 50 mil.
[15] 5 mil.

χρῶνται — ἐμάχοντο. Καὶ τὸ μὲν εὐώνυμον τῶν Ἡλιωτῶν αὐτίκα ἔφυγε οὐδ᾽ εἰς χεῖρας δεξάμενον τοὺς Ἱππογύπους, καὶ ἡμεῖς εἱπόμεθα κτείνοντες· τὸ δεξιὸν δὲ αὐτῶν ἐκράτει τοῦ ἐπὶ τῶι ἡμετέρωι εὐωνύμου, καὶ ἐπεξῆλθον οἱ Ἀεροκώνωπες διώκοντες ἄχρι πρὸς τοὺς πεζούς. Ἐνταῦθα δὲ κἀκείνων ἐπιβοηθούντων ἔφυγον ἐγκλίναντες, καὶ μάλιστα ἐπεὶ ᾔσθοντο τοὺς ἐπὶ τῶι εὐωνύμωι σφῶν νενικημένους. Τῆς δὲ τροπῆς λαμπρᾶς γεγενημένης πολλοὶ μὲν ζῶντες ἡλίσκοντο, πολλοὶ δὲ καὶ ἀνηιροῦντο, καὶ τὸ αἷμα ἔρρει πολὺ μὲν ἐπὶ τῶν νεφῶν, ὥστε αὐτὰ βάπτεσθαι καὶ ἐρυθρὰ φαίνεσθαι, οἷα παρ᾽ ἡμῖν δυομένου τοῦ ἡλίου φαίνεται, πολὺ δὲ καὶ εἰς τὴν γῆν κατέσταζεν, ὥστε με εἰκάζειν μὴ ἄρα τοιούτου τινὸς καὶ πάλαι ἄνω γενομένου Ὅμηρος ὑπέλαβεν αἵματι ὗσαι τὸν Δία ἐπὶ τῶι τοῦ Σαρπηδόνος θανάτωι.

18. Ἀναστρέψαντες δὲ ἀπὸ τῆς διώξεως δύο τρόπαια ἐστήσαμεν, τὸ μὲν ἐπὶ τῶν ἀραχνίων τῆς πεζομαχίας, τὸ δὲ τῆς ἀερομαχίας ἐπὶ τῶν νεφῶν. Ἄρτι δὲ τούτων γινομένων ἠγγέλλοντο ὑπὸ τῶν σκοπῶν οἱ Νεφελοκένταυροι προσελαύνοντες, οὓς ἔδει πρὸ τῆς μάχης ἐλθεῖν τῶι Φαέθοντι. Καὶ δὴ ἐφαίνοντο προσιόντες, θέαμα παραδοξότατον, ἐξ ἵππων πτερωτῶν καὶ ἀνθρώπων συγκείμενοι· μέγεθος δὲ τῶν μὲν ἀνθρώπων ὅσον τοῦ Ῥοδίων κολοσσοῦ ἐξ ἡμισείας ἐς τὸ ἄνω, τῶν δὲ ἵππων ὅσον νεὼς μεγάλης φορτίδος. Τὸ μέντοι πλῆθος αὐτῶν οὐκ ἀνέγραψα, μή τωι καὶ ἄπιστον δόξηι —τοσοῦτον ἦν. Ἡγεῖτο δὲ αὐτῶν ὁ ἐκ τοῦ ζωιδιακοῦ τοξότης. Ἐπεὶ δὲ ᾔσθοντο τοὺς φίλους νενικημένους, ἐπὶ μὲν τὸν Φαέθοντα ἔπεμπον ἀγγελίαν αὖθις ἐπιέναι, αὐτοὶ δὲ διαταξάμενοι τεταραγμένοις ἐπιπίπτουσι τοῖς Σεληνίταις, ἀτάκτως περὶ τὴν δίωξιν καὶ τὰ λάφυρα διεσκεδασμένοις· καὶ πάντας μὲν τρέπουσιν, αὐτὸν δὲ τὸν βασιλέα καταδιώκουσι πρὸς τὴν πόλιν καὶ τὰ πλεῖστα τῶν ὀρνέων αὐτοῦ κτείνουσιν· ἀνέσπασαν δὲ καὶ τὰ τρόπαια καὶ κατέδραμον ἅπαν τὸ ὑπὸ τῶν ἀραχνῶν πεδίον ὑφασμένον, ἐμὲ δὲ καὶ δύο τινὰς τῶν ἑταίρων ἐζώγρησαν. Ἤδη δὲ παρῆν καὶ ὁ Φαέθων καὶ αὖθις ἄλλα τρόπαια ὑπ᾽ ἐκείνων ἵστατο. Ἡμεῖς μὲν οὖν ἀπηγόμεθα ἐς τὸν ἥλιον αὐθημερὸν τὼ χεῖρε ὀπίσω δεθέντες ἀραχνίου ἀποκόμματι.

o combate. A ala esquerda dos Heliotas fugiu imediatamente, sem esperar o ataque dos Cavalos-abutres, e nós, perseguindo-os, os matamos. Mas a ala direita deles prevaleceu sobre a nossa esquerda, e os Mosquitos-ares, na perseguição, chegaram aos pés da infantaria. Quando esta saiu em nosso socorro, aqueles recuaram e fugiram percebendo que sua ala esquerda fora derrotada. Evidenciada a fuga, muitos deles foram capturados vivos, muitos, mortos; muito sangue corria sobre as nuvens, que se tingiram, mostrando-se vermelhas, como o pôr do sol se mostra para nós; muito sangue se derramava sobre a terra e suponho que algo semelhante tenha ocorrido outrora nas alturas quando Homero fez crer que Zeus fizera chover sangue pela morte de Sarpédon.[34]

18. Quando regressamos dessa perseguição, erigimos dois troféus: um sobre as teias de aranha pela pedestrimaquia;[16] o outro sobre as nuvens pela aeromaquia. Em seguida, as sentinelas anunciaram a aproximação dos Centauros-nuvens, que deveriam ter vindo em auxílio de Faetonte antes do combate. Vimo-los chegar, o mais extraordinário dos espetáculos: mistos de cavalo alado e homem; quanto ao tamanho, a parte humana é grande como o Colosso de Rodes da cintura para cima, enquanto a equina é grande como um navio cargueiro. Nada escrevo sobre a quantidade deles, pois pareceria incrível: eram muitíssimos. Comandava-os o Arqueiro do Zodíaco.[35] Tendo percebido a derrota de seus amigos, enviaram de novo uma mensagem a Faetonte para que ele retomasse o ataque; em ordem de batalha, caíram sobre os turbados Selenitas, dispersos e desordenados nas perseguições e pilhagens. Assim, puseram-nos todos em fuga, perseguiram o próprio rei até a cidade, e exterminaram a maior parte de suas aves; derrubaram ademais os troféus, percorreram toda a teia tecida pelas aranhas e prenderam-me com dois de meus companheiros. Faetonte já estava com eles, e erigiram outros troféus. Quanto a nós, fomos levados naquele mesmo dia ao Sol, as mãos amarradas às costas com teia de aranha.

[16] Esta batalha campal, ou de infantaria (πεζομαχίας), assim como a batalha sideral, ou aérea (ἀερομαχίας), destacada na frase seguinte, correspondem uma e outra à multiplicidade de cenários e personagens empenhados na efetuação de polemografias fantásticas, que é um aspecto marcante de NV. Por isso, tais combates se desdobram com variações em outras encenações bélicas contadas ao longo de diversos episódios, visíveis em I, 35-39; em I, 40-42; em II, 23-24; em II, 37-38; em II, 39; em II, 44.

19. Οἱ δὲ πολιορκεῖν μὲν οὐκ ἔγνωσαν τὴν πόλιν, ἀναστρέψαντες δὲ τὸ μεταξὺ τοῦ ἀέρος ἀπετείχιζον, ὥστε μηκέτι τὰς αὐγὰς ἀπὸ τοῦ ἡλίου πρὸς τὴν σελήνην διήκειν. Τὸ δὲ τεῖχος ἦν διπλοῦν, νεφελωτόν· ὥστε σαφὴς ἔκλειψις τῆς σελήνης ἐγεγόνει καὶ νυκτὶ διηνεκεῖ πᾶσα κατείχετο. Πιεζόμενος δὲ τούτοις ὁ Ἐνδυμίων πέμψας ἱκέτευε καθαιρεῖν τὸ οἰκοδόμημα καὶ μὴ σφᾶς περιορᾶν ἐν σκότωι βιοτεύοντας, ὑπισχνεῖτο δὲ καὶ φόρους τελέσειν καὶ σύμμαχος ἔσεσθαι καὶ μηκέτι πολεμήσειν, καὶ ὁμήρους ἐπὶ τούτοις δοῦναι ἤθελεν. Οἱ δὲ περὶ τὸν Φαέθοντα γενομένης δὶς ἐκκλησίας τῆι προτεραίαι μὲν οὐδὲν παρέλυσαν τῆς ὀργῆς, τῆι ὑστεραίαι δὲ μετέγνωσαν, καὶ ἐγένετο ἡ εἰρήνη ἐπὶ τούτοις·

20. « Κατὰ τάδε συνθήκας ἐποιήσαντο Ἡλιῶται καὶ οἱ σύμμαχοι πρὸς Σεληνίτας καὶ τοὺς συμμάχους, ἐπὶ τῶι καταλῦσαι μὲν Ἡλιώτας τὸ διατείχισμα καὶ μηκέτι ἐς τὴν σελήνην ἐσβάλλειν, ἀποδοῦναι δὲ καὶ τοὺς αἰχμαλώτους ῥητοῦ ἕκαστον χρήματος, τοὺς δὲ Σεληνίτας ἀφεῖναι μὲν αὐτονόμους τούς γε ἄλλους ἀστέρας, ὅπλα δὲ μὴ ἐπιφέρειν τοῖς Ἡλιώταις, συμμαχεῖν δὲ τῆι ἀλλήλων, ἤν τις ἐπίηι· φόρον δὲ ὑποτελεῖν ἑκάστου ἔτους τὸν βασιλέα τῶν Σεληνιτῶν τῶι βασιλεῖ τῶν Ἡλιωτῶν δρόσου ἀμφορέας μυρίους, καὶ ὁμήρους δὲ σφῶν αὐτῶν δοῦναι μυρίους, τὴν δὲ ἀποικίαν τὴν ἐς τὸν Ἑωσφόρον κοινῆι ποιεῖσθαι, καὶ μετέχειν τῶν ἄλλων τὸν βουλόμενον· ἐγγράψαι δὲ τὰς συνθήκας στήληι ἠλεκτρίνηι καὶ ἀναστῆσαι ἐν μέσωι τῶι ἀέρι ἐπὶ τοῖς μεθορίοις. Ὤμοσαν δὲ Ἡλιωτῶν μὲν Πυρωνίδης καὶ Θερείτης καὶ Φλόγιος, Σεληνιτῶν δὲ Νύκτωρ καὶ Μήνιος καὶ Πολυλάμπης. »

21. Τοιαύτη μὲν ἡ εἰρήνη ἐγένετο· εὐθὺς δὲ τὸ τεῖχος καθηιρεῖτο καὶ ἡμᾶς τοὺς αἰχμαλώτους ἀπέδοσαν. Ἐπεὶ δὲ ἀφικόμεθα ἐς τὴν σελήνην, ὑπηντίαζον ἡμᾶς καὶ ἠσπάζοντο μετὰ δακρύων οἵ τε ἑταῖροι καὶ ὁ Ἐνδυμίων αὐτός. Καὶ ὁ μὲν ἠξίου μεῖναί τε παρ᾽ αὐτῶι καὶ κοινωνεῖν τῆς ἀποικίας, ὑπισχνούμενος δώσειν πρὸς γάμον τὸν ἑαυτοῦ παῖδα· γυναῖκες γὰρ οὐκ εἰσὶ παρ᾽ αὐτοῖς. Ἐγὼ δὲ οὐδαμῶς ἐπειθόμην, ἀλλ᾽ ἠξίουν ἀποπεμφθῆναι κάτω ἐς τὴν θάλατταν. Ὡς δὲ ἔγνω ἀδύνατον ὂν πείθειν, ἀποπέμπει ἡμᾶς ἑστιάσας ἑπτὰ ἡμέρας.

19. Eles decidiram não sitiar a cidade e, quando se retiraram, erigiram uma muralha no ar intermediário para que nenhum raio solar chegasse à Lua. A muralha era dupla, feita de nuvens,[36] pela qual sobreveio um eclipse total da Lua, que ficou toda coberta por uma noite contínua. Assim, pressionado, Endimião enviou-lhes suplicantes para que eles demolissem a construção e não os deixassem viver na treva; prometeu pagar-lhes tributos, ser-lhes aliado, nunca mais guerreá-los, como também se dispôs a entregar-lhes os reféns. Faetonte e os seus fizeram duas assembleias: na primeira, não arredaram da ira; já na segunda, mudaram a decisão, fazendo-se a paz.[37]

20. Os Heliotas e seus aliados firmaram, assim, um tratado com os Selenitas[38] e seus aliados: que os Heliotas derrubassem a muralha e nunca mais atacassem a Lua; que também restituíssem os prisioneiros, cada qual pela quantia combinada; quanto aos Selenitas, que concedessem autonomia aos outros astros; que não erguessem armas contra os Heliotas, mantendo-se uns aos outros aliados em caso de ataque; que o rei dos Selenitas pagasse anualmente ao rei dos Heliotas o tributo de uma miríade de ânforas de orvalho e restituísse uma miríade[17] de reféns; que fizessem em comum a colonização da Estrela da Manhã na qual participassem os que assim o desejassem; gravou-se o tratado numa estela de âmbar, erguida no ar intermediário na fronteira dos dois; dos Heliotas prestaram juramento Fogacho, Estival, Flamígero; dos Selenitas, Noitibó, Mensual e Mililâmpio.

21. Assim se fez a paz. A muralha foi imediatamente destruída e nós, prisioneiros, soltos. Quando chegamos à Lua, não só os companheiros, mas o próprio Endimião, foram ao nosso encontro, abraçando-nos com lágrimas. Este insistiu para que com ele permanecêssemos e tomássemos parte na colônia, prometendo dar-me em casamento o seu próprio filho, pois não há mulheres entre eles.[39] Mas de modo nenhum me deixei convencer: insisti em que fosse enviado para baixo, ao mar. Tendo ele compreendido que seria incapaz de me convencer, deixou-nos partir após sete dias de festim.

[17] 10 mil.

22. Ἃ δὲ ἐν τῶι μεταξὺ διατρίβων ἐν τῆι σελήνηι κατενόησα καινὰ καὶ παράδοξα, ταῦτα βούλομαι εἰπεῖν. Πρῶτα μὲν τὸ μὴ ἐκ γυναικῶν γεννᾶσθαι αὐτούς, ἀλλ᾽ ἀπὸ τῶν ἀρρένων· γάμοις γὰρ τοῖς ἄρρεσι χρῶνται καὶ οὐδὲ ὄνομα γυναικὸς ὅλως ἴσασι. Μέχρι μὲν οὖν πέντε καὶ εἴκοσι ἐτῶν γαμεῖται ἕκαστος, ἀπὸ δὲ τούτων γαμεῖ αὐτός· κύουσι δὲ οὐκ ἐν τῆι νηδύϊ, ἀλλ᾽ ἐν ταῖς γαστροκνημίαις· ἐπειδὰν γὰρ συλλάβηι τὸ ἔμβρυον, παχύνεται ἡ κνήμη, καὶ χρόνωι ὕστερον ἀνατεμόντες ἐξάγουσι νεκρά, ἐκθέντες δὲ αὐτὰ πρὸς τὸν ἄνεμον κεχηνότα ζωιοποιοῦσιν. Δοκεῖ δέ μοι καὶ ἐς τοὺς Ἕλληνας ἐκεῖθεν ἥκειν τῆς γαστροκνημίας τοὔνομα, ὅτι παρ᾽ ἐκείνοις ἀντὶ γαστρὸς κυοφορεῖ. Μεῖζον δὲ τούτου ἄλλο διηγήσομαι. Γένος ἐστὶ παρ᾽ αὐτοῖς ἀνθρώπων οἱ καλούμενοι Δενδρῖται, γίνεται δὲ τὸν τρόπον τοῦτον. Ὄρχιν ἀνθρώπου τὸν δεξιὸν ἀποτεμόντες ἐν γῆι φυτεύουσιν, ἐκ δὲ αὐτοῦ δένδρον ἀναφύεται μέγιστον, σάρκινον, οἷον φαλλός· ἔχει δὲ καὶ κλάδους καὶ φύλλα· ὁ δὲ καρπός ἐστι βάλανοι πηχυαῖοι τὸ μέγεθος. Ἐπειδὰν οὖν πεπανθῶσιν, τρυγήσαντες αὐτὰς ἐκκολάπτουσι τοὺς ἀνθρώπους. Αἰδοῖα μέντοι πρόσθετα ἔχουσιν, οἱ μὲν ἐλεφάντινα, οἱ δὲ πένητες αὐτῶν ξύλινα, καὶ διὰ τούτων ὀχεύουσι καὶ πλησιάζουσι τοῖς γαμέταις τοῖς ἑαυτῶν.

23. Ἐπειδὰν δὲ γηράσηι ὁ ἄνθρωπος, οὐκ ἀποθνήισκει, ἀλλ᾽ ὥσπερ καπνὸς διαλυόμενος ἀὴρ γίνεται. Τροφὴ δὲ πᾶσιν ἡ αὐτή· ἐπειδὰν γὰρ πῦρ ἀνακαύσωσιν, βατράχους ὀπτῶσιν ἐπὶ τῶν ἀνθράκων· πολλοὶ δὲ παρ᾽ αὐτοῖς εἰσιν ἐν τῶι ἀέρι πετόμενοι. Ὀπτωμένων δὲ περικαθεσθέντες ὥσπερ δὴ περὶ τράπεζαν κάπτουσιν τὸν ἀναθυμιώμενον καπνὸν καὶ εὐωχοῦνται. Σίτωι μὲν δὴ τρέφονται τοιούτωι· ποτὸν δὲ αὐτοῖς ἐστιν ἀὴρ ἀποθλιβόμενος εἰς κύλικα καὶ ὑγρὸν ἀνιεὶς ὥσπερ δρόσον. Οὐ μὴν ἀπουροῦσίν γε καὶ ἀφοδεύουσιν, ἀλλ᾽ οὐδὲ τέτρηνται ἧιπερ ἡμεῖς, οὐδὲ τὴν συνουσίαν οἱ παῖδες ἐν ταῖς ἕδραις παρέχουσιν, ἀλλ᾽ ἐν ταῖς ἰγνύσιν ὑπὲρ τὴν γαστροκνημίαν· ἐκεῖ γάρ εἰσι τετρημένοι. Καλὸς δὲ νομίζεται παρ᾽ αὐτοῖς ἤν πού τις φαλακρὸς καὶ ἄκομος ἦι, τοὺς δὲ κομήτας καὶ μυσάττονται. Ἐπὶ δὲ τῶν κομητῶν ἀστέρων τοὐναντίον τοὺς κομήτας καλοὺς νομίζουσιν· ἐπεδήμουν γάρ τινες, οἳ καὶ περὶ ἐκείνων διηγοῦντο. Καὶ μὴν καὶ γένεια φύουσιν μικρὸν ὑπὲρ τὰ γόνατα. Καὶ ὄνυχας ἐν τοῖς ποσὶν οὐκ ἔχουσιν, ἀλλὰ πάντες εἰσὶν μονοδάκτυλοι. Ὑπὲρ δὲ τὰς πυγὰς

22. Nessa estada na Lua notei o novo e o extraordinário, de que quero falar. Primeiro, eles não nascem de mulheres, mas de machos, pois o casamento se dá entre machos e eles ignoram totalmente a palavra "mulher". Até os vinte e cinco anos, cada um deles é esposa, mas, depois, passa a esposo; a gravidez não ocorre no útero, mas na barriga da perna, pois, quando carrega o feto, a perna engrossa; tempos depois, abrem-na, retiram o cadáver e expõem-no de boca aberta ao vento, fazendo-o viver. Parece-me que disso os gregos tiram o nome "barriga da perna": os Selenitas nela engravidam, não na barriga.[40] E contarei algo ainda maior: há entre eles um gênero de humanos, chamados "Arbóreos", que nascem desse modo: o testículo humano direito é cortado e plantado na terra, da qual brota uma árvore grandíssima de carne, qual um falo. Esta tem galhos, folhas, e o fruto é a glande que mede um côvado.[18] Quando amadurecem, os frutos são colhidos e deles, retirados os humanos. Seus membros são postiços: uns são de marfim; outros, os dos pobres, de madeira; por meio deles copulam e têm relações com seus cônjuges.

23. Quando um humano envelhece, não morre, mas, dissipando-se como fumaça, vira ar. O alimento é o mesmo para todos: acendem o fogo e assam rãs na brasa. Muitas destas voam pelos ares selenitas. Enquanto são assadas, eles, sentados como que ao redor de uma mesa, tragam a fumaça exalada e com ela se regalam. Crescem com esse alimento. Já a sua bebida é o ar comprimido na taça que segrega um líquido semelhante ao orvalho. Não urinam nem defecam, pois não têm orifícios como os nossos; os meninos tampouco copulam dando o traseiro, mas, sim, a dobra do joelho acima da barriga da perna, onde há orifícios. Para eles, é considerado belo o calvo ou o sem cabelo, enquanto execram os cabeludos. Quanto aos cometas, ao contrário, consideram-se belos os que, como astros, são os cabeludos: é o que nos contaram alguns de seus visitantes.[41] Ademais, a barba cresce até um pouco acima do joelho. Já nos pés não têm unhas, pois todos são monodátilos. Acima das nádegas

[18] Em torno de 45 cm.

ἑκάστωι αὐτῶν κράμβη ἐκπέφυκε μακρὰ ὥσπερ οὐρά, θάλλουσα ἐς ἀεὶ καὶ ὑπτίου ἀναπίπτοντος οὐ κατακλωμένη.

24. Ἀπομύττονται δὲ μέλι δριμύτατον· κἀπειδὰν ἢ πονῶσιν ἢ γυμνάζωνται, γάλακτι πᾶν τὸ σῶμα ἱδροῦσιν, ὥστε καὶ τυροὺς ἀπ᾽ αὐτοῦ πήγνυνται, ὀλίγον τοῦ μέλιτος ἐπιστάξαντες· ἔλαιον δὲ ποιοῦνται ἀπὸ τῶν κρομμύων πάνυ λιπαρόν τε καὶ εὐῶδες ὥσπερ μύρον. Ἀμπέλους δὲ πολλὰς ἔχουσιν ὑδροφόρους· αἱ γὰρ ῥᾶγες τῶν βοτρύων εἰσὶν ὥσπερ χάλαζα, καί, ἐμοὶ δοκεῖν, ἐπειδὰν ἐμπεσὼν ἄνεμος διασείσηι τὰς ἀμπέλους ἐκείνας, τότε πρὸς ἡμᾶς καταπίπτει ἡ χάλαζα διαρραγέντων τῶν βοτρύων. Τῆι μέντοι γαστρὶ ὅσα πήραι χρῶνται τιθέντες ἐν αὐτῆι ὅσων δέονται· ἀνοικτὴ γὰρ αὐτοῖς αὕτη καὶ πάλιν κλειστή ἐστιν· ἐντέρων δὲ οὐδὲν ὑπάρχειν αὐτῆι φαίνεται, ἢ τοῦτο μόνον, ὅτι δασεῖα πᾶσα ἔντοσθε καὶ λάσιός ἐστιν, ὥστε καὶ τὰ νεογνά, ἐπειδὰν ῥιγώσηι, ἐς ταύτην ὑποδύεται.

25. Ἐσθὴς δὲ τοῖς μὲν πλουσίοις ὑαλίνη μαλθακή, τοῖς πένησι δὲ χαλκῆ ὑφαντή· πολύχαλκα γὰρ τὰ ἐκεῖ χωρία, καὶ ἐργάζονται τὸν χαλκὸν ὕδατι ὑποβρέξαντες ὥσπερ τὰ ἔρια. Περὶ μέντοι τῶν ὀφθαλμῶν, οἵους ἔχουσιν, ὀκνῶ μὲν εἰπεῖν, μή τίς με νομίσηι ψεύδεσθαι διὰ τὸ ἄπιστον τοῦ λόγου. Ὅμως δὲ καὶ τοῦτο ἐρῶ· τοὺς ὀφθαλμοὺς περιαιρετοὺς ἔχουσι, καὶ ὁ βουλόμενος ἐξελὼν τοὺς αὑτοῦ φυλάττει ἔστ᾽ ἂν δεηθῆι ἰδεῖν· οὕτω δὲ ἐνθέμενος ὁρᾶι· καὶ πολλοὶ τοὺς σφετέρους ἀπολέσαντες παρ᾽ ἄλλων χρησάμενοι ὁρῶσιν. Εἰσὶ δ᾽ οἳ καὶ πολλοὺς ἀποθέτους ἔχουσιν, οἱ πλούσιοι. Τὰ ὦτα δὲ πλατάνων φύλλα ἐστὶν αὐτοῖς πλήν γε τοῖς ἀπὸ τῶν βαλάνων· ἐκεῖνοι γὰρ μόνοι ξύλινα ἔχουσιν.

26. Καὶ μὴν καὶ ἄλλο θαῦμα ἐν τοῖς βασιλείοις ἐθεασάμην· κάτοπτρον μέγιστον κεῖται ὑπὲρ φρέατος οὐ πάνυ βαθέος. Ἂν μὲν οὖν εἰς τὸ φρέαρ καταβῆι τις, ἀκούει πάντων τῶν παρ᾽ ἡμῖν ἐν τῆι γῆι λεγομένων, ἐὰν δὲ εἰς τὸ κάτοπτρον ἀποβλέψηι, πάσας μὲν πόλεις, πάντα δὲ ἔθνη ὁρᾶι ὥσπερ ἐφεστὼς ἑκάστοις· τότε καὶ τοὺς οἰκείους ἐγὼ ἐθεασάμην καὶ πᾶσαν τὴν πατρίδα, εἰ δὲ κἀκεῖνοί με ἑώρων, οὐκέτι ἔχω τὸ ἀσφαλὲς εἰπεῖν. Ὅστις δὲ

de cada um deles cresce uma couve longa como uma cauda, que sempre reverdece e não se quebra caso caiam de costas.

24. Assoam-se segregando um mel azedíssimo. Quando labutam ou se exercitam, transpiram leite por todo o corpo, de modo que, com ele, gotejando-se um pouco de mel, coalham-se os queijos. Das cebolas fazem um óleo muito denso e aromático como o perfume. Suas muitas vinhas são aquíferas, pois os bagos dos cachos são como o granizo, e opino que o vento, ao se lançar a sacudir aquelas vinhas, o granizo despenca, rebentando os cachos sobre nós. A barriga é usada como bolsa: nela colocam aquilo de que precisam, pois podem abri-la e fechá-la. Mas o intestino não se expõe, sendo seu interior todo peludo e felpudo, de sorte que os recém-nascidos, quando sentem frio, nele se aconchegam.

25. A vestimenta dos ricos é de vidro mole, a dos pobres, tecida de cobre, pois aquela região é neste abundante e eles trabalham o cobre umedecendo-o, como à lã, com água. Acerca dos olhos, hesito dizer como são, pois alguém me poderia considerar mentiroso pelo incrível do relato. Mas ainda assim direi: têm olhos removíveis e os que quiserem removê-los, poderão guardá-los até que precisem ver. Assim, ao recolocá-los, tornam a ver. E muitos, quando perdem os seus, usam, para ver, os de outrem. Há quem tenha muitos, guardados, os ricos. Já as orelhas são folhas de plátano, exceto as dos que nascem das glandes, que só as têm de madeira.

26. Vi também outra maravilha no palácio real: um espelho grandíssimo colocado sobre um poço não muito profundo. Assim, se alguém descer o poço, poderá ouvir tudo quanto se diz entre nós, na Terra, e se olhar no espelho, poderá ver todas as cidades, todos os povos, como se estivesse, singularmente, junto a cada um. Foi então que eu vi os de casa e todos os da minha pátria, mas, se eles me viram, já não posso dizê-lo com

ταῦτα μὴ πιστεύει οὕτως ἔχειν, ἄν ποτε καὶ αὐτὸς ἐκεῖσε ἀφίκηται, εἴσεται ὡς ἀληθῆ λέγω.

27. Τότε δ᾽ οὖν ἀσπασάμενοι τὸν βασιλέα καὶ τοὺς ἀμφ᾽ αὐτόν, ἐμβάντες ἀνήχθημεν· ἐμοὶ δὲ καὶ δῶρα ἔδωκεν ὁ Ἐνδυμίων, δύο μὲν τῶν ὑαλίνων χιτώνων, πέντε δὲ χαλκοῦς, καὶ πανοπλίαν θερμίνην, ἃ πάντα ἐν τῶι κήτει κατέλιπον. Συνέπεμψε δὲ ἡμῖν καὶ Ἱππογύπους χιλίους παραπέμψοντας ἄχρι σταδίων πεντακοσίων.

28. Ἐν δὲ τῶι παράπλωι πολλὰς μὲν καὶ ἄλλας χώρας παρημείψαμεν, προσέσχομεν δὲ καὶ τῶι Ἑωσφόρωι ἄρτι συνοικιζομένωι, καὶ ἀποβάντες ὑδρευσάμεθα. Ἐμβάντες δὲ εἰς τὸν ζωιδιακὸν ἐν ἀριστερᾶι παρήιειμεν τὸν ἥλιον, ἐν χρῶι τὴν γῆν παραπλέοντες· οὐ γὰρ ἀπέβημεν καίτοι πολλὰ τῶν ἑταίρων ἐπιθυμούντων, ἀλλ᾽ ὁ ἄνεμος οὐκ ἐφῆκεν. Ἐθεώμεθα μέντοι τὴν χώραν εὐθαλῆ τε καὶ πίονα καὶ εὔυδρον καὶ πολλῶν ἀγαθῶν μεστήν. Ἰδόντες δ᾽ ἡμᾶς οἱ Νεφελοκένταυροι, μισθοφοροῦντες παρὰ τῶι Φαέθοντι, ἐπέπτησαν ἐπὶ τὴν ναῦν, καὶ μαθόντες ἐνσπόνδους ἀνεχώρησαν.

29. Ἤδη δὲ καὶ οἱ Ἱππόγυποι ἀπεληλύθεσαν. Πλεύσαντες δὲ τὴν ἐπιοῦσαν νύκτα καὶ ἡμέραν, περὶ ἑσπέραν ἀφικόμεθα ἐς τὴν Λυχνόπολιν καλουμένην, ἤδη τὸν κάτω πλοῦν διώκοντες. Ἡ δὲ πόλις αὕτη κεῖται μεταξὺ τοῦ Πλειάδων καὶ τοῦ Ὑάδων ἀέρος, ταπεινοτέρα μέντοι πολὺ τοῦ ζωιδιακοῦ. Ἀποβάντες δὲ ἄνθρωπον μὲν οὐδένα εὕρομεν, λύχνους δὲ πολλοὺς περιθέοντας καὶ ἐν τῆι ἀγορᾶι καὶ περὶ τὸν λιμένα διατρίβοντας, τοὺς μὲν μικροὺς καὶ ὥσπερ πένητας, ὀλίγους δὲ τῶν μεγάλων καὶ δυνατῶν πάνυ λαμπροὺς καὶ περιφανεῖς. Οἰκήσεις δὲ αὐτοῖς καὶ λυχνεῶνες ἴδιαι ἑκάστωι πεποίητο, καὶ αὐτοὶ ὀνόματα εἶχον, ὥσπερ οἱ ἄνθρωποι, καὶ φωνὴν προϊεμένων ἠκούομεν, καὶ οὐδὲν ἡμᾶς ἠδίκουν, ἀλλὰ καὶ ἐπὶ ξένια ἐκάλουν· ἡμεῖς δὲ ὅμως ἐφοβούμεθα, καὶ οὔτε δειπνῆσαι οὔτε ὑπνῶσαί τις ἡμῶν ἐτόλμησεν. Ἀρχεῖα δὲ αὐτοῖς ἐν μέσηι τῆι πόλει πεποίηται, ἔνθα ὁ ἄρχων αὐτῶν διὰ νυκτὸς ὅλης κάθηται ὀνομαστὶ καλῶν ἕκαστον· ὃς δ᾽ ἂν μὴ ὑπακούσηι, καταδικάζεται ἀποθανεῖν ὡς λιπὼν τὴν τάξιν· ὁ δὲ θάνατός ἐστι σβεσθῆναι.

certeza. Quem não acreditar que isso seja assim, ficará sabendo que digo a verdade se um dia for para lá.

27. Tendo-nos despedido do rei e dos seus, embarcamos e ganhamos o alto--mar. Endimião me deu presentes: duas túnicas de vidro, cinco de cobre e armadura de tremoço, as quais remanesceram todas na besta marinha. Também nos enviou uma quilíade de Cavalos-abutres como escolta[42] por quinhentos estádios.[19]

28. Em nossa navegação percorremos muitas outras regiões e aportamos na recém-colonizada Estrela da Manhã, na qual desembarcamos para abastecer-nos de água. Tendo embarcado rumo ao Zodíaco, passamos à esquerda do Sol, margeando-lhe a terra da superfície. Embora muitos companheiros desejassem, ali não desembarcamos, não o permitindo o vento. Notamos, porém, que a região era verdejante, fértil, abundante em água e cheia de tudo o que é bom. Quando nos viram, os Centauros-nuvens, mercenários de Faetonte, sobrevoaram a nossa embarcação, e depois de saberem sermos parte no armistício, retiraram-se.

29. Também os Cavalos-abutres já haviam partido. Tendo navegado pela noite e pelo dia seguintes, à noitinha chegamos, movida para baixo a embarcação, à chamada "Cidade-lamparina". Esta cidade está situada no ar entre as Plêiades e as Híades,[43] mas muito abaixo do Zodíaco. Quando desembarcamos, nenhum humano encontramos, só muitas lamparinas a circular e que, na ágora e no porto, passavam o tempo; havia tanto das pequenas e como que pobres, quanto das grandes e poderosas, poucas, de todo brilhantes e em toda a volta aparentes. Cada uma fazia a sua própria casa e lamparinaria[44] particular; tinham nomes como os dos humanos e as ouvíamos emitir vozes. Não fomos injuriados, pois até mesmo nos ofereceram hospitalidade. Amedrontados, porém, nenhum de nós ousou comer ou dormir. No centro da cidade, erguia-se o Palácio do Governo em que o seu arconte tem assento toda noite a chamar cada uma delas

[19] Cerca de 89 km.

Παρεστῶτες δὲ ἡμεῖς ἑωρῶμεν τὰ γινόμενα καὶ ἠκούομεν ἅμα τῶν λύχνων ἀπολογουμένων καὶ τὰς αἰτίας λεγόντων δι' ἃς ἐβράδυνον. Ἔνθα καὶ τὸν ἡμέτερον λύχνον ἐγνώρισα, καὶ προσειπὼν αὐτὸν περὶ τῶν κατ' οἶκον ἐπυνθανόμην ὅπως ἔχοιεν· ὁ δέ μοι ἅπαντα ἐκεῖνα διηγήσατο. Τὴν μὲν οὖν νύκτα ἐκείνην αὐτοῦ ἐμείναμεν, τῇ δὲ ἐπιούσῃ ἄραντες ἐπλέομεν ἤδη πλησίον τῶν νεφῶν· ἔνθα δὴ καὶ τὴν Νεφελοκοκκυγίαν πόλιν ἰδόντες ἐθαυμάσαμεν, οὐ μέντοι ἐπέβημεν αὐτῆς· οὐ γὰρ εἴα τὸ πνεῦμα. Βασιλεύειν μέντοι αὐτῶν ἐλέγετο Κόρωνος ὁ Κοττυφίωνος. Καὶ ἐγὼ ἐμνήσθην Ἀριστοφάνους τοῦ ποιητοῦ, ἀνδρὸς σοφοῦ καὶ ἀληθοῦς καὶ μάτην ἐφ' οἷς ἔγραψεν ἀπιστουμένου. Τρίτηι δὲ ἀπὸ ταύτης ἡμέραι καὶ τὸν ὠκεανὸν ἤδη σαφῶς ἑωρῶμεν, γῆν δὲ οὐδαμοῦ, πλήν γε τῶν ἐν τῶι ἀέρι· καὶ αὗται δὲ πυρώδεις καὶ ὑπεραυγεῖς ἐφαντάζοντο. Τρίτηι δὲ ἀπὸ ταύτης ἡμέραι καὶ τὸν ὠκεανὸν ἤδη σαφῶς ἑωρῶμεν, γῆν δὲ οὐδαμοῦ, πλήν γε τῶν ἐν τῶι ἀέρι· καὶ αὗται δὲ πυρώδεις καὶ ὑπεραυγεῖς ἐφαντάζοντο. Τῇι τετάρτηι δὲ περὶ μεσημβρίαν μαλακῶς ἐνδιδόντος τοῦ πνεύματος καὶ συνιζάνοντος ἐπὶ τὴν θάλατταν κατετέθημεν.

30. Ὡς δὲ τοῦ ὕδατος ἐψαύσαμεν, θαυμασίως ὑπερηδόμεθα καὶ ὑπερεχαίρομεν καὶ πᾶσαν ἐκ τῶν παρόντων εὐφροσύνην ἐποιούμεθα καὶ ἀπορρίψαντες ἐνηχόμεθα· καὶ γὰρ ἔτυχε γαλήνη οὖσα καὶ εὐσταθοῦν τὸ πέλαγος. Ἔοικε δὲ ἀρχὴ κακῶν μειζόνων γίνεσθαι πολλάκις ἡ πρὸς τὸ βέλτιον μεταβολή· καὶ γὰρ ἡμεῖς δύο μόνας ἡμέρας ἐν εὐδίαι πλεύσαντες, τῆς τρίτης ὑποφαινούσης πρὸς ἀνίσχοντα τὸν ἥλιον ἄφνω ὁρῶμεν θηρία καὶ κήτη πολλὰ μὲν καὶ ἄλλα, ἓν δὲ μέγιστον ἁπάντων ὅσον σταδίων χιλίων καὶ πεντακοσίων τὸ μέγεθος· ἐπήιει δὲ κεχηνὸς καὶ πρὸ πολλοῦ ταράττον τὴν θάλατταν ἀφρῶι τε περικλυζόμενον καὶ τοὺς ὀδόντας ἐκφαῖνον πολὺ τῶν παρ' ἡμῖν φαλλῶν ὑψηλοτέρους, ὀξεῖς δὲ πάντας ὥσπερ σκόλοπας καὶ λευκοὺς ὥσπερ ἐλεφαντίνους. Ἡμεῖς μὲν οὖν τὸ ὕστατον ἀλλήλους προσειπόντες καὶ περιβαλόντες ἐμένομεν· τὸ δὲ ἤδη παρῆν καὶ ἀναρροφῆσαν ἡμᾶς αὐτῆι νηῒ κατέπιεν. Οὐ μέντοι ἔφθη συναράξαι τοῖς ὀδοῦσιν, ἀλλὰ διὰ τῶν ἀραιωμάτων ἡ ναῦς ἐς τὸ ἔσω διεξέπεσεν.

pelo nome, de modo que as que não derem ouvidos, serão condenadas à morte por deserção, sendo a morte o apagamento. Ficamos ali vendo os acontecimentos e ouvindo essas lamparinas a defender-se, discutindo sobre as causas de seus atrasos. Nisso, reconheci a nossa lamparina, para a qual me dirigi, perguntando-lhe como estavam as coisas lá em casa. Ela me contou tudo. Naquela noite ali permanecemos, mas, no dia seguinte, aproando, navegamos para perto das nuvens. Maravilhamo-nos ao avistarmos a cidade de Cucos-nas-nuvens,[45] na qual, todavia, não aportarmos, não o permitindo o vento. Dizia-se que seu rei era Gralha, filho de Melro. Lembrei-me do poeta Aristófanes, homem sábio e verdadeiro, tolamente desacreditado pelo que escreveu. Passados três dias, vimos claramente o oceano, mas terras, nenhumas, excetuadas as que estavam nos ares, que apareciam flamejantes e hiperbrilhantes. No quarto, por volta do meio-dia, cedendo, suavemente abrandado o vento, no mar nos precipitamos.

30. Mal tocamos a água, maravilhados, cheíssimos de prazer e alegria, todos festejamos aquele momento e nos pusemos a nadar, pois acontecia de estar calmo e sereno o mar. Mas parece que a mudança para melhor vem a ser muita vez o princípio de males maiores, pois, só tendo navegado dois dias com bom tempo, no terceiro, amanhecendo o dia com o sol a despontar, subitamente vemos feras, muitas bestas marinhas, como também outras, sendo que a maior de todas mede uma quilíade e quinhentos estádios.[20] E é ela que avança, boca aberta, a agitar o mar muito adiante com turbilhão de espuma e escancara seus dentes, muito maiores que os nossos falos, todos eles pontiagudos como estacas e brancos como marfim. Tendo uns aos outros proferido as palavras finais, abraçamo-nos e esperamos. Ela, que já se adiantara, engoliu-nos, tragando a nave. Não chegou, porém, a nos esmagar com os dentes, pois a nave, através dos interstícios destes, escapou-se para o interior.

[20] Ou 1.500 estádios, cifra que corresponde a uns 266 km.

31. Ἐπεὶ δὲ ἔνδον ἦμεν, τὸ μὲν πρῶτον σκότος ἦν καὶ οὐδὲν ἑωρῶμεν, ὕστερον δὲ αὐτοῦ ἀναχανόντος εἴδομεν κύτος μέγα καὶ πάντηι πλατὺ καὶ ὑψηλόν, ἱκανὸν μυριάνδρωι πόλει ἐνοικεῖν. Ἔκειντο δὲ ἐν μέσωι καὶ μικροὶ ἰχθύες καὶ ἄλλα πολλὰ θηρία συγκεκομμένα, καὶ πλοίων ἱστία καὶ ἄγκυραι, καὶ ἀνθρώπων ὀστέα καὶ φορτία, κατὰ μέσον δὲ καὶ γῆ καὶ λόφοι ἦσαν, ἐμοὶ δοκεῖν, ἐκ τῆς ἰλύος ἣν κατέπινε συνιζάνουσα. Ὕλη γοῦν ἐπ᾽ αὐτῆς καὶ δένδρα παντοῖα ἐπεφύκει καὶ λάχανα ἐβεβλαστήκει, καὶ ἐώικει πάντα ἐξειργασμένοις· περίμετρον δὲ τῆς γῆς στάδιοι διακόσιοι καὶ τεσσαράκοντα. Ἦν δὲ ἰδεῖν καὶ ὄρνεα θαλάττια, λάρους καὶ ἀλκυόνας, ἐπὶ τῶν δένδρων νεοττεύοντα.

32. Τότε μὲν οὖν ἐπὶ πολὺ ἐδακρύομεν, ὕστερον δὲ ἀναστήσαντες τοὺς ἑταίρους τὴν μὲν ναῦν ὑπεστηρίξαμεν, αὐτοὶ δὲ τὰ πυρεῖα συντρίψαντες καὶ ἀνακαύσαντες δεῖπνον ἐκ τῶν παρόντων ἐποιούμεθα. Παρέκειτο δὲ ἄφθονα καὶ παντοδαπὰ κρέα τῶν ἰχθύων, καὶ ὕδωρ ἔτι τὸ ἐκ τοῦ Ἑωσφόρου εἴχομεν. Τῆι ἐπιούσηι δὲ διαναστάντες, εἴ ποτε ἀναχάνοι τὸ κῆτος, ἑωρῶμεν ἄλλοτε μὲν ὄρη, ἄλλοτε δὲ μόνον τὸν οὐρανόν, πολλάκις δὲ καὶ νήσους· καὶ γὰρ ἠσθανόμεθα φερομένου αὐτοῦ ὀξέως πρὸς πᾶν μέρος τῆς θαλάττης. Ἐπεὶ δὲ ἤδη ἐθάδες τῆι διατριβῆι ἐγενόμεθα, λαβὼν ἑπτὰ τῶν ἑταίρων ἐβάδιζον ἐς τὴν ὕλην περισκοπήσασθαι τὰ πάντα βουλόμενος. Οὔπω δὲ πέντε ὅλους διελθὼν σταδίους εὗρον ἱερὸν Ποσειδῶνος, ὡς ἐδήλου ἡ ἐπιγραφή, καὶ μετ᾽ οὐ πολὺ καὶ τάφους πολλοὺς καὶ στήλας ἐπ᾽ αὐτῶν πλησίον τε πηγὴν ὕδατος διαυγοῦς, ἔτι δὲ καὶ κυνὸς ὑλακὴν ἠκούομεν καὶ καπνὸς ἐφαίνετο πόρρωθεν καί τινα καὶ ἔπαυλιν εἰκάζομεν.

33. Σπουδῆι οὖν βαδίζοντες ἐφιστάμεθα πρεσβύτηι καὶ νεανίσκωι μάλα προθύμως πρασιάν τινα ἐργαζομένοις καὶ ὕδωρ ἀπὸ τῆς πηγῆς ἐπ᾽ αὐτὴν διοχετεύουσιν· ἡσθέντες οὖν ἅμα καὶ φοβηθέντες ἔστημεν· κἀκεῖνοι δὲ ταὐτὸ ἡμῖν ὡς τὸ εἰκὸς παθόντες ἄναυδοι παρειστήκεσαν· χρόνωι δὲ ὁ πρεσβύτης ἔφη, « Τίνες ὑμεῖς ἄρα ἐστέ, ὦ ξένοι; Πότερον τῶν ἐναλίων δαιμόνων ἢ ἄνθρωποι δυστυχεῖς ἡμῖν παραπλήσιοι; Καὶ γὰρ ἡμεῖς

31. Quando lá dentro estávamos, no início era a escuridão e nada víamos, mas, depois, ela abriu a boca e avistamos uma grande cavidade, extensa e elevada em todas as partes, capaz de conter uma cidade com uma miríade[21] de habitantes. Jaziam no meio dela peixinhos e muitas feras destroçadas, velas e âncoras de naus, ossadas humanas e mercadorias; já no centro dela havia terra e colinas aglutinadas, parece-me, pela lama que ela tragara. Também, nela crescera uma floresta com toda a sorte de árvores, assim como brotaram verduras, assemelhando-se todas elas às cultivadas. O perímetro de terra era de duzentos e quarenta estádios.[22] Viam-se, ainda, aves marinhas, gaivotas e alcíones, que nidificam nas árvores.

32. Muitas lágrimas então derramamos e, mais tarde, erguidos os companheiros, arrimamos a nave, atritamos os pauzinhos e, com o fogo, fizemos uma refeição com o que havia: dispúnhamos de carne abundante e peixes de todas as espécies, mas também tínhamos água da Estrela da Manhã.[46] No dia seguinte, já despertos, víamos, nas ocasiões em que a besta marinha abria a boca, ora montanhas, ora só o céu e, não raro, ilhas. Logo sentimos que ela se deslocava rapidamente por todas as partes do mar. Uma vez acostumados com a detença, tomei sete dos companheiros e caminhamos para a floresta, pois quis explorá-la por inteiro. Mal percorridos cinco estádios[23] completos, encontrei, como evidenciava a inscrição, um santuário de Posídon e, não muito longe, muitas sepulturas com estelas em cima, como também, perto dali, uma fonte de água cristalina e, ainda, ouvimos o latido de um cão e, ao longe, apareceu fumaça: imaginamos uma fazenda.

33. Apertando o passo, topamos com um velho e um moço a laborar afanosamente uma horta e para a ela conduzir por meio de um canal à água de uma fonte. Alegres, mas temerosos, ali paramos. Como é presumível, também eles sentiram o mesmo e se detiveram, mudos. O velho não tardou a falar: "Quem são vocês, estrangeiros? Deuses marinhos ou homens desafortunados semelhantes a nós? Porque somos homens e

[21] Cada miríade, como foi dito, vale 10.000.
[22] Em torno de 43 km.
[23] Pouco menos de 890 metros.

ἄνθρωποι ὄντες καὶ ἐν γῆι τραφέντες νῦν θαλάττιοι γεγόναμεν καὶ συννηχόμεθα τῶι περιέχοντι τούτωι θηρίωι, οὐδ᾽ ὁ πάσχομεν ἀκριβῶς εἰδότες· τεθνάναι μὲν γὰρ εἰκάζομεν, ζῆν δὲ πιστεύομεν ». Πρὸς ταῦτα ἐγὼ εἶπον· « Καὶ ἡμεῖς τοι ἄνθρωποι νεήλυδές ἐσμεν, ὦ πάτερ, αὐτῶι σκάφει πρώιην καταποθέντες, προήλθομεν δὲ νῦν βουλόμενοι μαθεῖν τὰ ἐν τῆι ὕληι ὡς ἔχει· πολλὴ γάρ τις καὶ λάσιος ἐφαίνετο. Δαίμων δέ τις, ὡς ἔοικεν, ἡμᾶς ἤγαγεν σέ τε ὀψομένους καὶ εἰσομένους ὅτι μὴ μόνοι ἐν τῶιδε καθείργμεθα τῶι θηρίωι· ἀλλὰ φράσον γε ἡμῖν τὴν σαυτοῦ τύχην, ὅστις τε ὢν καὶ ὅπως δεῦρο εἰσῆλθες ». Ὁ δὲ οὐ πρότερον ἔφη ἐρεῖν οὐδὲ πεύσεσθαι παρ᾽ ἡμῶν, πρὶν ξενίων τῶν παρόντων μεταδοῦναι, καὶ λαβὼν ἡμᾶς ἦγεν ἐπὶ τὴν οἰκίαν· ἐπεποίητο δὲ αὐτάρκη καὶ στιβάδας ἐνωικοδόμητο καὶ τὰ ἄλλα ἐξήρτιστο. Παραθεὶς δὲ ἡμῖν λάχανά τε καὶ ἀκρόδρυα καὶ ἰχθῦς, ἔτι δὲ καὶ οἶνον ἐγχέας, ἐπειδὴ ἱκανῶς ἐκορέσθημεν, ἐπυνθάνετο ἃ πεπόνθειμεν· κἀγὼ πάντα ἑξῆς διηγησάμην, τόν τε χειμῶνα καὶ τὰ ἐν τῆι νήσωι καὶ τὸν ἐν τῶι ἀέρι πλοῦν καὶ τὸν πόλεμον καὶ τὰ ἄλλα μέχρι τῆς εἰς τὸ κῆτος καταδύσεως.

34. Ὁ δὲ ὑπερθαυμάσας καὶ αὐτὸς ἐν μέρει τὰ καθ᾽ αὑτὸν διεξήιει λέγων, « Τὸ μὲν γένος εἰμί, ὦ ξένοι, Κύπριος, ὁρμηθεὶς δὲ κατ᾽ ἐμπορίαν ἀπὸ τῆς πατρίδος μετὰ παιδός, ὃν ὁρᾶτε, καὶ ἄλλων πολλῶν οἰκετῶν ἔπλεον εἰς Ἰταλίαν ποικίλον φόρτον κομίζων ἐπὶ νεὼς μεγάλης, ἣν ἐπὶ στόματι τοῦ κήτους διαλελυμένην ἴσως ἑωράκατε. Μέχρι μὲν οὖν Σικελίας εὐτυχῶς διεπλεύσαμεν· ἐκεῖθεν δὲ ἁρπασθέντες ἀνέμωι σφοδρῶι τριταῖοι ἐς τὸν ὠκεανὸν ἀπηνέχθημεν, ἔνθα τῶι κήτει περιτυχόντες καὶ αὔτανδροι καταποθέντες δύο ἡμεῖς μόνοι τῶν ἄλλων ἀποθανόντων ἐσώθημεν. Θάψαντες δὲ τοὺς ἑταίρους καὶ ναὸν τῶι Ποσειδῶνι δειμάμενοι τουτονὶ τὸν βίον ζῶμεν, λάχανα μὲν κηπεύοντες, ἰχθῦς δὲ σιτούμενοι καὶ ἀκρόδρυα. Πολλὴ δέ, ὡς ὁρᾶτε, ἡ ὕλη, καὶ μὴν καὶ ἀμπέλους ἔχει πολλάς, ἀφ᾽ ὧν ἥδιστος οἶνος γεννᾶται· καὶ τὴν πηγὴν δὲ ἴσως εἴδετε καλλίστου καὶ ψυχροτάτου ὕδατος. Εὐνὴν δὲ ἀπὸ τῶν φύλλων ποιούμεθα, καὶ πῦρ ἄφθονον καίομεν, καὶ ὄρνεα δὲ θηρεύομεν τὰ εἰσπετόμενα, καὶ ζῶντας ἰχθῦς ἀγρεύομεν ἐξιόντες ἐπὶ τὰ βραγχία τοῦ θηρίου, ἔνθα καὶ

crescemos na terra, mas agora nos tornamos marinhos e nadamos nesta fera, que nos prende, sem que saibamos exatamente do que padecemos. Pois nos imaginamos mortos, mas nos acreditamos vivos".[47] Diante disso, eu repliquei: "Também somos, meu pai, homens recém-chegados, porque anteontem fomos tragados com o nosso barco e agora avançamos, querendo conhecer o que há na floresta, que se revela vasta e espessa. Parece que algum deus nos levou até você, para que o víssemos e soubéssemos que não somos os únicos prisioneiros desta fera. Fale-nos sobre a sua sorte. Quem é você e como entrou aqui?". Ele, por sua vez, disse que nada perguntaria, nem questionaria sem que antes oferecesse os presentes da hospitalidade de que dispunha. E, pegos, fomos levados à sua casa, construída como autossuficiente,[48] com a confecção de camas de palha e os mais equipamentos. Ele nos ofereceu verduras, frutas, peixes, como também nos serviu vinho. Mais tarde, já saciados, fomos interrogados acerca do que nos sucedera. E eu contei tudo, sucessivamente: sobre a tempestade, o ocorrido na ilha, a navegação aérea, a guerra, enfim, sobre tudo o que precedeu a submersão na besta marinha.

34. Admiradíssimo, ele também falou sobre si mesmo, dizendo: "Sou de Chipre, estrangeiros, deixei minha pátria e me lancei ao comércio com meu filho, a quem estão vendo, e com muitos serviçais. Naveguei para a Itália transportando carga variada em uma grande nau, a qual, talvez vocês tenham visto, destroçada, na boca da besta marinha. A navegação transcorreu bem até a Sicília, mas, dali em diante, arrebatados por um vento violento, acabamos, após três dias, no oceano. Topamos então com a besta marinha, que nos tragou, dizimando a tripulação. Só nós dois sobrevivemos, os outros morreram. Tendo enterrado os companheiros e erigido um templo a Posídon, passamos a viver essa vida, plantando verduras, comendo peixes e frutas. Como veem, a floresta é vasta e tem muitas vinhas, com as quais produzimos vinho saborosíssimo. Talvez tenham visto a fonte da mais bela e mais fresca água. Fizemos uma cama com folhas, acendemos um fogo abundante, caçamos as aves que para cá voam, como também pescamos os peixes, que, vivos, saem pelas brânquias da fera. É nestas que, quando

λουόμεθα, ὁπόταν ἐπιθυμήσωμεν. Καὶ μὴν καὶ λίμνη οὐ πόρρω ἐστὶν σταδίων εἴκοσι τὴν περίμετρον, ἰχθῦς ἔχουσα παντοδαπούς, ἐν ἧι καὶ νηχόμεθα καὶ πλέομεν ἐπὶ σκάφους μικροῦ, ὃ ἐγὼ ἐναυπηγησάμην. Ἔτη δέ ἐστιν ἡμῖν τῆς καταπόσεως ταῦτα ἑπτὰ καὶ εἴκοσι.

35. Καὶ τὰ μὲν ἄλλα ἴσως φέρειν δυνάμεθα, οἱ δὲ γείτονες ἡμῶν καὶ πάροικοι σφόδρα χαλεποὶ καὶ βαρεῖς εἰσιν, ἄμικτοί τε ὄντες καὶ ἄγριοι. — Ἦ γάρ, ἔφην ἐγώ, καὶ ἄλλοι τινές εἰσιν ἐν τῶι κήτει; — Πολλοὶ μὲν οὖν, ἔφη, καὶ ἄξενοι καὶ τὰς μορφὰς ἀλλόκοτοι· τὰ μὲν γὰρ ἑσπέρια καὶ οὐραῖα τῆς ὕλης Ταριχᾶνες οἰκοῦσιν, ἔθνος ἐγχελυωπὸν καὶ καραβοπρόσωπον, μάχιμον καὶ θρασὺ καὶ ὠμοφάγον· τὰ δὲ τῆς ἑτέρας πλευρᾶς κατὰ τὸν δεξιὸν τοῖχον Τριτωνομένδητες, τὰ μὲν ἄνω ἀνθρώποις ἐοικότες, τὰ δὲ κάτω τοῖς γαλεώταις, ἧττον μέντοι ἄδικοί εἰσιν τῶν ἄλλων· τὰ λαιὰ δὲ Καρκινόχειρες καὶ Θυννοκέφαλοι συμμαχίαν τε καὶ φιλίαν πρὸς ἑαυτοὺς πεποιημένοι· τὴν δὲ μεσόγαιαν νέμονται Παγουρίδαι καὶ Ψηττόποδες, γένος μάχιμον καὶ δρομικώτατον· τὰ ἔωια δέ, τὰ πρὸς αὐτῶι τῶι στόματι, τὰ πολλὰ μὲν ἔρημά ἐστι, προσκλυζόμενα τῆι θαλάττηι· ὅμως δὲ ἐγὼ ταῦτα ἔχω φόρον τοῖς Ψηττόποσιν ὑποτελῶν ἑκάστου ἔτους ὄστρεια πεντακόσια.

36. Τοιαύτη μὲν ἡ χώρα ἐστίν· ὑμᾶς δὲ χρὴ ὁρᾶν ὅπως δυνησόμεθα τοσούτοις ἔθνεσι μάχεσθαι καὶ ὅπως βιοτεύσομεν. — Πόσοι δέ, ἔφην ἐγώ, πάντες οὗτοί εἰσιν; — Πλείους, ἔφη, τῶν χιλίων. — Ὅπλα δὲ τίνα ἐστὶν αὐτοῖς; — Οὐδέν, ἔφη, πλὴν τὰ ὀστᾶ τῶν ἰχθύων. — Οὐκοῦν, ἔφην ἐγώ, ἄριστα ἂν ἔχοι διὰ μάχης ἐλθεῖν αὐτοῖς, ἅτε οὖσιν ἀνόπλοις αὐτούς γε ὡπλισμένους· εἰ γὰρ κρατήσομεν αὐτῶν, ἀδεῶς τὸν λοιπὸν βίον οἰκήσομεν ». Ἔδοξε ταῦτα, καὶ ἀπελθόντες ἐπὶ ναῦν παρεσκευαζόμεθα. Αἰτία δὲ τοῦ πολέμου ἔμελλεν ἔσεσθαι τοῦ φόρου ἡ οὐκ ἀπόδοσις, ἤδη τῆς προθεσμίας ἐνεστώσης. Καὶ δὴ οἱ μὲν ἔπεμπον ἀπαιτοῦντες τὸν δασμόν· ὁ δὲ ὑπεροπτικῶς ἀποκρινάμενος ἀπεδίωξε τοὺς ἀγγέλους. Πρῶτοι οὖν οἱ Ψηττόποδες καὶ οἱ Παγουρίδαι χαλεπαίνοντες τῶι Σκινθάρωι — τοῦτο γὰρ ἐκαλεῖτο — μετὰ πολλοῦ θορύβου ἐπήιεσαν.

desejamos, também nos banhamos. Ademais, não muito longe dali, há uma lagoa, com vinte estádios de perímetro,[24] que contém toda a sorte de peixes, na qual nadamos e navegamos com um pequeno barco, que eu mesmo fabriquei. Faz vinte e sete anos que fomos engolidos".

35. "E o mais podemos suportar; já nossos vizinhos e os habitantes das redondezas são demasiado intratáveis e pesados, pois insociáveis e selvagens". "Ora, há, acaso, outros na besta marinha?", indaguei e ele retrucou: "Há muitos, nada hospitaleiros e com forma estranha. No lado ocidental da floresta, na cauda, habitam os Ensalmourados: povo com olhos de enguia e cara de lagosta, belicoso, insolente, homófago. No lado oposto, à direita do muro, habitam os Tritões-bodes, os quais se assemelham, em cima, a homens e, embaixo, a peixes-espada. São, porém, menos injustos do que os outros. No lado esquerdo habitam os Mãos-caranguejos e os Cabeças-atuns que fizeram uns com os outros aliança de guerra e amizade. No meio dessa terra estão os Caudas-siris[49] e os Pés-linguados, gente belicosa e velocíssima. No lado oriental, perto da boca mesma, há, porque batido pelo mar, muito deserto. É neste que eu, apesar disso, vivo, pagando anualmente aos Pés-linguados quinhentas ostras de tributo".

36. "Assim é a região. É preciso que vocês vejam como poderemos combater tantos povos e como sobreviveremos". "Quantos são eles ao todo?", indaguei. "Mais de uma quilíade",[25] retrucou. "De que armas dispõem?". "De nenhuma, excetuadas as espinhas de peixe", disse ele. "Então, seria melhor ir à luta contra eles, já que estão desarmados, e nós, armados; se os vencermos, viveremos sem medo o resto da vida", completei. Estabelecido isso, voltamos à nave para nos prepararmos. O pretexto da guerra seria o não pagamento do tributo, cujo vencimento se aproximava. Eles enviaram reclamações a respeito do imposto, mas a resposta foi desdenhosa e os mensageiros, expulsos. Os Pés-linguados e os Caudas-siris foram os que primeiro se irritaram com Cíntaro — assim lhe chamavam — e atacaram com muito estrépito.

[24] Por volta de 3,5 km.
[25] Mais de 1.000.

37. Ἡμεῖς δὲ τὴν ἔφοδον ὑποπτεύοντες ἐξοπλισάμενοι ἀνεμένομεν, λόχον τινὰ προτάξαντες ἀνδρῶν πέντε καὶ εἴκοσι. Προείρητο δὲ τοῖς ἐν τῆι ἐνέδραι, ἐπειδὰν ἴδωσι παρεληλυθότας τοὺς πολεμίους, ἐπανίστασθαι· καὶ οὕτως ἐποίησαν. Ἐπαναστάντες γὰρ κατόπιν ἔκοπτον αὐτούς, καὶ ἡμεῖς δὲ αὐτοὶ πέντε καὶ εἴκοσι τὸν ἀριθμὸν ὄντες — καὶ γὰρ ὁ Σκίνθαρος καὶ ὁ παῖς αὐτοῦ συνεστρατεύοντο — ὑπηντιάζομεν, καὶ συμμίξαντες θυμῶι καὶ ῥώμηι διεκινδυνεύομεν. Τέλος δὲ τροπὴν αὐτῶν ποιησάμενοι κατεδιώξαμεν ἄχρι πρὸς τοὺς φωλεούς. Ἀπέθανον δὲ τῶν μὲν πολεμίων ἑβδομήκοντα καὶ ἑκατόν, ἡμῶν δὲ εἷς καὶ ὁ κυβερνήτης, τρίγλης πλευρᾶι διαπαρεὶς τὸ μετάφρενον.

38. Ἐκείνην μὲν οὖν τὴν ἡμέραν καὶ τὴν νύκτα ἐπηυλισάμεθα τῆι μάχηι καὶ τρόπαιον ἐστήσαμεν ῥάχιν ξηρὰν δελφῖνος ἀναπήξαντες. Τῆι ὑστεραίαι δὲ καὶ οἱ ἄλλοι αἰσθόμενοι παρῆσαν, τὸ μὲν δεξιὸν κέρας ἔχοντες οἱ Ταριχᾶνες — ἡγεῖτο δὲ αὐτῶν Πήλαμος — τὸ δὲ εὐώνυμον οἱ Θυννοκέφαλοι, τὸ μέσον δὲ οἱ Καρκινόχειρες· οἱ γὰρ Τριτωνομένδητες τὴν ἡσυχίαν ἦγον οὐδετέροις συμμαχεῖν προαιρούμενοι. Ἡμεῖς δὲ προαπαντήσαντες αὐτοῖς παρὰ τὸ Ποσειδώνιον συνεμίξαμεν πολλῆι βοῆι χρώμενοι, ἀντήχει δὲ τὸ κῆτος ὥσπερ τὰ σπήλαια. Τρεψάμενοι δὲ αὐτούς, ἅτε γυμνῆτας ὄντας, καὶ καταδιώξαντες ἐς τὴν ὕλην τὸ λοιπὸν ἐπεκρατοῦμεν τῆς γῆς.

39. Καὶ μετ᾽ οὐ πολὺ κήρυκας ἀποστείλαντες νεκρούς τε ἀνηιροῦντο καὶ περὶ φιλίας διελέγοντο· ἡμῖν δὲ οὐκ ἐδόκει σπένδεσθαι, ἀλλὰ τῆι ὑστεραίαι χωρήσαντες ἐπ᾽ αὐτοὺς πάντας ἄρδην ἐξεκόψαμεν πλὴν τῶν Τριτωνομενδήτων. Οὗτοι δέ, ὡς εἶδον τὰ γινόμενα, διαδράντες ἐκ τῶν βραγχίων ἀφῆκαν αὑτοὺς εἰς τὴν θάλατταν. Ἡμεῖς δὲ τὴν χώραν ἐπελθόντες ἔρημον ἤδη οὖσαν τῶν πολεμίων τὸ λοιπὸν ἀδεῶς κατωικοῦμεν, τὰ πολλὰ γυμνασίοις τε καὶ κυνηγεσίοις χρώμενοι καὶ ἀμπελουργοῦντες καὶ τὸν καρπὸν συγκομιζόμενοι τὸν ἐκ τῶν δένδρων, καὶ ὅλως ἐῴκειμεν τοῖς ἐν δεσμωτηρίωι μεγάλωι καὶ ἀφύκτωι τρυφῶσι καὶ λελυμένοις. Ἐνιαυτὸν μὲν οὖν καὶ μῆνας ὀκτὼ τοῦτον διηγάγομεν τὸν τρόπον.

37. Desconfiando do ataque, armamo-nos e ficamos à espera, sendo avançados vinte e cinco homens para a emboscada. Ficou apalavrado com os que estavam de tocaia que atacassem os inimigos quando vissem que estes por eles tinham passado. Assim se fez: atacaram, golpeando-os por trás, enquanto nós, também em número de vinte e cinco — pois Cíntaro e seu filho combatiam conosco[50] —, saímos para encontrá-los e, entrando em combate com coragem e força, expusemo-nos ao perigo. Finalmente, os pusemos em fuga e os perseguimos até seus covis. Dos inimigos, morreram cento e setenta, enquanto, dos nossos, só o piloto, atravessado nas costas por uma espinha de salmonete.

38. Naquele dia e naquela noite instalamo-nos no campo de batalha e erigimos um troféu, fincando uma espinha seca de golfinho. No dia seguinte, os restantes, que, tendo-o sabido, apresentaram-se: na ala direita estavam os Ensalmourados, e Bonito[51] os comandava; na da esquerda, os Cabeças-atuns; no meio, os Mãos-caranguejos. Já os Tritões-bodes mantiveram-se quietos, preferindo não se aliar a nenhum dos dois lados. Nós fomos de encontro a eles, combatendo-os perto do santuário de Posídon com tanta gritaria que a besta marinha ressoava como uma caverna. Pondo-os em fuga, pois eram soldados de armas leves, perseguimo-los pela floresta e dominamos o resto da terra.

39. Não tardaram muito a enviar arautos para recolher os cadáveres e tratar da amizade. Decidimos não firmar acordo e, no dia seguinte, avançamos contra eles, a todos exterminando completamente, à exceção dos Tritões-bodes. Vendo os acontecimentos, estes fugiram pelas brânquias, lançando-se ao mar. Percorremos a região já desertada dos inimigos e habitamo-la então sem temor, praticamos muito a ginástica e a caça, cultivamos as vinhas e colhemos os frutos das árvores, em tudo nos assemelhávamos aos que, em uma prisão enorme e inescapável, vivem no luxo e na liberdade. Desse modo, passamos um ano e oito meses.

40. Τῶι δ᾽ ἐνάτωι μηνὶ πέμπτηι ἱσταμένου, περὶ τὴν δευτέραν τοῦ στόματος ἄνοιξιν — ἅπαξ γὰρ δὴ τοῦτο κατὰ τὴν ὥραν ἑκάστην ἐποίει τὸ κῆτος, ὥστε ἡμᾶς πρὸς τὰς ἀνοίξεις τεκμαίρεσθαι τὰς ὥρας — περὶ οὖν τὴν δευτέραν, ὥσπερ ἔφην, ἄνοιξιν, ἄφνω βοή τε πολλὴ καὶ θόρυβος ἠκούετο καὶ ὥσπερ κελεύσματα καὶ εἰρεσίαι· ταραχθέντες οὖν ἀνειρπύσαμεν ἐπ᾽ αὐτὸ τὸ στόμα τοῦ θηρίου καὶ στάντες ἐνδοτέρω τῶν ὀδόντων καθεωρῶμεν ἁπάντων ὧν ἐγὼ εἶδον θεαμάτων παραδοξότατον, ἄνδρας μεγάλους, ὅσον ἡμισταδιαίους τὰς ἡλικίας, ἐπὶ νήσων μεγάλων προσπλέοντας ὥσπερ ἐπὶ τριήρων. Οἶδα μὲν οὖν ἀπίστοις ἐοικότα ἱστορήσων, λέξω δὲ ὅμως. Νῆσοι ἦσαν ἐπιμήκεις μέν, οὐ πάνυ δὲ ὑψηλαί, ὅσον ἑκατὸν σταδίων ἑκάστη τὸ περίμετρον· ἐπὶ δὲ αὐτῶν ἔπλεον τῶν ἀνδρῶν ἐκείνων ἀμφὶ τοὺς εἴκοσι καὶ ἑκατόν· τούτων δὲ οἱ μὲν παρ᾽ ἑκάτερα τῆς νήσου καθήμενοι ἐφεξῆς ἐκωπηλάτουν κυπαρίττοις μεγάλαις αὐτοκλάδοις καὶ αὐτοκόμοις ὥσπερ ἐρετμοῖς, κατόπιν δὲ ἐπὶ τῆς πρύμνης, ὡς ἐδόκει, κυβερνήτης ἐπὶ λόφου ὑψηλοῦ εἱστήκει χάλκεον ἔχων πηδάλιον πενταστάδιαῖον τὸ μῆκος· ἐπὶ δὲ τῆς πρώιρας ὅσον τεσσαράκοντα ὡπλισμένοι αὐτῶν ἐμάχοντο, πάντα ἐοικότες ἀνθρώποις πλὴν τῆς κόμης· αὕτη δὲ πῦρ ἦν καὶ ἐκάετο, ὥστε οὐδὲ κορύθων ἐδέοντο. Ἀντὶ δὲ ἱστίων ὁ ἄνεμος ἐμπίπτων τῆι ὕληι, πολλῆι οὔσηι ἐν ἑκάστηι, ἐκόλπου τε ταύτην καὶ ἔφερε τὴν νῆσον ἧι ἐθέλοι ὁ κυβερνήτης· κελευστὴς δὲ ἐφειστήκει αὐτοῖς, καὶ πρὸς τὴν εἰρεσίαν ὀξέως ἐκινοῦντο ὥσπερ τὰ μακρὰ τῶν πλοίων.

41. Τὸ μὲν οὖν πρῶτον δύο ἢ τρεῖς ἑωρῶμεν, ὕστερον δὲ ἐφάνησαν ὅσον ἑξακόσιοι, καὶ διαστάντες ἐπολέμουν καὶ ἐναυμάχουν. Πολλαὶ μὲν οὖν ἀντίπρωιροι συνηράσσοντο ἀλλήλαις, πολλαὶ δὲ καὶ ἐμβληθεῖσαι κατεδύοντο, αἱ δὲ συμπλεκόμεναι καρτερῶς διηγωνίζοντο καὶ οὐ ῥαιδίως ἀπελύοντο· οἱ γὰρ ἐπὶ τῆς πρώιρας τεταγμένοι πᾶσαν ἐπεδείκνυντο προθυμίαν ἐπιβαίνοντες καὶ ἀναιροῦντες· ἐζώγρει δὲ οὐδείς. Ἀντὶ δὲ χειρῶν σιδηρῶν πολύποδας μεγάλους ἐκδεδεμένους ἀλλήλοις ἐπερρίπτουν, οἱ δὲ περιπλεκόμενοι τῆι ὕληι κατεῖχον τὴν νῆσον. Ἔβαλλον μέντοι καὶ ἐτίτρωσκον ὀστρείοις τε ἁμαξοπληθέσι καὶ σπόγγοις πλεθριαίοις.

40. Chegado o quinto dia do nono mês, pouco mais ou menos da segunda abertura da boca, pois a besta marinha assim fazia uma vez a cada hora, de modo que contávamos as horas pelas aberturas, pouco mais ou menos da segunda,[52] como eu dizia, abertura, ouviu-se, subitamente, muito clamor e alvoroço como nos cadenciamentos e remadas. Turbados, subimos à boca da fera e, de pé, aquém dos dentes, vimos em baixo, de todos os espetáculos que eu já vi, o mais extraordinário: homens enormes com cerca de meio estádio de altura[26] a navegar sobre ilhas enormes como se fossem trirremes. Sei que parece incrível o que vou contar, mas, ainda assim, vou dizer: as ilhas eram longas, não muito altas, cada qual com cerca de cem estádios de perímetro.[27] Nelas estavam embarcados aproximadamente cento e vinte daqueles homens; alguns deles estavam sentados em fila de cada lado da ilha a remar com enormes ciprestes, seus ramos e folhas como remos; atrás, na popa, o piloto parecia estar posicionado em uma alta colina, tendo um leme de bronze com cinco estádios de comprimento.[28] Na proa lutavam uns quarenta soldados, em tudo semelhantes a homens, exceto os cabelos, que eram de fogo e queimavam, de modo que não usavam elmos. À guisa de velas, a floresta batida pelo vento; havia muitas destas em cada uma:[53] enfunada, ela levava a ilha para onde o piloto quisesse. Um contramestre os comandava e rapidamente se deslocavam com as remadas, como grandes naus.

41. Vimos inicialmente duas ou três dessas, mas depois apareceram umas seiscentas, que, separadas, se enfrentaram em naumaquia. Então, muitas, proa à frente, entrechocavam-se; muitas, quando atingidas, naufragavam, e as que umas às outras agarradas lutavam violentamente não se desatracavam com facilidade, pois os que haviam formado à proa demonstravam todo o ardor no abordar e aniquilar. Ninguém fazia prisioneiros. À guisa de arpéus de ferro, polvos enormes, presos uns aos outros, eram jogados e, enlaçados na floresta, imobilizavam a ilha. Arremessavam-se e feriam-se com ostras, tamanhas como uma carroça e com esponjas de um pletro.[29]

[26] Uns 89 metros.
[27] Quase 18 km.
[28] Pouco menos de 890 metros.
[29] Por volta de 30 metros.

42. Ἡγεῖτο δὲ τῶν μὲν Αἰολοκένταυρος, τῶν δὲ Θαλασσοπότης· καὶ μάχη
αὐτοῖς ἐγεγένητο, ὡς ἐδόκει, λείας ἕνεκα· ἐλέγετο γὰρ ὁ Θαλασσοπότης
πολλὰς ἀγέλας δελφίνων τοῦ Αἰολοκενταύρου ἐληλακέναι, ὡς ἦν ἀκούειν
ἐπικαλούντων ἀλλήλοις καὶ τὰ ὀνόματα τῶν βασιλέων ἐπιβοωμένων. Τέλος
δὲ νικῶσιν οἱ τοῦ Αἰολοκενταύρου καὶ νήσους τῶν πολεμίων καταδύουσιν
ἀμφὶ τὰς πεντήκοντα καὶ ἑκατόν· καὶ ἄλλας τρεῖς λαμβάνουσιν αὐτοῖς
ἀνδράσιν· αἱ δὲ λοιπαὶ πρύμναν κρουσάμεναι ἔφευγον. Οἱ δὲ μέχρι τινὸς
διώξαντες, ἐπειδὴ ἑσπέρα ἦν, τραπόμενοι πρὸς τὰ ναυάγια τῶν πλείστων
ἐπεκράτησαν καὶ τὰ ἑαυτῶν ἀνείλοντο· καὶ γὰρ ἐκείνων κατέδυσαν νῆσοι
οὐκ ἐλάττους τῶν ὀγδοήκοντα. Ἔστησαν δὲ καὶ τρόπαιον τῆς νησομαχίας
ἐπὶ τῆι κεφαλῆι τοῦ κήτους μίαν τῶν πολεμίων νῆσον ἀνασταυρώσαντες.
Ἐκείνην μὲν οὖν τὴν νύκτα περὶ τὸ θηρίον ηὐλίσαντο ἐξάψαντες αὐτοῦ
τὰ ἀπόγεια καὶ ἐπ᾽ ἀγκυρῶν πλησίον ὁρμισάμενοι· καὶ γὰρ ἀγκύραις
ἐχρῶντο μεγάλαις ὑαλίναις καρτεραῖς. Τῆι ὑστεραίαι δὲ θύσαντες ἐπὶ τοῦ
κήτους καὶ τοὺς οἰκείους θάψαντες ἐπ᾽ αὐτοῦ ἀπέπλεον ἡδόμενοι καὶ
ὥσπερ παιᾶνας ἄιδοντες. Ταῦτα μὲν τὰ κατὰ τὴν νησομαχίαν γενόμενα.

42. Uns eram comandados por Centauro-éolo, outros, por Bebe-mares.[54] A batalha entre eles decorreu, como se pensava, de uma pilhagem; dizia-se, pois, que Bebe-mares roubou muitos rebanhos de golfinhos de Centauro-éolo, como se ouvia uns aos outros a acusar-se e a gritar os nomes dos reis. Enfim, venceram os de Centauro-éolo, que afundaram umas cento e cinquenta ilhas dos inimigos e tomaram três outras com seus homens. As remanescentes fugiram popa à frente, algumas foram perseguidas por um breve tempo, pois era o entardecer, e eles voltaram às naufragadas, apoderando-se da maior parte destas, e recolhendo as próprias: não menos de oitenta de suas ilhas afundaram. Erigiram então um troféu da naumaquia, fincando uma ilha inimiga na cabeça da besta marinha. Acamparam à noite junto à fera, amarrando-lhe cabos e jogando âncoras nas proximidades. Usaram, pois, de âncoras de vidro, grandes e fortes. No dia seguinte, tendo celebrado um sacrifício sobre a besta marinha e enterrado sobre ela os seus, zarparam alegremente como que cantando peãs.[55] Eis os acontecimentos da insulomaquia.

ΑΛΗΘΩΝ ΔΙΗΓΗΜΑΤΩΝ

Βιβλίον Β'

DAS NARRATIVAS VERDADEIRAS

Livro II

1. Τὸ δὲ ἀπὸ τούτου μηκέτι φέρων ἐγὼ τὴν ἐν τῶι κήτει δίαιταν ἀχθόμενός
    τε τῆι μονῆι μηχανήν τινα ἐζήτουν, δι᾽ ἧς ἂν ἐξελθεῖν γένοιτο· καὶ τὸ μὲν
    πρῶτον ἔδοξεν ἡμῖν διορύξασι κατὰ τὸν δεξιὸν τοῖχον ἀποδρᾶναι, καὶ
    ἀρξάμενοι διεκόπτομεν· ἐπειδὴ δὲ προελθόντες ὅσον πέντε σταδίους οὐδὲν
    ἠνύομεν, τοῦ μὲν ὀρύγματος ἐπαυσάμεθα, τὴν δὲ ὕλην καῦσαι διέγνωμεν·
    οὕτω γὰρ ἂν τὸ κῆτος ἀποθανεῖν· εἰ δὲ τοῦτο γένοιτο, ῥαιδία ἔμελλεν ἡμῖν
    ἔσεσθαι ἡ ἔξοδος. Ἀρξάμενοι οὖν ἀπὸ τῶν οὐραίων ἐκαίομεν, καὶ ἡμέρας
    μὲν ἑπτὰ καὶ ἴσας νύκτας ἀναισθήτως εἶχε τοῦ καύματος, ὀγδόηι δὲ καὶ
    ἐνάτηι συνίεμεν αὐτοῦ νοσοῦντος· ἀργότερον γοῦν ἀνέχασκεν καὶ εἴ ποτε
    ἀναχάνοι ταχὺ συνέμυε. Δεκάτηι δὲ καὶ ἑνδεκάτηι τέλεον ἀπενεκροῦτο καὶ
    δυσῶδες ἦν· τῆι δωδεκάτηι δὲ μόλις ἐνενοήσαμεν ὡς, εἰ μή τις χανόντος
    αὐτοῦ ὑποστηρίξειεν τοὺς γομφίους, ὥστε μηκέτι συγκλεῖσαι, κινδυνεύσομεν
    κατακλεισθέντες ἐν νεκρῶι αὐτῶι ἀπολέσθαι. Οὕτω δὴ μεγάλοις δοκοῖς
    τὸ στόμα διερείσαντες τὴν ναῦν ἐπεσκευάζομεν ὕδωρ τε ὡς ἔνι πλεῖστον
    ἐμβαλλόμενοι καὶ τἆλλα ἐπιτήδεια· κυβερνᾶν δὲ ἔμελλεν ὁ Σκίνθαρος.

2. Τῆι δὲ ἐπιούσηι τὸ μὲν ἤδη τεθνήκει, ἡμεῖς δὲ ἀνελκύσαντες τὸ πλοῖον καὶ
    διὰ τῶν ἀραιωμάτων διαγαγόντες καὶ ἐκ τῶν ὀδόντων ἐξάψαντες ἠρέμα
    καθήκαμεν ἐς τὴν θάλατταν· ἐπαναβάντες δὲ ἐπὶ τὰ νῶτα καὶ θύσαντες
    τῶι Ποσειδῶνι αὐτοῦ παρὰ τὸ τρόπαιον ἡμέρας τε τρεῖς ἐπαυλισάμενοι
    — νηνεμία γὰρ ἦν — τῆι τετάρτηι ἀπεπλεύσαμεν. Ἔνθα δὴ πολλοῖς
    τῶν ἐκ τῆς ναυμαχίας νεκροῖς ἀπηντῶμεν καὶ προσωκέλλομεν, καὶ τὰ
    σώματα καταμετροῦντες ἐθαυμάζομεν. Καὶ ἡμέρας μέν τινας ἐπλέομεν
    εὐκράτωι ἀέρι χρώμενοι, ἔπειτα βορέου σφοδροῦ πνεύσαντος μέγα κρύος
    ἐγένετο, καὶ ὑπ᾽ αὐτοῦ πᾶν ἐπάγη τὸ πέλαγος, οὐκ ἐπιπολῆς μόνον,
    ἀλλὰ καὶ ἐς βάθος ὅσον ἐπὶ τριακοσίας ὀργυιάς, ὥστε καὶ ἀποβάντας
    διαθεῖν ἐπὶ τοῦ κρυστάλλου. Ἐπιμένοντος δὲ τοῦ πνεύματος φέρειν οὐ
    δυνάμενοι τοιόνδε τι ἐπενοήσαμεν — ὁ δὲ τὴν γνώμην ἀποφηνάμενος
    ἦν ὁ Σκίνθαρος — σκάψαντες γὰρ ἐν τῶι ὕδατι σπήλαιον μέγιστον ἐν

1. Depois disso, não suportando mais a vida dentro da besta marinha e enfarado da estada, busquei um expediente pelo qual eu pudesse escapar. Resolvemos, primeiro, fugir perfurando o muro à direita e começamos a cortá-lo. Já tendo avançando uns cinco estádios[30] e nada conseguindo, interrompemos a escavação. Decidimos incendiar a floresta para que a besta marinha morresse: se isso acontecesse, a nossa fuga se tornaria fácil. Começamos a incendiá-la pela cauda; por sete dias e outras tantas noites ela permaneceu insensível às queimaduras, mas, no oitavo e nono, inferimos que tinha adoecido: abria a boca com menos presteza e, quando a abria, fechava-a logo. No décimo e undécimo, ela finalmente morria e passou a feder. No duodécimo, demo-nos conta a tempo de que se não escorássemos seus molares quando abrisse a boca, de modo que não mais a fechasse, correríamos o risco de morrer presos no interior do cadáver. Apoiando a sua boca em grandes vigas, abastecemos a nave com o máximo de água e carregamos tudo o que fosse necessário. Cíntaro seria o piloto.

2. No dia seguinte, ela já estava morta; depois de erguer a nave, fazê-la transpor os interstícios dos dentes e nestes prendê-la, lentamente a baixamos ao mar. Tendo montado nas costas da besta marinha, celebrado os sacrifícios a Posídon e, nestas, acampado por três dias ao lado do troféu, pois não havia vento, no quarto, zarpamos. Encontramos então muitos cadáveres da naumaquia, que abalroamos, e maravilhamo-nos ao medir seus corpos.[56] Por dias navegamos aproveitando o ar brando, mas depois, com o sopro violento de Bóreas,[57] sobreveio um frio imenso e, com ele, todo o mar se congelou, não só na superfície, como também por umas trezentas braças de profundidade;[31] desse modo, desembarcando, pudemos correr sobre o gelo. Persistindo o vento, sem que pudéssemos suportá-lo, eis o que pensamos — e foi Cíntaro quem mostrou a solução — : cavamos uma grande caverna na água, dentro da qual ficamos por trinta dias com o fogo

---

[30] Pouco menos de 890 metros.

[31] Algo como 533 metros. Tal profundidade pareceu inadequada a alguns editores (Nilén, Harmon), os quais adotaram a correção de Schwartz, que, ao invés de 300, propôs 6 braças de profundidade (quase 11 metros). Intentando tornar ordinário o que apresenta-se como extraordinário, eles perdem de vista a comédia dos exageros encenada na narrativa: o mar de excessos de Luciano sorri aqui das imagens glaciais de Heródoto (*Histórias*, IV, 28). Consultar o texto *Sobre Kêtos*.

τούτωι ἐμείναμεν ἡμέρας τριάκοντα, πῦρ ἀνακαίοντες καὶ σιτούμενοι τοὺς ἰχθῦς· εὑρίσκομεν δὲ αὐτοὺς ἀνορύττοντες. Ἐπεὶ δὲ ἤδη ἐπέλειπε τὰ ἐπιτήδεια, προελθόντες καὶ τὴν ναῦν πεπηγυῖαν ἀνασπάσαντες καὶ πετάσαντες τὴν ὀθόνην ἐσυρόμεθα ὥσπερ πλέοντες λείως καὶ προσηνῶς ἐπὶ τοῦ πάγου διολισθάνοντες. Ἡμέραι δὲ πέμπτηι ἀλέα τε ἦν ἤδη καὶ ὁ πάγος ἐλύετο καὶ ὕδωρ πάντα αὖθις ἐγίνετο.

3. Πλεύσαντες οὖν ὅσον τριακοσίους σταδίους νήσωι μικρᾶι καὶ ἐρήμηι προσηνέχθημεν, ἀφ᾽ ἧς ὕδωρ λαβόντες — ἐπελελοίπει γὰρ ἤδη — καὶ δύο ταύρους ἀγρίους κατατοξεύσαντες ἀπεπλεύσαμεν. Οἱ δὲ ταῦροι οὗτοι τὰ κέρατα οὐκ ἐπὶ τῆς κεφαλῆς εἶχον, ἀλλ᾽ ὑπὸ τοῖς ὀφθαλμοῖς, ὥσπερ ὁ Μῶμος ἠξίου. Μετ᾽ οὐ πολὺ δὲ εἰς πέλαγος ἐνεβαίνομεν, οὐχ ὕδατος, ἀλλὰ γάλακτος· καὶ νῆσος ἐν αὐτῶι ἐφαίνετο λευκὴ πλήρης ἀμπέλων. Ἦν δὲ ἡ νῆσος τυρὸς μέγιστος συμπεπηγώς, ὡς ὕστερον ἐμφαγόντες ἐμάθομεν, σταδίων εἴκοσι πέντε τὸ περίμετρον· αἱ δὲ ἄμπελοι βοτρύων πλήρεις, οὐ μέντοι οἶνον, ἀλλὰ γάλα ἐξ αὐτῶν ἀποθλίβοντες ἐπίνομεν. Ἱερὸν δὲ ἐν μέσηι τῆι νήσωι ἀνωικοδόμητο Γαλατείας τῆς Νηρηΐδος, ὡς ἐδήλου τὸ ἐπίγραμμα. Ὅσον οὖν χρόνον ἐκεῖ ἐμείναμεν, ὄψον μὲν ἡμῖν καὶ σιτίον ἡ γῆ ὑπῆρχεν, ποτὸν δὲ τὸ γάλα τὸ ἐκ τῶν βοτρύων. Βασιλεύειν δὲ τῶν χωρίων τούτων ἐλέγετο Τυρὼ ἡ Σαλμωνέως, μετὰ τὴν ἐντεῦθεν ἀπαλλαγὴν ταύτην παρὰ τοῦ Ποσειδῶνος λαβοῦσα τὴν τιμήν.

4. Μείναντες δὲ ἡμέρας ἐν τῆι νήσωι πέντε, τῆι ἕκτηι ἐξωρμήσαμεν, αὔρας μέν τινος παραπεμπούσης, λειοκύμονος δὲ οὔσης τῆς θαλάττης· ὀγδόηι δὲ ἡμέραι πλέοντες οὐκέτι διὰ τοῦ γάλακτος, ἀλλ᾽ ἤδη ἐν ἁλμυρῶι καὶ κυανέωι ὕδατι, καθορῶμεν ἀνθρώπους πολλοὺς ἐπὶ τοῦ πελάγους διαθέοντας, ἅπαντα ἡμῖν προσεοικότας, καὶ τὰ σώματα καὶ τὰ μεγέθη, πλὴν τῶν ποδῶν μόνον· ταῦτα γὰρ φέλλινα εἶχον, ἀφ᾽ οὗ δή, οἶμαι, καὶ ἐκαλοῦντο Φελλόποδες. Ἐθαυμάσαμεν οὖν ἰδόντες οὐ βαπτιζομένους, ἀλλὰ ὑπερέχοντας τῶν κυμάτων καὶ ἀδεῶς ὁδοιποροῦντας. Οἱ δὲ καὶ προσήιεσαν καὶ ἠσπάζοντο ἡμᾶς Ἑλληνικῆι φωνῆι· ἔλεγον δὲ εἰς Φελλὼ τὴν αὐτῶν πατρίδα ἐπείγεσθαι. Μέχρι μὲν οὖν τινος συνωδοιπόρουν

aceso e comendo os peixes encontrados quando escavávamos. E como começasse a faltar o necessário, saímos e desencalhamos a nave presa ao gelo; desfraldamos a vela e deixamo-nos arrastar como se tivéssemos navegando a deslizar sobre o gelo, suave e facilmente. No quinto dia, com a chegada do calor, o gelo derreteu e tudo novamente virou água.

3. Navegando uns trezentos estádios,[32] chegamos a uma ilha pequena e deserta, na qual recolhemos água — que já nos faltava — e, após flecharmos dois touros selvagens, zarpamos. Estes touros tinham os chifres, não sobre a cabeça, mas sob os olhos, como pretendia Momo.[58] Pouco depois, avançamos para o mar, não de água, mas de leite e, nele, uma ilha se revelava, branca, cheia de vinhas. Era a ilha um grande queijo consistente, como depois compreendemos ao comê-la; tinha vinte e cinco estádios de perímetro.[33] As vinhas estavam carregadas de cachos, e bebíamos, não vinho, mas leite, ao espremê-los. No meio da ilha, erguia-se um santuário a Nereida Galateia, o que a inscrição evidenciava. No tempo em que lá ficamos, a carne e o pão provinham da terra, a bebida, do leite dos cachos. Reinava naquelas regiões, dizia-se, Tiro, filha de Salmoneu, a qual, após ter partido daqui,[59] recebeu a recompensa de Posídon.

4. Ficamos cinco dias na ilha e, no sexto, zarpamos, transportados pela brisa em um mar de suaves ondas. No oitavo, navegando, não mais no leite, mas já em águas salgadas e de um azul profundo, vimos correndo sobre o mar muitos homens, em tudo semelhantes a nós, em corpo e estatura, à parte apenas dos pés: tinham-nos de cortiça e, por isso, penso eu, eram chamados "Pés-cortiças". Maravilhávamo-nos vendo que não afundavam, mas que sobre as ondas se mantinham, caminhando, sem medo. Aproximaram-se eles, saudando-nos em fala grega: diziam que iam com pressa à sua pátria, Cortícia. Viajaram um pouco conosco, correndo

[32] Cerca de 53 km.
[33] Uns 4,5 km.

ἡμῖν παραθέοντες, εἶτα ἀποτραπόμενοι τῆς ὁδοῦ ἐβάδιζον εὔπλοιαν ἡμῖν ἐπευξάμενοι. Μετ' ὀλίγον δὲ πολλαὶ νῆσοι ἐφαίνοντο, πλησίον μὲν ἐξ ἀριστερῶν ἡ Φελλώ, ἐς ἣν ἐκεῖνοι ἔσπευδον, πόλις ἐπὶ μεγάλου καὶ στρογγύλου φελλοῦ κατοικουμένη· πόρρωθεν δὲ καὶ μᾶλλον ἐν δεξιᾶι πέντε μέγισται καὶ ὑψηλόταται, καὶ πῦρ πολὺ ἀπ' αὐτῶν ἀνεκαίετο.

5. Κατὰ δὲ τὴν πρῶιραν μία πλατεῖα καὶ ταπεινή, σταδίους ἀπέχουσα οὐκ ἐλάττους πεντακοσίων. Ἤδη δὲ πλησίον ἦμεν, καὶ θαυμαστή τις αὔρα περιέπνευσεν ἡμᾶς, ἡδεῖα καὶ εὐώδης, οἵαν φησὶν ὁ συγγραφεὺς Ἡρόδοτος ἀπόζειν τῆς εὐδαίμονος Ἀραβίας. Οἷον γὰρ ἀπὸ ῥόδων καὶ ναρκίσσων καὶ ὑακίνθων καὶ κρίνων καὶ ἴων, ἔτι δὲ μυρρίνης καὶ δάφνης καὶ ἀμπελάνθης, τοιοῦτον ἡμῖν τὸ ἡδὺ προσέβαλλεν. Ἡσθέντες δὲ τῆι ὀσμῆι καὶ χρηστὰ ἐκ μακρῶν πόνων ἐλπίσαντες κατ' ὀλίγον ἤδη πλησίον τῆς νήσου ἐγινόμεθα. Ἔνθα δὴ καὶ καθεωρῶμεν λιμένας τε πολλοὺς περὶ πᾶσαν ἀκλύστους καὶ μεγάλους, ποταμούς τε διαυγεῖς ἐξιέντας ἠρέμα εἰς τὴν θάλατταν, ἔτι δὲ λειμῶνας καὶ ὕλας καὶ ὄρνεα μουσικά, τὰ μὲ ἐπὶ τῶν ἠιόνων ᾄδοντα, πολλὰ δὲ καὶ ἐπὶ τῶν κλάδων· ἀήρ τε κοῦφος καὶ εὔπνους περιεκέχυτο τὴν χώραν· καὶ αὖραι δέ τινες ἡδεῖαι πνέουσαι ἠρέμα τὴν ὕλην διεσάλευον, ὥστε καὶ ἀπὸ τῶν κλάδων κινουμένων τερπνὰ καὶ συνεχῆ μέλη ἀπεσυρίζετο, ἐοικότα τοῖς ἐπ' ἐρημίας αὐλήμασι τῶν πλαγίων αὐλῶν. Καὶ μὴν καὶ βοὴ σύμμικτος ἠκούετο ἄθρους, οὐ θορυβώδης, ἀλλ' οἵα γένοιτ' ἂν ἐν συμποσίωι, τῶν μὲν αὐλούντων, τῶν δὲ ἐπαινούντων, ἐνίων δὲ κροτούντων πρὸς αὐλὸν ἢ κιθάραν.

6. Τούτοις ἅπασι κηλούμενοι κατήχθημεν, ὁρμίσαντες δὲ τὴν ναῦν ἀπεβαίνομεν, τὸν Σκίνθαρον ἐν αὐτῆι καὶ δύο τῶν ἑταίρων ἀπολιπόντες. Προϊόντες δὲ διὰ λειμῶνος εὐανθοῦς ἐντυγχάνομεν τοῖς φρουροῖς καὶ περιπόλοις, οἱ δὲ δήσαντες ἡμᾶς ῥοδίνοις στεφάνοις — οὗτος γὰρ μέγιστος παρ' αὐτοῖς δεσμός ἐστιν — ἀνῆγον ὡς τὸν ἄρχοντα, παρ' ὧν δὴ καὶ καθ' ὁδὸν ἠκούσαμεν ὡς ἡ μὲν νῆσος εἴη τῶν Μακάρων προσαγορευομένη, ἄρχοι δὲ ὁ Κρὴς Ῥαδάμανθυς. Καὶ δὴ ἀναχθέντες ὡς αὐτὸν ἐν τάξει τῶν δικαζομένων ἔστημεν τέταρτοι.

ao nosso lado; depois, desviando a rota, prosseguiram, desejando-nos uma boa navegação. Pouco depois, muitas ilhas apareceram: à esquerda, próxima, Cortícia, cidade estabelecida em uma grande cortiça redonda, em cuja direção eles se apressavam; à direita, mais longe, cinco grandes e elevadíssimas, por muito fogo queimadas.

5. À proa, só uma apareceu, plana e baixa, distante não menos de quinhentos[60] estádios.[34] E quando estávamos perto, soprou à nossa volta uma maravilhosa brisa, agradável e perfumada, como a que o historiador Heródoto afirma exaladora na Arábia Feliz; pois, como o de rosas, narcisos, jacintos, lírios, violetas e, ainda, mirto, loureiro, flor da videira, o perfume se lançava sobre nós.[61] Deliciados com o aroma e expectantes de um proveito após muitas provações, estávamos, logo mais, perto da ilha. Vimos então muitos portos, abrigados e grandes em toda a volta, bem como rios límpidos a desaguar vagarosamente no mar e, ainda, prados, florestas e aves canoras que cantavam, algumas em praias, muitas em ramagens. Leve e puro, o ar se difundia pela região: deliciosas brisas sopravam, agitando suavemente a floresta e, assim, o movimento das ramagens silvava melodias, alegres e ininterruptas, semelhantes aos flauteios solitários dos aulos transversais. Ouvia-se, pois, um clamor misto e compacto, nada tumultuoso, como o que surge em um simpósio, uns fazendo ouvir os aulos, uns, panegíricos, e uns, ainda, a cadência do aulo ou da cítara.

6. Encantados com tudo isso, acostamos, fundeamos a nave e desembarcamos, nela deixando Cíntaro com dois companheiros. Avançávamos pelo prado florido quando topamos com os vigilantes e os patrulheiros, os quais nos prenderam com guirlandas de rosas — que, entre eles, eram o laço mais apertado — e nos conduziram ao arconte; no caminho ouvíamos que esta era a por eles chamada "Ilha dos Bem-aventurados", governada por Radamanto de Creta.[62] Conduzidos a ele, ficamos em quarto lugar na ordem dos julgamentos.

[34] Em torno de 89 km.

7. Ἦν δὲ ἡ μὲν πρώτη δίκη περὶ Αἴαντος τοῦ Τελαμῶνος, εἴτε χρὴ αὐτὸν συνεῖναι τοῖς ἥρωσιν εἴτε καὶ μή· κατηγορεῖτο δὲ αὐτοῦ ὅτι μεμήνοι καὶ ἑαυτὸν ἀπεκτόνοι. Τέλος δὲ πολλῶν ῥηθέντων ἔγνω ὁ Ῥαδάμανθυς, νῦν μὲν αὐτὸν πιόμενον τοῦ ἐλλεβόρου παραδοῦναι Ἱπποκράτει τῶι Κώιωι ἰατρῶι, ὕστερον δὲ σωφρονήσαντα μετέχειν τοῦ συμποσίου.

8. Δευτέρα δὲ ἦν κρίσις ἐρωτική, Θησέως καὶ Μενελάου περὶ τῆς Ἑλένης διαγωνιζομένων, ποτέρωι χρὴ αὐτὴν συνοικεῖν. Καὶ ὁ Ῥαδάμανθυς ἐδίκασε Μενελάωι συνεῖναι αὐτὴν ἅτε καὶ τοσαῦτα πονήσαντι καὶ κινδυνεύσαντι τοῦ γάμου ἕνεκα· καὶ γὰρ αὖ τῶι Θησεῖ καὶ ἄλλας εἶναι γυναῖκας, τήν τε Ἀμαζόνα καὶ τὰς τοῦ Μίνωος θυγατέρας.

9. Τρίτη δ᾽ ἐδικάσθη περὶ προεδρίας Ἀλεξάνδρωι τε τῶι Φιλίππου καὶ Ἀννίβαι τῶι Καρχηδονίωι, καὶ ἔδοξε προέχειν ὁ Ἀλέξανδρος, καὶ θρόνος αὐτῶι ἐτέθη παρὰ Κῦρον τὸν Πέρσην τὸν πρότερον.

10. Τέταρτοι δὲ ἡμεῖς προσήχθημεν· καὶ ὁ μὲν ἤρετο τί παθόντες ἔτι ζῶντες ἱεροῦ χωρίου ἐπιβαίημεν· ἡμεῖς δὲ πάντα ἑξῆς διηγησάμεθα. Οὕτω δὴ μεταστησάμενος ἡμᾶς ἐπὶ πολὺν χρόνον ἐσκέπτετο καὶ τοῖς συνέδροις ἐκοινοῦτο περὶ ἡμῶν. Συνήδρευον δὲ ἄλλοι τε πολλοὶ καὶ Ἀριστείδης ὁ δίκαιος ὁ Ἀθηναῖος. Ὡς δὲ ἔδοξεν αὐτῶι, ἀπεφήναντο, τῆς μὲν φιλοπραγμοσύνης καὶ τῆς ἀποδημίας, ἐπειδὰν ἀποθάνωμεν, δοῦναι τὰς εὐθύνας, τὸ δὲ νῦν ῥητὸν χρόνον μείναντας ἐν τῆι νήσωι καὶ συνδιαιτηθέντας τοῖς ἥρωσιν ἀπελθεῖν. Ἔταξαν δὲ καὶ τὴν προθεσμίαν τῆς ἐπιδημίας μὴ πλέον μηνῶν ἑπτά.

11. Τοὐντεῦθεν αὐτομάτων ἡμῖν τῶν στεφάνων περιρρυέντων ἐλελύμεθα καὶ εἰς τὴν πόλιν ἠγόμεθα καὶ εἰς τὸ τῶν Μακάρων συμπόσιον. Αὐτὴ μὲν οὖν ἡ πόλις πᾶσα χρυσῆ, τὸ δὲ τεῖχος περίκειται σμαράγδινον· πύλαι δέ εἰσιν ἑπτά, πᾶσαι μονόξυλοι κινναμώμιναι· τὸ μέντοι ἔδαφος τῆς πόλεως καὶ ἡ ἐντὸς τοῦ τείχους γῆ ἐλεφαντίνη· ναοὶ δὲ πάντων θεῶν βηρύλλου λίθου ὠικοδομημένοι, καὶ βωμοὶ ἐν αὐτοῖς μέγιστοι μονόλιθοι ἀμεθύστινοι, ἐφ᾽ ὧν ποιοῦσι τὰς ἑκατόμβας. Περὶ δὲ τὴν πόλιν ῥεῖ ποταμὸς μύρου

7. O primeiro julgamento era o de Ájax, filho de Télamon, para se decidir se ele deveria, ou não, ficar entre os heróis: acusavam-no de estar louco e de se ter matado.[63] Enfim, após muita discussão, Radamanto decidiu que ele seria momentaneamente confiado a Hipócrates, o médico de Cós, para beber heléboro[64] e que, uma vez moderado, participaria no simpósio.

8. O segundo era um processo amoroso. Teseu e Menelau disputavam Helena: com qual dos dois ela deveria viver. Radamanto sentenciou que ela ficaria com Menelau, pois ele muito penou e se arriscou pelo casamento, enquanto Teseu tinha outras mulheres, a Amazona e as filhas de Minos.[65]

9. O terceiro julgamento era sobre a precedência, se de Alexandre, filho de Felipe, ou de Aníbal de Cartago. Decidiu-se pela preeminência de Alexandre,[66] e seu trono foi colocado ao lado do de Ciro, o Grande, da Pérsia.

10. Os quartos a comparecer fomos nós: ele interrogou sobre o que passamos, pois, embora vivos, pisávamos terra sagrada. Nós relatamos tudo, ponto por ponto. Dispensou-nos, assim, e por muito tempo meditou, como também consultou os seus conselheiros sobre nós. Aristides, o Justo, de Atenas[67] fazia, como muitos outros, parte do conselho. De acordo com a opinião dele, declarou-se que, de nossa intrusão e excursões, prestaríamos contas depois de mortos, mas que, por ora, ficaríamos na ilha e viveríamos com os heróis por um tempo designado; depois partiríamos. Fixaram o prazo de nossa estada em não mais de sete meses.

11. Neste instante, as guirlandas ao nosso redor caíram por si sós; ficamos livres e fomos levados à cidade, assim como ao simpósio dos Bem-aventurados. Esta cidade é toda de ouro, a muralha à sua volta, de esmeralda: os portões são sete, todos monóxilos de cinamomo; o pavimento da cidade e o chão no interior da muralha, de marfim; os templos de todos os deuses, edificados com gema de berilo: os seus altares, grandes monólitos de ametista[68] sobre os quais fazem as hecatombes. Em volta da cidade flui

τοῦ καλλίστου, τὸ πλάτος πήχεων ἑκατὸν βασιλικῶν, βάθος δὲ ‹πέντε›
ὥστε νεῖν εὐμαρῶς. Λουτρὰ δέ ἐστιν αὐτοῖς οἶκοι μεγάλοι ὑάλινοι, τῶι
κινναμώμωι ἐγκαιόμενοι· ἀντὶ μέντοι τοῦ ὕδατος ἐν ταῖς πυέλοις δρόσος
θερμὴ ἔστιν.

12. Ἐσθῆτι δὲ χρῶνται ἀραχνίοις λεπτοῖς, πορφυροῖς. Αὐτοὶ δὲ σώματα μὲν
οὐκ ἔχουσιν, ἀλλ᾽ ἀναφεῖς καὶ ἄσαρκοί εἰσιν, μορφὴν δὲ καὶ ἰδέαν μόνην
ἐμφαίνουσιν, καὶ ἀσώματοι ὄντες ὅμως συνεστᾶσιν καὶ κινοῦνται καὶ
φρονοῦσι καὶ φωνὴν ἀφιᾶσιν, καὶ ὅλως ἔοικε γυμνή τις ἡ ψυχὴ αὐτῶν
περιπολεῖν τὴν τοῦ σώματος ὁμοιότητα περικειμένη· εἰ γοῦν μὴ ἅψαιτό τις,
οὐκ ἂν ἐξελέγξειε μὴ εἶναι σῶμα τὸ ὁρώμενον· εἰσὶ γὰρ ὥσπερ σκιαὶ ὀρθαί,
οὐ μέλαιναι. Γηράσκει δὲ οὐδείς, ἀλλ᾽ ἐφ᾽ ἧς ἂν ἡλικίας ἔλθηι παραμένει.
Οὐ μὴν οὐδὲ νὺξ παρ᾽ αὐτοῖς γίνεται, οὐδὲ ἡμέρα πάνυ λαμπρά· καθάπερ
δὲ τὸ λυκαυγὲς ἤδη πρὸς ἕω, μηδέπω ἀνατείλαντος ἡλίου, τοιοῦτο φῶς
ἐπέχει τὴν γῆν. Καὶ μέντοι καὶ ὥραν μίαν ἴσασιν τοῦ ἔτους· αἰεὶ γὰρ παρ᾽
αὐτοῖς ἔαρ ἐστὶ καὶ εἷς ἄνεμος πνεῖ παρ᾽ αὐτοῖς ὁ ζέφυρος.

13. Ἡ δὲ χώρα πᾶσι μὲν ἄνθεσιν, πᾶσι δὲ φυτοῖς ἡμέροις τε καὶ σκιεροῖς
τέθηλεν· αἱ μὲν γὰρ ἄμπελοι δωδεκαφόροι εἰσὶν καὶ κατὰ μῆνα ἕκαστον
καρποφοροῦσιν· τὰς δὲ ῥοιὰς καὶ τὰς μηλέας καὶ τὴν ἄλλην ὀπώραν
ἔλεγον εἶναι τρισκαιδεκαφόρον· ἑνὸς γὰρ μηνὸς τοῦ παρ᾽ αὐτοῖς Μινώιου
δὶς καρποφορεῖν· ἀντὶ δὲ πυροῦ οἱ στάχυες ἄρτον ἕτοιμον ἐπ᾽ ἄκρων
φύουσιν ὥσπερ μύκητας. Πηγαὶ δὲ περὶ τὴν πόλι ὕδατος μὲν πέντε καὶ
ἑξήκοντα καὶ τριακόσιαι, μέλιτος δὲ ἄλλαι τοσαῦται, μύρου δὲ πεντακόσιαι,
μικρότεραι μέντοι αὗται, καὶ ποταμοὶ γάλακτος ἑπτὰ καὶ οἴνου ὀκτώ.

14. Τὸ δὲ συμπόσιον ἔξω τῆς πόλεως πεποίηνται ἐν τῶι Ἠλυσίωι καλουμένωι
πεδίωι· λειμὼν δέ ἐστιν κάλλιστος καὶ περὶ αὐτὸν ὕλη παντοία πυκνή,
ἐπισκιάζουσα τοὺς κατακειμένους. Καὶ στρωμνὴν μὲν ἐκ τῶν ἀνθῶν
ὑποβέβληνται, διακονοῦνται δὲ καὶ παραφέρουσιν ἕκαστα οἱ ἄνεμοι
πλήν γε τοῦ οἰνοχοεῖν· τούτου γὰρ οὐδὲν δέονται, ἀλλ᾽ ἔστι δένδρα
περὶ τὸ συμπόσιον ὑάλινα μεγάλα τῆς διαυγεστάτης ὑάλου, καὶ καρπός
ἐστι τῶν δένδρων τούτων ποτήρια παντοῖα καὶ τὰς κατασκευὰς καὶ τὰ

um rio de belíssima mirra com cem côvados régios de largura[35] e cinco de profundidade,[36] de modo que nele facilmente se nada. Seus balneários são grandes casas de vidro, aquecidas com cinamomo, mas, nas banheiras, em vez de água, há orvalho quente.[69]

12. Usam como vestes finas teias de aranha, purpúreas. Não têm corpos, pois são impalpáveis e desencarnados, e apenas mostram configuração e forma. Embora sejam incorpóreos, constituem-se, movimentam-se, pensam e emitem fala, e no todo a alma deles afigura algo de nu, pois vaga envolta pela semelhança ao corpo; se alguém o tocasse, não poderia refutar que aquilo que vê não seja corpo: são como sombras não negras em pé. Ninguém envelhece, pois se mantém com a idade com que chegou. Entre eles, nem noite nasce, nem de todo brilhante dia: como o arrebol já perto da aurora, antes do despontar do sol, assim é a luz que se derrama naquela terra. Conhecem apenas uma estação do ano, pois, entre eles, é sempre a primavera e, entre eles, só um vento sopra, o Zéfiro.[70]

13. A terra floresce com todas as flores e todas as plantas, tanto as cultivadas, quanto as silvestres;[71] as vinhas carregam-se duodecimalmente e a cada mês frutificam; as romãzeiras, as macieiras e as outras frutíferas, dizia-se, carregam-se tredecimalmente, pois, entre eles, em um mês, o de Minos,[72] essas frutificam duas vezes. Nas pontas das espigas cresce, como cogumelos, não trigo, mas pão já pronto. Há fontes em torno da cidade, trezentas e sessenta e cinco de água, outras tantas de mel, quinhentas, embora menores, de mirra, mas também rios, sete de leite e oito de vinho.

14. Fazem o simpósio[73] fora da cidade, no assim chamado "Campo Elísio", belíssimo prado cercado por floresta diversa e fechada que sombreia os que se recostam. Em leito de flores estes se deitam, e os ventos, servindo-os, trazem-lhes tudo, mas não lhes vertem o vinho: nem disso precisam, porque há em torno do simpósio grandes árvores vítreas, de vidro transparentíssimo, cujos frutos são copos de diversíssimas

[35] Quase 50 metros.
[36] Pouco menos de 3 metros.

μεγέθη. Ἐπειδὰν οὖν παρίηι τις ἐς τὸ συμπόσιον, τρυγήσας ἓν ἢ καὶ δύο τῶν ἐκπωμάτων παρατίθεται, τὰ δὲ αὐτίκα οἴνου πλήρη γίνεται. Οὕτω μὲν πίνουσιν, ἀντὶ δὲ τῶν στεφάνων αἱ ἀηδόνες καὶ τὰ ἄλλα τὰ μουσικὰ ὄρνεα ἐκ τῶν πλησίον λειμώνων τοῖς στόμασιν ἀνθολογοῦντα κατανίφει αὐτοὺς μετ᾽ ὠιδῆς ὑπερπετόμενα. Καὶ μὴν καὶ μυρίζονται ὧδε· νεφέλαι πυκναὶ ἀνασπάσασαι μύρον ἐκ τῶν πηγῶν καὶ τοῦ ποταμοῦ καὶ ἐπιστᾶσαι ὑπὲρ τὸ συμπόσιον ἠρέμα τῶν ἀνέμων ὑποθλιβόντων ὕουσι λεπτὸν ὥσπερ δρόσον.

15. Ἐπὶ δὲ τῶι δείπνωι μουσικῆι τε καὶ ὠιδαῖς σχολάζουσιν· ἄιδεται δὲ αὐτοῖς τὰ Ὁμήρου ἔπη μάλιστα· καὶ αὐτὸς δὲ πάρεστι καὶ συνευωχεῖται αὐτοῖς ὑπὲρ τὸν Ὀδυσσέα κατακείμενος. Οἱ μὲν οὖν χοροὶ ἐκ παίδων εἰσὶν καὶ παρθένων· ἐξάρχουσι δὲ καὶ συνάιδουσιν Εὔνομός τε ὁ Λοκρὸς καὶ Ἀρίων ὁ Λέσβιος καὶ Ἀνακρέων καὶ Στησίχορος· καὶ γὰρ τοῦτον παρ᾽ αὐτοῖς ἐθεασάμην, ἤδη τῆς Ἑλένης αὐτῶι διηλλαγμένης. Ἐπειδὰν δὲ οὗτοι παύσωνται ἄιδοντες, δεύτερος χορὸς παρέρχεται ἐκ κύκνων καὶ χελιδόνων καὶ ἀηδόνων. Ἐπειδὰν δὲ καὶ οὗτοι ἄισωσιν, τότε ἤδη πᾶσα ἡ ὕλη ἐπαυλεῖ τῶν ἀνέμων καταρχόντων.

16. Μέγιστον δὲ δὴ πρὸς εὐφροσύνην ἐκεῖνο ἔχουσιν· πηγαί εἰσι δύο παρὰ τὸ συμπόσιον, ἡ μὲν γέλωτος, ἡ δὲ ἡδονῆς· ἐκ τούτων ἑκατέρας πάντες ἐν ἀρχῆι τῆς εὐωχίας πίνουσιν καὶ τὸ λοιπὸν ἡδόμενοι καὶ γελῶντες διάγουσιν.

17. Βούλομαι δὲ εἰπεῖν καὶ τῶν ἐπισήμων οὕστινας παρ᾽ αὐτοῖς ἐθεασάμην· πάντας μὲν τοὺς ἡμιθέους καὶ τοὺς ἐπὶ Ἴλιον στρατεύσαντας πλήν γε δὴ τοῦ Λοκροῦ Αἴαντος, ἐκεῖνον δὲ μόνον ἔφασκον ἐν τῶι τῶν ἀσεβῶν χώρωι κολάζεσθαι, βαρβάρων δὲ Κύρους τε ἀμφοτέρους καὶ τὸν Σκύθην Ἀνάχαρσιν καὶ τὸν Θρᾶικα Ζάμολξιν καὶ Νομᾶν τὸν Ἰταλιώτην, καὶ μὴν καὶ Λυκοῦργον τὸν Λακεδαιμόνιον καὶ Φωκίωνα καὶ Τέλλον τοὺς Ἀθηναίους, καὶ τοὺς σοφοὺς ἄνευ Περιάνδρου. Εἶδον δὲ καὶ Σωκράτη τὸν Σωφρονίσκου ἀδολεσχοῦντα μετὰ Νέστορος καὶ Παλαμήδους· περὶ δὲ αὐτὸν ἦσαν Ὑάκινθός τε ὁ Λακεδαιμόνιος καὶ ὁ Θεσπιεὺς Νάρκισσος

formas e tamanhos. Quando alguém chega ao simpósio, colhe um ou dois vasos e os coloca diante de si, os quais imediatamente se enchem de vinho e assim bebem. À guisa de guirlandas, rouxinóis e outras aves canoras colhem com os bicos flores dos prados vizinhos e, sobrevoando e cantando, fazem-nas sobre eles cair como neve. E assim se perfumam: nuvens carregadas, que absorvem a mirra das fontes e do rio, pairam sobre o simpósio e, premidas por ventos brandos, fazem chover levemente como orvalho.

15. Durante o banquete, divertem-se com música e cantos; cantam principalmente versos de Homero, que está presente, recostado logo acima de Odisseu, e que com todos festeja. Há coros de meninos e meninas: dirigem-nos, com eles cantando, Êunomo da Lócrida, Árion de Lesbos, Anacreonte e Estesícoro, pois a este vi entre eles, agora que Helena com ele se reconciliou.[74] Quando param de cantar, entra o segundo coro, de cisnes, andorinhas, rouxinóis. E quando estes cantam, toda a floresta ressoa, regida pelos ventos, como aulo.

16. A maior alegria deles são as duas fontes ao lado do simpósio, uma de riso, outra de prazer. Todos bebem nas duas no começo do festim e passam o tempo subsequente aprazerados e ridentes.

17. Quero mencionar, entre os que vi, os ilustres: todos os semideuses e os que avançaram sobre Ílion, exceto Ájax da Lócrida,[75] do qual diziam ter sido o único punido na Terra dos Ímpios; entre os bárbaros, os dois Ciros,[76] Anacársis da Cítia,[77] Zalmóxis da Trácia,[78] Numa da Itália, mas também Licurgo da Lacedemônia,[79] Fócion e Telo de Atenas,[80] assim como os sábios, exceto Periandro.[81] Vi também Sócrates, filho de Sofronisco, a tagarelar com Nestor e Palamedes;[82] ao redor dele estavam Jacinto da Lacedemônia, Narciso de Téspias, Hilas e outras tantas belezuras.[83] A mim me parecia que ele estava apaixonado por Jacinto, porque o refutava muito. Diziam

καὶ Ὕλας καὶ ἄλλοι καλοί. Καί μοι ἐδόκει ἐρᾶν τοῦ Ὑακίνθου· τὰ πολλὰ γοῦν ἐκεῖνον διήλεγχεν. Ἐλέγετο δὲ χαλεπαίνειν αὐτῶι ὁ Ῥαδάμανθυς καὶ ἠπειληκέναι πολλάκις ἐκβαλεῖν αὐτὸν ἐκ τῆς νήσου, ἢν φλυαρῆι καὶ μὴ ἐθέληι ἀφεὶς τὴν εἰρωνείαν εὐωχεῖσθαι. Πλάτων δὲ μόνος οὐ παρῆν, ἀλλ᾽ ἐλέγετο [καὶ] αὐτὸς ἐν τῆι ἀναπλασθείσηι ὑπ᾽ αὐτοῦ πόλει οἰκεῖν χρώμενος τῆι πολιτείαι καὶ τοῖς νόμοις οἷς συνέγραψεν.

18. Οἱ μέντοι ἀμφ᾽ Ἀρίστιππόν τε καὶ Ἐπίκουρον τὰ πρῶτα παρ᾽ αὐτοῖς ἐφέροντο ἡδεῖς τε ὄντες καὶ κεχαρισμένοι καὶ συμποτικώτατοι. Παρῆν δὲ καὶ Αἴσωπος ὁ Φρύξ· τούτωι δὲ ὅσα καὶ γελωτοποιῶι χρῶνται. Διογένης μέν γε ὁ Σινωπεὺς τοσοῦτον μετέβαλεν τοῦ τρόπου, ὥστε γῆμαι μὲν ἑταίραν τὴν Λαΐδα, ὀρχεῖσθαι δὲ πολλάκις ὑπὸ μέθης ἀνιστάμενον καὶ παροινεῖν. Τῶν δὲ Στωϊκῶν οὐδεὶς παρῆν· ἔτι γὰρ ἐλέγοντο ἀναβαίνειν τὸν τῆς ἀρετῆς ὄρθιον λόφον. Ἠκούομεν δὲ καὶ περὶ Χρυσίππου ὅτι οὐ πρότερον αὐτῶι ἐπιβῆναι τῆς νήσου θέμις, πρὶν τὸ τέταρτον ἑαυτὸν ἐλλεβορίσηι. Τοὺς δὲ Ἀκαδημαϊκοὺς ἔλεγον ἐθέλειν μὲν ἐλθεῖν, ἐπέχειν δὲ ἔτι καὶ διασκέπτεσθαι· μηδὲ γὰρ αὐτὸ τοῦτό πω καταλαμβάνειν, εἰ καὶ νῆσός τις τοιαύτη ἐστίν. Ἄλλως τε τὴν ἐπὶ τοῦ Ῥαδαμάνθυος, οἶμαι, κρίσιν ἐδεδοίκεσαν, ἅτε καὶ τὸ κριτήριον αὐτοὶ ἀνηιρηκότες. Πολλοὺς δὲ αὐτῶν ἔφασκον ὁρμηθέντας ἀκολουθεῖν τοῖς ἀφικνουμένοις ὑπὸ νωθείας ἀπολείπεσθαι μὴ καταλαμβάνοντας καὶ ἀναστρέφειν ἐκ μέσης τῆς ὁδοῦ.

19. Οὗτοι μὲν οὖν ἦσαν οἱ ἀξιολογώτατοι τῶν παρόντων. Τιμῶσι δὲ μάλιστα τὸν Ἀχιλλέα καὶ μετὰ τοῦτον Θησέα. Περὶ δὲ συνουσίας καὶ ἀφροδισίων οὕτω φρονοῦσιν· μίσγονται μὲν ἀναφανδὸν πάντων ὁρώντων καὶ γυναιξὶ καὶ ἄρρεσι, καὶ οὐδαμῶς τοῦτο αὐτοῖς αἰσχρὸν δοκεῖ· μόνος δὲ Σωκράτης διώμνυτο ἦ μὴν καθαρῶς πλησιάζειν τοῖς νέοις· καὶ μέντοι πάντες αὐτοῦ ἐπιορκεῖν κατεγίνωσκον· πολλάκις γοῦν ὁ μὲν Ὑάκινθος ἢ ὁ Νάρκισσος ὡμολόγουν, ἐκεῖνος δὲ ἠρνεῖτο. Αἱ δὲ γυναῖκές εἰσι πᾶσι κοιναὶ καὶ οὐδεὶς φθονεῖ τῶι πλησίον, ἀλλ᾽ εἰσὶ περὶ τοῦτο μάλιστα Πλατωνικώτατοι· καὶ οἱ παῖδες δὲ παρέχουσι τοῖς βουλομένοις οὐδὲν ἀντιλέγοντες.

que Radamanto estava furioso com ele e que o ameaçara muitas vezes com a expulsão da ilha se ficasse a taramelar e não desejasse, abandonando a ironia, festar. Só Platão não estava presente, pois, dizia-se, que morava na cidade que ele mesmo remodelou, aplicando a *República*[37] e as *Leis*[38] que ele escrevera.[84]

18. Aristipo e Epicuro com os seus adeptos levaram a palma, pois eram prazenteiros, engraçados, muito festeiros.[85] Também estava presente Esopo da Frígia, a quem usaram como bufão.[86] Diógenes de Sinope mudara tanto sua atitude que se casara com a cortesã Laís e que, embriagado, muitas vezes se levantou para dançar e desvairar.[87] Dos Estoicos, ninguém compareceu: dizia-se que ainda estavam subindo ao empinado cume da virtude.[88] E ouvimos que Crisipo só teria autorização para desembarcar na ilha se tomasse heléboro pela quarta vez.[89] Quanto aos Acadêmicos, dizia-se que desejavam vir, mas, examinando, suspenderam o juízo, pois nem mesmo decidiram sobre se uma ilha como aquela existe. Suponho, entretanto, que temiam o julgamento de Radamanto, porque foram eles mesmos que suprimiram os critérios do juízo. Dizia-se que muitos deles se moviam para seguir os que chegavam, mas, lentos, ficavam para trás, sem nada entender e, no meio do caminho, voltavam.[90]

19. Eram esses, entre os presentes, estimadíssimos. Honram-se principalmente Aquiles e, em seguida, Teseu.[91] Quanto à copulação e à afrodisia, assim excogitam: unem-se com mulheres e com homens abertamente, à vista de todos, e de modo nenhum têm isso por vergonhoso.[92] O único a jurar que tinha comércio imaculado com os jovens era Sócrates, embora todos o acusassem de perjúrio: Jacinto e Narciso frequentemente o admitiam, ao passo que ele o negava. As mulheres são comuns a todos e ninguém inveja o vizinho, e nisso são platonicíssimos.[93] Também os meninos se entregam sem se opor a quem os quiser.

[37] Trocadilho entre *pólis* (cidade) e *Politeia*, que nomeia a notória obra de Platão traduzida comumente por *República*.
[38] Título da derradeira obra platônica, inacabada devido à morte do filósofo.

20. Οὔπω δὲ δύο ἢ τρεῖς ἡμέραι διεληλύθεσαν, καὶ προσελθὼν ἐγὼ Ὁμήρωι τῶι ποιητῆι, σχολῆς οὔσης ἀμφοῖν, τά τε ἄλλα ἐπυνθανόμην καὶ ὅθεν εἴη, λέγων τοῦτο μάλιστα παρ᾽ ἡμῖν εἰσέτι νῦν ζητεῖσθαι. Ὁ δὲ οὐδ᾽ αὐτὸς μὲν ἀγνοεῖν ἔφασκεν ὡς οἱ μὲν Χῖον, οἱ δὲ Σμυρναῖον, πολλοὶ δὲ Κολοφώνιον αὐτὸν νομίζουσιν· εἶναι μέντοι γε ἔλεγεν Βαβυλώνιος, καὶ παρά γε τοῖς πολίταις οὐχ Ὅμηρος, ἀλλὰ Τιγράνης καλεῖσθαι· ὕστερον δὲ ὁμηρεύσας παρὰ τοῖς Ἕλλησιν ἀλλάξαι τὴν προσηγορίαν. Ἔτι δὲ καὶ περὶ τῶν ἀθετουμένων στίχων ἐπηρώτων, εἰ ὑπ᾽ ἐκείνου εἰσὶ γεγραμμένοι. Καὶ ὃς ἔφασκε πάντας αὐτοῦ εἶναι. Κατεγίνωσκον οὖν τῶν ἀμφὶ τὸν Ζηνόδοτον καὶ Ἀρίσταρχον γραμματικῶν πολλὴν τὴν ψυχρολογίαν. Ἐπεὶ δὲ ταῦτα ἱκανῶς ἀπεκέκριτο, πάλιν αὐτὸν ἠρώτων τί δή ποτε ἀπὸ τῆς μήνιδος τὴν ἀρχὴν ἐποιήσατο· καὶ ὃς εἶπεν οὕτως ἐπελθεῖν αὐτῶι μηδὲν ἐπιτηδεύσαντι. Καὶ μὴν κἀκεῖνο ἐπεθύμουν εἰδέναι, εἰ προτέραν ἔγραψεν τὴν Ὀδύσσειαν τῆς Ἰλιάδος, ὡς οἱ πολλοί φασιν· ὁ δὲ ἠρνεῖτο. Ὅτι μὲν γὰρ οὐδὲ τυφλὸς ἦν, ὃ καὶ αὐτὸ περὶ αὐτοῦ λέγουσιν, αὐτίκα ἠπιστάμην· ἑώρα γάρ, ὥστε οὐδὲ πυνθάνεσθαι ἐδεόμην. Πολλάκις δὲ καὶ ἄλλοτε τοῦτο ἐποίουν, εἴ ποτε αὐτὸν σχολὴν ἄγοντα ἑώρων· προσιὼν γὰρ ἄν τι ἐπυνθανόμην αὐτοῦ, καὶ ὃς προθύμως πάντα ἀπεκρίνετο, καὶ μάλιστα μετὰ τὴν δίκην, ἐπειδὴ ἐκράτησεν· ἦν γάρ τις γραφὴ κατ᾽ αὐτοῦ ἀπενηνεγμένη ὕβρεως ὑπὸ Θερσίτου ἐφ᾽ οἷς αὐτὸν ἐν τῆι ποιήσει ἔσκωψεν, καὶ ἐνίκησεν ὁ Ὅμηρος Ὀδυσσέως συναγορεύοντος.

21. Κατὰ δὲ τοὺς αὐτοὺς χρόνους ἀφίκετο καὶ Πυθαγόρας ὁ Σάμιος ἑπτάκις ἀλλαγεὶς καὶ ἐν τοσούτοις ζώιοις βιοτεύσας καὶ ἐκτελέσας τῆς ψυχῆς τὰς περιόδους. Ἦν δὲ χρυσοῦς ὅλον τὸ δεξιὸν ἡμίτομον. Καὶ ἐκρίθη μὲν συμπολιτεύσασθαι αὐτοῖς, ἐνεδοιάζετο δὲ ἔτι πότερον Πυθαγόραν ἢ Εὔφορβον χρὴ αὐτὸν ὀνομάζειν. Ὁ μέντοι Ἐμπεδοκλῆς ἦλθεν μὲν καὶ αὐτός, περίεφθος καὶ τὸ σῶμα ὅλον ὠπτημένος· οὐ μὴν παρεδέχθη καίτοι πολλὰ ἱκετεύων.

22. Προϊόντος δὲ τοῦ χρόνου ἐνέστη ὁ ἀγὼν ὁ παρ᾽ αὐτοῖς, τὰ Θανατούσια. Ἠγωνοθέτει δὲ Ἀχιλλεὺς τὸ πέμπτον καὶ Θησεὺς τὸ ἕβδομον. Τὰ μὲν οὖν ἄλλα μακρὸν ἂν εἴη λέγειν· τὰ δὲ κεφάλαια τῶν πραχθέντων διηγήσομαι.

20. Nem decorridos ainda dois ou três dias, eu já me aproximara do poeta Homero, pois estávamos ambos ociosos, e lhe perguntei, entre outras, de onde ele era, dizendo ser isso até hoje muito debatido entre nós. Afirmou ele que não ignorava que uns o considerassem de Quios, outros, de Esmirna, muitos, de Cólofon; declarou, porém, ser de Babilônia e que seus concidadãos não lhe chamavam "Homero", mas "Tigranes", pois, tendo sido refém dos gregos, mudou seu nome mais tarde.[94] Indaguei ainda sobre se ele tinha escrito os versos espúrios: respondeu-me que todos eram seus. Condenei assim a gélida linguagem dos gramáticos Zenódoto e Aristarco, e de seus seguidores. Como respondeu satisfatoriamente, perguntei-lhe ainda por que tinha posto a cólera no começo: disse ele que havia a isso chegado sem nenhuma aplicação. Desejei ainda saber se ele escrevera a *Odisseia* antes da *Ilíada,* como muitos afirmam; ele negou.[95] Que não era cego, como sobre ele se propala, logo o notei pois ele enxergava, de sorte que nem mesmo precisei perguntar-lho.[96] Frequentemente eu fazia o mesmo em outras ocasiões, quando o via ocioso: aproximava-me e o interrogava sobre algo e a tudo ele respondia de bom grado, principalmente após o processo que ganhou, tendo uma acusação de injúria contra ele sido ajuizada por Tersites, a quem ridicularizou em seu poema. E, defendido por Odisseu, Homero saiu-se vencedor.[97]

21. Naquele tempo chegou, depois de se ter transformado por sete vezes, de ter vivido em outros tantos animais e de ter completado os ciclos da alma, Pitágoras de Samos. Tinha todo o lado direito de ouro. Decidiu-se que seria concidadão dos mesmos, mas ainda duvidavam sobre se deveriam chamar-lhe "Pitágoras" ou "Euforbo".[98] Veio, também, todo assado, Empédocles com o corpo inteiramente grelhado: não o acolheram apesar de suas muitas súplicas.[99]

22. Avançando o tempo, aconteceram por lá os jogos: os Mortuórios.[100] Aquiles os presidia pela quinta vez e Teseu, pela sétima. Como falar de tudo seria longo, vou narrar seus principais momentos: na luta, Capro,[101]

Πάλην μὲν ἐνίκησεν Κάπρος ὁ ἀφ᾿ Ἡρακλέους Ὀδυσσέα περὶ τοῦ στεφάνου καταγωνισάμενος· πυγμὴ δὲ ἴση ἐγένετο Ἀρείου τοῦ Αἰγυπτίου, ὃς ἐν Κορίνθωι τέθαπται, καὶ Ἐπειοῦ ἀλλήλοις συνελθόντων. Παγκρατίου δὲ οὐ τίθεται ἄθλα παρ᾿ αὐτοῖς. Τὸν μέντοι δρόμον οὐκέτι μέμνημαι ὅστις ἐνίκησεν. Ποιητῶν δὲ τῆι μὲν ἀληθείαι παρὰ πολὺ ἐκράτει Ὅμηρος, ἐνίκησεν δὲ ὅμως Ἡσίοδος. Τὰ δὲ ἄθλα ἦν ἅπασι στέφανος πλακεὶς ἐκ πτερῶν ταωνείων.

23. Ἄρτι δὲ τοῦ ἀγῶνος συντετελεσμένου ἠγγέλλοντο οἱ ἐν τῶι χώρωι τῶν ἀσεβῶν κολαζόμενοι ἀπορρήξαντες τὰ δεσμὰ καὶ τῆς φρουρᾶς ἐπικρατήσαντες ἐλαύνειν ἐπὶ τὴν νῆσον· ἡγεῖσθαι δὲ αὐτῶν Φάλαρίν τε τὸν Ἀκραγαντῖνον καὶ Βούσιριν τὸν Αἰγύπτιον καὶ Διομήδη τὸν Θρᾶικα καὶ τοὺς περὶ Σκείρωνα καὶ Πιτυοκάμπτην. Ὡς δὲ ταῦτα ἤκουσεν ὁ Ῥαδάμανθυς, ἐκτάσσει τοὺς ἥρωας ἐπὶ τῆς ἠιόνος· ἡγεῖτο δὲ Θησεύς τε καὶ Ἀχιλλεὺς καὶ Αἴας ὁ Τελαμώνιος ἤδη σωφρονῶν· καὶ συμμίξαντες ἐμάχοντο, καὶ ἐνίκησαν οἱ ἥρωες, Ἀχιλλέως τὰ πλεῖστα κατορθώσαντος. Ἠρίστευσε δὲ καὶ Σωκράτης ἐπὶ τῶι δεξιῶι ταχθείς, πολὺ μᾶλλον ἢ ὅτε ζῶν ἐπὶ Δηλίωι ἐμάχετο. Προσιόντων γὰρ τεττάρων πολεμίων οὐκ ἔφυγε καὶ τὸ πρόσωπον ἄτρεπτος ἦν· ἐφ᾿ οἷς καὶ ὕστερον ἐξηιρέθη αὐτῶι ἀριστεῖον, καλός τε καὶ μέγας παράδεισος ἐν τῶι προαστείωι, ἔνθα καὶ συγκαλῶν τοὺς ἑταίρους διελέγετο, Νεκρακαδημίαν τὸν τόπον προσαγορεύσας.

24. Συλλαβόντες οὖν τοὺς νενικημένους καὶ δήσαντες ἀπέπεμψαν ἔτι μᾶλλον κολασθησομένους. Ἔγραψεν δὲ καὶ ταύτην τὴν μάχην Ὅμηρος καὶ ἀπιόντι μοι ἔδωκεν τὰ βιβλία κομίζειν τοῖς παρ᾿ ἡμῖν ἀνθρώποις· ἀλλ᾿ ὕστερον καὶ ταῦτα μετὰ τῶν ἄλλων ἀπωλέσαμεν. Ἦν δὲ ἡ ἀρχὴ τοῦ ποιήματος αὕτη· Νῦν δέ μοι ἔννεπε, Μοῦσα, μάχην νεκύων ἡρώων. Τότε δ᾿ οὖν κυάμους ἑψήσαντες, ὥσπερ παρ᾿ αὐτοῖς νόμος ἐπειδὰν τὸν πόλεμον κατορθώσωσιν, εἰστιῶντο τὰ ἐπινίκια καὶ ἑορτὴν μεγάλην ἦγον· μόνος δὲ αὐτῆς οὐ μετεῖχε Πυθαγόρας, ἀλλ᾿ ἄσιτος πόρρω ἐκαθέζετο μυσαττόμενος τὴν κυαμοφαγίαν.

sucessor de Héracles, na disputa da coroa, venceu Odisseu. No pugilato, Ário do Egito, enterrado em Corinto, enfrentou Epeio:[102] deu empate. No pancrácio, não propuseram premiação. Já na corrida, não lembro quem a venceu. Quanto aos poetas, na verdade, Homero era muito superior, mas Hesíodo saiu vencedor.[103] Todos os prêmios eram coroas entrelaçadas com penas de pavão.[104]

23. Assim que os jogos terminaram, anunciou-se que os punidos na Terra dos Ímpios rebentaram suas correntes, dominaram os vigilantes e avançaram sobre a ilha: comandavam-nos Fálaris de Agrigento, Busíris do Egito, Diomedes da Trácia, bem como Escíron e Pitiocamptes.[105] Assim que isso lhe chegou aos ouvidos, Radamanto perfilou os heróis na costa; eram comandados por Teseu, Aquiles e Ájax, filho de Télamon, agora já moderado.[106] Do combate corpo a corpo saíram vencedores os heróis e Aquiles, o mais bem sucedido. Posicionado à direita, Sócrates foi muito mais valoroso do que quando, todavia vivo, combatera em Délio, pois, mesmo atacado por quatro inimigos, não fugiu e manteve inalterado o semblante. Por isso, atribuiu-se a ele mais tarde o prêmio da bravura, um belo e grande jardim no subúrbio onde reuniria seus companheiros para discutir: chamaria ao lugar "Mortacademia".[107]

24. Capturados e acorrentados, os vencidos foram enviados a punições ainda maiores. Homero escreveu sobre esta batalha e, quando parti, deu-me os livros para que os levasse aos homens de nosso mundo. Mais tarde, porém, os perdemos com outras coisas. Eis o início do poema: "Conta-me agora, ó Musa, dos heróis defuntos, a batalha".[108] Em seguida, cozinharam favas, como era costume entre eles quando venciam uma guerra, cuja vitória comemoravam com grande festa.[109] Somente Pitágoras dela não participou, pois, jejuando, sentou-se, distante, por abominar a favofagia.[110]

25. Ἤδη δὲ μηνῶν ἓξ διεληλυθότων περὶ μεσοῦντα τὸν ἕβδομον νεώτερα συνίστατο πράγματα· Κινύρας ὁ τοῦ Σκινθάρου παῖς, μέγας ὢν καὶ καλός, ἤρα πολὺν ἤδη χρόνον τῆς Ἑλένης, καὶ αὐτὴ δὲ οὐκ ἀφανὴς ἦν ἐπιμανῶς ἀγαπῶσα τὸν νεανίσκον· πολλάκις γοῦν καὶ διένευον ἀλλήλοις ἐν τῶι συμποσίωι καὶ προὔπινον καὶ μόνοι ἐξανιστάμενοι ἐπλανῶντο περὶ τὴν ὕλην. Καὶ δή ποτε ὑπ᾽ ἔρωτος καὶ ἀμηχανίας ἐβουλεύσατο ὁ Κινύρας ἁρπάσας τὴν Ἑλένην — ἐδόκει δὲ κἀκείνηι ταῦτα — οἴχεσθαι ἀπιόντας ἔς τινα τῶν ἐπικειμένων νήσων, ἤτοι ἐς τὴν Φελλὼ ἢ ἐς τὴν Τυρόεσσαν. Συνωμότας δὲ πάλαι προσειλήφεσαν τρεῖς τῶν ἑταίρων τῶν ἐμῶν τοὺς θρασυτάτους. Τῶι μέντοι πατρὶ οὐκ ἐμήνυσε ταῦτα· ἠπίστατο γὰρ ὑπ᾽ αὐτοῦ κωλυθησόμενος. Ὡς δὲ ἐδόκει αὐτοῖς, ἐτέλουν τὴν ἐπιβουλήν. Καὶ ἐπειδὴ νὺξ ἐγένετο — ἐγὼ μὲν οὐ παρήμην· ἐτύγχανον γὰρ ἐν τῶι συμποσίωι κοιμώμενος — οἱ δὲ λαθόντες τοὺς ἄλλους ἀναλαβόντες τὴν Ἑλένην ὑπὸ σπουδῆς ἀνήχθησαν.

26. Περὶ δὲ τὸ μεσονύκτιον ἀνεγρόμενος ὁ Μενέλαος ἐπεὶ ἔμαθεν τὴν εὐνὴν κενὴν τῆς γυναικός, βοήν τε ἠφίει καὶ τὸν ἀδελφὸν παραλαβὼν ἦλθε πρὸς τὸν βασιλέα τὸν Ῥαδάμανθυν. Ἡμέρας δὲ ὑποφαινούσης εἶπον οἱ σκοποὶ καθορᾶν τὴν ναῦν οὐ πολὺ ἀπέχουσαν· οὕτω δὴ ἐμβιβάσας ὁ Ῥαδάμανθυς πεντήκοντα τῶν ἡρώων εἰς ναῦν μονόξυλον ἀσφοδελίνην παρήγγειλε διώκειν· οἱ δὲ ὑπὸ προθυμίας ἐλαύνοντες περὶ μεσημβρίαν καταλαμβάνουσιν αὐτοὺς ἄρτι ἐς τὸν γαλακτώδη τοῦ ὠκεανοῦ τόπον ἐμβαίνοντας πλησίον τῆς Τυροέσσης· παρὰ τοσοῦτον ἦλθον διαδρᾶναι· καὶ ἀναδησάμενοι τὴν ναῦν ἁλύσει ῥοδίνηι κατέπλεον. Ἡ μὲν οὖν Ἑλένη ἐδάκρυέν τε καὶ ἠισχύνετο καὶ ἐνεκαλύπτετο, τοὺς δὲ ἀμφὶ τὸν Κινύραν ἀνακρίνας πρότερον ὁ Ῥαδάμανθυς, εἴ τινες καὶ ἄλλοι αὐτοῖς συνίσασιν, ὡς οὐδένα εἶπον, ἐκ τῶν αἰδοίων δήσας ἀπέπεμψεν ἐς τὸν τῶν ἀσεβῶν χῶρον μαλάχηι πρότερον μαστιγωθέντας.

27. Ἐψηφίσαντο δὲ καὶ ἡμᾶς ἐμπροθέσμους ἐκπέμπειν ἐκ τῆς νήσου, τὴν ἐπιοῦσαν ἡμέραν μόνην ἐπιμείναντας. Ἐνταῦθα δὴ ἐγὼ ἐποτνιώμην τε καὶ ἐδάκρυον οἷα ἔμελλον ἀγαθὰ καταλιπὼν αὖθις πλανηθήσεσθαι.

25. Passados já seis meses, produziram-se em meados do sétimo aconte-cimentos novos. Cíniras, filho de Cíntaro, moço alto e belo, amava há muito tempo Helena, e esta também não escondia estar loucamente enamorada dele. No simpósio, muitas vezes eles se comunicavam com a cabeça e trocavam brindes: partiram, a vagar, sós, pela floresta. Certa feita, Cíniras resolveu, movido pelo desespero de amor, raptar Helena, que assentiu, e fugir para uma das ilhas vizinhas, Cortícia ou Queijeira. Como conjurados já antigos, tinham, dos meus companheiros, os três audacíssimos. Porém, ele nada revelou ao seu pai, pois sabia que este o impediria. Quando lhes pareceu oportuno, executaram o plano.[111] Ao cair da noite, eu não estava presente, pois dormia no simpósio, eles, ocultando-se dos outros, carregaram Helena e zarparam velozmente.

26. Por volta da meia-noite, Menelau despertou e notou que o leito de sua mulher estava vazio. Deu um grito e foi ao rei Radamanto, levando consigo o irmão.[39] Ao raiar do dia, as sentinelas anunciaram que uma nave, não muito distante, fora avistada. Radamanto fez embarcar cinquenta heróis numa nave monóxila de asfódelo[112] e ordenou-lhes que os perseguissem. Avançando com ímpeto, lograram capturá-los por volta do meio-dia, no momento mesmo em que eles entravam no lugar do oceano, que é de leite, próximo à Queijeira, mas estes quase escaparam. Tendo amarrado a nave a uma corrente de rosas, navegaram de volta. Helena chorava e, envergonhada, cobria o rosto. Radamanto começou por interrogar Cíniras e os seus para saber se havia outros conjurados; como dissessem "ninguém", foram mandados à Terra dos Ímpios, amarrados pelas partes, sendo, antes, açoitados com malva.

27. Decidiu-se também que nós partiríamos da ilha antes do aprazado e que nela ficaríamos só mais um dia. Por isso, eu me lamentava e chorava pelos bens que iria abandonar por estar destinado à errância.

[39] Entenda-se Agamêmnon, o comandante em chefe das forças aqueias em solo troiano.

Αὐτοὶ μέντοι παρεμυθοῦντο λέγοντες οὐ πολλῶν ἐτῶν ἀφίξεσθαι πάλιν ὡς αὐτούς, καί μοι ἤδη εἰς τοὐπιὸν θρόνον τε καὶ κλισίαν ἐπεδείκνυσαν πλησίον τῶν ἀρίστων. Ἐγὼ δὲ προσελθὼν τῶι Ῥαδαμάνθυι πολλὰ ἱκέτευον εἰπεῖν τὰ μέλλοντα καὶ ὑποδεῖξαί μοι τὸν πλοῦν. Ὁ δὲ ἔφασκεν ἀφίξεσθαι μὲν εἰς τὴν πατρίδα πολλὰ πρότερον πλανηθέντα καὶ κινδυνεύσαντα, τὸν δὲ χρόνον οὐκέτι τῆς ἐπανόδου προσθεῖναι ἠθέλησεν· ἀλλὰ δὴ καὶ δεικνὺς τὰς πλησίον νήσους — ἐφαίνοντο δὲ πέντε τὸν ἀριθμόν, ἄλλη δὲ ἕκτη πόρρωθεν — ταύτας μὲν εἶναι ἔφασκεν τῶν ἀσεβῶν, τὰς πλησίον, « Ἀφ᾽ ὧν, ἔφη, ἤδη τὸ πολὺ πῦρ ὁρᾷς καιόμενον, ἕκτη δὲ ἐκείνη τῶν ὀνείρων ἡ πόλις· μετὰ ταύτην δὲ ἡ τῆς Καλυψοῦς νῆσος, ἀλλ᾽ οὐδέπω σοι φαίνεται. Ἐπειδὰν δὲ ταύτας παραπλεύσῃς, τότε δὴ ἀφίξῃ εἰς τὴν μεγάλην ἤπειρον τὴν ἐναντίαν τῆι ὑφ᾽ ὑμῶν κατοικουμένηι· ἐνταῦθα δὴ πολλὰ παθὼν καὶ ποικίλα ἔθνη διελθὼν καὶ ἀνθρώποις ἀμίκτοις ἐπιδημήσας χρόνωι ποτὲ ἥξεις εἰς τὴν ἑτέραν ἤπειρον ».

28. Τοσαῦτα εἶπεν, καὶ ἀνασπάσας ἀπὸ τῆς γῆς μαλάχης ῥίζαν ὤρεξέν μοι, ταύτηι κελεύσας ἐν τοῖς μεγίστοις κινδύνοις προσεύχεσθαι· παρήινεσε δὲ εἰ καί ποτε ἀφικοίμην ἐς τήνδε τὴν γῆν, μήτε πῦρ μαχαίραι σκαλεύειν μήτε θέρμους ἐσθίειν μήτε παιδὶ ὑπὲρ τὰ ὀκτωκαίδεκα ἔτη πλησιάζειν· τούτων γὰρ ἂν μεμνημένον ἐλπίδας ἔχειν τῆς εἰς τὴν νῆσον ἀφίξεως. Τότε μὲν οὖν τὰ περὶ τὸν πλοῦν παρεσκευασάμην, καὶ ἐπεὶ καιρὸς ἦν, συνειστιώμην αὐτοῖς. Τῆι δὲ ἐπιούσηι ἐλθὼν πρὸς Ὅμηρον τὸν ποιητὴν ἐδεήθην αὐτοῦ ποιῆσαί μοι δίστιχον ἐπίγραμμα· καὶ ἐπειδὴ ἐποίησεν, στήλην βηρύλλου λίθου ἀναστήσας ἐπέγραψα πρὸς τῶι λιμένι. Τὸ δὲ ἐπίγραμμα ἦν τοιόνδε·

Λουκιανὸς τάδε πάντα φίλος μακάρεσσι θεοῖσιν
εἶδέ τε καὶ πάλιν ἦλθε φίλην ἐς πατρίδα γαῖαν.

29. Μείνας δὲ κἀκείνην τὴν ἡμέραν, τῆς ἐπιούσης ἀνηγόμην τῶν ἡρώων παραπεμπόντων. Ἔνθα μοι καὶ Ὀδυσσεὺς προσελθὼν λάθραι τῆς Πηνελόπης δίδωσιν ἐπιστολὴν εἰς Ὠγυγίαν τὴν νῆσον Καλυψοῖ κομίζειν. Συνέπεμψε δέ μοι ὁ Ῥαδάμανθυς τὸν πορθμέα Ναύπλιον, ἵν᾽ εἰ καταχθεῖμεν ἐς τὰς νήσους, μηδεὶς ἡμᾶς συλλάβῃ ἅτε κατ᾽

Mas consolaram-me dizendo que eu voltaria para junto deles em não muitos anos, e mostraram-me o meu futuro trono e o leito de mesa junto aos melhores. Aproximando-me, então, a Radamanto, supliquei-lhe insistentemente que falasse sobre o futuro e me orientasse na navegação. Ele respondeu que eu chegaria à minha pátria após muita errância e perigo, mas não quis predizer o momento de meu regresso.[113] Mostrou-me ainda as ilhas próximas, apareceram em número de cinco, e uma outra mais distante, a sexta, dizendo que as mais próximas eram as dos Ímpios e continuou: "Veja o grande fogo nelas ardendo, e aquela ali, a sexta, é a Cidade dos Sonhos. Além dessas, está a Ilha de Calipso, que ainda não aparece para você. Tendo-as costeado, você chegará ao grande continente, oposto ao que nós habitamos; você padecerá muito ali, peregrinará entre povos astutos, conviverá com homens insociáveis e, com o tempo, chegará ao outro continente".

28. Ele assim falou e, tendo arrancado da terra uma raiz de malva,[114] ofereceu-a a mim, exortando-me, quando eu corresse muito perigo, a fazer orações a ela. Recomendou-me também que, se porventura eu chegasse àquela terra, não deveria atiçar o fogo com faca, nem comer tremoços, nem ter comércio com menino maior de dezoito anos,[115] pois, se me lembrasse disso, eu poderia ter a esperança de regressar à ilha. Preparei-me então para a viagem e, no momento oportuno, fui com eles banquetear. No dia seguinte, fui ao poeta Homero pedir-lhe que me fizesse um dístico epigramático. Assim que ele o fez, erigi uma estela de pedra de berilo perto do porto e nela gravei este epigrama:

Luciano, o amado dos deuses bem-aventurados, tudo isso viu
e, de novo, à terra amada, sua pátria, partiu.

29. Naquele dia permaneci ali e, no seguinte, embarcado pelos heróis, levantei ferros. Odisseu veio então a mim, às escondidas de Penélope, e deu-me uma carta a ser entregue a Calipso na Ilha de Ogígia. Radamanto deu-me por companhia o barqueiro Náuplio,[116] para que, se acostássemos nas ilhas, ninguém nos prenderia como navegantes a serviço de um comércio

ἄλλην ἐμπορίαν καταπλέοντας. Ἐπεὶ δὲ τὸν εὐώδη ἀέρα προϊόντες παρεληλύθειμεν, αὐτίκα ἡμᾶς ὀσμή τε δεινὴ διεδέχετο οἷον ἀσφάλτου καὶ θείου καὶ πίττης ἅμα καιομένων, καὶ κνῖσα δὲ πονηρὰ καὶ ἀφόρητος ὥσπερ ἀνθρώπων ὀπτωμένων, καὶ ὁ ἀὴρ ζοφερὸς καὶ ὁμιχλώδης, καὶ κατέσταζεν ἐξ αὐτοῦ δρόσος πιττίνη· ἠκούομεν δὲ καὶ μαστίγων ψόφον καὶ οἰμωγὴν ἀνθρώπων πολλῶν.

30. Ταῖς μὲν οὖν ἄλλαις οὐ προσέσχομεν, ἧς δὲ ἐπέβημεν, τοιάδε ἦν· κύκλωι μὲν πᾶσα κρημνώδης καὶ ἀπόξυρος, πέτραις καὶ τράχωσι κατεσκληκυῖα, δένδρον δ᾽ οὐδὲν οὐδὲ ὕδωρ ἐνῆν· ἀνερπύσαντες δὲ ὅμως κατὰ τοὺς κρημνοὺς προσήιεμεν διά τινος ἀκανθώδους καὶ σκολόπων μεστῆς ἀτραποῦ, πολλὴν ἀμορφίαν τῆς χώρας ἐχούσης. Ἐλθόντες δὲ ἐπὶ τὴν εἱρκτὴν καὶ τὸ κολαστήριον, πρῶτα μὲν τὴν φύσιν τοῦ τόπου ἐθαυμάζομεν· τὸ μὲν γὰρ ἔδαφος αὐτὸ μαχαίραις καὶ σκόλοψι πάντηι ἐξηνθήκει, κύκλωι δὲ ποταμοὶ περιέρρεον, ὁ μὲν βορβόρου, ὁ δὲ δεύτερος αἵματος, ὁ δὲ ἔνδον πυρός, πάνυ μέγας οὗτος καὶ ἀπέρατος, καὶ ἔρρει ὥσπερ ὕδωρ καὶ ἐκυματοῦτο ὥσπερ θάλαττα, καὶ ἰχθῦς δὲ εἶχεν πολλούς, τοὺς μὲν δαλοῖς προσεοικότας, τοὺς δὲ μικροὺς ἄνθραξι πεπυρωμένοις· ἐκάλουν δὲ αὐτοὺς λυχνίσκους.

31. Εἴσοδος δὲ μία στενὴ διὰ πάντων ἦν, καὶ πυλωρὸς ἐφειστήκει Τίμων ὁ Ἀθηναῖος. Παρελθόντες δὲ ὅμως τοῦ Ναυπλίου καθηγουμένου ἑωρῶμεν κολαζομένους πολλοὺς μὲν βασιλέας, πολλοὺς δὲ καὶ ἰδιώτας, ὧν ἐνίους καὶ ἐγνωρίζομεν· εἴδομεν δὲ καὶ τὸν Κινύραν καπνῶι ὑποτυφόμενον ἐκ τῶν αἰδοίων ἀπηρτημένον. Προσετίθεσαν δὲ οἱ περιηγηταὶ καὶ τοὺς ἑκάστων βίους καὶ τὰς ἁμαρτίας ἐφ᾽ αἷς κολάζονται· καὶ μεγίστας ἁπασῶν τιμωρίας ὑπέμενον οἱ ψευσάμενοί τι παρὰ τὸν βίον καὶ οἱ μὴ τὰ ἀληθῆ συγγεγραφότες, ἐν οἷς καὶ Κτησίας ὁ Κνίδιος ἦν καὶ Ἡρόδοτος καὶ ἄλλοι πολλοί. Τούτους οὖν ὁρῶν ἐγὼ χρηστὰς εἶχον εἰς τοὐπιὸν τὰς ἐλπίδας· οὐδὲν γὰρ ἐμαυτῶι ψεῦδος εἰπόντι συνηπιστάμην.

enganoso. Ao avançarmos, já ultrapassado o ar perfumado, sentimos de chofre um cheiro horrível, como o de betume, enxofre e breu a queimar juntos, mas também o fumego penoso e insuportável, como o de homens grelhados, e ainda o ar sombrio e nebuloso, do qual gotejava um orvalho de breu. Ouvíamos também o estalo de chicotes e o lamento de muita gente.

30. Não aportamos nas outras, mas aquela em que desembarcamos assim era: tinha toda a sua volta escarpada e abrupta, ressequida, com rochas e seixos, sem árvore ou água. Escalando precipícios, avançamos por uma senda cheia de espinhos e espetos: a região era muito feia. Mal chegados à prisão e ao local dos suplícios, assombrávamo-nos com a natureza do lugar: em todo o solo afloravam facas e espetos, e rios corriam em derredor, um, de lama, um, segundo, de sangue, e, um, interno, de fogo;[117] este, muito grande e intransponível, corria como a água, agitava-se como o mar e tinha muitos peixes, uns, semelhantes a tições, outros, pequenos, a carvões ardentes, a que eles chamavam "candeiazinhas".

31. Havia, no meio, uma única entrada estreita, de que cuidava Tímon de Atenas como porteiro.[118] Avançamos guiados por Náuplio e vimos o suplício de muitos reis e muitas pessoas, das quais reconhecemos algumas. Também vimos Cíniras, pendurado pelas partes, a arder sobre a fumaça. Os guias contavam a vida de cada um deles e os crimes pelos quais eram punidos: as maiores de todas as penas eram infligidas aos que alguma vez durante a vida mentiram, assim como aos que não escreveram a verdade, entre os quais, Ctésias de Cnido, Heródoto e muitos outros. Tendo-os visto, tive a boa esperança quanto ao futuro, ciente de que eu nunca contara mentira.

32. Ταχέως δ᾽ οὖν ἀναστρέψας ἐπὶ τὴν ναῦν — οὐδὲ γὰρ ἠδυνάμην φέρειν τὴν ὄψιν — ἀσπασάμενος τὸν Ναύπλιον ἀπέπλευσα. Καὶ μετ᾽ ὀλίγον ἐφαίνετο πλησίον ἡ τῶν ὀνείρων νῆσος, ἀμυδρὰ καὶ ἀσαφὴς ἰδεῖν· ἔπασχε δὲ καὶ αὐτή τι τοῖς ὀνείροις παραπλήσιον· ὑπεχώρει γὰρ προσιόντων ἡμῶν καὶ ὑπέφευγε καὶ πορρωτέρω ὑπέβαινε. Καταλαβόντες δέ ποτε αὐτὴν καὶ εἰσπλεύσαντες εἰς τὸν Ὕπνον λιμένα προσαγορευόμενον πλησίον τῶν πυλῶν τῶν ἐλεφαντίνων, ᾗ τὸ τοῦ Ἀλεκτρυόνος ἱερόν ἐστιν, περὶ δείλην ὀψίαν ἀπεβαίνομεν· παρελθόντες δὲ ἐς τὴν πόλιν πολλοὺς ὀνείρους καὶ ποικίλους ἑωρῶμεν. Πρῶτον δὲ βούλομαι περὶ τῆς πόλεως εἰπεῖν, ἐπεὶ μηδὲ ἄλλωι τινὶ γέγραπται περὶ αὐτῆς, ὃς δὲ καὶ μόνος ἐπεμνήσθη Ὅμηρος οὐ πάνυ ἀκριβῶς συνέγραψεν.

33. Κύκλωι μὲν περὶ πᾶσαν αὐτὴν ὕλη ἀνέστηκεν, τὰ δένδρα δέ ἐστι μήκωνες ὑψηλαὶ καὶ μανδραγόραι καὶ ἐπ᾽ αὐτῶν πολύ τι πλῆθος νυκτερίδων· τοῦτο γὰρ μόνον ἐν τῆι νήσωι γίγνεται ὄρνεον. Ποταμὸς δὲ παρρρέει πλησίον ὁ ὑπ᾽ αὐτῶν καλούμενος Νυκτιπόρος, καὶ πηγαὶ δύο παρὰ τὰς πύλας· ὀνόματα καὶ ταύταις, τῆι μὲν Νήγρετος, τῆι δὲ Παννυχία. Ὁ περίβολος δὲ τῆς πόλεως ὑψηλός τε καὶ ποικίλος, ἴριδι τὴν χρόαν ὁμοιότατος· πύλαι μέντοι ἔπεισιν οὐ δύο, καθάπερ Ὅμηρος εἴρηκεν, ἀλλὰ τέσσαρες, δύο μὲν πρὸς τὸ τῆς Βλακείας πεδίον ἀποβλέπουσαι, ἡ μὲν σιδηρᾶ, ἡ δὲ ἐκ κεράμου πεποιημένη, καθ᾽ ἃς ἐλέγοντο ἀποδημεῖν αὐτῶν οἵ τε φοβεροὶ καὶ φονικοὶ καὶ ἀπηνεῖς, δύο δὲ πρὸς τὸν λιμένα καὶ τὴν θάλατταν, ἡ μὲν κερατίνη, ἡ δὲ καθ᾽ ἣν ἡμεῖς παρήλθομεν ἐλεφαντίνη. Εἰσιόντι δὲ εἰς τὴν πόλιν ἐν δεξιᾶι μέν ἐστι τὸ Νυκτῶιον — σέβουσι γὰρ θεῶν ταύτην μάλιστα καὶ τὸν Ἀλεκτρυόνα· ἐκείνωι δὲ πλησίον τοῦ λιμένος τὸ ἱερὸν πεποίηται —, ἐν ἀριστερᾶι δὲ τὰ τοῦ Ὕπνου βασίλεια. Οὗτος γὰρ δὴ ἄρχει παρ᾽ αὐτοῖς σατράπας δύο καὶ ὑπάρχους πεποιημένος, Ταραξίωνά τε τὸν Ματαιογένους καὶ Πλουτοκλέα τὸν Φαντασίωνος. Ἐν μέσηι δὲ τῆι ἀγορᾶι πηγή τίς ἐστιν, ἣν καλοῦσι Καρεῶτιν· καὶ πλησίον ναοὶ δύο, Ἀπάτης καὶ Ἀληθείας· ἔνθα καὶ τὸ ἄδυτόν ἐστιν αὐτοῖς καὶ τὸ μαντεῖον, οὗ προεστήκει προφητεύων Ἀντιφῶν ὁ τῶν ὀνείρων ὑποκριτής, ταύτης παρὰ τοῦ Ὕπνου λαχὼν τῆς τιμῆς.

32. Retornei rapidamente à nave, pois não podia suportar tal visão, despedi-
-me de Náuplio e zarpei. Pouco depois, apareceu, próxima, a Ilha dos
Sonhos, que se mostrou sombria e embaraçada. Tinha ela também algo
de semelhante aos sonhos, pois recuava quando nos aproximávamos,
esquivava-se e ressurgia adiante. Tendo-a depois alcançado, entramos
no porto chamado "Sono", perto das portas de marfim, onde está o
santuário do Galo e desembarcamos à noitinha. Percorrendo a cidade,
vimos muitos e multifários sonhos. Quero primeiramente falar sobre a
cidade, pois nenhum outro a assinalou; nem mesmo Homero,[119] o único
a memorá-la, que tampouco escreveu sobre ela com cabal exatidão.

33. Ergue-se em toda a sua volta uma floresta, cujas árvores são altas papoulas
e mandrágoras, sobre as quais vive uma pletora de morcegos, a única
ave da ilha. O rio que corre por perto é chamado "Noctâmbulo" por
eles e junto às portas há duas fontes, que têm nomes: "Dorminhoca" e
"Vara-noite". A muralha da cidade é elevada e versicolor, de coloração
muito semelhante ao arco-íris. Porém, suas portas não são duas, como
afirmou Homero, mas quatro: duas mirando a planície da Indolência,
uma delas feita de ferro, a outra, de argila, dizia-se que por elas partem
em viagem os sonhos, assustadores, sangrentos, desumanos; e duas, para
o porto e o mar, uma delas de chifre, a outra, pela qual entramos, de
marfim.[120] Penetrando-se na cidade, à direita está o Noctuário — pois a
Noite é a divindade venerabilíssima, como também o Galo, cujo santuário
ergue-se perto do porto — e, à esquerda, o palácio do Sono. É este, para
eles, que governa com os dois sátrapas, ou hiparcas, por ele nomeados:
Turbador, filho de Frivoliano, e Tilintador, filho de Fantasiano. No meio
da ágora há uma fonte a que chamam "Soporífera" e, perto, dois templos,
o da Falsidade e o da Verdade. Ali guardam eles o sacrário e o oráculo, à
frente do qual está, como profeta, Antifonte, o intérprete dos sonhos[121]
que obteve essa honraria do Sono.

34. Αὐτῶν μέντοι τῶν ὀνείρων οὔτε φύσις οὔτε ἰδέα ἡ αὐτή, ἀλλ᾽ οἱ μὲν μακροὶ ἦσαν καὶ καλοὶ καὶ εὐειδεῖς, οἱ δὲ μικροὶ καὶ ἄμορφοι, καὶ οἱ μὲν χρύσεοι, ὡς ἐδόκουν, οἱ δὲ ταπεινοί τε καὶ εὐτελεῖς. Ἦσαν δ᾽ ἐν αὐτοῖς καὶ πτερωτοί τινες καὶ τερατώδεις, καὶ ἄλλοι καθάπερ ἐς πομπὴν διεσκευασμένοι, οἱ μὲν ἐς βασιλέας, οἱ δὲ ἐς θεούς, οἱ δὲ εἰς ἄλλα τοιαῦτα κεκοσμημένοι. Πολλοὺς δὲ αὐτῶν καὶ ἐγνωρίσαμεν, πάλαι παρ᾽ ἡμῖν ἑωρακότες, οἳ δὴ καὶ προσήιεσαν καὶ ἠσπάζοντο ὡς ἂν καὶ συνήθεις ὑπάρχοντες, καὶ παραλαβόντες ἡμᾶς καὶ κατακοιμίσαντες πάνυ λαμπρῶς καὶ δεξιῶς ἐξένιζον, τήν τε ἄλλην ὑποδοχὴν μεγαλοπρεπῆ παρασκευάσαντες καὶ ὑπισχνούμενοι βασιλέας τε ποιήσειν καὶ σατράπας. Ἔνιοι δὲ καὶ ἀπῆγον ἡμᾶς εἰς τὰς πατρίδας καὶ τοὺς οἰκείους ἐπεδείκνυον καὶ αὐθημερὸν ἐπανῆγον.

35. Ἡμέρας μὲν οὖν τριάκοντα καὶ ἴσας νύκτας παρ᾽ αὐτοῖς ἐμείναμεν καθεύδοντες εὐωχούμενοι. Ἔπειτα δὲ ἄφνω βροντῆς μεγάλης καταρραγείσης ἀνεγρόμενοι καὶ ἀναθορόντες ἀνήχθημεν ἐπισιτισάμενοι. Τριταῖοι δ᾽ ἐκεῖθεν τῆι Ὠγυγίαι νήσωι προσσχόντες ἀπεβαίνομεν. Πρότερον δ᾽ ἐγὼ λύσας τὴν ἐπιστολὴν ἀνεγίνωσκον τὰ γεγραμμένα. Ἦν δὲ τοιάδε· Ὀδυσσεὺς Καλυψοῖ χαίρειν. Ἴσθι με, ὡς τὰ πρῶτα ἐξέπλευσα παρὰ σοῦ τὴν σχεδίαν κατασκευασάμενος, ναυαγίαι χρησάμενον μόλις ὑπὸ Λευκοθέας διασωθῆναι εἰς τὴν τῶν Φαιάκων χώραν, ὑφ᾽ ὧν ἐς τὴν οἰκείαν ἀποπεμφθεὶς κατέλαβον πολλοὺς τῆς γυναικὸς μνηστῆρας ἐν τοῖς ἡμετέροις τρυφῶντας· ἀποκτείνας δὲ ἅπαντας ὑπὸ Τηλεγόνου ὕστερον τοῦ ἐκ Κίρκης μοι γενομένου ἀνηιρέθην, καὶ νῦν εἰμι ἐν τῆι Μακάρων νήσωι πάνυ μετανοῶν ἐπὶ τῶι καταλιπεῖν τὴν παρὰ σοὶ δίαιταν καὶ τὴν ὑπὸ σοῦ προτεινομένην ἀθανασίαν. Ἦν οὖν καιροῦ λάβωμαι, ἀποδρὰς ἀφίξομαι πρὸς σέ. Ταῦτα μὲν ἐδήλου ἡ ἐπιστολή, καὶ περὶ ἡμῶν, ὅπως ξενισθῶμεν.

36. Ἐγὼ δὲ προελθὼν ὀλίγον ἀπὸ τῆς θαλάσσης εὗρον τὸ σπήλαιον τοιοῦτον οἷον Ὅμηρος εἶπεν, καὶ αὐτὴν ταλασιουργοῦσαν. Ὡς δὲ τὴν ἐπιστολὴν ἔλαβεν καὶ ἐπελέξατο, πρῶτα μὲν ἐπὶ πολὺ ἐδάκρυεν, ἔπειτα δὲ παρεκάλει ἡμᾶς ἐπὶ ξένια καὶ εἱστία λαμπρῶς καὶ περὶ τοῦ Ὀδυσσέως ἐπυνθάνετο καὶ περὶ τῆς Πηνελόπης, ὁποία τε εἴη τὴν ὄψιν καὶ εἰ σώφρων, καθάπερ

34. Quanto aos sonhos, nem a natureza, nem a forma deles eram a mesma, pois uns eram grandes, belos e formosos, outros, pequenos e feios; uns eram, como parecia, de ouro, outros, baratos e vis. Alguns eram alados e monstruosos, outros, como que paramentados para um cortejo: uns ataviados como reis, outros como deuses, outros, ainda, como a esses assemelhados. Reconhecemos muitos deles por já os termos visto antes entre nós; eles se aproximaram para nos saudar como se fôssemos velhos camaradas, levaram-nos e nos fizeram dormir, hospedando-nos mui esplêndida e cortesmente, oferecendo-nos magnífica recepção e prometendo fazer de nós reis e sátrapas. Uns deles, aliás, nos levaram às nossas pátrias, mostraram-nos os de nossas casas e nos trouxeram de volta no mesmo dia.

35. Por trinta dias e outras tantas noites ficamos por lá a dormir,[122] regalando--nos. Mas eis que, repentino, um estrondoso trovão estalou; sobressaltados, despertamos e, tendo reunido provisões, zarpamos. Três dias depois chegamos à Ilha de Ogígia e desembarcamos. Eu logo abri a carta, li o escrito, e era: "Odisseu saúda Calipso. Saiba que tão logo daí parti numa balsa que eu fabricara, naufraguei e fui, por Leucótea,[123] salvo por pouco e levado ao país dos Feácios, que me enviaram para casa, onde encontrei muitos pretendentes de minha mulher que dilapidavam o que era meu. Tendo a todos matado, fui mais tarde morto por Telêgono, o filho que eu tivera com Circe. Agora estou na Ilha dos Bem-aventurados, lamentando ter deixado a vida junto a você, assim como a imortalidade que você me ofereceu. Assim que surja a oportunidade, fugirei para ficar com você". Eis o que declarava a carta[124] e, no que nos concerne, que fôssemos recebidos com hospitalidade.

36. Afastando-me um pouco do mar, encontrei a caverna cantada por Homero, bem com Calipso a fiar lã. Ela pegou a carta, leu-a e começou a chorar copiosamente, depois nos ofereceu hospitalidade com um esplêndido banquete, e nos perguntou por Odisseu e Penélope: que viso era o dela e se era prudente, como Odisseu outrora a gabara.[125] Respondemos com o

Ὀδυσσεὺς πάλαι περὶ αὐτῆς ἐκόμπαζεν· καὶ ἡμεῖς τοιαῦτα ἀπεκρινάμεθα, ἐξ ὧν εἰκάζομεν εὐφρανεῖσθαι αὐτήν. Τότε μὲν οὖν ἀπελθόντες ἐπὶ ναῦν πλησίον ἐπὶ τῆς ἠϊόνος ἐκοιμήθημεν.

37. Ἕωθεν δὲ ἀνηγόμεθα σφοδρότερον κατιόντος τοῦ πνεύματος· καὶ δὴ χειμασθέντες ἡμέρας δύο τῆι τρίτηι περιπίπτομεν τοῖς Κολοκυνθοπειραταῖς. Ἄνθρωποι δέ εἰσιν οὗτοι ἄγριοι ἐκ τῶν πλησίον νήσων ληιστεύοντες τοὺς παραπλέοντας. Τὰ πλοῖα δὲ ἔχουσι μεγάλα κολοκύνθινα τὸ μῆκος πήχεων ἑξήκοντα· ἐπειδὰν γὰρ ξηράνωσι τὴν κολόκυνθαν, κοιλάναντες αὐτὴν καὶ ἐξελόντες τὴν ἐντεριώνην ἐμπλέουσιν, ἱστοῖς μὲν χρώμενοι καλαμίνοις, ἀντὶ δὲ τῆς ὀθόνης τῶι φύλλωι τῆς κολοκύνθης. Προσβαλόντες οὖν ἡμῖν ἀπὸ δύο πληρωμάτων ἐμάχοντο καὶ πολλοὺς κατετραυμάτιζον βάλλοντες τῶι σπέρματι τῶν κολοκυνθῶν. Ἀγχωμάλως δὲ ἐπὶ πολὺ ναυμαχοῦντες περὶ μεσημβρίαν εἴδομεν κατόπιν τῶν Κολοκυνθοπειρατῶν προσπλέοντας τοὺς Καρυοναύτας. Πολέμιοι δὲ ἦσαν ἀλλήλοις, ὡς ἔδειξαν· ἐπεὶ γὰρ κἀκεῖνοι ἠισθοντο αὐτοὺς ἐπιόντας, ἡμῶν μὲν ὠλιγώρησαν, τραπόμενοι δὲ ἐπ᾽ ἐκείνους ἐναυμάχουν.

38. Ἡμεῖς δὲ ἐν τοσούτωι ἐπάραντες τὴν ὀθόνην ἐφεύγομεν ἀπολιπόντες αὐτοὺς μαχομένους, καὶ δῆλοι ἦσαν κρατήσοντες οἱ Καρυοναῦται ἅτε καὶ πλείους — πέντε γὰρ εἶχον πληρώματα — καὶ ἀπὸ ἰσχυροτέρων νεῶν μαχόμενοι· τὰ γὰρ πλοῖα ἦν αὐτοῖς κελύφη καρύων ἡμίτομα, κεκενωμένα, μέγεθος δ᾽ ἑκάστου ἡμιτομίου εἰς μῆκος ὀργυιαὶ πεντεκαίδεκα. Ἐπεὶ δὲ ἀπεκρύψαμεν αὐτούς, ἰώμεθα τοὺς τραυματίας, καὶ τὸ λοιπὸν ἐν τοῖς ὅπλοις ὡς ἐπίπαν ἦμεν, ἀεί τινας ἐπιβουλὰς προσδεχόμενοι. Οὐ μάτην.

39. Οὔπω γοῦν ἐδεδύκει ὁ ἥλιος, καὶ ἀπό τινος ἐρήμου νήσου προσήλαυνον ἡμῖν ὅσον εἴκοσι ἄνδρες ἐπὶ δελφίνων μεγάλων ὀχούμενοι, ληισταὶ καὶ οὗτοι· καὶ οἱ δελφῖνες αὐτοὺς ἔφερον ἀσφαλῶς, καὶ ἀναπηδῶντες

que supúnhamos fosse alegrá-la. Regressamos então para perto da nave e dormimos na praia.

37. No levantar do dia, enquanto um vento forte descia, levantamos ferros. Fustigados por dois dias de tempestade, no terceiro topamos com os Abóboras-piratas, homens selvagens, que, das ilhas próximas, assaltam os que por lá navegam.[126] Têm eles grandes embarcações de abóboras com sessenta côvados[40] de comprimento; secando a abóbora, escavam-na, removem-lhe o miolo e com ela navegam com o emprego de mastros de junco e, à guisa de vela, de folha de abóbora. Avançando sobre nós com duas tripulações, atacaram-nos e a muitos feriram com os disparos de sementes de abóboras.[127] Bastante equilibrada, essa naumaquia se prolongou até que, por volta do meio-dia, vimos a navegar, por trás dos Abóboras-piratas, os Nozes-nautas. Eram uns dos outros inimigos, como o demonstrava, pois, quando sentiram a aproximação destes, negligenciaram-nos, voltando-se contra eles em outra naumaquia.

38. Enquanto isso, desfraldamos a vela e fugimos, deixando-os a lutar; era evidente que os Nozes-nautas venceriam por serem mais numerosos — tinham cinco tripulações — e combaterem com naves mais robustas: suas embarcações eram cascas de nozes[128] bipartidas, esvaziadas, tendo cada metade umas quinze braças de comprimento.[41] Quando os perdemos de vista, tratamos os feridos; doravante portaríamos armas, sempre na expectativa de uma cilada. Não em vão.

39. Mal posto o sol, eis que, de uma ilha erma, avançaram contra nós, montados em grandes golfinhos, vinte homens, também eles corsários.[129] Os golfinhos os levavam, firmes, saltando e relinchando como cavalos. Já

[40] Mais de 26 metros.
[41] Por volta de 26 metros. Isso quer dizer que as embarcações dos Nozes-nautas equivalem, em termos de tamanho, as dos Abóboras-piratas. A ironia do narrador está em variar a unidade de medida para obter o mesmo resultado, o qual corresponde ao comprimento usual de uma nave pirata antiga (consultar *Medidas, Desmedidas*).

ἐχρεμέτιζον ὥσπερ ἵπποι. Ἐπεὶ δὲ πλησίον ἦσαν, διαστάντες οἱ μὲν ἔνθεν, οἱ δὲ ἔνθεν ἔβαλλον ἡμᾶς σηπίαις ξηραῖς καὶ ὀφθαλμοῖς καρκίνων. Τοξευόντων δὲ ἡμῶν καὶ ἀκοντιζόντων οὐκέτι ὑπέμενον, ἀλλὰ τρωθέντες οἱ πολλοὶ αὐτῶν πρὸς τὴν νῆσον κατέφυγον.

40. Περὶ δὲ τὸ μεσονύκτιον γαλήνης οὔσης ἐλάθομεν προσοκείλαντες ἀλκυόνος καλιᾶι παμμεγέθει· σταδίων γοῦν ἦν αὕτη ἑξήκοντα τὸ περίμετρον. Ἐπέπλεεν δὲ ἡ ἀλκυὼν τὰ ὠιὰ θάλπουσα οὐ πολὺ μείων τῆς καλιᾶς. Καὶ δὴ ἀναπταμένη μικροῦ μὲν κατέδυσε τὴν ναῦν τῶι ἀνέμωι τῶν πτερῶν. Ὤιχετο δ᾽ οὖν φεύγουσα γοεράν τινα φωνὴν προϊεμένη. Ἐπιβάντες δὲ ἡμεῖς ἡμέρας ἤδη ὑποφαινούσης ἐθεώμεθα τὴν καλιὰν σχεδίαι μεγάληι προσεοικυῖαν ἐκ δένδρων μεγάλων συμπεφορημένην· ἐπῆν δὲ καὶ ὠιὰ πεντακόσια, ἕκαστον αὐτῶν Χίου πίθου περιπληθέστερον. Ἤδη μέντοι καὶ οἱ νεοττοὶ ἔνδοθεν ἐφαίνοντο καὶ ἔκρωζον. Πελέκεσιν γοῦν διακόψαντες ἓν τῶν ὠιῶν νεοττὸν ἄπτερον ἐξεκολάψαμεν εἴκοσι γυπῶν ἁδρότερον.

41. Ἐπεὶ δὲ πλέοντες ἀπείχομεν τῆς καλιᾶς ὅσον σταδίους διακοσίους, τέρατα ἡμῖν μεγάλα καὶ θαυμαστὰ ἐπεσήμανεν· ὅ τε γὰρ ἐν τῆι πρύμνηι χηνίσκος ἄφνω ἐπτερύξατο καὶ ἀνεβόησεν, καὶ ὁ κυβερνήτης ὁ Σκίνθαρος φαλακρὸς ἤδη ὢν ἀνεκόμησεν, καὶ τὸ πάντων δὴ παραδοξότατον, ὁ γὰρ

próximos, eles se separaram, uns de um lado, outros de outro, atirando em nós sépias secas e olhos de caranguejos. Como disparássemos com arcos e dardos, eles não resistiram e, com muitos feridos, fugiram para a ilha.

Fig. 1. EXÉQUIAS. *Dioniso e os Golfinhos-piratas*, c. 530 a.C., taça ática. Munique, Staatliche Antikensammlungen.

40. Caía a meia-noite e, com a calmaria,[130] encalhamos, sem termos notado, em um ninho gigante de alcíone que tinha uns sessenta estádios de perímetro. A alcíone, que não era muito menor do que o ninho,[42] navegava com ele, chocando seus ovos. Quando alçou voo, quase afundou a nave com o vento de suas asas; partiu entoando um canto triste. Com o raiar do dia, desembarcamos e vimos o ninho, semelhante a uma grande balsa feita de grandes árvores reunidas; nele havia quinhentos ovos, cada qual mais volumoso que um vaso[131] de Quios. Os filhotes se manifestavam dentro deles, piando. Quebramos a machadadas um ovo, do qual extraímos um filhote sem penas, mais robusto do que vinte abutres.

41. Quando navegávamos, já afastados do ninho por uns duzentos estádios,[43] surgiram-nos grandes e admiráveis portentos: o gansinho da popa[132] bateu asas de repente e gritou; o calvo piloto Cíntaro ficou cabeludo e, ainda,

[42] 60 estádios equivalem a 11 km. Na escala ornitológica de Aristóteles, a alcíone não é muito maior do que um pardal e costuma botar até 5 ovos (*História dos Animais*, IX, 14, 616a 14-34), enquanto, aqui, o ninho acolhe 500.
[43] Pouco mais de 35 km.

ἱστὸς τῆς νεὼς ἐξεβλάστησεν καὶ κλάδους ἀνέφυσεν καὶ ἐπὶ τῶι ἄκρωι
ἐκαρποφόρησεν, ὁ δὲ καρπὸς ἦν σῦκα καὶ σταφυλὴ μέλαινα, οὔπω
πέπειρος. Ταῦτα ἰδόντες ὡς εἰκὸς ἐταράχθημεν καὶ ηὐχόμεθα τοῖς θεοῖς
διὰ τὸ ἀλλόκοτον τοῦ φαντάσματος.

42. Οὔπω δὲ πεντακοσίους σταδίους διελθόντες εἴδομεν ὕλην μεγίστην καὶ
λάσιον πιτύων καὶ κυπαρίττων. Καὶ ἡμεῖς μὲν εἰκάσαμεν ἤπειρον εἶναι· τὸ
δ᾽ ἦν πέλαγος ἄβυσσον ἀρρίζοις δένδροις καταπεφυτευμένον· εἱστήκει
δὲ τὰ δένδρα ὅμως ἀκίνητα, ὀρθὰ καθάπερ ἐπιπλέοντα. Πλησιάσαντες
γοῦν καὶ τὸ πᾶν κατανοήσαντες ἐν ἀπόρωι εἰχόμεθα τί χρὴ δρᾶν· οὔτε γὰρ
διὰ τῶν δένδρων πλεῖν δυνατὸν ἦν — πυκνὰ γὰρ καὶ προσεχῆ ὑπῆρχεν
— οὔτε ἀναστρέφειν ἐδόκει ῥάιδιον· ἐγὼ δὲ ἀνελθὼν ἐπὶ τὸ μέγιστον
δένδρον ἐπεσκόπουν τὰ ἐπέκεινα ὅπως ἔχοι, καὶ ἑώρων ἐπὶ σταδίους μὲν
πεντήκοντα ἢ ὀλίγωι πλείους τὴν ὕλην οὖσαν, ἔπειτα δὲ αὖθις ἕτερον
ὠκεανὸν ἐκδεχόμενον. Καὶ δὴ ἐδόκει ἡμῖν ἀναθεμένους τὴν ναῦν ἐπὶ τὴν
κόμην τῶν δένδρων — πυκνὴ δὲ ἦν — ὑπερβιβάσαι, εἰ δυναίμεθα, εἰς τὴν
θάλατταν τὴν ἑτέραν· καὶ οὕτως ἐποιοῦμεν. Ἐκδήσαντες γὰρ αὐτὴν κάλωι
μεγάλωι καὶ ἀνελθόντες ἐπὶ τὰ δένδρα μόλις ἀνιμησάμεθα, καὶ θέντες
ἐπὶ τῶν κλάδων, πετάσαντες τὰ ἱστία καθάπερ ἐν θαλάττηι ἐπλέομεν
τοῦ ἀνέμου προωθοῦντος ἐπισυρόμενοι· ἔνθα δὴ καὶ τὸ Ἀντιμάχου τοῦ
ποιητοῦ ἔπος ἐπεισῆλθέ με — φησὶν γάρ που κἀκεῖνος·
Τοῖσιν δ᾽ ὑλήεντα διὰ πλόον ἐρχομένοισιν.

43. Βιασάμενοι δὲ ὅμως τὴν ὕλην ἀφικόμεθα ἐς τὸ ὕδωρ, καὶ πάλιν ὁμοίως
καθέντες τὴν ναῦν ἐπλέομεν διὰ καθαροῦ καὶ διαυγοῦς ὕδατος, ἄχρι
δὴ ἐπέστημεν χάσματι μεγάλωι ἐκ τοῦ ὕδατος διεστῶτος γεγενημένωι,
καθάπερ ἐν τῆι γῆι πολλάκις ὁρῶμεν ὑπὸ σεισμῶν γενόμενα διαχωρίσματα.
Ἡ μὲν οὖν ναῦς καθελόντων ἡμῶν τὰ ἱστία οὐ[134] ῥαιδίως ἔστη παρ᾽
ὀλίγον ἐλθοῦσα κατενεχθῆναι. Ὑπερκύψαντες δὲ ἡμεῖς ἑωρῶμεν βάθος
ὅσον σταδίων χιλίων μάλα φοβερὸν καὶ παράδοξον· εἱστήκει γὰρ τὸ
ὕδωρ ὥσπερ μεμερισμένον· περιβλέποντες δὲ ὁρῶμεν κατὰ δεξιὰ οὐ

de tudo o mais extraordinário, o mastro da nave germinou, soltando ramagens e frutificando nas pontas. Os frutos eram figos e uvas pretas, ainda não maduras. Vendo isso, como é presumível, ficamos turbados e oramos aos deuses face à monstruosa aparição.

42. Percorridos quase quinhentos estádios,[44] vimos uma floresta grandíssima e espessa de pinheiros e ciprestes. Imaginávamos uma terra firme, mas era um mar abissal, completamente tomado por árvores sem raízes, que ficavam em pé, imóveis, direitas, como se flutuassem. Já próximos, compreendemos tudo: estávamos em apuros por não sabermos o que fazer; nem era possível navegar entre as árvores — eram espessas e contíguas —, nem, fácil decidir-se por retornar. Subi então na árvore mais alta a observar o que havia adiante: vi que a floresta se estendia por cinquenta estádios[45] ou um pouco mais, seguindo-se, de novo, um outro oceano. Decidimos içar a nave para a copa das árvores, que eram espessas, e, se pudéssemos, transpô-la ao outro mar, o que fizemos. Com um grande cabo a amarramos, subimos nas árvores, erguemo-la com dificuldade, colocamo-la sobre as ramagens e desfraldamos as velas como se no mar navegássemos propelidos por um arrastante vento. Ocorreu-me então o verso em algum lugar recitado pelo poeta Antímaco:
"Prosseguiam por uma nemorosa navegação".[133]

43. Vencida a floresta, atingimos a água; com os mesmos meios, tornamos a baixar a nave e singramos por águas puras e translúcidas até nos depararmos com a voragem gerada da bipartição da água, grande como as falhas geradas de terremotos que amiúde vemos na terra. A nave se deteve com dificuldade apesar do arriamento das velas e por pouco não despencou. Inclinando-nos, vimos embaixo um abismo de mais ou menos uma quilíade de estádio,[46] terrível e extraordinário, pois a água, como dividida, erguia-se a pique. Olhando à volta, vimos à direita, não

[44] Aproximadamente 89 km.
[45] Quase 9 km.
[46] Por volta de 177 km.

πάνυ πόρρωθεν γέφυραν ἐπεζευγμένην ὕδατος συνάπτοντος τὰ πελάγη κατὰ τὴν ἐπιφάνειαν, ἐκ τῆς ἑτέρας θαλάττης εἰς τὴν ἑτέραν διαρρέοντος. Προσελάσαντες οὖν ταῖς κώπαις κατ᾽ ἐκεῖνο παρεδράμομεν καὶ μετὰ πολλῆς ἀγωνίας ἐπεράσαμεν οὔποτε προσδοκήσαντες.

44. Ἐντεῦθεν ἡμᾶς ὑπεδέχετο πέλαγος προσηνὲς καὶ νῆσος οὐ μεγάλη, εὐπρόσιτος, συνοικουμένη· ἐνέμοντο δὲ αὐτὴν ἄνθρωποι ἄγριοι, Βουκέφαλοι, κέρατα ἔχοντες, οἷον παρ᾽ ἡμῖν τὸν Μινώταυρον ἀναπλάττουσιν. Ἀποβάντες δὲ προῄειμεν ὑδρευσόμενοι καὶ σιτία ληψόμενοι, εἴ ποθεν δυνηθείημεν· οὐκέτι γὰρ εἴχομεν. Καὶ ὕδωρ μὲν αὐτοῦ πλησίον εὕρομεν, ἄλλο δὲ οὐδὲν ἐφαίνετο, πλὴν μυκηθμὸς πολὺς οὐ πόρρωθεν ἠκούετο. Δόξαντες οὖν ἀγέλην εἶναι βοῶν, κατ᾽ ὀλίγον προχωροῦντες ἐπέστημεν τοῖς ἀνθρώποις. Οἱ δὲ ἰδόντες ἡμᾶς ἐδίωκον, καὶ τρεῖς μὲν τῶν ἑταίρων λαμβάνουσιν, οἱ δὲ λοιποὶ πρὸς τὴν θάλατταν κατεφεύγομεν. Εἶτα μέντοι πάντες ὁπλισάμενοι — οὐ γὰρ ἐδόκει ἡμῖν ἀτιμωρήτους περιιδεῖν τοὺς φίλους — ἐμπίπτομεν τοῖς Βουκεφάλοις τὰ κρέα τῶν ἀνῃρημένων διαιρουμένοις· φοβήσαντες δὲ πάντας ἐδιώκομεν, καὶ κτείνομέν γε ὅσον πεντήκοντα καὶ ζῶντας αὐτῶν δύο λαμβάνομεν, καὶ αὖθις ὀπίσω ἀνεστρέψαμεν τοὺς αἰχμαλώτους ἔχοντες. Σιτίον μέντοι οὐδὲν εὕρομεν. Οἱ μὲν οὖν ἄλλοι παρῄνουν ἀποσφάττειν τοὺς εἰλημμένους, ἐγὼ δὲ οὐκ ἐδοκίμαζον, ἀλλὰ δήσας ἐφύλαττον αὐτούς, ἄχρι δὴ ἀφίκοντο παρὰ τῶν Βουκεφάλων πρέσβεις ἀπαιτοῦντες ἐπὶ λύτροις τοὺς συνειλημμένους· συνίεμεν γὰρ αὐτῶν διανευόντων καὶ γοερόν τι μυκωμένων ὥσπερ ἱκετευόντων. Τὰ λύτρα δὲ ἦν τυροὶ πολλοὶ καὶ ἰχθύες ξηροὶ καὶ κρόμμυα καὶ ἔλαφοι τέτταρες, τρεῖς ἑκάστη πόδας ἔχουσα, δύο μὲν τοὺς ὀπίσω, οἱ δὲ πρόσω συνεπεφύκεσαν. Ἐπὶ τούτοις ἀποδόντες τοὺς συνειλημμένους καὶ μίαν ἡμέραν ἐπιμείναντες ἀνήχθημεν.

45. Ἤδη δὲ ἰχθύες τε ἡμῖν ἐφαίνοντο καὶ ὄρνεα παρεπέτετο καὶ ἄλλ᾽ ὁπόσα γῆς πλησίον οὔσης σημεῖα προφαίνεται. Μετ᾽ ὀλίγον δὲ καὶ ἄνδρας εἴδομεν καινῶι τωι τρόπωι ναυτιλίας χρωμένους· αὐτοὶ γὰρ καὶ ναῦται καὶ νῆες ἦσαν. Λέξω δὲ τοῦ πλοῦ τὸν τρόπον· ὕπτιοι κείμενοι ἐπὶ τοῦ ὕδατος ὀρθώσαντες τὰ αἰδοῖα — μεγάλα δὲ φέρουσιν — ἐξ αὐτῶν ὀθόνην

muito distante, uma ponte na junção das águas, unindo os pélagos[135] pela superfície e correndo de um mar ao outro. Impelidos por remos, corremos ao longo dela e, após muito esforço, fizemos, contra qualquer expectativa, a travessia.

44. Fomos ali acolhidos por um mar calmo e uma não grande ilha de fácil acesso; habitada, ocupavam-na homens selvagens com chifres, os Cabeças-bois, como o Minotauro figurado entre nós. Tendo desembarcado, saímos em busca de água e à cata de comida, se em algum lugar houvesse, pois nada mais tínhamos. Encontramos água por perto, mas nada mais aparecia, senão muito mugido, que se ouvia a alguma distância. Persuadidos de que se tratava de um rebanho de bois, avançamos algum tanto, topando com aqueles homens; tendo-nos visto, eles nos perseguiram e prenderam três dos nossos companheiros, enquanto os restantes fugiram para o mar.[136] Mais tarde, porém, estando todos armados — decididos a não deixar sem vingança os nossos amigos —, atacamos os Cabeças-bois, que partilhavam a carne dos vitimados. Pondo-os todos em debandada, perseguimo-los; matamos uns cinquenta, capturamos dois deles vivos e regressamos com os prisioneiros. Comida, entretanto, não encontramos. Alguns exortaram que se matasse os prisioneiros, mas eu não concordei com isso. Depois de amarrá-los, montei guarda até a chegada dos embaixadores dos Cabeças-bois a reivindicar, mediante pagamento de resgate, os capturados; a eles entendemos por seus acenos de cabeça e alguns mugidos tristes, como os de suplicantes. O resgate consistia em muitos queijos, peixes secos, cebolas e quatro veados, cada qual com três patas, duas atrás e, à frente, as unidas numa só.[137] Nessas condições, restituímos os prisioneiros; permanecemos por um só dia e zarpamos.

45. Logo apareceram os peixes, esvoaçaram as aves, assim como outros sinais a indiciar uma terra próxima. Pouco depois, vimos homens praticando um modo de navegar insólito, pois eram e navegantes e naus. Direi como eles navegavam: deitam-se de costas na água, erguem seus membros — são grandes —, nestes desfraldam a vela e, tendo as bolinas nas mãos, navegam

πετάσαντες καὶ ταῖς χερσὶν τοὺς ποδεῶνας κατέχοντες ἐμπίπτοντος τοῦ ἀνέμου ἔπλεον. Ἄλλοι δὲ μετὰ τούτους ἐπὶ φελλῶν καθήμενοι ζεύξαντες δύο δελφῖνας ἤλαυνόν τε καὶ ἡνιόχουν· οἱ δὲ προϊόντες ἐπεσύροντο τοὺς φελλούς. Οὗτοι ἡμᾶς οὔτε ἠδίκουν οὔτε ἔφευγον, ἀλλ᾽ ἤλαυνον ἀδεῶς τε καὶ εἰρηνικῶς τὸ εἶδος τοῦ ἡμετέρου πλοίου θαυμάζοντες καὶ πάντοθεν περισκοποῦντες.

46. Ἑσπέρας δὲ ἤδη προσήχθημεν νήσωι οὐ μεγάληι· κατωικεῖτο δὲ ὑπὸ γυναικῶν, ὡς ἐνομίζομεν, Ἑλλάδα φωνὴν προϊεμένων· προσήιεσαν γὰρ καὶ ἐδεξιοῦντο καὶ ἠσπάζοντο, πάνυ ἑταιρικῶς κεκοσμημέναι καὶ καλαὶ πᾶσαι καὶ νεάνιδες, ποδήρεις τοὺς χιτῶνας ἐπισυρόμεναι. Ἡ μὲν οὖν νῆσος ἐκαλεῖτο Κοβαλοῦσα, ἡ δὲ πόλις αὐτὴ Ὑδαμαργία. Λαχοῦσαι δ᾽ οὖν ἡμᾶς αἱ γυναῖκες ἑκάστη πρὸς ἑαυτὴν ἀπῆγεν καὶ ξένον ἐποιεῖτο. Ἐγὼ δὲ μικρὸν ἀποστὰς — οὐ γὰρ χρηστὰ ἐμαντευόμην — ἀκριβέστερόν τε περιβλέπων ὁρῶ πολλῶν ἀνθρώπων ὀστᾶ καὶ κρανία κείμενα. Καὶ τὸ μὲν βοὴν ἱστάναι καὶ τοὺς ἑταίρους συγκαλεῖν καὶ ἐς τὰ ὅπλα χωρεῖν οὐκ ἐδοκίμαζον. Προχειρισάμενος δὲ τὴν μαλάχην πολλὰ ηὐχόμην αὐτῆι διαφυγεῖν ἐκ τῶν παρόντων κακῶν· μετ᾽ ὀλίγον δὲ τῆς ξένης διακονουμένης εἶδον τὰ σκέλη οὐ γυναικός, ἀλλ᾽ ὄνου ὁπλάς· καὶ δὴ σπασάμενος τὸ ξίφος συλλαμβάνω τε αὐτὴν καὶ δήσας περὶ τῶν ὅλων ἀνέκρινον. Ἡ δέ, ἄκουσα μέν, εἶπεν δὲ ὅμως, αὐτὰς μὲν εἶναι θαλαττίους γυναῖκας Ὀνοσκελέας

impelidos pelo vento.[138] Outros vinham, a seguir, sentados em cortiças, às quais estavam atrelados dois golfinhos, que, conduzidos por rédeas, avançavam, arrastando-as. Eles nem nos afrontaram, nem fugiram, pois apenas passavam, confiantes e pacíficos, admirando a forma de nossa nave, à qual observavam por todos os lados.

Fig. 2. ANÔNIMO. *Navegação do Deus-barco*, c. 2350 a.C., selo-cilindro acádio. Chicago, Oriental Institute Museum.

46. Anoitecendo, chegamos a uma não grande ilha, habitada por mulheres, que, como acreditávamos, falavam a língua grega. Elas se aproximaram, saudaram-nos e nos beijaram; enfeitadíssimas como cortesãs, eram belas e jovens, arrastando todas elas túnicas talares. A ilha se chamava "Embusteira" e a cidade, "Água-desregrada".[139] As mulheres sortearam-nos e levaram cada um de nós às suas casas, tratando-nos como hóspedes. Eu, porém, me afastei um tanto — pois não tinha bons pressentimentos — e, olhando em volta atentamente, vi, jacentes, muitas ossadas humanas e crânios. Cuidei em não dar gritos, chamar os companheiros ou pegar em armas e, tendo, malva à mão, muito orei para que esta nos livrasse dos males iminentes. Pouco depois, enquanto a anfitriã me servia, vi suas pernas: não eram de mulher, porque tinha cascos de asno. Sacando então da espada, agarrei-a, amarrei-a e interroguei-a acerca de tudo. A contragosto, ela disse que eram mulheres marinhas, chamadas "Pernas-asnos" e que

προσαγορευομένας, τροφὴν δὲ ποιεῖσθαι τοὺς ἐπιδημοῦντας ξένους. « Ἐπειδὰν γάρ, ἔφη, μεθύσωμεν αὐτούς, συνευνηθεῖσαι κοιμωμένοις ἐπιχειροῦμεν ». Ἀκούσας δὲ ταῦτα ἐκείνην μὲν αὐτοῦ κατέλιπον δεδεμένην, αὐτὸς δὲ ἀνελθὼν ἐπὶ τὸ τέγος ἐβόων τε καὶ τοὺς ἑταίρους συνεκάλουν. Ἐπεὶ δὲ συνῆλθον, τὰ πάντα ἐμήνυον αὐτοῖς καὶ τά γε ὀστᾶ ἐδείκνυον καὶ ἦγον ἔσω πρὸς τὴν δεδεμένην· ἡ δὲ αὐτίκα ὕδωρ ἐγένετο καὶ ἀφανὴς ἦν. Ὅμως δὲ τὸ ξίφος εἰς τὸ ὕδωρ καθῆκα πειρώμενος· τὸ δὲ αἷμα ἐγένετο.

47. Ταχέως οὖν ἐπὶ ναῦν κατελθόντες ἀπεπλεύσαμεν. Καὶ ἐπεὶ ἡμέρα ἐπηύγαζεν, ἤδη τὴν ἤπειρον ἀπεβλέπομεν εἰκάζομέν τε εἶναι τὴν ἀντιπέρας τῆι ὑφ᾽ ἡμῶν οἰκουμένηι κειμένην. Προσκυνήσαντες δ᾽ οὖν καὶ προσευξάμενοι περὶ τῶν μελλόντων ἐσκοποῦμεν, καὶ τοῖς μὲν ἐδόκει ἐπιβᾶσιν μόνον αὖθις ὀπίσω ἀναστρέφειν, τοῖς δὲ τὸ μὲν πλοῖον αὐτοῦ καταλιπεῖν, ἀνελθόντας δὲ ἐς τὴν μεσόγαιαν πειραθῆναι τῶν ἐνοικούντων. Ἐν ὅσωι δὲ ταῦτα ἐλογιζόμεθα, χειμὼν σφοδρὸς ἐπιπεσὼν καὶ προσαράξας τὸ σκάφος τῶι αἰγιαλῶι διέλυσεν. Ἡμεῖς δὲ μόλις ἐξενηξάμεθα τὰ ὅπλα ἕκαστος καὶ εἴ τι ἄλλο οἷός τε ἦν ἁρπασάμενοι. Ταῦτα μὲν οὖν τὰ μέχρι τῆς ἑτέρας γῆς συνενεχθέντα μοι ἐν τῆι θαλάττηι καὶ παρὰ τὸν πλοῦν ἐν ταῖς νήσοις καὶ ἐν τῶι ἀέρι καὶ μετὰ ταῦτα ἐν τῶι κήτει καὶ ἐπεὶ ἐξήλθομεν, παρά τε τοῖς ἥρωσι καὶ τοῖς ὀνείροις καὶ τὰ τελευταῖα παρὰ τοῖς Βουκεφάλοις καὶ ταῖς Ὀνοσκελέαις, τὰ δὲ ἐπὶ τῆς γῆς ἐν ταῖς ἑξῆς βίβλοις διηγήσομαι.

se alimentavam dos estrangeiros de passagem. "Depois de embebedá-los, deitamo-nos com eles e os atacamos enquanto dormem", ela confessou. Ouvindo isso, eu a deixei ali mesmo amarrada, subi ao telhado e convoquei aos brados os meus companheiros. Uma vez reunidos, revelei-lhes tudo, mostrei-lhes as ossadas e os levei para junto da prisioneira. Ela, subitamente, tornou-se água, ficando oculta. Mergulhei, entretanto, a espada na água para comprovar: a água se tornou sangue.

47. Regressamos rapidamente à nave e fizemo-nos ao mar. Com o romper do dia, avistamos o continente,[140] que imaginamos fosse o que fica no lado oposto à terra por nós habitada. Tendo-nos prosternado e orado, examinamos o que estava por vir: uns opinavam por apenas pisarmos a terra e logo regressarmos, enquanto outros, por lá deixarmos a embarcação, explorarmos o território e conhecermos seus habitantes. Em meio à discussão, sobreveio uma violenta tempestade, que arrojou o barco à costa e o destroçou. Escapamos, com dificuldade, a nado levando cada de um de nós suas armas e tudo quanto conseguisse. Eis o que, precedendo a chegada à terra oposta, aconteceu-me no mar e nas ilhas durante a navegação, bem como no ar, depois na besta marinha e, quando desta saímos, também com os heróis, com os sonhos, enfim, com os Cabeças-bois e com as Pernas-asnos;[141] quanto ao que me aconteceu nesta terra, vou contá-lo em livros vindouros.

LUCIANO LÚDICO

Denis Bruza Molino

O Dizer o Indizível

O contraste mais evidente na articulação do discurso de Luciano se dá entre as narrações — construídas em torno da sucessão das errâncias do narrador-protagonista —, e o proêmio[1] que as precede, conciso e didático, o qual pode ser lido na chave de uma arte poético-retórica, uma vez que firma seus preceitos, autoridades emuladas, além de estabelecer o destinatário, modelado não à imagem da turba, inepta para apreciar camelos negros e homens bicolores,[2] mas de doutos que se comprazem com cavalos-abutres, homens-lamparinas e outros de análoga sideração.

Trata-se, pois[3] de duas monstruosidades articuladas a dois discursos distintos; em *Prometeu em teus Discursos*, as monstruosidades não são mais que símiles remissivos a um novo gênero discursivo, cuja paternidade Luciano reivindica, modelado pela mescla de comédia antiga e diálogo platônico, sobre o qual entretanto pairam dúvidas se se logra um conjunto belo, obtido pela proporção harmoniosa desses componentes heterogêneos, ou disparatado, qual o hipocentauro.[4] Quanto ao *Das Narrativas Verdadeiras*, ele não só figura variantes de hipocentauros,[5] mas, como fabulador de incongruências, é, ele mesmo, um hipocentauro, pela infestação teratológica que o marca de cabo a rabo.

Para um escritor conhecido por compor textos breves que por vezes começam *ex abrupto*, como o *Elogio da Mosca*, pode surpreender o longo prelúdio de NV, requerido também por ressaltar as dificuldades

---

[1] NV, I, 1-4.
[2] LUCIANO. *Àquele que Disse: Tu és um Prometeu em teus Discursos*, 4.
[3] Já Aristóteles, quando alude à competições musicais, distingue os espectadores entre homens livres e cultivados, da gente vulgar formada por artífices, serviçais e outros de mesma classe (*Política*, VIII, 1342a 18).
[4] LUCIANO. *Àquele que Disse: Tu és um Prometeu em teus Discursos*, 5.
[5] Como os Centauros-nuvens (I, 18) e o Centauro-éolo (I, 42).

ou novidades do que vai ser contado. *Captatio benevolentiae*, portanto: "Trago ideias inéditas, nunca iguais umas às outras",[6] diz Aristófanes, arauto de uma comédia que propõe-se a superar a de seus rivais. Luciano repropõe essa tópica proemial[7] pondo em relevo tanto a matéria do seu discurso, que, longe de ser trivial ou já trilhada encontra no estranho sua subjacência (ξένον τῆς ὑποθέσεως),[8] quanto o gênero em que ele se inscreve, o epidítico-paradoxal, no qual, operantes sentenças antitéticas, remata o *incipit*. Assim, *Das Narrativas Verdadeiras*:

> Logo, dizendo que minto, direi ao menos uma verdade. Parece-me assim que absolvo a mim mesmo da acusação de outros confessando que não digo verdade alguma. Escrevo, por conseguinte, acerca do que não vi, não padeci, não soube por outros e, ainda, acerca do que de nenhum modo é e, por princípio, nem mesmo pode vir a ser. Ora, os que se depararem com isso não devem de modo algum dar-lhe fé.[9]

Antevendo eventuais imputações de terceiros por se valer de um *psêudos lógos*, Luciano faz autoconfissão de mentiroso, com o que a um tempo arrevesa a posição assumida por narradores de fábulas — estes se põem a dissimular inverdades em seus relatos, ao passo que nos seus elas ficam às claras — e assume-se como Epimênides, aludido no oxímoro inicial. A remissão ao Cretense não é casual, porquanto o paradoxo do mentiroso, estampado já no título antifrástico da obra, instala-se nas malhas do discurso mediante traços de duplicidades que, articulados a procedimentos de amplificação, mistura e inversão, incidem em pelo menos três níveis; pois não se atém apenas ao das figuras com a veiculação de uma pletora de monstros, mas prolonga-se ao da narração enquanto paródia de relatos de viagens, e não menos

6 ARISTÓFANES. *As Nuvens*, 544.
7 Sobre a tópica exordial, cf. CURTIUS, Ernest Robert. *Literatura Europeia e Idade Média Latina*. São Paulo: Edusp, 1999, p. 129-133. E, sobre o exórdio em geral, cf. LAUSBERG, Heinrich. *Manual de Retorica Literaria: Fundamentos de una Ciencia de la Literatura*. Madri: Gredos, 1966, tomo I, p. 240-260.
8 NV, I, 2.
9 Ibidem, I, 4.

ao da enunciação pela interposição de comentários reiterativos do maravilhoso que se vai contar. As marcas de duplicidade afetam, assim, a instância das personagens, delineadas ora como mistos mais exagerados quando cotejados com os de outros bestiários, ora como objetos simples que efetuam duplos;[10] a relação com autores de périplos, tratando com burlas códigos épicos e historiográficos que associam expedições e batalhas à varões gloriosos e conquistadores; a pragmática dos enunciados pelos artifícios evidenciadores de prodígios. Com efeito, o mesmo discurso que faz acontecer duplicidades, é duplo no ato de evidenciá-las: "Sei que parece incrível o que vou contar, mas, ainda assim, vou dizer",[11] declara o narrador em uma das fórmulas epidíticas, tingidas de ironia cética e indulgente, visante a atrair a atenção do leitor após ter apresentado uma sequência de eventos extraordinários e ao iniciar uma nova: quando anuncia que vai contar um conto maravilhoso, Luciano já produz o maravilhoso, pois, às avessas dos retores que preceituam ocultar a técnica empregada para que o relato pareça natural, ele não apaga o artifício nesse ato.[12] O leitor se depara com duas narrações: aquilo que é efetivamente narrado, e a narração do narrar, como se verá. Tem-se assim a figuração de um evento extraordinário que varia a cada episódio e, simultaneamente, a evidenciação do preceito aplicado no figurar o extraordinário, o qual também varia elocutivamente, mas sempre aparece na forma de comentários irônicos que desnudam o *modus operandi* do discurso.[13]

[10] Como o espelho no episódio da Lua.

[11] NV, I, 40.

[12] Pôr em evidência o procedimento técnico pelo qual se produz um efeito, constitui um recurso pouco persuasivo, sendo por isso desencorajado pelos tratadistas. Aristóteles, tratando da clareza do enunciado, ressalta o efeito de natural como algo convincente, assim como o seu oposto, o fraseado rebuscado, soa enganoso, como quando alguém é colocado diante de um vinho adulterado (*Retórica*, III, 2, 1404b). Dissimular o artifício corresponde a fazer a coisa representada parecer tão natural a ponto de superar a própria natureza. Essa tópica epidítica, implícita na noção de que a arte (τέχνη) corrige a natureza (φύσις), é encenada no certame envolvendo os pintores Parrásio e Zêuxis (PLÍNIO, O VELHO. *História Natural*, XXXV, 65). Ressalta-se, entretanto, que as obras modeladas com as convenções do cômico, como NV, são regidas por critérios distintos: o que é indecoroso em gêneros elevados, por desproporcional e excessivo, é, entretanto, admitido decorosamente em gêneros baixos, em que o engenho lúdico move o riso efetuando figuras monstruosas (cf. *A Maquinaria de Maravilhas*).

[13] Modernamente, o preceito ficou conhecido como metalinguístico. Entre os estudiosos vintecentistas que debruçaram-se sobre a metalinguagem, função em que a linguagem toma a si mesma como objeto de análise, Roman Jakobson se impõe. Sua conferência *Linguística e Poética* (1956) é, sob esse aspecto, esclarecedora. Cf. JAKOBSON, Roman. *Linguística e Comunicação*. Tradução de Izidoro Blikstein e José Paulo Paes. São Paulo: Cultrix, 1975, p. 118-162.

Das Narrativas Verdadeiras encena, *grosso modo*, o paradoxo do mentiroso à maneira de um conto feácio homérico, entremeando-o com mais discursos de outros gêneros que fornecem material para inúmeras facécias, a começar pela transposição dos papéis, pois oferecem-se aqui os cretenses mentirosos do referido paradoxo como sendo antigas autoridades de relatos de viagens fabulosas, e o não menos cretense Epimênides, como sendo Luciano, também ele narrador de seus périplos. Como o paradoxo se presta à comédia,[14] Luciano faz comédia com o paradoxo, podendo este ser lido de modo silogístico,[15] pois ele afirma que poetas, filósofos e historiadores, quando escrevem sobre prodígios ($\tau\epsilon\rho\acute{\alpha}\sigma\tau\iota\alpha$) e fábulas ($\mu\upsilon\theta\acute{\omega}\delta\eta$),[16] mentem; ora, como escritor de mesma lavra, reivindicando inclusive a licença no fabular

[14] Alexandre Koyré, em seu excelente estudo sobre o paradoxo do mentiroso e análogos, se pergunta como "sofismas que não perturbaram por um instante sequer um discípulo de Aristóteles ou um estudante da Faculdade de Artes da Universidade de Paris puderam ser levados a sério por figuras eminentes como Russell, Frege etc?". O mesmo Koyré discute, além disso, as causas que converteram uma "brincadeira grega", qual a do paradoxo atribuído a Epimênides, em uma "antinomia moderna". KOYRÉ, Alexandre. *Épiménide le Menteur. Ensemble et Catégorie*. Paris: Hermann, 1947, p. 24.

[15] Luciano não perde a oportunidade de caçoar dos arrazoados silogísticos, tomando-os por exercícios inúteis próprios de filósofos, sobretudo os Estoicos (*Hermótimo*, 81), embora se saiba que eles remontam aos Peripatéticos. Tirésias aconselha a Menipo a escarrar nos silogismos dos sábios, considerando tais coisas disparates (LUCIANO. *Menipo ou A Descida*, 21). Quanto a Crisipo, expoente do estoicismo, ele aparece como escravo apregoado em praça pública, a patentear, entre outros saberes, a excelência no silogismo. E é lançando mão desse arrazoado que ele logra enredar o seu interlocutor, o qual, encurralado por seu fraseado ardiloso, se vê forçado a calar-se (LUCIANO. *Vidas em Leilão*, 22). No mesmo passo, o Crisipo lucrânico menciona de passagem o sofisma do crocodiliano raptor, divulgado em várias versões: um crocodilo rapta um menino, o qual estava nas margens de um rio, e promete o restituir ao pai contanto que este consiga predizer verdadeiramente o que será feito do refém. Duas possibilidades delineiam o horizonte de escolhas, pois resta ao menino ou ser devorado ou ser devolvido. A opinião do pai faz girar o jogo paradoxal, tendo em vista que qualquer que seja a posição assumida em favor da salvação, ela se volta contra ele. Com efeito, se o pai afirmar que o crocodilo pretende comer o menino, este vai acabar nas mandíbulas do sáurio, porque a afirmação é verdadeira. E se, inversamente, afirmar que o crocodilo pretende não comer o menino, o destino deste é do mesmo modo virar comida de réptil, uma vez que a afirmação é falsa. Também o pai, ao cabo e ao fim, é devorado, só que nas malhas do argumento aporético. O chamado sofisma "crocodilites" ($\kappa\rho\omega\kappa\omega\delta\epsilon\iota\lambda\acute{\iota}\tau\eta\varsigma$) circula entre os Estoicos como um dos tipos de raciocínios insolúveis (cf. DIÓGENES LAÉRCIO. *Vidas e Doutrinas dos Filósofos Ilustres*, VII, 82). Por admitir variantes — o crocodilo raptor aparece por vezes na forma de piratas sequestradores —, o referido sofisma presta-se a prolongamentos discursivos de vária ordem, sendo cultivado em termos de exercício escolar simulador de debates oratórios (cf. DUARTE, Rui Miguel. Crocodilites: Retrato de um Sofisma sem Solução. Brasil: *Classica*, v. 23.1/2, p. 20-41, 2010). A comédia ateniense é, ademais, palco dos paradoxos. Pascal Thiercy propõe que não poucos enredos das peças de Aristófanes operam com um fundamento silogístico, tendente ao absurdo, de modo que o herói, agindo com base em técnicas de inversão e exagero, possa levar a cabo o seu plano mirabolante. Exemplo disso se vê em *Os Acarnenses*, em que Diceópolis, um camponês da Ática afetado pela Guerra do Peloponeso, decide agir a contrapelo da deliberação da cidade, favorável à manutenção do conflito armado. O argumento silogístico sustentado pelo herói, de teor pacifista, materializa-se na representação: Atenas não deseja fazer a paz com Esparta. Mas Diceópolis quer a todo custo a paz com os inimigos. Diceópolis vai, consequentemente, promovê-la ao arrepio de Atenas, selando um tratado de paz com Esparta (cf. THIERCY, Pascal. *Aristophane et l'Ancienne Comédie*. Paris: Presses Universitaires de France, 1999, p. 43-50). A paz individual obtida pelo herói cômico serve então de metáfora política: convite à ação na esfera coletiva em defesa do fim das hostilidades.

[16] NV, I, 2.

(μυθολογεῖν ἐλευθερίας),[17] também Luciano é mentiroso. Logo, sua afirmação é falsa, consequentemente, as autoridades que narram fábulas não são de modo algum mentirosas; daí se segue que Luciano ainda o é menos. Por conseguinte, ele não mente, mas diz a verdade, do que se deduz que os antigos fabulistas são mentirosos. E nisso se instala a circularidade das proposições com predicações sempre reversíveis, que incidem umas nas outras. Essa circularidade do paradoxo é mimetizada em NV, animado por jogos com a reversibilidade dos argumentos que se desdobram no decorrer da narração em dois momentos.

De início, como se disse, Luciano toma por enganosas as declarações de narradores ou das personagens que asseveram a verdade de seus contos. É o que ocorre com a epopeia homérica; na contramão de Alcino, para quem as façanhas cantadas por Odisseu não se confundem com as de um "tecelão de falsidades" que inventa "mentiras de coisas"[18] que nunca alguém viu, Luciano as tem na conta de "bufonaria" (βωμολοχίας),[19] rebaixando não só Odisseu a bobo de corte feácia, mas também a esta e a Alcino como simplórios.[20]

A mesma artilharia se volta contra a historiografia, de que ressalta a de matriz ctesiana. Com efeito, ao término de sua obra dedicada à Índia, Ctésias esclarece que diz a verdade nas fábulas que havia contado, e que sua escritura é calcada no que ele mesmo viu e no que soube através dos indianos. Acrescenta, no epítome de Fócio, que deixou de lado narrativas ainda mais admiráveis a fim de não parecer, aos que não testemunham o narrado, ter escrito histórias incríveis.[21] Pegando-o no contrapé, Luciano ironiza o epílogo de Ctésias, cujos argumentos retém para refutá-los: nada do que o historiador de Cnido relata tem fundamento em seu próprio testemunho ou no de indianos comprometidos com a verdade.[22]

[17] NV, I, 4.
[18] HOMERO. *Odisseia*, XI, 362-363. Tradução de Frederico Lourenço.
[19] NV, I, 3.
[20] Ibidem.
[21] FÓCIO. *Biblioteca*, 72, 50a.
[22] NV, I, 3.

Dessa agonística não se extrai qualquer condenação de ordem moral relativa às figuras interpeladas, mas apenas os pressupostos de uma prosa paradoxal, desenhada com duas facetas complementares,[23] já que anuncia de antemão uma coisa e enuncia em seguida outra oposta: lugar de passagem, que sobressai como o murmúrio cretense contrário a qualquer fechamento, explicitado até na promessa que epiloga a narrativa de que se vão contar mais aventuras em livros vindouros nunca, todavia, escritos.[24]

É nesse horizonte que se apresenta o passo proemial supracitado, do qual se destacam as cinco afirmações disjuntivas (não vi, não padeci etc.), articuladas com o mesmo advérbio μήτε, que só qualificam NV por aquilo que ele recusa ser. Alçados a pilares da narração, tais qualificativos serão solapados na sucessão das histórias, as quais os denegam um a um, enquanto simultaneamente estes a denegam como narração gerada dos preceitos de diegese que remontam a Platão.[25] Eis aí o segundo momento de NV, que põem em confronto os preceitos proemiais com as aventuras de Luciano, as quais sendo, ademais, paródias de peripécias épicas e historiográficas põem igualmente em confronto sua narrativa com a dos autores que ela simula: superposição que instaura a diferença entre elas derivada de uma técnica de produzir maravilhas, visante a tornar inverossímil o verossímil dos discursos imitados.

No mesmo lance, o narrador desmancha a própria convenção que finge seguir, ironizando o que diz fazer, mas, não faz, procedimento cômico, já presente em Aristófanes,[26] com que o enunciador mantém

[23] As características paradoxais de NV são assinaladas também na crítica moderna. Um exemplo disso está no texto *Le Monde Incroyable* de M. Lavagetto, que figura em excelente livro desse estudioso italiano sobre a questão geral da mentira na literatura e noutras modalidades discursivas, cf. LAVAGETTO, Mario. *La Cicatrice de Montaigne*. Paris: Gallimard (L' Arpenteur), 1997, p. 47-67.

[24] NV, II, 47.

[25] *República*, 392a sqq.

[26] Em *As Nuvens* (536 sqq), o comediógrafo enaltece sua peça como sendo sábia por não haver nela nem zombaria dos calvos, nem personagem surrando uma outra, nem tochas acesas no palco, nem ainda ator gritando 'ai, ai'. Aristófanes argumenta que a comédia valida-se em si mesma, com a potência dos versos. Tais artifícios a priori condenados, entretanto, sobrevêm no decurso das cenas: a autoironia de Aristófanes vem a reforçar a comicidade da representação, seja por denunciar o dispositivo cênico usado por outros poetas, não mais que apelação grosseria a produzir o ridículo, seja por surpreender a plateia, expectante de que nada disso iria ocorrer no espetáculo.

distanciamento em relação ao que relata. Com efeito, Luciano antecipa tratar do que não viu, não padeceu, nem soube por terceiros, enquanto suas expedições, avançando na abertura das denegações, versam inversamente sobre eventos aos quais ele assegura que viu, sofreu ou recolheu mediante testemunhos. Acrescenta, ainda, centrar seu escrito no que de "nenhum modo é e, por princípio, nem mesmo pode vir a ser", mas, do princípio ao fim, só se ocupa com a descrição de seres e devires, ilustrados pelas metamorfoses prodigiosas das figuras femininas do primeiro e do penúltimo episódio, determinação para um discurso que se deixa indeterminar pelo estranho, a dar guarida ao que não existe, que, no limite, se já não é o nada, pelo menos se confunde com o vazio que ele instala.

Admitindo-se, pois, que o ser desabe, todos os elementos que estruturam uma narração são arrastados para o mesmo limbo, personagens, ações, tempos, lugares, causas. Afinal, o "que de nenhum modo é" não pode ter existência alguma, logo, lugares e tempos, articulando-se a uma periplografia que os abone a esta serão relegados a efetuação de nenhuns e nadas: viagens inscritas em atopias (ilha de queijo, mar de leite, cidade de lamparinas) e acronias (temporada na Lua ou dentro de um bicho marinho), o que leva à pergunta sobre se o naufrágio da embarcação luciânica no derradeiro episódio também não é o da própria narração, náufraga desde o início anunciada.

Em tese, se os princípios que ordenam NV fossem seguidos à risca, Luciano nada teria a dizer e, na esteira de Crátilo, deveria se calar. Mas, se Luciano insiste em dizer, o faz em nome do falso decalcado de um mundo às avessas, o dos *adynata* (impossíveis), que, modelares de inversões cômicas, fazem existir e falar coisas que por natureza não existem e não falam (mulheres-videiras, mortos na Ilha dos Bem-aventurados etc.), ou que tornam habitáveis e cultiváveis lugares que por definição são inabitáveis e incultiváveis, como a Lua e o Sol. Já os *adynata* de Crátilo ocorrem em registro diverso: ele desiste de dizer — e é falado por Aristóteles — porque avalia que nenhuma verdade resiste face a um mundo sempre cambiante, o dos fluxos. Eis um seguidor intransigente de Heráclito, a quem censura por considerar que não se pode entrar duas vezes no mesmo rio, como, nem mesmo, sequer se pode fazê-lo uma única vez.[27] Desse Crátilo, conclui-se não se dever dizer nada, bastando apontar-se às coisas.[28]

O gesto derrisório de Luciano, como que a afundar o heraclitismo em águas gorgianas — Górgias, o fundador filostratiano da "paradoxologia"[29] —, não é decerto o de agitar o dedo à maneira de Crátilo, mas, sim, o do envergar a língua de Epimênides,[30] poeticamente

[27] ARISTÓTELES. *Metafísica*, IV, 1010a 10-15.
[28] Idem, ibidem.
[29] FILÓSTRATO. *Vidas dos Sofistas*, I, 9, 493.
[30] A figura do cretense mentiroso se aplica não apenas a Epimênides, porquanto remonta, outrossim, ao protagonista da *Odisseia* homérica. Que Odisseu seja mentiroso, é Palas Atena que afirma este seu atributo (*Odisseia*, XIII, 290-297); contudo, que seja cretense, é o próprio Odisseu que confirma o gentílico em uma tríade de episódios ocorridos após seu regresso à Ítaca. Odisseu conta suas expedições como navegante oriundo de Creta, adaptando-as aos interlocutores. Com efeito, o primeiro dos chamados "contos cretenses" de Odisseu vem a lume através do diálogo travado com Palas Atena, em que o herói, recém-chegado, forja uma explicação para a sua condição de marujo solitário, sem embarcação, mas com muito tesouro (ibidem, XIII, 253-289). O efeito cômico reside em Odisseu se apresentar como estrangeiro, já estando em casa. A encenação é ainda mais farsesca por conter um simulacro de *hybris*: o herói lança mão de um discurso enganoso imaginando enganar a mais versada em enganos, Palas Atena, a divindade nascida de Métis. Ao cabo de contas, Odisseu é o único enganado: a deusa, cambiando seu aspecto de jovem pastor em mulher, revela seu nome e plano de ação para que Odisseu faça frente aos pretendentes, além de o censurar por não cessar de mentir nem mesmo em sua terra natal (ibidem, XIII, 291-310). Odisseu também recorre à fabulação cretense na estada com o porqueiro Eumeu (ibidem, XIV, 191-408) e no encontro com Penélope (ibidem, XIX, 166-202), estando ele, em ambos os episódios, disfarçado de mendigo.
Ressalta-se que o paradoxo que leva o nome de Epimênides é de atribuição discutível entre as autoridades antigas que o mencionam (cf. LECLERC, Marie-Christine. *Épiménide sans Paradoxe*. **Kernos**, nº 5, p. 224-226, 1992. Disponível em: https://doi.org/10.4000/kernos.1063). Diógenes Laércio, quando deslinda a vida e a obra de Epimênides (*Vidas e Doutrinas dos Filósofos Ilustres*, I, 109-115), em nenhum momento faz alusão ao referido paradoxo, que poderia estar associado a Eubulides de Mileto, autor de *O Mentiroso* (DIÓGENES LAÉRCIO. *Vidas e Doutrinas dos Filósofos Ilustres*, II, 108-112). Ocorre que o paradoxo do mentiroso encontra uma fabulação faceciosa já na *Odisseia*, concernente aos ardis de que se vale o protagonista quando aprisionado na caverna de Polifemo. Conhece-se o entrevero: tendo o gigante devorado seis marujos, Odisseu simula um pacto de amizade, oferecendo-lhe vinho (HOMERO. *Odisseia*, IX, 345-363). O ciclope, ficando embriagado e querendo retribuir o presente, pergunta-lhe o nome, ao que Odisseu (ibidem, XI, 366-367) retorque dizendo chamar-se "Ninguém" (Οὖτις). O gigante anuncia o título de presente de boas-vindas que "Ninguém" será o último dos companheiros que ele vai devorar (ibidem, IX, 369-370). O anúncio de Polifemo, bem como a resposta de Odisseu, convergem num ponto, nuclear da narração, o vocábulo "ninguém" e as extensões semânticas e fônicas que esse adquire no grego. Tal afirmação de Polifemo repercute até em Demétrio, que a discute em seu tratado ora como traço de agudeza (*Sobre o Estilo*, 130), ora como efeito de surpresa (ibidem, 152), ora ainda como tropo cínico (ibidem, 259-262). Já a resposta fornecida por Odisseu evidencia o contraste entre a designação e a referência. Com efeito, a fórmula "Ninguém é o meu nome" designa uma personagem, mas a sua referência, não tendo correspondência com qualquer sujeito, é vazia. Ainda mais para o costume antigo de fundo mítico, em que o nome próprio define o seu portador: designação elevada a desígnio de ordem oracular no caso de Édipo (cf. SIMPSON, Michael. Odyssey 9: Symmetry and Paradox in Outis. The Classical Journal , v. 68, n. 1, p. 24, out./ nov. 1972). Nisso, a máxima de Crátilo tem alcance proverbial: quem conhece os nomes, também conhece as coisas (PLATÃO. *Crátilo*, 435d). Em outros termos, o enunciado odisseico "Ninguém é o meu nome" (Οὖτις ἐμοί γ' ὄνομα) — reafirmado pelo protagonista na oração sequente, "Ninguém chamam-me a minha mãe, o meu pai, e todos os meus companheiros" (*Odisseia*, IX, 366-367, trad. de Frederico Lourenço) — é paradoxal por enlaçar o falso ao verdadeiro. À luz da figura do rei de Ítaca, filho de Laertes, chamado "Odisseu", o referido enunciado é falso, mas, da perspectiva do epíteto πολύτροπος (ibidem, I, 1; X, 330) — que significa a *persona* mui cambiante

fabuladora de paradoxos a ponto de fazer do que não tem matéria discursiva, *álogos*,[31] a matéria de seu discurso, *lógos*: descortinando no visível possibilidades figurativas tocantes a uma figuração do não-ser, aberta e inclusiva porque liberta do peso ontológico com suas exigências de adequação, o par *lógos-álogos* gera inadequações. Se o ser, como preconiza Aristóteles, se diz de muitos modos,[32] o não-ser se diz, decerto, de muitos mais em suas infindáveis variações.

Coteje-se a definição platônica de narração (διήγησις)[33], exposição de acontecimentos que foram, que são, ou que serão, levados a cabo por poetas e fabulistas (μυθολόγων), ou a aristotélica[34] que a repropõe no sentido de distinguir a de poetas, que versam sobre eventos que poderiam ter sucedido, em relação à de historiadores, os quais só tratam dos que efetivamente se sucederam, com a luciânica de NV. No contraste entre elas ressalta a de Luciano que faz tábua rasa do verossímil e, mesmo, das supostas verdades reivindicadas por esses regimes discursivos,[35] propondo narrar acontecimentos que não aconteceram

de Odisseu, apto a girar pensamentos e palavras segundo as necessidades —, o mesmo enunciado é verdadeiro, porquanto dá a ver as duplicidades encenadas. É que o episódio homérico do monstro monoftalmo delineia-se em torno dos termos *outís* e *mé tis* — duas expressões gregas para "ninguém" — em relação paronomástica com *métis*, a "astúcia" caracterizadora de Odisseu: "ninguém" corresponde, então, às maquinações do aventureiro metido em perigos. Se, com o vinho propiciador de embriaguez e dormência, Odisseu logra cegar Polifemo, é por meio de seu nome (*outís*) que nada nomeia senão circunstancialmente, que o herói consegue livrar-se da eventual vingança dos outros ciclopes. Estes, em resposta aos gritos lancinantes de Polifemo atingido no olho, chegam junto de sua caverna bloqueada por imensa pedra e o interpelam sobre se ninguém (μή τίς) teria roubado o seu rebanho ou se ninguém (μή τίς) o teria ferido com dolo e violência etc. (ibidem, IX, 405-406). Polifemo replica então que Ninguém (Οὖτίς) o feriu, não com violência, mas com dolo (ibidem, IX, 408). Diante disso, os ciclopes decidem ir embora, julgando que, se ninguém (μή τίς) agride Polifemo, mesmo sozinho, é porque tal sofrimento tem causa divina (ibidem, IX, 410). A situação faz Odisseu soltar gargalhadas (ibidem, IX, 414): afinal de contas, conseguiu ludibriar os ciclopes em decorrência de seu nome e astúcia (μῆτις).

[31] Na acepção de não-ser, com efeito, *álogos* recobre o campo semântico validado no enunciado proemial: o narrar sobre o que não é e nem mesmo pode vir a ser (NV, I, 4). Corresponde, em linhas gerais, à figuração de personagens, acontecimentos e lugares inopináveis, pelo que orbita na esfera de termos correlatos e suas extensões patenteadas ao longo dos episódios, tais como παράδοξος (extraordinário), θαῦμα (maravilha), ἄπιστος (incrível), τέρας (portento), ξένος (insólito), καινός (novo), ἀλλόκοτος (monstruoso), ἄγριος (selvagem), θηρίον (fera), κῆτος (besta marinha) etc. Nota-se, enfim, que *álogos*, a exemplo de *lógos*, é polissêmico, abrangendo um leque variado de significados (irracional, insensato, absurdo, improvável), em decorrência dos usos que fazem desse vocábulo os historiadores, filósofos, poetas, retores (consultar, a propósito, o verbete ἄλογος de O. GENGLER, *in*: AMPOLO, Carmine; FANTASIA, Ugo (ed.). *Lexicon Historiographicum Graecum et Latinum*. Pisa: Edizioni della Normale, 2007, vol. 1, p. 29-32).

[32] ARISTÓTELES. *Metafísica*, IV, 2, 1003a 33.

[33] *República*, III, 392d - 398c.

[34] *Poética*, 1451 b.

[35] Também Luciano, em um opúsculo dedicado aos preceitos da historiografia, reafirma, ironicamente ou não, que o único compromisso da história é com a verdade (*Como se Deve Escrever a História*, 39), entendida, em chave tucidiana, como exposição exata e adequada dos acontecimentos. Dessa feita, por mais desastrosas e insensatas que se apresentem as ações, devem tal e qual ser reveladas: em uma batalha naval, por exemplo, não

e que nunca poderiam ter acontecido. Se NV à primeira vista se anula enquanto narração é porque, programaticamente inverossímil, se faz entrever como narração de segundo grau, a um tempo antiépica, anti-historiográfica, antiontológica.

À luz das categorias narrativas estabelecidas por retores e filósofos gregos e latinos da época imperial, NV orbita em redor da fábula (μῦθος/ fabula) e do plasma (πλάσμα/ argumentum) ou ainda "ficção", como esse termo é frequentemente transladado. Repropondo com variações Cícero, Quintiliano, entre outros, Sexto Empírico qualifica a fábula de exposição acerca de "acontecimentos que não ocorreram e falsos",[36] como as metamorfoses dos companheiros de Diomedes em pássaros marinhos, de Odisseu em cavalo, de Hécuba em cão; quanto ao plasma, também ele trata de "acontecimentos que não ocorreram",[37] mas são "semelhantes aos que ocorreram".[38] Enquanto a fábula está associada aos gêneros altos, notadamente a epopeia e a tragédia, o plasma se associa aos baixos, peças cômicas e pantomimas.[39]

Jogando comicamente com a fábula, Luciano move sua narrativa: a comédia e a fábula se deformam mutuamente, mas também risivelmente, pois em nenhuma delas ele se fixa. O plasma/ argumentum, como ficta res[40] ciceroniano, é matéria cômica ainda medida pela escala do verossímil, ao passo que NV lança-se na desmedida do inverossímil. Luciano estabelece uma relação de semelhança com modelos de fábulas e prodígios veiculados em epopeias, comédias, histórias, mas a estes faz operar com referência ao inverossímil e ao não-ser (álogos). Condenando autoridades que cultivam arrazoados paradoxais, tidos não mais do que vanidades elevadas a descobertas insólitas, Isócrates traz à baila seu antigo mestre, interrogando-se: "Como se pode superar

---

é o historiador que afunda as embarcações (ibidem, 38), pelo que historiadores diferem de poetas, os quais podem, em nome da licença poética, tudo afundar, fabricar, omitir ou remediar a respeito de qualquer matéria.

[36] *Contra os Gramáticos*, 263-264.

[37] Ibidem.

[38] Ibidem. Sexto Empírico não fornece exemplo algum para o *plasma*, ao passo que Cícero (*Da Invenção*, I, XIX, 27) quando trata do *argumentum* cita de passagem um passo cômico de Terêncio, em que Simão fala ao escravo liberto Sósia acerca de seu filho, "com efeito, depois que ele deixou a juventude, Sósia [...]" (*Andria*, 51).

[39] Ibidem.

[40] CÍCERO. *Da Invenção*, I, XIX, 27.

Górgias que ousa declarar que nada do que é seja (οὐδὲν τῶν ὄντων ἔστιν)?".[41]

Luciano não responde, mas relança a questão sob uma perspectiva diversa da que se supõe a gorgiana, pois enquanto Górgias compõe um tratado dedicado ao não-ser ou à natureza como refutação ao ser de Parmênides, Luciano aloja o *álogos* no cerne de seu livro de viagens, tornando-o tão fantástico a ponto de, por contraste, desmanchar comicamente os prodígios que ornamentam as narrativas de Homero e seus imitadores.

Conquanto não haja aplicação das três teses gorgianas do não-ser em NV, este repercute a formulação cética delas[42] no interior de uma periplografia, como que a dizer através de suas lentes paradoxológicas que os episódios homéricos não ocorreram — daí o *lógos-álogos* ancorando a viagem luciânica —, ou, se ocorreram, não foram da forma como estão relatados na epopeia — por isso as inversões e exageros contínuos em NV —, ou, se ocorreram como relatados, têm significação diferente: isso se nota também nas etopeias encenadas no episódio da Ilha dos Bem-aventurados que se riem das interpretações operadas por e sobre Homero. Com efeito, pela etopeia, afigura-se um Homero sofista ora a refutar, ora a referendar tópicos referentes à chamada "questão homérica", debatida desde gramáticos de Alexandria, que Luciano achincalha por sua afetação.[43] Quanto à etopeia de Odisseu, é por meio de uma carta de próprio

---

[41] ISÓCRATES. *Elogio de Helena*, 3.

[42] Uma doxografia do referido tratado gorgiano figura em Sexto Empírico: "Em seu escrito, *Sobre o Não-ser ou Sobre a Natureza*, ele [Górgias] coloca em questão três preceitos que se seguem: um, o primeiro, que nada é; o segundo, que mesmo se é, não pode ser apreendido pelo homem; o terceiro, que mesmo se pode ser apreendido, não pode, portanto, ser formulado e explicado a seu próximo". *Contra os Matemáticos*, VII, 65. Tradução de Paulo Pinheiro in: CASSIN, Barbara. *Efeito Sofístico*. São Paulo: Editora 34, 2005, p. 283. Considerando-se o *Narrativas Verdadeiras* uma fabulação sofística sobre a sofística atribuída a Górgias, então há convergência dele com símiles aduzidos no referido discurso dedicado ao não-ser. Argumentando, a certa altura, contra a tese de que as coisas pensadas (τὰ φρονούμενά) não são seres (ὄντα), o Górgias de Empírico declara por meio de exemplos: "Não é por se pensar um homem a voar ou carros a correr no mar, que de pronto um homem voa ou carros correm no mar" (SEXTO EMPÍRICO. *Contra os Matemáticos*, VII, 79). Por pensar o impensável ou dizer o indizível, ambos os propósitos constituem faces complementares do mesmo *lógos-álogos*, o narrador-navegador Luciano faz transbordar imagens gorgianas similares no mar homérico de suas peripécias. Fantasia poética que corresponde, em chave heurística e irônica, a pôr em cena não um homem a voar, mas um barco a aeronavegar.

[43] NV, II, 20.

punho que ele se revela uma alma pranteada por ter deixado Calipso e a imortalidade que ela lhe oferecera, pelo que se decide a voltar para os braços dela.[44] Com o motejo de Luciano, surge um Odisseu póstumo a fazer seu necrológio, a contar parte de sua vida, a pôr em dúvida o valor de suas façanhas.[45]

Zombando da rapsódia homérica, da sofística gorgiana, da indagação isocrática, da cavilação epimenidiana, da historiografia ctesiana, Luciano compõe uma prosa de paradoxos, operante com dois sentidos simultâneos: tem o não-ser por referência, como se disse, e, quando o narrador passa a apresentá-lo ele é, mas como não-ser, no que um sobre o outro se deslocam indefinidamente, e é essa fronteira que instala a narrativa, que se move segundo passagens pelos não-lugares que a recortam. Uma das passagens, a ponte de água,[46] fornece na singularidade da ação a imagem eficaz de uma narração não menos escorregadia, pois efetuadora de vertigem que joga com profundezas e alturas ao arrepio do platonismo. Se a embarcação, logrando atravessar essa ponte de água, que une, pela superfície, dois blocos de mares erguidos a prumo, não despenca no abismo oceânico, figura no micro o macro da narração, ela mesma abissal e fluída na superfície sem profundidade desse *lógos-álogos*, onde tudo ocorre em torno do seu núcleo binário.

---

[44] NV, II, 35.

[45] A etopeia é um exercício ficcional em que se apresenta uma personagem a enunciar de viva voz seus discursos levando em conta o lugar, o tempo, a fortuna e mais circunstâncias envolvidas. Assim, o discurso dirigido por um navegante à sua esposa quando está prestes a empreender viagem, ou o de um general aos seus soldados frente à iminência de um combate. A etopeia também alcança às personagens ilustres, donde a invenção de um discurso elegíaco da parte de Hécuba sobre o cadáver de Heitor, emulando Homero (*Ilíada*, XXIV, 748-759), ou sobre os escombros de Troia. Essa modalidade discursiva inclui, por extensão, os panegíricos, os exortativos e os epistolares, como a referida carta cômica de Odisseu endereçada à Calipso. A etopeia é ensinada em escolas de eloquência e atestada nos *Progymnasmata*, sendo que em Élio Téon ela aparece sob o nome "prosopopeia", enquanto em Hermógenes e Aftônio ela se distribui em três eixos: a etopeia diz respeito genericamente à personagem que pronuncia discursos; já a prosopopeia concerne à representação de coisas investidas de caracteres humanos ao modo de personificações; a idolopeia, por sua vez, é quando se atribui fala aos mortos (ÉLIO TÉON. *Progymnasmata. Sobre a Prosopopeia.* HERMÓGENES. *Progymnasmata. Sobre a Etopeia.* AFTÔNIO. *Progymnasmata. Sobre a Etopeia.* Consulte-se a edição espanhola compiladora dos três tratadistas. TEÓN, HERMÓGENES, AFTONIO. *Ejercicios de Retórica.* Tradução de María D. Reche Martínez. Madri: Gredos, 1991).

[46] NV, II, 43.

A Maquinaria de Maravilhas

Procedimento cômico implicado na produção de paradoxos, a inversão[47] prevalece em NV. Com ela, Luciano faz ironia com o ser e, por extensão, com a verdade e a verossimilhança dos discursos, de sorte a contrariar no seu a natureza das coisas conhecidas. As estranhezas proliferam arrevesando os lugares de argumentação; com isso, indetermina-se o que é exposto nesse processo. Jogando com as amplificações, a narração não cessa, pois, de colocar o grande no pequeno (os insetos de 60 m de altura), o mais no menos (o exército com mais de sessenta milhões de soldados), o baixo no alto (a *pólis* no firmamento), o exterior no interior (a floresta dentro do animal marinho) e vice-versa, visto que o artifício, tendo mão dupla, opera no sentido oposto, nas figuras bovinas com os chifres sob os olhos, nos fetos humanos deslocados para a barriga da perna, na cidade grega nos ínferos (Terra dos Ímpios) etc.

Essas inversões, figuradoras de portentos, se apoiam em uma técnica argumentativa não menos amplificadora: tornar impossível o possível dos discursos das autoridades visadas, atacando seus opináveis e verossímeis, de modo a corroer o que eles veiculam adequadamente. Em gêneros narrativos, a adequação corresponde a narrar coisas que se sucederam ou que poderiam ter-se sucedido, como se disse. Tendo em vista que NV opera, não com os *éndoxa*,[48] mas com os *parádoxa*,

---

[47] A inversão no registro cômico remonta ao *Margites*, poema atribuído a Homero por Aristóteles. Este assinala ainda a relevância da obra para a posteridade teatral: *Margites* está na base da comédia ateniense, do mesmo modo que *Ilíada* e *Odisseu* estão na base da tragédia (ARISTÓTELES. *Poética*, IV, 7, 1448b). Os poucos fragmentos remanescentes do poema impedem a reconstituição de seu entrecho, entretanto indiciam tratar-se de uma personagem tola até no nome: uma etimologia faz derivar "margites" de *margaínein*, que quer dizer "néscio". Seu traço principal é, com efeito, a inépcia. Em *Margites*, o mundo às avessas implica o malogro de todas as atividades em que o protagonista venha a tomar parte: diz-se que ao casar-se, ele ignorava o que deveria fazer com sua mulher. Os ardis empregados por ela a fim de que ele consumasse a união matrimonial, figuram em cenas que desdobram esse argumento farsesco. Na esteira do Margites, forjaram-se mais figuras não menos estultas: Corebo insistia em querer medir as ondas do mar, enquanto Melítides sequer conseguia contar até cinco. Margites é na Antiguidade a *persona* que simboliza a estupidez, assim como Odisseu tem seu caráter delineado pela astúcia, Aquiles, pela cólera, Nestor, pela sapiência, Hécuba, pela desgraça. A doxografia poética atinente ao *Margites* é recolhida em edições modernas: WEST, M. L. *Iambi et Elegi Graeci*. Oxford: Oxford University Press, tomo 2, 1998, p. 69-78. PAJARES, A. B. *Fragmentos de Épica Griega Arcaica*. Madri: Gredos, 1999, p. 391-402.

[48] Os *éndoxa* correspondem às opiniões aceitas por quase todo mundo e pela maioria dos sábios (ARISTÓTELES. *Tópicos*, I, 100 b21-23), o que equivale a dizer, por exemplo, que os gregos são superiores aos bárbaros ou que o templo apolíneo de Delfos situa-se no centro do mundo (cf. *Da Invenção de Navegação*). Com efeito, os *éndoxa*,

interessa a exposição daquilo que não aconteceu, nem sequer poderá vir a acontecer. Assim, em narrativas convencionais de viagens, é possível que o navegador singrando o alto-mar, encontre uma fera grande e perigosa; mas a narrativa que encena o navegador tragado por um animal marinho de escala continental[49] já é ela mesma arrebatada pelo impossível (*adynaton*). Nisso, o extraordinário apresentado em epopeias e outros, associado a expedições aos confins do mundo, é exacerbado: onde Odisseu conta o navegar de sua embarcação à ilha do Sol,[50] Luciano descreve o vogar de sua nave às margens do astro solar.[51]

A prosa de Luciano avança fantasticamente no sentido de produzir o esvaziamento da expectativa do leitor, proporcionando-lhe sensações imagéticas inauditas. O pressuposto desse efeito de maravilhamento — como afirma Górgias em circunstância mui diversa — é nunca dizer aos que sabem algo que já sabem, pois isso carece, não de credibilidade, mas, de encanto.[52] Heródoto procede *pari passu*. A propósito do camelo da Índia, o historiador declara não tratar dele seguindo sua conformação geral ($\varepsilon \tilde{\iota} \delta o \varsigma$), porque os helenos já o conhecem; por isso,

cristalizados sob a forma de tópicas, constituem os verossímeis operantes na invenção de discursos; do mesmo modo, os *parádoxa*, por serem enunciados contrários às opiniões comuns, como um barco a voar ao espaço sideral, figuram em narrativas fantásticas, produtoras de imagens surpreendentes. No âmbito do epidítico, gênero alicerçado no louvor e no vitupério, Aristóteles distingue, de passagem, os discursos de visada séria, dos de visada jocosa (*Retórica*, I, 1366a 28 - 31). O elogio jocoso, também chamado "paradoxal", é objeto de exame em Menandro I, o Retor que, transpondo as categorias de causas judiciais para o epidítico, estabelece quatro tipos de encômios. No interior dessa divisão, o *parádoxon*, assinalado por meio de exemplos (*Elogio da Morte*, de Alcidamante, *Elogio da Pobreza*, do cínico Proteu), é associado por vezes ao *ádoxon*, elogio voltado aos *daimones* e aos males evidentes. Este se opõe, por sua vez, ao *éndoxon*, cujo louvor se aplica aos bens comuns reconhecidos, assim, a uma divindade e a qualquer outra matéria explicitamente boa. Já o *amphídoxon*, por mesclar o *éndoxon* com o *ádoxon*, é o discurso dirigido às coisas em partes louváveis, e em partes censuráveis (MENANDRO I, O RETOR. *Divisão dos Discursos Epidíticos*, 346, 9-22).

Formulada como jogo sofístico, a paradoxologia de Górgias, em *Elogio de Helena*, lança as bases de um gênero múltiplo e inclusivo, que se abre historicamente às mais variadas matérias, além de poder assumir qualquer forma discursiva. Afigura-se, assim, um exercício de eloquência em que o engenho do orador é desafiado a encontrar argumentos em favor de coisas insignificantes, risíveis e até indefensáveis. O pressuposto gorgiano está na soberania do *lógos*, *phármakon* orientado pelo *kairós* (a ocasião, cf. *Elogio de Helena*, 8-14), com isso dá a entender que todas as teses podem ser igualmente provadas ou rechaçadas, desde que se domine a arte da persuasão, operando-a de modo eficaz. Ressalta-se que a paradoxologia atravessa o *Corpus Lucianeum*, sendo apresentada ora na forma de intervenções pontuais (oração fúnebre irônica inserida em *Da Morte de Peregrino*, 7-30; elogio do cão intercalado em *Acerca das Imagens*, 19), ora ganha corpo em obras inteiras dedicadas ao gênero (*Fálaris I. Fálaris II. Elogio da Mosca. O Parasita ou A Arte do Parasitismo. A Gota*). Sobre o elogio paradoxal em Luciano: BOMPAIRE, Jacques. *Lucien Écrivain: Imitation et Création*. Paris: E. de Boccard, 1958, p. 265, 282-286, 642-643.

[49] NV, I, 30.
[50] HOMERO. *Odisseia*, XII, 261-265.
[51] NV, I, 28.
[52] *Elogio de Helena*, 5.

limita-se a indicar o que eles ignoram: particularidade extraordinária na descrição das pernas traseiras e da genitália do bicho indiano.[53]

O modo de produzir o estranho, que nada tem de excepcional, é ensinado por retores. Segundo Élio Téon, o inabitual (ασύνηθες) é o que se conta à margem (παρά) da história tida como certa, ou o que se diz à margem das opiniões comuns, como se alguém dissesse que os homens não foram plasmados por Prometeu, mas por qualquer outra divindade, ou ainda afirmasse que o asno é sábio e a raposa, estúpida.[54] No avesso, ou ao lado da *dóxa* (a opinião comum recolhida em discursos), a paradoxologia de Luciano também modela homens não prometeicos,[55] arvorados na Lua: são os assim chamados "Arbóreos".[56] A metáfora botânica aplicada à gênese destes desloca o modo conhecido do nascimento de um homem, assimilando-a a uma planta frutífera, cujas primícias são o testículo humano cortado em dois e plantado ao modo de uma semente que brota do solo. Com efeito, o surgimento desse homem selenita corresponde ao de uma árvore segundo o ciclo que envolve a germinação, o crescimento, a florescência e a frutificação, no que o portento de Luciano brinca de passagem, repropondo-se o modelo descritivo dos naturalistas, com o método comparativo levado a cabo pelos peripatéticos: Teofrasto, ao estudar em seu tratado[57] a diversidade de plantas em termos de morfologia, fisiologia, taxionomia, estabelece equivalências entre elas e os animais para esclarecer seus argumentos, embora ele mesmo reconheça a ineficácia do princípio analógico quando põe em relação reinos de seres vivos tão distantes.[58]

Figurador de intensidades, a amplificação é um procedimento metafórico enlaçado nos elementos da narração, assim, nos acontecimentos:

---

[53] *Histórias*, III, 103.
[54] ÉLIO TÉON. *Progymnasmata. Sobre a Fábula.*
[55] Conta-se, em *Hermótimo*, a fábula atinente a uma origem não prometeica do homem, o qual sai da forja de Hefesto, mas sem a intervenção das demais divindades. O deus Momo moteja a invenção de Hefesto, julgando-a inoperante: deveria ele no ato da criação ter plasmado janelas na região do peito, de sorte que, uma vez descerradas, deixassem à vista de todos os desejos e pensamentos do homem, assim seria fácil avaliar quando esse estava mentindo ou dizendo a verdade (LUCIANO. *Hermótimo*, 20).
[56] NV, I, 22.
[57] *História das Plantas.*
[58] Cf. a introdução de Maria de Fátima Sousa e Silva e Jorge Paiva. TEOFRASTO. *História das Plantas*. Coimbra: Imprensa da Universidade de Coimbra; São Paulo: Annablume, 2016, p. 14-22.

no primeiro episódio de NV[59] o leitor é de saída situado em um relato comum de viagem, cujas tópicas, ligadas à preparação e à partida são aduzidas (as provisões requeridas, a escolha da tripulação e do piloto, as características da embarcação, os propósitos inerentes à expedição marítima, a localização geográfica) para serem em seguida transfiguradas. Operando, pois, por incremento, a narração apresenta eventos atmosféricos concernentes aos deslocamentos náuticos em gradação ascendente até culminar com a tempestade em alto-mar (tópica do infortúnio atinente aos perigos do Oceano), que se prolonga por setenta e nove dias.[60] A tormenta afeta, decerto, os desassistidos marujos, mas impacta ainda mais o discurso, pois a verossimilhança previamente fornecida é destroçada pelo ricochete do inverossímil. A narrativa confronta o leitor com aquilo que ele está acostumado a ver como familiar, pelo que o rio de vinho, descrito no mesmo episódio,[61] inverte admiravelmente um rio de água, que, por sua vez, é um elemento adequado em um relato épico ou historiográfico. Subordinado ao inverossímil, o verossímil é um efeito de aplicação, marcador de contrastes.

Em *Narrativas Verdadeiras*, com efeito, há pelo menos duas histórias ocorrendo simultaneamente: há a que está sendo contada, mas há também as que estão sendo citadas no ato de contar. Exemplar dessa elaboração em camadas discursivas, operante com duplicidade, é a cena bélica que opõe a esquadra comandada por Centauro-éolo e a comandada por Bebe-mares. Ao cabo dessa refrega, o narrador, trazendo a fórmula de remate tucididiana — eis os acontecimentos da Sicília[62] —, conclui sua exposição dizendo: "Eis os acontecimentos da insulomaquia".[63]

Propõe-se o cotejo entre duas ordens de batalhas navais, uma de gênero alto ocorrida em porto da Sicília, em que as forças atenienses lutam contra as forças siracusanas, outra de gênero baixo envolvendo

[59] I, 5.
[60] Ibidem, I, 6.
[61] Ibidem, I, 7.
[62] *Hist. da Guerra do Peloponeso*, VII, 87.
[63] NV, I, 42.

homens literalmente de cabeças quentes — expressas por seus cabelos chamejantes — com quase noventa metros de altura, que golpeiam seus inimigos lançando mão de ostras e esponjas.[64] Ambos os combates têm valor superlativo: Tucídides julga ser a refrega siciliana a maior de quantas houve por ocasião da Guerra peloponésia, acrescentando que lhe parece ser de todos os eventos helênicos de que se têm registro, o mais esplendoroso para os vencedores e o mais funesto para os vencidos.[65] Do mesmo modo, Luciano principia a descrição da referida batalha dizendo tratar-se do mais extraordinário de todos os espetáculos que já viu.[66] Esse enunciado empregado em mais de uma ocasião como qualificador de acontecimentos diferentes,[67] põe em suspeita a própria singularidade do espetáculo firmado epiditicamente.

Esse episódio acumula outras referências, terminando por evocar Tucídides, embora comece aludindo a Heródoto, que declara em tom igualmente laudatório que uma das coisas mais admiráveis do Egito diz respeito à ilha flutuante em um lago.[68] Conquanto se mostre incrédulo quanto aos egípcios que lhe confiam o relato, Heródoto não hesita em pôr em relevo o mito que os locais fornecem à guisa de explicação. O espetáculo egípcio é reencenado hiperbolicamente em NV: o que o historiógrafo configura como uma única ilha que se desloca num lago profundo perto de um templo, o paradoxólogo intensifica em seiscentas ilhas-trirremes, cada qual com mais de dezessete quilômetros, que combatem entre si em pleno mar. Acrescente-se ainda uma remissão épica avançada pelo nome "Centauro-éolo". Em Homero, o divino Éolo habita uma ilha flutuante.[69]

A multiplicação das camadas paródicas enreda o leitor em jogos de referências cruzadas, produzindo deslocamentos através de narrativas que o levam ao Egito, à Sicília, à Eólia, mas sem que possa encontrar

[64] NV, I, 40-41.
[65] *História da Guerra do Peloponeso*, VII, 87.
[66] NV, I, 40.
[67] Figura em I, 18 a propósito da chegada dos Centauros-nuvens, bem como em II, 41, evocando um dos prodígios que surge na barca do protagonista.
[68] *Histórias*, II, 156.
[69] *Odisseia*, X, 1-4.

qualquer porto seguro, pois as ilhas infixas correspondem ao ponto sempre móvel em que a encenação fabulosa opera: refere e revira continuamente as versões de eventos épicos e históricos, propondo novas associações ao leitor. Nisso, os leitores modernos, descolados milenarmente da *koiné* grega, talvez fiquem à deriva, boiando no texto ao modo das ilhas-barcos, mas os leitores e ouvintes coetâneos de Luciano estão embarcados na viagem, porque conhecem as tópicas de invenção, que não são fantásticas, mesmo em narrativas fantásticas. Essas tópicas circulam inclusive em obras compiladoras de toda sorte de maravilhas, extraídas de autoridades. A catalogação dos *parádoxa* remonta aos bibliotecários de Alexandria, atribuindo-se a Calímaco um texto intitulado *Coleção de Maravilhas de Toda a Terra Reunidas por Lugares* (Θαυμάτων τῶν εἰς ἅπασαν τὴν γῆν κατὰ τόπους ὄντων συναγωγή),[70] o que indica o critério geográfico usado a selecionar e ordenar os materiais dignos de menção. No costume antigo, esses materiais formam acervos de argumentos de coisas raras que ficam à disposição como lugares de invenção, transferíveis para mais discursos. Assim, a ilha egípcia de Heródoto já figura em Hecateu de Mileto, que, por sua vez, repropõe a igualmente sagrada e flutuante Eólia de Homero. A mesma matéria desdobra-se em NV, ora como ilhas-naves guerreiras, ora como ilha-monstro, uma das representações de *kêtos*. Do tesouro das maravilhas antigas, remanescem obras como a atribuída a Antígono de Caristo[71] sob o nome *Coleção de Histórias Extraordinárias* (Ἱστοριῶν παραδόξων συναγωγή), ou a do Pseudo-Aristóteles cognominada *Das Maravilhosas Coisas Ouvidas* (Περὶ θαυμασίων ἀκουσμάτων).

Paralogístico, NV joga com o princípio de causalidade: como os veleiros se movem sob a força dos ventos, também os homens denominados "Corredores-ventos", pois estes, tropa de infantaria arregimentada por metáforas náuticas, têm as vestes tornadas velas e seus corpos, embarcações, nos quais os mastros operam para as túnicas

---

[70] Assim inscrito na enciclopédia lexical SUDA *s. v. Καλλίμαχος*.
[71] Sobre a recolha atribuída a Antígono, cf. JACOB, Christian. De l'Art de Compiler à la Fabrication du Merveilleux: sur la Paradoxographie Grecque. **Lalies**, Paris, n° 2, p. 121-140, agosto/ setembro de 1980.

talares atadas aos seus pés.[72] A ligeireza que qualifica os Corredores-ventos tem seu correlato nos antigos veleiros impelidos por correntes oceânicas, transfigurados hiperbolicamente no relato do enfunamento de suas vestes-velas que os impelem a singrar os ares, voo que replica a aeronavegação do barco do protagonista arrebatado por um tufão, enquanto suas formas rotundas vão ressurgir no homem-balão figurado em história ulterior.[73] Nessa relação de causalidade, a explicação da propulsão dos homens à maneira dos veleiros simula um argumento que a envolve: simulacro de uma ordem natural avivada por livros de viajantes. Rompendo com a previsibilidade garantida pelo verossímil, Luciano introduz um elemento inesperado, salto da agudeza (ἀστεῖος) nas peripécias, o estranho, instalado no núcleo da narrativa.

Deslocando conceitos de homens, animais, vegetais, cidades etc., na produção de insólitos, a inversão se dá a ver na operação de transladar continuamente as matérias das coisas por outras que as evidenciam inadequadas quanto às suas propriedades, pelo que se procede ora por simples transposição de matérias, assim, fontes, rios e mar, em que a água é substituída por mel, mirra, fogo, leite, vinho, em armamentos, em que os metais dão lugar aos vegetais, notabilizados nos elmos de favas, em que as túnicas de tecido são trocadas por vidro e cobre, como também a cortiça e o queijo substituem a terra fazendo ilhas, ou as hortaliças, as penas revestindo as aves; ora se procede por cambiamento dos estados materiais, pressuposto da operação de converter o sólido em líquido (a ponte feita de água), o líquido em sólido (o mar repartido em

---

[72] NV, I, 13.

[73] Sob os auspícios do imperador bizantino Manuel Comneno (1143 - 1180), um sarraceno se aventura em um evento público a sobrevoar o Hipódromo de Constantinopla usando sua própria veste como meio de propulsão: "Ele escalou sozinho a torre do Hipódromo. Esse impostor se gabou de que iria atravessar, voando, toda a pista. Ficou de pé, vestido com uma túnica branca muito longa e muito larga, cujos lados estavam enrolados com vime que deviam servir de vela para receber o vento. Não havia ninguém que não tivesse os olhos fixados nele e que não gritasse com frequência: 'Voe, voe, sarraceno, e não nos deixe por tanto tempo suspender, enquanto você sopesa o vento'. O imperador, que estava presente, tentava dissuadi-lo dessa empreitada vã e perigosa. O sultão dos turcos, que naquele momento se encontrava em Constantinopla, e que também estava presente nessa experiência, viu-se dividido entre o temor e a esperança: anelando, por um lado, que ele tivesse sucesso, mas, por outro, que não perecesse vergonhosamente. O sarraceno estendia às vezes os braços para receber o vento; por fim, quando julgou ser-lhe este favorável, levantou-se como um pássaro, mas seu voo foi tão infeliz quanto o de Ícaro, pois o peso do seu corpo tendo mais força para arrastá-lo para baixo, do que suas asas artificiais tinham para sustentá-lo, ele teve quebrados os ossos e seu infortúnio foi tanto que não se o lamentou". COUSIN, Louis. *Histoire de Constantinople.* Apud LECORNU, J. Louis. *La Navigation Aérienne.* Paris: Nony, 1903, p. 6.

dois blocos à maneira de maciços rochosos), mas também o sólido em gasoso (a muralha constituída por nuvens) ou em ígneo (os soldados com cabeleira de fogo).

Franqueando as invenções às formas transmutáveis, os prodígios que elas efetuam em lances passageiros irrompem no duplo movimento da fabulação: às vezes a coisa prodigiosa é dada de saída para o desencadeamento de outras: do mar de leite advém a ilha de queijo, na qual crescem videiras lácteas;[74] às vezes ela é apresentada como metamorfose em ato: encena-se a própria transmutação de homens em árvores,[75] de mulher em água e em sangue,[76] mas também a da embarcação do protagonista, em que uma parte se torna ave aquática, e uma outra ramagens frutíferas.[77] Luciano faz aqui, como em outros discursos, comédia com o sagrado dos presságios e mais epifanias com que o sobrenatural se revela na ordem da natureza, pondo-a de cabeça para baixo.[78] Nesse sentido, a prece entoada ao divino pelos marujos luciânicos frente aos prodígios sucedidos na nave preludia um réquiem bufo consagrado a uma entidade caducante, a da crença religiosa grega[79] cujo declínio já constatava Plutarco[80] ao tratar da arte divinatória, embora ele mesmo, antigo sacerdote de Delfos,[81] nunca ponha em dúvida a soberana intervenção dos deuses na esfera humana.

[74] NV, II, 3.
[75] Ibidem, I, 22.
[76] Ibidem, II, 46.
[77] Ibidem, II, 41.
[78] Cf. o diálogo lucânico Zeus Trágico.
[79] Luciano subverte a noção de sagrado: dissolve a aura encantatória que envolve as obras de culto, mostrando-as em sua materialidade de artifício. Evidencia assim que tudo é contingente, inclusive as convenções usadas nas representações dos deuses. Os homens, com efeito, costumam erguer templos para que as deidades olímpicas não fiquem sem abrigo e encarregam Praxíteles, Policleto, Fídias de as figurarem em estátuas, porém, ninguém sabe ao certo de onde provêm os modelos com que esses escultores efetuam Zeus barbudo, Apolo sempiterno adolescente, Hermes com barbicha, Posídon de cabeleira azulada, Atena de olhos glaucos. Além disso, os que entram no templo julgam estar contemplando não o marfim vindo da Índia ou o ouro extraído das minas da Trácia, mas, sim, o mesmíssimo Zeus emigrado para a Terra como obra de Fídias (LUCIANO. Sobre os Sacrifícios, 11). O argumento de Luciano, deslocado do plano cômico para o teológico, remete a posições de alguns filósofos cínicos e estoicos, hostis às estátuas dos deuses, pois sustentam que a divindade em nenhuma hipótese se assemelha a qualquer coisa da esfera material. Autoridades cristãs, adeptas do iconoclasmo, repercutem a questão em termos de combate à idolatria, como os imperadores constantinopolitanos que, entre os séculos VIII e IX, perseguem tanto os que representam Jesus Cristo e os Santos em imagens, quanto os que veneram tais representações (cf. GRABAR, André. L'Iconoclasme Byzantin: Le Dossier Archéologique. Paris: Flammarion, 1998).
[80] Cf. Do Declínio dos Oráculos.
[81] Enomau de Gadara, coetâneo de Luciano, também lança dúvidas quanto ao valor de verdade dado aos oráculos. Em Contra os Oráculos ou Charlatães Expostos, esse filósofo cínico desqualifica não só as respostas proféticas que

NV lida com elementos familiares, mas os representa em situações discursivas em que quedam estranhados. Discorrendo sobre o que não é, ele opera com a analogia: dá forma ao *álogos* através de um *análogos*, por aproximação de coisas distantes. No caso da panóplia — que é um dos atributos usados, ao lado de corpos e montarias monstruosos, no ridicularizar guerreiros e ações heroicas —, ela se dá a ver em correlação com o aparato bélico explorado desde Homero, contrafazendo-o não só relativamente aos materiais, mas também à escala amplificadora. Substituem-se formalmente a lança pelo aspargo, o escudo pelo cogumelo, em que as diferenças metafóricas deformam, produzindo incongruências. A associação disjuntiva é condensada no suporte, pelo que a longa vara de ataque é assimilada ao talo do herbáceo comestível e o delineamento clípeo do artefato de defesa é equiparado ao chapéu guarda-chuva do fungo.[82] Com isso, sobrevêm os hoplitas ditos "Cogumelos-talos"[83] por meio da sinédoque que mescla campos semânticos disparatados: o da guerra com o da culinária na efetuação de coisas risíveis,[84] por surpreendentes.

Ainda no plano dos tropos mobilizados na produção de figuras maravilhosas, destacam-se as que se fazem por meio da transferência quer do animado para o inanimado, em que navegantes, deitando-se de costas nas águas, vêm a ser as próprias naves que os transportam,[85] quer, na via oposta, do inanimado para o animado, no que coisas triviais como lamparinas domésticas passam a representar, dotadas de ações, paixões e falas, homens viventes em uma *pólis* grega.[86] Assim,

eles anunciam, como o próprio deus oracular, comparando Apolo aos charlatães e sofistas, os quais, mercê de angariarem riquezas, manipulam a crença dos homens (cf. EUSÉBIO DE CESAREIA. *Preparação ao Evangelho*, V, 25-29).

[82] O escudo é um dos apetrechos bélicos que, segundo Heródoto, aportou na Grécia proveniente do Egito (*Histórias*, IV, 180).

[83] NV, I, 16.

[84] Analisando os modos de falar comicamente, Hermógenes repropõe o procedimento em termos de produção de imagens que contrastam com a natureza dos acontecimentos. Isso ocorre no cotejo entre elementos assimétricos, como quando se aproxima o pequeno do grande ou o grande do pequeno. Eis os exemplos hermogianos: "As codornas lutavam como Ájax e Heitor" e "Heitor e Aquiles lutavam como galos" (HERMÓGENES. *Do Método de Falar Vigorosamente*, 34). O cômico se move metaforicamente em duas orientações inversas, pois, de um lado, o entrevero de miúdas aves eleva-se a uma encenação guerreira de escala épica e, de outro, o confronto mortal entre dois heróis valorosos rebaixa-se a uma rinha de bichos penados.

[85] NV, II, 45.

[86] Ibidem, I, 29.

o topônimo Cidade-lamparina vem abrir o episódio homônimo a um desenvolvimento alegórico, em que o léxico arquitetural-urbano (ágora, porto, palácio do governo) e social-jurídico (arconte, ricos, pobres, poderosos, desertores) cruzam o léxico pictórico relativo aos efeitos cambiantes da luz artificial (muito brilho, aparente em toda a volta, apagamento) no produzir personificações de cidadãos-candeias. Encadeado por incandescências, esse conto ofusca o leitor quando interessado em encontrar significação unívoca ou teleológica para o narrado,[87] que adere também ao deambular do canino Diógenes, notório portador de uma lamparina acesa em plena luz do dia a dizer "busco um homem".[88]

A panóplia, como os mais equipamentos jocosos, pode variar ilimitadamente no processo paródico das burlas nas tópicas de invenção de polemografias. Mas, para além dos traços gerais de rebaixamento, ressaltam não menos as isotopias figurativas forjadas com os eventos e lugares de cada encenação. Assim, os guerreiros ictioformes dentro da besta marinha têm por armamentos as espinhas de peixes; do mesmo modo, o arsenal balístico dos Abóboras-piratas consiste em projéteis de sementes cucurbitáceas. Também nisso variam os grilhões: se na Ilha dos Bem-aventurados, eles são feitos de rosas, no domínio ástreo, são-no de teias de aranhas. Luciano extrai da *Batracomiomaquia* o modelo do armamento cômico, pois neste poema motejador da *Ilíada* homérica os batráquios vão para a refrega usando cnêmides feitas de favas bipartidas, couraças de beterrabas, escudos de folhas de couves e, para os elmos, cascas de grãos-de-bico.[89]

Por afetar tudo quanto se narra, a inversão está na base da figuração dos mistos, pois os monstros, abolindo a unidade do ser, tal como a

---

[87] A crítica moderna já propôs interpretar as lamparinas deambulantes quer como "almas ou acompanhantes de almas" à luz da odisseica descida do herói homérico ao mundo dos mortos (GEORGIADOU, Aristoula; LARMOUR, David H. *Lucian's Science Fiction Novel True Histories*, op. cit., p. 150), quer como "escravos domésticos" na linha das personificações cômicas, cf. SABNIS, Sonia. Lucian's Lychnopolis and the Problems of Slave Surveillance. **The American Journal of Philology**, Baltimore, v. 132, nº 2, p. 205, verão de 2011. Em um diálogo luciânico, uma lamparina, outrora presente no quarto palacial do tirano Megapentes, é trazida à cena, como a cama deste, no tribunal infernal de Radamanto a título de acusadora, pelo que seu testemunho vem a confirmar certos crimes de natureza erótica imputados ao tirano (LUCIANO. *A Navegação para o Hades ou O Tirano*, 27).

[88] DIÓGENES LAÉRCIO. *Vidas e Doutrinas dos Filósofos Ilustres*, VI, 41.

[89] PSEUDO-HOMERO. *Batracomiomaquia*, 124-131.

supõe Aristóteles,[90] fazem-se mediante a montagem de toda sorte de heteróclitos, por agregados de partes extraídas de homens, animais, vegetais.

Os monstros de Luciano, segundo os nomes e as descrições que lhes são atribuídos no decorrer dos episódios, estão distribuídos em três registros principais: o corpo, evidentemente, que se abre a múltiplas formas de agenciamentos; a indumentária e a panóplia que os caracterizam (Corredores-ventos, Cogumelos-talos, Lança-painços, Guerreiros-alhos); a cavalgadura, a embarcação e o lugar, assim, levam nisso em conta os atributos remissivos a tudo quanto lhes serve de locomoção (Cavalos-abutres, Abóboras-piratas, Nozes-nautas), assim como os domínios por onde se deslocam (Dançarinos-ares, Mosquitos-ares, Bebe-mares, Centauros-nuvens). Essa tríade classificatória é indicial: assinala as extensões predicativas que os monstros podem atingir nas cenas, porquanto esses registros, complementares, tendem não raro a se entrelaçar uns nos outros, como exemplificam os Pés-cortiças: a casca arbórea que os designa por sinédoque, acopla-se na base do corpo como um substituto locomotor dos pés. Por meio dessa matéria flexível e impermeável, eles caminham na superfície do mar.[91] A cortiça exerce o papel equivalente ao de embarcação, imagem reaplicada a propósito de outros marujos não menos admiráveis, estes, sim, a navegar sentados em cortiças.[92]

No que concerne aos corpos dos monstros, embora suas partes possam ser combinadas de muitas formas, como se vê desde a figuração mesopotâmica, predominam dois esquemas plásticos em NV: um deles corresponde à divisão da anatomia em dois segmentos demarcados pela cintura, em que o humano ocupa a metade superior do corpo, enquanto a metade inferior provém ora de animais (cavalo e peixe respectivamente na formação de Centauros-nuvens e Tritões-bodes), ora de plantas (Mulheres-videiras).

[90] Estudando as causas e os modos de reprodução dos animais, Aristóteles concebe o monstro (τέρας) em termos de anomalia corporal: falta ou excesso em relação à unidade orgânica, por isso se apresenta como algo "contrário à natureza" (παρὰ φύσιν τι), cf. *Da Geração dos Animais*, 770b 10.

[91] NV, II, 4.

[92] Ibidem, II, 45.

Todos os três acolhem o antropozoomorfismo e o antropofito-morfismo de notórias figuras míticas, sendo que o modelo declarado das Mulheres-videiras remonta às pinturas em que se representa o rapto de Dafne, ninfa pudica que logra escapar da sedução de Apolo, metamorfoseando-se em planta. Representação da representação, a encenação báquica de NV inverte os papeis da encenação apolínea assentada em textos, pois são as figuras femininas que seduzem os homens, e estes, uma vez seduzidos, tornam-se videiras.

Já o outro esquema plástico diz respeito à montagem de heteróclitos, não justapostos pelos quadris, mas a partir de uma parte qualquer da estrutura corporal que, destacada e deslocada de um ser, se encaixa na anatomia de um outro ser, como nas Pernas-asnos (extremos que se juntam a produzir mulheres com cascos de asnos), ou então a parte se autonomiza de um corpo de modo a figurar a si mesma, membro elidido[93] e envolto de mais ornatos, bicho fabuloso, assim nas glandes voadoras que transportam guerreiros humanos com cabeças caninas, os Cães-glandes.

O narrador às vezes tira partido do jogo nomeação e descrição aproximando dois monstros a partir de uma referência comum. É que seus nomes, embora remissivos a bichos que pertencem a diferentes espécies, partilham entre si o mesmo atributo de procedência corporal, como em Cabeças-bois e Cabeças-atuns ou Pardais-glandes e Cães-glandes. Nesses casos, das duas etnias teratológicas postas em relação, apenas uma delas passa pelo crivo descritivo. Comparem-se os Cabeças-atuns com os Cabeças-bois; dos primeiros, tudo se ignora quanto à aparência, mas se forem tomados por correlatos zoomórficos dos últimos, apresentados em outro episódio à imagem dos minotauros,

---

[93] A ficção moderna toma para si essa matéria cômica efetuadora de assombros, assinalável em um conto gogoliano (*O Nariz*, c. 1836), em que o major Kovalióv, tendo acordado certa manhã, constata, consternado, que seu nariz havia desaparecido do rosto. Levando então uma vida independente da do major, o nariz não só perambula por São Petersburgo, como também, apetrechado com uniforme bordado em ouro e chapéu de penacho, se considera um conselheiro de Estado (GÓGOL, Nicolai. *O Nariz e A Terrível Vingança*. Tradução e estudo de Arlete Cavaliere. São Paulo: Max Limonad, 1986, p. 13-44). Na esfera das artes plásticas oitocentistas, Odilon Redon executou não pouca obra fantástica lançando mão do mesmo procedimento de elisão, notável nas cabeças humanas sem corpo, ainda assim flutuantes na atmosfera, porquanto figuradas ora à feição de pássaro, em que as orelhas se convertem em asas, ora, de balão aerostático, ora ainda, de corpo celeste circular (ver as pranchas I, II, VI, IX, do álbum litográfico *Dans le Rêve*, que Redon publica em 1879).

podem ser excogitados em homens com cabeças de peixes, figuração ictiocéfala que em parte recobre a forma anfíbia de Oannes, com fortuna pictórica em Jerônimo Bosch[94] e gráfica em Marcello Grassmann.[95] O mesmo princípio analógico pode ser aplicado ao cotejo dos Cães-glandes com os Pardais-glandes, pois destes nada é mencionado sobre o seu aspecto.

Essas convergências assinaláveis entre diferentes peças teratológicas que compõem o tabuleiro figurativo de NV têm validade quando consideradas como mais um dos modos de atuação do παίγνιον (jogo) nas histórias, com o que esse simula semelhanças entre coisas radicalmente dissemelhantes, pois pseudosseres. E como os pseudosseres não se fixam em nenhuma natureza determinada, deixam-se entrever sob qualquer forma, até mesmo na interseção com outros pseudosseres figurados no discurso, por contaminação do nome, que é o *incipit* do *quodlibet*.

Sobressaem, nessa linha, os Cavalos-abutres, primeiro portento nomeado em NV. Sua designação binária remete, decerto, a um ser misto, sugerindo de antemão a imagem de um cavalo alado com cabeça, patas e garras de abutre, ao modo de tantos monstros gregos e orientais forjados a partir de equinos. Mas o texto de Luciano opera em dois planos, o nome e a referência; enquanto a nomeação leva a crer, como se disse, ser ela uma figura ornito-equina, a descrição da mesma fornece uma imagem deceptiva: trata-se apenas de homens sobre imensos abutres, logo, o cavalo é metáfora de montaria que as aves desempenham. A incongruência reside em cavaleiros cavalgando abutres, o que contraria a percepção do leitor habituado a ler narrativas épicas ou históricas em que os soldados aparecem sobre robustos carros ou em grandes quadrúpedes, mas nunca em rapineiros necrófagos. Com efeito, os abutres abrem a série de montarias maravilhosas, desdobradas em formigas, mosquitos, pulgas, grous, golfinhos, glandes.

A referência cômica na elaboração dessas montarias, Luciano as encontra em peças aristofânicas. Em uma delas, representa-se o

---

[94] Cf. o tríptico de Bosch chamado "A Carroça de Feno" (c. 1516) do Museo del Prado.
[95] Sobre a ictiografia em Grassmann, consultar KOSSOVITCH, Leon; GODOY, Ana; BRUZA MOLINO, Denis. *Marcello Grassmann. Livro dos Afetos*. São Paulo: Núcleo Marcello Grassmann, 2019, p. 111-119.

cavalo-besouro (ἱπποκάνθαρος),[96] epíteto de um coleóptero do Etna, que leva às costas um camponês grego ao Olimpo.[97] Aristófanes também faz alusão ao cavalo-galo pardo (ξουθὸν ἱππαλεκτρυόνα),[98] associando-o a Ésquilo em um debate com Eurípides no mundo dos mortos a respeito da superioridade de um dos dois poetas na arte da tragédia. O cavalo-galo surge como um dos exemplos elencados pelo Eurípides aristofânico na censura da elocução esquiliana, caracterizando-a como excessivamente ornamentada e artificial, que afasta o espectador pelo emprego de palavras empoladas, de sentido enigmático.[99] O deus Dioniso, árbitro nesse *agón*, ratifica o argumento confessando ter passado uma noite em branco tentando sem êxito identificar a espécie de ave a que pertence o cavalo-galo pardo.[100] Ésquilo, por sua vez, esclarece tratar-se apenas de um emblema pintado em embarcações, o que Eurípides contesta afirmando a inadequação do uso: galos não rimam com tragédias, ressaltando que nas suas não há cavalos-galos,[101] menos ainda bodes-veados, como os que estampam tapeçarias medas.[102]

---

[96] ARISTÓFANES. *A Paz*, 181.

[97] Sobre o voo desse besouro colossal que parodia uma tragédia de Eurípides, cf. CORBEL-MORANA, Cécile. *Le Bestiaire d'Aristophane*. Paris: Les Belles Lettres, 2012, p. 217-219.

[98] *As Rãs*, 933.

[99] Ibidem, 924-926.

[100] Ibidem, 933.

[101] "Cavalo-galo pardo", por aglutinar em uma figura bichos incompatíveis entre si, produz efeito cômico, pelo que serve de ilustração de coisas consideradas exageradas, assim, da elocução poética de Ésquilo em contraposição à de Eurípides, que, segundo Aristóteles, compõe suas peças escolhendo vocábulos mais próximos do uso comum (*Retórica*, III, 2, 1404b). A censura do Eurípides aristofânico recai sobre as palavras compostas de Ésquilo, porquanto os excessos e afetações por este encenados incluem "palavras do tamanho de bois, palavras com sobrecenho e penacho" (ARISTÓFANES. *As Rãs*, 924-925, tradução de Américo da Costa Ramalho). As palavras compostas convêm desde que o objeto não tenha nome e as palavras se combinem com facilidade, o que significa, aristotelicamente (*Retórica*, III, 3, 1406a), que elas devem ser empregadas com parcimônia, já que, tendentes à elevação, atentam contra o decoro, regra de ouro do discurso. O excessivo ou artificial se inscreve na categoria da frieza, que Demétrio, evocando Teofrasto, entende como tudo quanto "extrapola o enunciado familiar" (*Sobre o Estilo*, 114). Em NV, a proliferação de termos compostos na nomeação de monstros é indício de uma elocução fria, pois, delineada com base na amplificação, põe em cena toda sorte de disparate. *Grosso modo*, os retores discutem a frieza (ψυχρός, *frigidum*; cf. ARISTÓTELES. *Retórica*, III, 3. QUINTILIANO. *Instituição Oratória*, V, 10, 31) em termos de vício ou defeito que afronta o decoro (πρέπον, *aptum*), uma vez que fere a verossimilhança calcada na harmonia entre o assunto e o gênero discursivo. Isso implica, por exemplo, que não se narrem acontecimentos importantes de modo rasteiro, nem acontecimentos vulgares com nobreza, ou ainda acontecimentos terríveis com descontração. Dessa feita, atribuindo-se a cada matéria o estilo que lhe convém, as coisas elevadas devem ser tratadas com grandiosidade, à feição da guerra na epopeia homérica; do mesmo modo, quem imprime grandeza em matérias insignificantes, lança mão de expediente cômico, como ocorre na refrega sideral (NV, I, 12-21). Visto que a narração luciânica cultiva incongruências, a alegada "frieza" não só está prevista, como funciona a todo vapor, ironicamente: agudeza jocosa a serviço dos paradoxos. Com efeito, o que é inépcia em certos discursos, aqui é perícia fabuladora de cenas fantásticas, visantes a produzir o estranhamento nos hábitos de recepção do ouvinte ou leitor, cujo juízo é moldado na forja dos opináveis (*éndoxa*).

[102] ARISTÓFANES. *As Rãs*, 937-938.

Antes mesmo de circular pelo palco ateniense, o cavalo-galo[103] figura em uma obra cretense que remonta ao nono século.[104] Mas não remanescem fontes escritas que lancem luz sobre seus traços físicos, o que o fez ser assimilado a um campo imagético variado: de artefatos apotropaicos de embarcações consagrados a Posídon,[105] a ornamentos em diversos suportes com bichos imaginários, assemelhados ao grifo e ao Pégaso. Já se propôs como paradigma iconográfico do cavalo-galo a pintura vascular em que se vê um bicho quadrúpede misto: equino na parte dianteira, da cabeça aos cascos, galináceo na traseira, que abriga as asas, as penas recurvadas na cauda, além das patas com esporão.[106] Uma figura masculina monta-o [fig. 3].

Fig. 3. ANÔNIMO. *Cavaleiro sobre um Cavalo-galo*, 540-530 a.C., taça ática. Berlim, Altes Museum.

Na órbita de referências do cavalo-abutre luciânico, gravita também o cavalo-galo, documentado na lexicografia antiga: Hesíquio distingue três tipologias de cavalos-galos, sendo que uma delas se faz justamente

[103] Esse animal fabuloso é citado em *Os Mirmidões* de Ésquilo, (frag. 61, escoliasta de Aristófanes, *A Paz*, 1177), além de duas outras peças de Aristófanes (*A Paz*, 1175; *As Aves*, 800).

[104] ARNOTT, W. Geoffrey. *Birds in the Ancient World from A to Z*. Londres: Routledge, 2007, p. 102.

[105] PERDRIZET, Paul. L'Hippalectryon, Contribution à l'Étude de l'Ionisme. **Revue des Études Anciennes**. Bordeaux, tomo 6, n°1, p. 11, 1904.

[106] Sobre a iconografia atinente ao cavalo-galo, cf. VON BOTHMER, Dietrich. The Tawny Hippalektryon. **The Metropolitan Museum of Art Bulletin**. Nova York, vol. 11, n°. 5, p. 132-136, jan. 1953.

com a junção do cavalo e o abutre.[107] Em NV, os Cavalos-abutres, antes de se apresentarem como combatentes da armada endimiônica, formam o corpo de guardiões dos domínios selenitas. Esse atributo transparece nas aves: animais tricéfalos, no que a proliferação das cabeças introduz uma discrepância entre a imagem que o leitor tem dos abutres e o que narrativa deles afirma. Mas tal dessemelhança efetuada no misto animalesco se dá a reconhecer no jogo de referências mobilizadas pelo texto quando o leitor relembra que os relatos fabulosos podem descrever regiões vigiadas por animais policéfalos, de que Cérbero, o guardião do Hades, serve de modelo. Deslocado o cenário das trevas tartáricas para as sombras lunares, propõe-se o cotejo do cão de três cabeças com os carniceiros voadores, pois, como os Cavalos-abutres têm o encargo de impedir os estrangeiros de penetrarem o território dos selenitas, também Cérbero, de evitar que os vivos entrem na mansão dos mortos ou que dela consigam fugir.

A envergadura desse monstro necrófago tem elasticidade para acolher elementos do cão infernal, do equino galináceo, do inseto escatófago e de outros mais, porém, em nenhum deles ele se detém, visto que Luciano vai acumulando referências na trama de sua narrativa, que, paradoxal, as diluem na produção de excessos, dos quais avulta o tamanho dos bichos: os Cavalos-abutres são tão gigantescos que a imaginação do leitor sequer consegue abarcá-los.

Fabulando sobre fábulas de fábulas, Luciano elabora seus monstros tendo em conta não só os do repertório épico-historiográfico, mas também os que a este parodiam: os monstros do repertório cômico elencados em Aristófanes. Não por acaso o comediógrafo ateniense é uma das raras autoridades encarecidas em NV. Mas as convergências não são menos assinaladoras de divergências nos propósitos: no figurar portentos, Luciano os indetermina, produzindo o deleite com a maravilha ($\theta\alpha\acute{\upsilon}\mu\alpha$) dos excessos, ao passo que Aristófanes, no representar os seus, os sobredetermina ética e politicamente. Esse empenho edificador confunde-se com o papel de pedagogo que poetas

[107] HESÍQUIO DE ALEXANDRIA. Γλῶσσαι (*Hesychii Alexandrini. Lexicon*), ι 780.

cômicos e trágicos, a reboque de Homero, assumem no âmbito da *pólis*, sintetizado na fórmula aristofânica: "As crianças, é o professor que as ensina; os adultos, os poetas".[108]

A Comédia Antiga põe em cena monstruosidades que alegorizam tipos sociais e homens conhecidos, cujas feições e paixões figuram exageros, porque nela eles são publicamente execrados: a desproporção aglutinada na personagem é correlata aos vícios que lhe são imputados. Na galeria aristofânica de figuras teratológicas, prevalece a de Cléon, demagogo e estratego ateniense à época da Guerra do Peloponeso; contra o demagogo, o comediógrafo lança um ataque feroz, condenando-lhe a política belicista e expansionista. Com efeito, em *Os Cavaleiros*, Cléon aparece cumulado de epítetos tirados de monstros míticos que lhe emprestam caracteres vis. Assim, ele é associado ora à prática de espoliação do erário (daí ser cognominado "Caríbdis rapinante"),[109] ora a uma política de efeito devastador para a cidade (como na imagem de "Tífon e o furacão"),[110] ora ainda à habilidade em manipular a vontade do povo, bajulando-o enquanto abocanha o que a este pertence, pelo que é chamado "cão Cérbero".[111]

A moralidade investida nos monstros da comédia de Aristófanes está ausente do horizonte figurativo de NV, que se inscreve em gênero distinto. Luciano emprega, decerto, as convenções do cômico, mas as faz operar em uma paradoxologia, como se disse. Assim, por mais que apresente engenhosas deformações em dezenas de figuras bestiais, Luciano não empreende qualquer salvação moral através de seus monstros. Ignora-se, com efeito, que lição edificante o leitor de NV poderia extrair de homens siderais que copulam dando, não o traseiro, mas a barriga da perna,[112] ou de um pelotão de pássaros gigantescos emplumados com folhas de alfaces,[113] ou ainda de marujos intrépidos

---

[108] *As Rãs*, 1055. No *agón* da mesma comédia, Eurípides responde a uma interpelação de Ésquilo afirmando que a admiração que um poeta suscita é diretamente proporcional à sua inteligência e admoestação no tornar "melhores os homens da cidade" (ibidem, 1009-1010).

[109] ARISTÓFANES. *Os Cavaleiros*, 248 (Χάρυβδιν ἁρπαγῆς).

[110] Idem, ibidem, 511 (τυφῶ [...] καὶ τὴν ἐριώλην).

[111] Ibidem, 1030 (κύνα Κέρβερον); *A Paz*, 313.

[112] NV, I, 23.

[113] Ibidem, I, 13.

a travar combates mortais com corsários montados em golfinhos que ferem arremessando olhos de caranguejos.[114] Em suma, *Narrativas Verdadeiras* não visa a corrigir os costumes, menos ainda a denunciar, como fazem umas comédias gregas e outras sátiras latinas, a corrupção e os males que essas julgam assolarem o Império Romano, vasto e devasso.

Em termos aristotélicos,[115] a distância que separa o Aristófanes das primeiras peças do Luciano narrador de NV, é a mesma que separa o vitupério ($\psi\acute{o}\gamma o\varsigma$) do ridículo ($\gamma\epsilon\lambda o\tilde{\iota}o\nu$), riso com dor e riso sem dor,[116] em que o primeiro, ao contrário do segundo, implica a invectiva individual,[117] a qual remonta à iambografia de Arquíloco.[118]

Conquanto não se cante loa em NV aos rapsodos, filósofos ou historiadores, nem por isso o ridículo com que eles são representados, quase sempre, aliás, como falsários e mentirosos, é agressivo, pois o $\gamma\epsilon\lambda o\tilde{\iota}o\nu$ é urbano, festivo, ligeiro: um jogo erudito a subverter as autoridades, como previsto no epidítico-paradoxal. Heródoto aparece na Terra dos Ímpios como um supliciado eterno por haver escrito falsidades. O leitor ri do pai da história, rebaixado a pai da mentira.[119] Mas não ri do Heródoto documentado em Plutarco, pois

---

[114] NV, II, 39.

[115] *Poética*, V, 1449a 32-35.

[116] Sobre a questão, consultar o artigo de OLIVA NETO, J. A. Riso Invectivo vs. Riso Anódino e as Espécies de Iambo, Comédia e Sátira. **Letras Clássicas** (FFLCH/USP), São Paulo, n. 7, p. 77-98, 2003.

[117] A comédia ateniense, antes mesmo de Aristófanes, dramatiza o ataque de ordem pessoal. Consta que Crátino, a julgar pelos fragmentos supérstites, tem como alvo preferencial Péricles, o renomado estadista e orador de Atenas, travestindo-o de Zeus ou de Odisseu, imputando-lhe, assim, traços de prepotência e malícia. Crátino pode ser considerado o inventor da comédia política, na qual Aristófanes sobressai como o maior expoente (cf. THIERCY, Pascal. *Aristophane et l'Ancienne Comédie*, op. cit., p. 12).

[118] Sobre Arquíloco de Paros, cf. CORRÊA, Paula da Cunha. *Armas e Varões. A Guerra na Lírica de Arquíloco*. São Paulo: Ed. Unesp, 1998. E também: CORRÊA, Paula da Cunha. *Um Bestiário Arcaico. Fábulas e Imagens de Animais na Poesia de Arquíloco*. Campinas: Ed. Unicamp, 2010.

[119] Escrevendo em gênero epidítico, mas não em chave irônica, Luciano afirma em uma *prolalía* — peça oratória curta, declamada antes de uma obra de maior extensão — querer rivalizar com Heródoto, imitando as qualidades de seu discurso: "Não digo todas quantas ele [Heródoto] possuía, pois seria pedir demasiado, mas, pelo menos, uma de entre todas, como a graça das expressões, ou a sua harmonia, ou a propriedade e a adequação do seu dialecto jónico, ou a riqueza de pensamento, ou mil outras qualidades que ele reuniu num todo e estão para lá da nossa esperança de poder imitá-las". Conta-se ainda que o mesmo historiador logrou granjear fama e glória por ocasião dos Jogos Olímpicos, recitando ele mesmo suas histórias, "com o que encantou os presentes, a ponto de os seus livros serem intitulados com os nomes das Musas, que eram nove". LUCIANO. *Heródoto ou Aécion*, 1. Tradução de Custódio Magueijo. Sobre Heródoto como "pai da mentira", cf. HARTOG, François. *O Espelho de Heródoto. Ensaio Sobre a Representação do Outro*. Tradução de Jacyntho Lins Brandão. Belo Horizonte: UFMG, 1999, p. 33-34; 308-314.

este escritor beócio, em divulgado libelo,[120] acusa o historiador jônio de "malignidade" (κακοήθεια), além de "filobárbaro" (φιλοβάρβαρος).

Os corpos gigantescos se materializam no discurso quer por remissão às unidades de medida, indicadas por cifras hiperbólicas, quer mediados por comparações, com o que a amplificação opera aproximações entre coisas situadas nos dois extremos da escala de grandeza, como a dos animais. Os mais ínfimos insetos, as pulgas, são postas em correspondência com os elefantes, o maior bicho terrestre, relação que mede as cavalgaduras dos Arqueiros-pulgas: cada pulga equivale em dimensão a doze elefantes.[121] Esse princípio rege o espichamento dos aracnídeos em analogia com as coisas inanimadas: aranhas maiores que as Ilhas Cíclades.[122]

A mesma desproporção habita os corpos dos Centauros-nuvens, em que a parte humana é associada à ordem de grandeza do Colosso de Rodes, enquanto a parte equina o é a um navio cargueiro.[123] Também aqui o cômico incide não só na efetuação do misto como desmedida, mas também se revela na própria operação que estabelece a equivalência entre o alto relativo ao monumento de Rodes, uma das sete maravilhas do mundo antigo, e o trivial tirante a uma embarcação mercante. Se a assimilação da parte humana dos nefeloides guerreiros ao Hélio do colosso encontra tradução adequada no plano dos atributos — alguns relatos antigos afirmam que o deus solar portava uma lança —, é, todavia, risivelmente inadequada à vinculação dos velocíssimos equinos alados a um tipo de barco que, devido à sua natureza, pouco tem de veloz e menos ainda de bélico, como as trirremes às vezes tão grandes quanto os navios cargueiros.

Amplificações são montadas também com base em sinédoques, em que se refere apenas o pormenor de um corpo, com o que se pode excogitar sua dimensão descomunal. Assim, o tamanho de Héracles

---

[120] *Sobre a Malignidade de Heródoto.*
[121] NV, I, 13.
[122] Ibidem, I, 15.
[123] Ibidem, I, 18.

é avaliado *in absentia* pela pegada em uma rocha medindo 30 metros, deixada pelo mesmo herói.[124]

Esse artifício engenhoso é explorado pictoricamente em Timantes: um grande ciclope, que ele pinta adormecido em um pequeno quadro, tem seu tamanho designado pelos sátiros dispostos em derredor, os quais lhe medem o polegar usando um tirso. Plínio, o Velho[125] elogia a pintura timantiana: exemplo de como em suas obras há mais a compreender do que está efetivamente pintado. E é, não através do dedo, mas do cajado do mesmo monstro monoftalmo descrito com vivacidade na *Eneida*, que Quintiliano[126] louva a grandeza, não do ciclope, mas de Virgílio, evidentemente.

A mesma técnica inferencial da parte pelo todo vem a propósito dos Cavalos-abutres: "Pode calcular-se o tamanho deles do seguinte modo: cada qual tem penas mais compridas e mais grossas que o mastro de uma grande nau cargueira",[127] diz o narrador propondo ao leitor medir o que se apresenta desmedido: um corpo emplumado lançado à expansão ilimitada — quantas penas revestem um abutre de três cabeças? — através do elemento náutico metaforizador. O incalculável do paradoxo inscreve-se no cálculo, pois o efeito de maravilhamento surge da incapacidade momentânea de se imaginar devido ao excesso do corpo monstruoso encenado. E visto que os Cavalos-abutres não são mais que montarias, o mesmo jogo figurador do incomensurável se estende aos homens que os montam. Os muitos modos de expor figuras assombrosas louvam não menos a eloquência do narrador dada a figurar de tudo: louvor irônico, negativamente amplificador.

Caracteres Cômicos

A obra de Luciano acolhe uma galeria de tipos ou caracteres estabelecidos pela comédia grega.[128] Mesmo em NV eles se destacam,

[124] NV, I, 7.
[125] *História Natural*, XXXV, 74.
[126] *Instituição Oratória*, VIII, 6, 24.
[127] NV, I, 11.
[128] Cf. BOMPAIRE, Jacques. *Lucien Écrivain: Imitation et Création.*, op. cit., p. 203-221.

embora o tratamento conferido a eles aqui destoa se comparados com outros discursos seus que se ocupam dos mesmos tipos. A diferença de tratamento se deve, decerto, ao gênero discursivo em que eles se inscrevem; com efeito, não poucos tipos veiculados em seus diálogos ditos "cômicos" aderem mais ou menos diretamente aos representados, por exemplo, em peças de Menandro, ao passo que em NV os mesmos quase sempre se transfiguram fantasticamente.

A título de exemplo têm-se as heteras ou cortesãs. Luciano lhes dedica um diálogo homônimo, em que retém da Comédia Média e da Nova inclusive o nome de conhecidas cortesãs, conquanto as pinte, como aos clientes delas, com traços mais carregados.[129] Já em NV, elas são modelares para o primeiro e o penúltimo episódios, onde, despojadas tanto de nomes próprios quanto da civilidade grega, são relegadas à regiões finisterras, agrupadas em etnias prodigiosas, seja como mulheres-videiras,[130] seja como mulheres-asininas;[131] sortes de bacantes burlescas que fazem de marujos incautos suas vítimas. A duplicidade que recobre seus corpos transparece também nas atitudes: como cortesãs, são acolhedoras e charmosas; como monstros, embusteiras e devoradoras.

As heteras teratológicas de Luciano se oferecem em figuração lúdica a contrapelo do tom moralizante encampado por outros tipos de relatos, e não só cômicos, que imputam traços viciosos a elas, equiparando-as à bestas-feras. Com efeito, em uma encenação cômica de Anáxilas se enumeram cortesãs notórias, comparando-as, a partir de seus atributos e ardis, com portentos épicos.[132]

---

[129] LEGRAND, Philippe-Ernest. Les Dialogues des Courtisanes Comparés avec la Comédie. **Revue des Études Grecques**, tom. 20, fasc. 88, p. 176-231, 1907.

[130] NV, I, 6-8.

[131] Ibidem, II, 46.

[132] "Dos humanos que já se enamoraram de uma hetera, qual deles poderia citar uma classe mais criminosa do que essa? Que criatura, pois, dragoa tosca, quimera cuspidora de fogo, Caríbdis, Cila tricéfala, a cadela marinha, Esfinge, Hidra, leoa, víbora ou Harpias aladas, teria conseguido alguma vez superar tão abominável classe? Não há. Elas excedem todas as calamidades. Podemos, observá-las, começando com Plangão, a que, como a quimera com o fogo, aos bárbaros aniquila. Mas um cavaleiro se apoderou de seus recursos: deixando a casa dela, ele leva consigo todo o mobiliário. E não é verdade que os homens que têm relações com Sinope lidam com uma hidra? Decerto, ela é velha, mas Gnatena brota do seu lado, de sorte que os que escapam da primeira tem dupla calamidade. E Nanio, em que parece distinguir-se de Cila? Acaso ela não estrangulou dois de seus companheiros e já anda à caça de um terceiro? Mas sua nave tocou a terra com um remo de conífera. Quanto à Frine, em algum lugar não distante, ela se faz de Caríbdis, e atracada ao capitão, devora-o com barco e tudo.

Em registro diverso, mas como o mesmo sentido depreciativo, a historiografia exegética de Paléfato e do Pseudo-Heráclito, propositiva de explicações verossímeis para os inverossímeis épicos, trata prodígios e feiticeiras que devoram ou metamorfoseiam homens (Sereias, Circe, Cila)[133] como personificações da luxúria, sendo elas antes cortesãs ávidas pelas riquezas de navegantes que, consideradas personagens "históricas", fornecem material dramático para relatos míticos catalogados em Homero.[134]

Sendo representações com que o autor configura convenientemente as maneiras de agir de suas personagens, os caracteres consignados em comédias operam nos de NV, que deleita pela galeria de tipos farsescos, formados por combatentes, filósofos, poetas, piratas, cortesãs. A comédia é entendida aqui não só pelo risível que efetua, mas pela desproporção que estabelece entre a elocução e a matéria considerada;[135] regra de decoro (*prépon*) marcada pelo indecoro regente também no epidítico-paradoxal: fala-se de coisas pequenas com grandeza ($\tau\grave{\alpha}\ \mu\iota\kappa\rho\grave{\alpha}\ \mu\varepsilon\gamma\acute{\alpha}\lambda\omega\varsigma\ \lambda\acute{\varepsilon}\gamma\varepsilon\iota\nu$),[136] a exemplo do que faz Luciano em seu *Elogio da Mosca*, mas também falar de coisas grandiosas com pequenez,[137] uma vez que o preceito, pautando as antíteses, se move nas duas direções.

E não é Teano uma sereia depilada? Cara e voz de mulher, mas pernas de gralha. Esfinge tebana poderiam chamar-se todas as putas, elas que não parolam nada às claras, senão lançam enigmas sobre como amam, beijam e se juntam prazerosamente. [...] Em suma, nem uma única fera poderia ser mais abominável do que uma hetera". ANÁXILAS. *Neottís*, (fr. 22). Tradução adaptada da versão castelhana: *Fragmentos de la Comedia Media*. Introdução, tradução e notas de LLOPIS, Jordi S.; MONTAÑÉS GÓMEZ, Rubén J.; ASENSIO, Jordi P. Madri: Gredos, 2007, p. 284-286.

[133] PSEUDO-HERÁCLITO. *Das Coisas Incríveis*, XIV (Sereias); XVI (Circe). Paléfato, por sua vez, propõe, em seu compêndio (*Das Coisas Incríveis*, XX), interpretação distinta para Cila: este portento, dito "tirreno", misto de mulher com serpentes e cabeças caninas, estaria vinculado às conhecidas trirremes tirrenas que vasculhavam a zona costeira da Sicília e do Golfo Jônico, tomando de assalto os barcos que por lá passavam. Segundo o mesmo Paléfato, uma dessas velozes naves estampava na proa justamente o nome "Cila", da qual Odisseu consegue escapar valendo-se de uma ventania. No rastro de um modo poético de falar ou do deleite do vulgo por teratologias, converteu-se, palefatiano, uma nave pirata em monstro marítimo.

[134] Cf. BUFFIÈRE, Félix. *Les Mythes d'Homère et la Pensée Grecque*. Paris: Les Belles Lettres, 1956, p. 228-237.

[135] ARISTÓTELES. *Retórica*, III, 7, 1408a.

[136] DEMÉTRIO. *Sobre o Estilo*, 120. Essa técnica de produzir incongruências, prevista em elogios paradoxais, como índice da potência incomum ($\acute{\upsilon}\pi\varepsilon\rho\beta\alpha\lambda\lambda o\acute{\upsilon}\sigma\eta\varsigma\ \delta\upsilon\nu\acute{\alpha}\mu\varepsilon\omega\varsigma$) de certos retores — no caso a de Polícrates referido em seguida pelo mesmo Demétrio —, é repudiada quando aplicada em narrativas históricas, segundo prescreve Políbio (*Histórias*, VII, 7, 6; II, 17, 6).

[137] Frontão esclarece, tratando de seu louvor da fumaça e do pó, que é "como se falasse de um assunto importante e grande", no que "as pequenas coisas devem ser tomadas e colocadas no nível das grandes". *Epístolas*, LCL, 112: 40-41. Nesse sentido, Sócrates censura a sofística de Tísias e de Górgias, os quais, apenas pela força do *lógos*, logram fazer o pequeno aparecer grande, e o grande, por sua vez, pequeno. PLATÃO. *Fedro*, 267a.

Dessa feita, a guerra, matéria elevadíssima da epopeia homérica ou da historiografia (Heródoto, Tucídides, Xenofonte), é tratada como coisa de pouca monta em NV, que a peleja sideral exemplifica. Nesta, em vez de varões valorosos, são convocadas figuras ínfimas ou não existentes: guerreiros monstruosos ornamentados com nomes, armamentos e atitudes triviais, extraídos, como se viu, do léxico alimentar (Asas-verduras; Lança-painços; Cogumelos-talos) ou de reles animais (Arqueiros-pulgas; Mosquitos-ares): elocução baixa aplicada a uma matéria heroica, sorte de polemografia cômica encenada na antes referida *Batracomiomaquia* do Pseudo-Homero.

Quanto ao narrador Luciano, seu *éthos* zombeteiro convém na paródia ao Odisseu homérico, a quem toma por modelo no registro baixo do bufão de corte, assim, o convertendo em navegador fanfarrão que se gaba de contar proezas como se elas tivessem efetivamente ocorrido. Aplica-se, assim, uma tópica periplográfica assinalada em Estrabão: todo narrador de suas próprias viagens não passa de um gabola.[138] Daí o distanciamento irônico de Luciano em relação às errâncias odisseicas e aos autores que as imitam, compondo ele um relato que as inverte e as exagera.

Da perspectiva dos caracteres elencados por Teofrasto, o narrador de NV intercepta os do ironista ($\varepsilon\tilde{\iota}\rho\omega\nu$)[139] e do enredador ($\lambda o\gamma o\pi o\iota\tilde{\omega}\nu$),[140] pois ambos constituem tipos cômicos que cultivam o *psêudos* mediante técnicas de produzir fingimento ou contrariedade; permeiam assim seus discursos com armadilhas, conduzindo o leitor através de uma trama escorregadia.

Com efeito, o ironista teofrastiano, esquematicamente apresentado em situações diversas que encenam suas duplicidades, não deixa de enredar seu interlocutor com expressões e interjeições dissimuladoras de pensamentos e atitudes que se supõe serem os seus. Ilustrativas disso

---

138 ESTRABÃO. *Geografia*, I, 2, 23.
139 TEOFRASTO. *Caracteres*, I.
140 Ibidem, *Caracteres*, VIII. Dada a dificuldade em se precisar em português um equivalente que dê conta da polissemia inscrita em $\lambda o\gamma o\pi o\iota\tilde{\omega}\nu$, um "artífice de discursos", adota-se "enredador", como propõe Fátima Sousa e Silva. Cf. TEOFRASTO. *Caracteres*. Coimbra: Imprensa da Universidade de Coimbra; São Paulo: Annablume, 2014, p. 70.

são as apóstrofes, como "o que ouviu diz não ter ouvido"; "o que viu finge não ter visto".[141] Elas ressurgem invertidas na elocução de Luciano, "escrevo acerca do que não vi, não padeci, não soube por outros", que as reinterpreta num quadro geral de facécia dos preceitos historiográficos, balizadores da verdade de um relato em termos de ὄψις (visão) e ἀκοή (audição). Entrevê-se nisso o paradoxo do ironista, uma vez que a eficácia da ironia está em não explicitar que ela comanda o jogo, pelo que os atos discursivos quedam em suspensão, ficando a cargo do leitor juntar as pontas na esteira de dissimulações e distanciamentos consignados. Em contrapartida, o narrador de NV não finge que conta coisas fingidas, pelo contrário, evidencia que tudo é um faz de conta. Mas a divergência entre as duas visadas é mais efeito de superfície: se, por um lado, a ironia perde em intensidade quando se declara à partida fazer uso dela, por outro, ela ganha em extensão, desdobrável no rastro de outras, pressupondo-se que os discursos parodiados também contenham dissimulação, assim, a ironia luciânica é lançada sobre ironias, desencadeadoras, por sua vez, daquela.

Em Teofrasto, além disso, o ironista ornamenta sua argumentação com tiradas que simulam estranhamento ("a coisa é paradoxal para mim", "estou pasmo"), ignorância ("não entendo") ou ceticismo ("não creio nisso", "não seja crédulo", "vá contar isso a outro").[142]

Tais traços de enunciação repercutem na paradoxologia de Luciano, que os amplifica na forma de apelos ao leitor; antes de narrar uma coisa espantosa, o narrador chama atenção para o aspecto espantoso da coisa a ser narrada e, de quebra, para o pouco fiável que a mesma narrativa comporta.

A estratégia narrativa se estende por dois planos, sendo que no da enunciação que põe em dúvida a credibilidade do narrado, ela também se reveste de dupla significação. Pois, seu efeito suspensivo pode ser interpretado, em primeiro lugar, como sinal de advertência. Que o leitor-ouvinte, ciente de que se trata de um conto de maravilhas, não

---

[141] TEOFRASTO. *Caracteres*, I, 5.
[142] Idem, ibidem, I, 6.

se deixe levar por esse canto de sereias a ponto de ser devorado por ele, tampouco se esquive, como os companheiros de Odisseu, de tal espetáculo. Pois deve antes avaliar a arte implicada na produção de prodígios, feita com regras críveis para contar o incrível.[143] Exercício lúdico em que só homens cultivados, como Luciano indica serem os seus leitores,[144] tomam parte, já que compartilham das regras de produção dos discursos. Daí Luciano dar a conhecer não só as autoridades que simula,[145] como também os preceitos com que simula; o périplo luciânico estabelece relações com modelos de livros de viagens, cujas tópicas de invenção (expedição aos confins do mundo, exposição de coisas raras) refere e transfigura, propondo combinações inusitadas ao leitor, que, ao reconhecer as fontes citadas e os operadores discursivos de paradoxos, refaz parcialmente a ordenação retórico-poética do fingimento periplográfico efetuado no texto. Nesse jogo, o mesmo leitor pode, prazer de um saber compartilhado, admirar o novo brilhando no velho, logo, a demonstração ($\dot{\epsilon}\pi\dot{\iota}\delta\epsilon\iota\xi\iota\varsigma$) engenhosa, ou "não desprovida de Musas",[146] do narrador em produzir variações ($\pi o\iota\kappa\dot{\iota}\lambda\alpha$).

Em segundo lugar, o efeito suspensivo pode ser considerado um dispositivo amplificador do assombro a serviço do evento ao qual a enunciação previamente remete. Portanto, redobro do assombro delineado na forma de paralipses, como "nada escrevo sobre a quantidade deles, pois pareceria incrível";[147] "sei que parece incrível o que vou contar, mas, ainda assim, vou dizer".[148] Esvaídas do peso da *pístis*, essas paralipses fazem proliferar cenas improváveis, no que se evidencia que a máquina de produzir paradoxos nunca cessa, reativada a cada episódio na engrenagem da enunciação, pois articula o registro do ver-acontecer algo incomum com o do dizer-escrever que o acompanham: "[..] vimos homens praticando um modo de navegar insólito, pois eram [...]. Direi

---

[143] HANSEN, João Adolfo. Categorias Epidíticas da Ekphrasis. **Revista USP**, São Paulo, nº. 71, p. 101, 2006.
[144] NV, I, 1-2
[145] Ibidem, I, 3
[146] Ibidem, I, 2.
[147] Ibidem, I, 18.
[148] Ibidem, I, 40.

como eles navegavam".[149] O narrador-viajante preludia, assim, face a um evento admirável sobre o qual firma seu testemunho mediado por um olhar coletivo — o da tripulação consignada no plural "vimos" —, autenticador de algo da ordem do existente, autenticador provisório, já que a descrição que se segue, irônica na prática do *hístor*, só reafirma que nada daquilo pode ter existência. Para isso, o narrador se vale uma vez mais de figuras duplas: o de navegantes-naves, de vez que são homens que se deitam de costas na água e usam seus enormes e rígidos falos como mastros em que atam as velas que os movem como embarcações.

Atente-se para a enunciação que conclui NV. Após o breve epílogo — enumeração dos episódios que compõem os dois livros —, o narrador promete que, a propósito do que lhe teria ocorrido na terra dos antípodas, vai "contá-lo em livros vindouros",[150] os quais o leitor até hoje espera que venham a lume. A enunciação evidencia antes de tudo o giro interminável, circular e aporético próprio dos paradoxos, à feição da zenoniana corrida de Aquiles. Diz-se que o herói grego, apesar de muito veloz, em hipótese alguma consegue alcançar a tartaruga com que trava disputa; o assim chamado "paradoxo do movimento"[151] se converte aqui em paradoxo da navegação, pois, convergentes no mesmo impasse, a corrida de Aquiles se revela não menos inglória que a viagem de Luciano. Afinal, a perambulação do protagonista de NV, por mais que avance por mares, terras, ares de toda sorte, nunca chega a lugar algum, na medida em que, continuamente atravessada por nenhuns e atopias, depara em algum ponto da narrativa uma ardilosa tartaruga, seja sob a forma de um monstro marinho, terrestre, aéreo, ou de uma ilha fabulosa qualquer: trata-se aqui da mesma técnica de produzir duplos, o que significa que também os antípodas — os outros dos gregos, seus reversos selváticos, como propõe o nome —,

---

[149] NV, II, 45.
[150] Ibidem, II, 47.
[151] Aquiles e a tartaruga pertence ao conjunto de quatro paradoxos (os três outros concernem ao estádio, à flecha e às fileiras em movimento), ou argumentos contra o movimento atribuídos a Zenão de Eleia, os quais figuram em doxografia variada, cf. KIRK, G. S.; RAVEN, J. E.; SCHOFIELD, F. *Os Filósofos Pré-Socráticos. História Crítica com Seleção de Textos*. Lisboa: Calouste Gulbenkian, 1994, p. 281-292.

caso fossem contados num eventual livro terceiro de NV, seriam não mais que variações figurativas dos povos prodigiosos precedentes, porquanto regulados pelos mesmíssimos mecanismos geradores de maravilhas, os mistos, as inversões etc.

Com efeito, a promessa descumprida de continuar um conto que não continua é a rubrica não de ruptura do pacto enunciativo, mas de confirmação do mesmo pacto, porque põe a nu o seu *modus operandi*: nunca tendo fim e sendo retroalimentado à maneira de um moto-contínuo pela circularidade das proposições com predicações reversíveis, como se disse, o discurso paradoxal[152] opera segundo a equação $n + 1$, pelo que a inclusão de uma nova sequência narrativa na cadeia de narrações está prevista. Isso significa que NV pode propagar-se qual uma hidra hercúlea, gerando mais e mais sequências. Daí, êmulos modernos de Luciano, como Frémont d'Ablancourt[153] e

---

[152] O paradoxo associado a Epimênides espraia-se até nas letras vintecentistas. Hugh Kenner o identifica na articulação de uma obra de Samuel Beckett: "Uma personagem chamada Moran começa a sua metade do romance *Molloy* escrevendo: 'É meia-noite. A chuva está batendo nas janelas. Estou calmo. Tudo está dormindo. Entretanto levanto-me e vou até a escrivaninha [...] Chamo-me Moran, Jacques. Chamam-me assim. Estou acabado [...]'.* Ele procede então a nos contar, em 38 mil claras e simples palavras, a narrativa de como ele empobreceu, partiu em viagem e regressou à casa despojado, desacreditado, arruinado. A narrativa termina: 'Então voltei para a casa, e escrevi, É meia-noite. A chuva está batendo nas janelas. Não era meia-noite. Não estava chovendo.'* Este é, mui explicitamente, o paradoxo do cretense mentiroso [...]". KENNER, Hugh. *The Stoic Comedians: Flaubert, Joyce and Beckett*. Los Angeles: University of California Press Berkeley, 1974, p. 69. *As passagens citadas do *Molloy* beckettiano derivam da tradução de Ana Helena Souza, publicada pela Ed. Globo (2007).
Ainda na esfera da ficção moderna, Franz Kafka lança mão dos paradoxos, chamados igualmente de "absurdos" por operarem fabulações enigmáticas. Assim ocorre em *O Castelo*, em que o protagonista K., requisitado a trabalhar de agrimensor em certa aldeia, parte rumo ao castelo que a administra, o qual, entretanto, ele nunca logra alcançar; buscar o castelo constitui uma tarefa não menos fadada ao fracasso do que a do citado Aquiles quando aposta corrida com a tartaruga. A significação do castelo é colocada em discussão: K. decerto faz alusão ao castelo no alto da encosta, mas o faz emendando não haver castelo algum, o que é também uma afirmação verdadeira só a título provisório, pois intervém na narração outra afirmação na via oposta, em que é trazido novamente à cena o castelo, cujos contornos, supondo que existam, são tão definidos quanto os de qualquer nuvem. Com efeito, K. afirma que a construção com que se depara não corresponde nem a um "burgo feudal", nem a uma "residência nova e suntuosa". Achegando-se, ele constata, deceptivo, tratar-se tão-somente de uma "cidadezinha miserável, um aglomerado de casas de vila [...]". O castelo ainda assim sobrevém insinuado na descrição da torre visível no mesmo morro: se de início K. lança dúvidas sobre se esta representa ou uma igreja ou uma morada, em seguida vai tomar partido em favor da última, considerando que a torre talvez faça parte do "corpo principal do castelo" (cf. KAFKA, Franz. *O Castelo*. Tradução, posfácio e notas de Modesto Carone. São Paulo: Companhia das Letras, 2000, capítulo I, *Chegada*). Sob a ótica dos paradoxos que enredam a personagem, dá-se também a trama kafkiana de *O Processo*: obra que se articula em torno de um acusado, Josef K., que do princípio ao fim ignora a acusação que lhe está sendo imputada. Com isso, ele passa a se defender de sabe-se lá o quê, assim como acaba condenado à morte sem saber como, porque sequer toma parte em seu próprio julgamento. O efeito de vertigem buscado por Kafka transparece na fórmula que ele mesmo inventou: provocar o leitor a sensação de estar "mareado em terra firme" (apud CARONE, Modesto. Um dos Maiores Romances do Século. In: KAFKA, Franz. *O Processo*. São Paulo: Companhia das Letras, 2011, p. 328.)

[153] Cf. CORRÉARD, Nicolas. Le Supplément de l'Histoire Véritable de Frémont d'Ablancourt : Gratuité Ludique ou Sens Allégorique?. **Presses Universitaires de France**, Dix-septième siècle, n° 286, p. 99-117, 2020/2.

Francisco de la Reguera,[154] se aventurarem em narrativas que prolongam as de *Narrativas Verdadeiras*.

À falta de fecho, o texto de Luciano pode alargar-se indefinido, espiralado à imagem da progressão da nave luciânica à Lua, não se inferindo disso que as novas narrativas se dobrariam à espontaneísmos,[155] pois, caso fossem redigidas, também elas seriam extraídas das mesmas tópicas de viagens empenhadas nas precedentes, logo, tecidas em paralelo com as Odisseu entre os Feácios, as de Jasão e dos Argonautas na Cólquida, as de Heródoto no Egito e na Cítia, as de Ctésias e as de historiadores alexandrinos na Índia, tingidas, ademais, por análogas inflexões de um narrador-Epimênides[156] efabulando em burlas e em veras. Um escoliasta propõe que a referida proposição que põe termo a NV consiste na maior de todas as mentiras contadas[157] por Luciano; levando-se em conta que NV encena o paradoxo do mentiroso,

---

[154] Cf. GRIGORIADU, Teodora. Francisco de la Reguera: un Traductor Más y Único Continuador de Luciano de Samósata en el Siglo de Oro. **Cuadernos De Filología Clásica**. Estudios Griegos e Indoeuropeos, 16, p. 181- 193, 2006.

[155] NV nem de longe está afetado pela subjetividade romântica, como estudiosos oitocentistas propõem, ou de ser surrealisticamente movido pela associação livre de ideias, como uma vulgata vigente aponta ao fazer dele até o pai da "ficção científica" [*sic*]. Com isso, Luciano acabou por virar um sujeito empírico, gênio dotado de imaginação "desbragada", no dizer de um excelente tradutor. E haja *céu estrelado* sobre Kant e sobre a cabeça de críticos ulteriores, que veneram uma estrela cadente. Por exemplo, Maurice Croiset, em seu *Essai sur la Vie et les Oeuvres de Lucien*, publicado desde 1882, propõe a "fantasia" como noção norteadora no sentido de dar conta da profusão de imagens fantásticas que habitam os livros de Luciano. O problema nisso é o anacronismo, já que ele a instala no horizonte kantiano da *Crítica do Juízo*. Croiset faz a fantasia de Luciano corresponder ao "desenvolvimento livre e caprichoso de uma imaginação que se representa em suas próprias ficções" (p. 365). Para o estudioso, ela se apresenta sob distintas formas na obra luciânica, com o que pode montar um inventário de fantasias. Tem-se então o que ele designa por "fantasia poética", entendida como "aquela que evoca pouco a pouco imagens graciosas ou risonhas", (p. 368), mas há também a "fantasia irônica" que se apresenta nos textos como um "gênero de brincadeira [...] que consiste em tratar com seriedade aparente as coisas mais loucas do mundo" (p. 374); segundo o mesmo helenista francês, entretanto, NV prepondera como "fantasia espiritual", pois é "a que opera combinações variadas e engenhosas com [...] descrições galhofas" (p. 369). Questione-se, enfim, sobre se é a fantasia de Luciano ou se é a do glosador que está em discussão, como projeção fantasmática. (Por falar em "miragens" ou "fantasmagorias", Deleuze, em circunstância discursiva diversa, a propósito da célebre gravura de Goya *El Sueño de la Razón Produce Monstruos*, de 1799, brincava afirmando que o gravador aragonês estava coberto de razão: o sonho da razão não só engendra monstros, como também insônia). Eis que, sob a égide da revolução romântica, surge dos escombros da instituição retórica um Luciano a brandir a bandeira, não da liberdade, mas da fantasia, elevada a incondicionada expressividade.

[156] Equivalente de Epimênides de Creta é, no plano das errâncias náuticas, Antífanes de Berge, visto que o périplo deste aventureiro tornou-se modelo de relato "falso" na Antiguidade (cf. MARCIANO DE HERACLEIA. *Epítome do Périplo do Mar Interior de Menipo de Pérgamo*, 1. Edição de Francisco J. G. Ponce. *Periplógrafos Griegos I. Épocas Arcaica y Clásica 1: Periplo de Hanón y Autores de los Siglos VI y V a.C.* Zaragoza: Prensas Universitarias de Zaragoza, 2008, p. 53). Atribui-se a Antífanes uma obra de feição cômica chamada "Coisas Incríveis" (Ἄπιστα), do mesmo modo que o gentílico "bergeu", indicativo de localidade da Trácia, passou a qualificar o testemunho pouco fiável, sinônimo de embuste (ESTRABÃO. *Geografia*, I, 3, 1; II, 3, 5. POLÍBIO. *Histórias*, XXXIV, 5, 11).

[157] Cf. RABE, Hugo (edit.). *Scholia in Lucianum*. Leipzig: B.G. Teubner, 1906, p. 24.

decerto, a maior mentira significa, em cavilação epimenideana, a maior verdade. O cretense serve de autorreferência a Luciano contar falsidades poéticas.[158]

Ficando em aberto, a narração arrasta para o seu vazio tudo quanto toca — Midas tornado Momo em aurífero sarcasmo —, inclusive o leitor, o qual, habituado com discursos de gênero baixo, pelo menos se diverte contrariado com a expectativa de haver um final feliz — que tanto as comédias,[159] quanto as narrativas de aventuras amorosas,[160] convencionalmente encenam —, ou mesmo de haver um desfecho

---

[158] Leitor de Luciano, dos comediógrafos e satiristas antigos, Miguel de Cervantes tira partido quixotesco do paradoxo do mentiroso, encenando-o em um episódio em que Sancho Pança, feito governador de uma ilha, é requerido a tomar uma decisão sobre a capciosa questão formulada por um forasteiro. Este indaga o mesmo Sancho nesses termos:
"— Senhor, um caudaloso rio dividia dois termos de um mesmo senhorio (e esteja vossa mercê atento, porque o caso é de importância e algum tanto dificultoso). Digo, pois, que sobre esse rio havia uma ponte, e ao cabo dela uma forca e uma que parecia casa de audiência, na qual de ordinário havia quatro juízes que julgavam a lei posta pelo dono do rio, da ponte e do senhorio, que era nesta forma: 'Se alguém passar por esta ponte de uma parte a outra, há de jurar primeiro aonde e a que vai; e se jurar verdade, que o deixem passar, e se disser mentira, morra por isso enforcado na forca que lá se mostra, sem remissão alguma'. Sabida essa lei e a rigorosa condição dela, passavam muitos, e já na jura se dava a ver que diziam verdade, e os juízes os deixavam passar livremente. Aconteceu, pois, que, tomando juramento de um homem, este jurou e deu por jura que ia para morrer naquela forca que lá estava, e não outra coisa. Repararam os juízes no juramento e disseram: 'Se deixarmos este homem passar livremente, terá mentido no seu juramento, e conforme a lei deve morrer; e se o enforcarmos, como ele jurou que ia para morrer morrer naquela forca, terá jurado verdade, e pela mesma lei deve ser livre'. Pede-se a vossa mercê, senhor governador, que farão os juízes do tal homem, que até agora estão duvidosos e suspensos e, tendo notícia do agudo e elevado entendimento de vossa mercê, me enviaram para que da sua parte suplicasse a vossa mercê desse o seu parecer em tão intrincado e duvidoso caso.
Ao que Sancho respondeu:
— Por certo que esses senhores juízes que a mim vos enviam poderiam ter escusado o trabalho, porque eu sou homem que tem mais de mostrengo que de agudo; mas, contudo, repeti-me outra vez o negócio de maneira que eu o entenda: até poderia ser que desse com a malha no fito.
Tornou outra e mais outra vez o perguntante a referir o que primeiro dissera, e Sancho disse:
— A meu parecer, esse negócio o declararei em duas palhetadas, e desta maneira: o tal homem jura que vai para morrer na forca, e se morrer nela, jurou verdade e pela lei posta merece ser livre e passar a ponte; e se não o enforcarem, jurou mentira e pela mesma lei merece que o enforquem.
— Assim é como o senhor governador diz — disse o mensageiro —, e quanto ao inteiro entendimento do caso não há mais que pedir nem que duvidar.
— Pois eu digo agora — replicou Sancho — que deixem passar aquela parte desse homem que jurou verdade, e a que disse mentira a enforquem, e desta maneira se cumprirá ao pé da letra a condição da passagem.
— Então, senhor governador — replicou o perguntador —, será necessário dividir o tal homem em duas partes, uma mentirosa e outra verdadeira; e se ele for dividido, por força há de morrer, e assim não se conseguirá coisa alguma do que a lei pede [...]". MIGUEL DE CERVANTES SAAVEDRA. *Segunda Parte del Ingenioso Caballero don Quijote de la Mancha*. Capítulo LI (*Del Progreso del Gobierno de Sancho Panza, con Otros Sucesos Tales como Buenos*). Tradução de Sérgio Molina. São Paulo: Editora 34, 2019, p. 541-542.

[159] E não apenas as peças do repertório de Menandro, pois grande parte da comediografia de Aristófanes trabalha com um desenlace ditoso. A exceção aristofânica mais grandiloquente está no incendiário final de *As Nuvens*, com as labaredas a consumir o pensatório de Sócrates.

[160] Como as de Xenofonte de Éfeso, *Efesíacas*; Cáriton de Afrodísias, *Quéreas e Calírroe*; Aquiles Tácio, *Leucipe e Clitofonte*; Longo, *Dáfnis e Cloé*. Sobre os finais felizes apresentados em tais narrações, ver, por exemplo, GUAL, Carlos García. *Los Orígenes de la Novela*. Madri: Istmo, 1972, p. 171- 174.

qualquer. Por isso, não cai do céu luciânico algum *deus ex machina* que assegure um desenlace ao drama do navegante errante. Logo, não há divindade ou qualquer outra figura providencial que venha interromper a sisífica periegese de Luciano, como faz Palas Atena em relação às errâncias de Odisseu,[161] ou Afrodite[162] quanto às peregrinações e desencontros do casal amoroso Quéreas e Calírroe.

Nesse sentido, o anunciado regresso de Luciano à sua pátria é, antes, um motejo às tópicas de invenção de epopeias de viagens, das quais um segmento, calcado em modelos homéricos, versa sobre os νόστοι (*retornos*),[163] *i. e.*, a volta dos guerreiros gregos após a tomada de Troia, o que corresponde tanto às aventuras em pleno mar e em terras estranhas, quanto às que se desdobram em solo pátrio.[164]

Luciano evoca os νόστοι a título irônico, evidentemente, pondo seu relato de proezas insignificantes à distância dos heroicos regressos de guerreiros, tão à distância deles que narra uma navegação sem volta, embora o navegante se ponha sempre a caminho; contudo, não se sabe a certa altura que rumo pretende tomar,[165] pois insiste em dizer que vai chegar à sua pátria, desígnio lavrado até em estela de berilo,[166] mas em nenhum momento especifica onde ela fica. Esse lugar de indeterminação[167] importa como marcador de contraste:

---

[161] HOMERO. *Odisseia*, XIII.

[162] CÁRITON DE AFRODÍSIAS. *Quéreas e Calírroe*, VIII, 1.

[163] José L. S. BUZELLI compila e traduz os testemunhos remanescentes dos νόστοι em sua edição: *Fragmentos de Poesia Épica e Cômica da Grécia antiga & Vidas de Homero*. São Paulo: Odysseus, 2019, p. 169-175.

[164] Se as gestas domésticas de Odisseu, voltadas a reaver o reino e a esposa, são levadas a bom termo, o mesmo não ocorre com as de Agamêmnon: como se sabe, o comandante supremo das tropas aqueias, ao pisar em casa, é assassinado por sua mulher, Clitemnestra, ou, segundo versões mais antigas, pelo amante dela, Egisto. No registro épico, Agamêmnon e Menelau são valorosos heróis atridas. No registro cômico, porém, se pode glosar do fato de ambos os irmãos terem sido traídos por suas respectivas esposas. Pelo palco micênico desfilam grandes varões, assim como célebres cornudos. E é com as mesmas convenções da comédia que Aquiles e Heitor aparecem animalizados ao modo de sapo e de rato (*Batracomiomaquia*). Na mesma chave, desde a Comédia Antiga, os deuses assumem caracteres baixos: Hermes é trapaceiro e subornável, Héracles, por sua vez, glutão e bravateador, enquanto Dioniso, medroso e afeminado.

[165] Radamanto vaticina (II, 27) que Luciano chegará à sua "pátria após muita errância e perigo".

[166] NV, II, 28.

[167] Artífice de paradoxos, Lewis Carroll, em seu *Alice no País das Maravilhas*, encena, *en passant*, essa sorte de impasse. Tendo entrado na toca do Coelho Branco, Alice lança-se nos labirintos povoados de figuras insólitas. Após várias peripécias, Alice observa em um bosque, trepado em galho, o Gato de Cheshire, a quem pede esclarecimento sobre o itinerário:

" — Podia me dizer, por favor, qual é o caminho pra sair daqui?

— Isso depende muito do lugar para onde você quer ir — disse o Gato.

— Não me importa muito onde ... — disse Alice.

tópos acionado na produção de atopias, dado que na generalidade do modelo periplográfico, a ancoragem discursiva é sempre helênica.[168]

"Pátria" é o lugar onde se estabelece o ser das coisas, o familiar para figurar o estranho. Luciano só faz menção da sua casa ou pátria (*oikos*) no rasto de elementos dualistas que jogam com a aparência, como o espelho, o sonho, o fogo. Assim, visto da perspectiva do que o *oikos* não é, ele se dá a ver, simulacro: estando na Ilha dos Sonhos, o protagonista é posto a dormir. Então, alguns sonhos o transportam à sua pátria, trazendo-o de volta após terem revelado seu lar.[169] Já na Cidade-lamparina, isso ocorre por meio da personificação: tendo Luciano nela encontrado sua própria lamparina, esta lhe responde sobre questões atinentes ao lar.[170] O modelo é replicado no relato selenita, pois, no final do episódio, vem à tona o *oikos*. Através do espelho e do poço instalados na Lua, o protagonista logra vislumbrar na Terra o que considera ser a sua pátria e seus familiares.[171] Montam-se, assim, jogos de oposições (longe/ perto; ausente/ presente; várias vezes/ uma vez),[172] de modo a evidenciar a construção do efeito ilusionista, porquanto o ilusionismo efetuado pelo sonho, espelho ou

— Nesse caso não importa por onde você vá — disse o Gato.

— ... contanto que eu chegue a algum lugar — acrescentou Alice como explicação.

— É claro que isso acontecerá — disse o Gato — desde que você ande durante algum tempo". (CARROLL, Lewis. *Alice no País das Maravilhas*. Capítulo 6. *Porco e Pimenta*. Tradução de Sebastião Uchoa Leite. São Paulo: Fontana e Summus Editorial, 1977, p. 82). O mesmo Gato, mestre na arte de desaparecer e reaparecer, é alvo de uma contenda de vida e morte: além de enfadar-se com a aparência desse felino, o Rei de Copas julga impertinente um comentário feito por ele. Em desagravo, a castradora Rainha de Copas ordena que seja cortada a cabeça do Gato de Cheshire. Ocorre que este só estava parcialmente visível, o que levou o carrasco a recusar o cumprimento da ordem, considerando ser impossível cortar uma cabeça sem corpo. O Rei, no entanto, não se deu por vencido: contanto que tenha cabeça, pode ocorrer decapitação, sendo tudo o mais disparate (CARROLL, Lewis. *Alice no País das Maravilhas*. Capítulo 8. *O Campo de Croquet da Rainha*). Os paradoxos de Carroll são discutidos, entre outros, por DELEUZE, Gilles. *Lógica do Sentido*. Tradução de Luiz R. Salinas Fortes. São Paulo: Editora Perspectiva, 1998.

[168] Cf. *Da Invenção de Navegação*.

[169] NV, II, 34

[170] Ibidem, I, 29.

[171] Ibidem, I, 26.

[172] Por Luciano se reportar quase exclusivamente aos autores gregos, ignora-se se ele foi ou não leitor de Horácio. Como quer que seja, o *ut pictura poesis* horaciano (*Arte Poética*, 361-365) encontra ressonância nos pares opositivos figurados em NV. A título de esclarecimento acerca do funcionamento do *ut pictura poesis* em Horácio, convida-se a leitura do artigo de TRIMPI, Trimpi. Horace Ut Pictura Poesis. The Argument for Stylistic decorum. **Traditio: Studies in Ancient and Medieval History, Thought and Religion**, vol. 34, p. 29-73, 1978. Esclarecimentos suplementares sobre o preceito, assim como seu *modus operandi* nas letras seiscentistas, ver HANSEN, João Adolfo. Ut Pictura Poesis e Verossimilhança na Doutrina do Conceito no Século XVII Colonial. **Revista de Crítica Literária Latinoamericana**, Lima-Berkeley, vol. 45, p. 177-191, 1997.

lamparina descortinam as convenções com que se opera a fabulação do maravilhoso: a duplicidade, a deformação, a inversão, o excesso. Luciano amplifica, inverte e estabelece a medida (*o oikos*) com que comicamente avalia a desmedida cômica de eventos e figuras: referindo a Terra no final do episódio selenita, ele dá a entender que tudo quanto antes descrevera sobre a Lua diz respeito a *pólis* grega, tratada pelo avesso, no que desdobra também o artifício teatral de Aristófanes, que inventa a cidade sideral de Cucos-nas-nuvens[173] a fim de dramatizar as deformações que julga haver em Atenas. Dessa feita, o espelho lunar, como dispositivo cenográfico, apreende e condensa em sua superfície dilatada as coisas da cidade grega cristalizadas em diversas narrativas, replicando-as em representações fantásticas. Se o estranho tem aspecto familiar — nascimentos, mortes, pelejas ocorrem na Lua, a exemplo do que se vê na Terra —, é para tornar o que parece familiar ainda mais estranho: tais nascimentos, mortes, pelejas, por impossíveis de ocorrer, são personificados por monstros. Como a Lua é o duplo da Terra,[174] os Selenitas são os duplos dos homens, mas, como machos e fêmeas intercambiáveis, que põem em dúvida o valor do varão grego.[175]

---

[173] ARISTÓFANES. *As Aves*, 819.

[174] A Lua como espelho da Terra deriva de especulações já firmadas por autores pré-socráticos, que consideram serem ambas da mesma natureza. Com efeito, Anaxágoras sustenta que a Lua é feita de terra com planícies e ravinas (HIPÓLITO. *Refutações*, I, 3, 8, 3-10). Do mesmo modo, Heráclito julga ser a Lua uma terra circundada pela névoa (PSEUDO-PLUTARCO. *Das Opiniões dos Filósofos sobre a Natureza*, II, 25). Pitágoras, por sua vez, afirma que a Lua consiste em um corpo similar a um espelho (idem, ibidem), metáfora que Luciano dá materialidade ao introduzir um espelho no palácio real selenita. A questão que permeia esse debate é a de se saber se a Lua abriga seres vivos. Nesse sentido, Plutarco, evocando doutrinas precedentes, conjectura que se a Lua e os astros têm habitantes, estes só poderiam ser simples, frugais e de corpo delgado, uma vez que se alimentam unicamente dos vapores exalados da Terra (*Sobre a Face Visível no Orbe da Lua*, 940 C). Quanto aos pitagóricos, eles trabalham com a premissa de que a Lua não apenas é habitada, como também possui plantas mais belas e animais 15 vezes maiores em relação aos da Terra, e estes não produzem excrementos (PSEUDO-PLUTARCO. *Das Opiniões dos Filósofos sobre a Natureza*, II, 30). Tais teorias, embora não constituam a única fonte, fornecem material para Luciano produzir encenações farsescas. Assim, em seu conto selenita, se não aparecem "belas plantas" pelo menos brotam homens-árvores (I, 22). No tocante ao tamanho hiperbólico dos animais lunares, os cavalos-abutres atestam a escala colossal com que são delineados (I, 11). Quanto à escatologia dos bichos, ela é deslocada para a fisiologia dos selenitas, que não urinam nem defecam (I, 23), paródia remissiva também as crianças de uma tribo indiana que, segundo Ctésias (FÓCIO. *Biblioteca*, 72, 48b), nascem sem o orifício excremental. Através de Menipo, Luciano ridiculariza a validade das teses astronômicas, dado que seus filósofos as tomam, não por meras hipóteses, mas por verdades indiscutíveis, entre elas, a de que a Lua é habitada (*Icaromenipo ou Sobre as Nuvens*, 8). Esse *tópos* cínico-cético, ligado às pretensões e dogmatismos inerentes a doutrinas filosóficas, recorta opúsculos do *Corpus Lucianeum*. Em um deles se afirma: todos filósofos não fazem mais que brigar pela sombra de um asno (LUCIANO. *Hermótimo*, 71), máxima grega que se refere à busca por algo inútil.

[175] Luciano encena os pressupostos do ἀνήρ associados a tipos como o aristocrata, o sábio ou o guerreiro valoroso. Com efeito, os Selenitas fazem comédia com a pederastia e misoginia atribuídas a eles pelo costume grego; são também a prova de que o pedido de um herói trágico pode se materializar pelo menos na esfera extraterrestre:

142

A paradoxologia de Luciano vai devorando, como monstro insaciável, quaisquer discursos à mão, por encenar esse corpo excessivo de linguagem, o *álogos*: a narrativa luciânica transborda na superfície de inúmeras narrativas, arremedadas na proliferação de eventos e figuras teratológicos. Donde a paródia, no sentido etimológico de contracanto ou canto paralelo, ser o veículo para a produção dos paradoxos. Desde de Platão se sabe que o fabuloso é relacional: uma imagem fantástica só ocorre como deformação de outra, icástica, assim, a cópia em relação ao modelo.[176] O leitor de NV, com efeito, não se surpreende em ver que nada de propriamente lunar sucede na Lua, ou de solar no Sol, de todo desprovido, como essa, de corpo estelar. Pois o Sol, cuja fronteira a nave do narrador bordeja, afigura-se como uma ilha austral paradisíaca transplantada para o plano celeste.[177] Assim também *kêtos*, que, como não-ser, assume qualquer configuração. Mostra-se, além de animal marinho, ilha flutuante, embarcação veloz, cidade povoada, floresta exuberante.[178]

Jogos análogos de ser e de não-ser[179] se estendem aos mais episódios e, por extensão, atravessam o próprio Luciano, *persona* cômica. Sabe-se

Hipólito suplicava a Zeus que os homens não fossem engendrados por mulheres (EURÍPIDES. *Hipólito*, 616- 620). O mundo lunar luciânico, entretanto, vai além: não apenas os homens são gerados de outros homens, como as mulheres não existem, sequer em palavra, o que não deixa de evocar em parte a era mítica anterior a Pandora, a primeira mulher, pois, no relato hesiódico (*Trabalhos e Dias*, 59-105), ela surge, na esteira do roubo do fogo divino por Prometeu, como a portadora da desgraça aos mortais. Como *tópos* poético no gênero baixo, a misoginia remonta à iambografia, da qual remanesce um fragmento atribuído a Hipônax de Éfeso: "São dois os dias mais agradáveis da mulher: aquele em que alguém com ela se casa e aquele em que a morte a leva". Nesse sentido, o comediógrafo Queremão ironiza seu predecessor dizendo ser "melhor enterrar uma mulher do que casar com ela", cf. SUAREZ DE LA TORRE, Emilio. *Yambógrafos Griegos*. Madri: Gredos, 2002, p. 270.

[176] Cf. *Sofista*, 235 b - 236 a.

[177] "Notamos, porém, que a região [o Sol] era verdejante, fértil, abundante em água e cheia de tudo o que é bom". NV, I, 28.

[178] Cf. o texto *Sobre Kêtos*.

[179] Sob a forma locutiva "disse a coisa que não era" (*said the thing which was not*), o não-ser constitui matéria ficcional no decurso de um episódio gulliveriano, em que o protagonista, recém-chegado à terra dos *Houyhnhnms* e *Yahoos*, dedica-se ao aprendizado do idioma local e passa a conversar com seus habitantes equinos. Assim, Gulliver conta a um nativo de onde veio e como logrou chegar até ali. Mas o interlocutor, incrédulo, lhe responde que deveria ele "estar enganado" ou "estar a dizer a coisa que não era", por considerar impossível haver algum país no além-mar etc. Então Gulliver deduz que o léxico dos *Houyhnhnms* carece de vocábulo designador da mentira ou da falsidade. O protagonista decide em outra ocasião retomar seu relato de viagem circunstanciando as peripécias que o levaram aos domínios dos *Houyhnhnms*. O nativo não só ouve como adverte que se ele voltasse à terra natal para lá contar suas expedições, os escutantes iriam pensar que tudo aquilo era mera estória (*Story*) inventada da cabeça dele. Com efeito, Gulliver estaria a "dizer a coisa que não era". Ainda ancorado na tese platônica contra a sofística, segundo a qual o falso fala o outro do mesmo, o não-ser do que é, e mutuamente (PLATÃO. *Sofista*, 262a-263e), Swift traz à discussão o não-ser no registro da falsidade, pondo na boca de um *Houyhnhnm* o seguinte argumento: o uso do discurso (*Speech*) repousa em fazer-nos compreender uns aos

que seus discursos, designam-no, em contraste ao heleno, como um sírio: escritor ou declamador egresso das bordas orientais do Império Romano que atende por um nome latino e cultiva frequentemente um grego aticista. Dessa feita, quando Homero canta em dístico a partida do Luciano nomeado pelo texto para a sua "pátria amada",[180] o leitor fica sem saber ao certo se ele embarca rumo a Atenas ou a Samósata, só para que se atenha a duas coordenadas verossímeis. Esses destinos, importados do *Corpus Lucianeum*, são evocados a título de gracejo, por estarem abolidos das paragens infixas que recortam a cartografia paradoxal de NV, não menos desmesurada e ineficaz que o mapa imperial delineado por Borges.[181] Quanto à predição de Radamanto sobre a chegada de Luciano à sua "pátria após muita errância e perigo",[182] ela não tem, como normalmente ocorre em livros de viagens, o valor de um desenlace preditivo, sendo antes uma galhofa em relação à fala oracular, replicada em outro opúsculo do escritor.[183]

No curso de seu relato, Luciano, como se disse, intervém servindo--se igualmente de fórmulas epidíticas marcadas por adjetivações comparativas ou superlativas ("vimo-los chegar, o mais extraordinário dos espetáculos";[184] "vimos [....] de todos os espetáculos que eu já vi,

outros e fornecer informações sobre os fatos. Com efeito, se alguém disser a coisa que não é, tais propósitos discursivos não se realizam, consequentemente, o ouvinte é lançado na ignorância, sendo levado a crer que uma coisa é preta quando é branca, curta quando é longa (SWIFT, Jonathan. *Viagens de Gulliver* [*Quarta Parte*: *Viagem ao País dos Houyhnhnms*, III-IV]. Tradução de Paulo Henriques Britto. São Paulo: Penguin-Companhia das Letras, 2010). No plano da paradoxologia, Swift compõe um discurso tão breve quão irônico em favor do cabo de vassoura, intitulado "Meditação a Respeito de um Cabo de Vassoura, Segundo o Estilo e Maneira das Meditações do Honorável Robert Boyle". Cf. a tradução de José Oscar de Almeida Marques presente na edição: SWIFT, Jonathan. *Modesta Proposta e Outros Textos Satíricos*. São Paulo: Unesp, 2002.

[180] NV, II, 28.

[181] "... Naquele Império, a Arte da Cartografia alcançou tal Perfeição que o mapa de uma única Província ocupava toda uma Cidade, e o mapa do império, toda uma Província. Com o tempo, esses Mapas Desmesurados não foram satisfatórios e os Colégios de Cartógrafos levantaram um Mapa do Império, que tinha o tamanho do Império e coincidia pontualmente com ele. Menos Afeitas ao Estudo da Cartografia, as Gerações Seguintes entenderam que esse dilatado Mapa era Inútil e não sem Impiedade o entregaram às Inclemências do Sol e dos Invernos. Nos desertos do Oeste perduram despedaçadas Ruínas do Mapa, habitadas por Animais e por Mendigos; em todo o País não há outra relíquia das Disciplinas Geográficas". BORGES, Jorge Luis. *Del Rigor en la Ciencia*, 1946. Tradução de Josely Vianna Baptista. *Obras Completas de Jorge Luis Borges*. São Paulo: Globo, volume II, 1999, p. 247.

[182] NV, II, 27.

[183] LUCIANO. *Zeus Trágico*, 20; 28-31. Cf. GEORGIADOU, A ; LARMOUR, D. *Lucian´s Science fiction*, op. cit., p. 211; CASTER, M. *Lucien et la Pensée Religieuse de son Temps*. Paris: Les Belles Lettres, 1937, p. 225-267.

[184] NV, I, 18.

o mais extraordinário"),[185] as quais figuram na prosa de historiadores desde Heródoto, que já apresenta sob o signo do maravilhoso ($\theta\tilde{\omega}\mu\alpha$)[186] não poucas coisas sobre as quais vai discorrer, julgando-as dignas de memória, como ele patenteia logo no proêmio.[187]

Essa técnica historiográfica — exposição de eventos pontuada por enunciados enfáticos destinados a continuamente reavivar a atenção do leitor, de sorte que ele não se disperse na proliferação de portentos sucessivos — é visitada na segunda parte do episódio lunar, voltada à apreciação dos seres e costumes locais. Luciano principia: "Nessa estada na Lua notei o novo e o extraordinário, de que quero falar",[188] no que traz à baila a figura do narrador-viajante na condição de testemunha, dando mostras de ter efetuado uma apuração selenográfica.

Tendo contado a primeira sequência de paradoxos, com recurso à etimologia para atribuir credibilidade à gênese fantástica dos Selenitas a partir da "barriga da perna",[189] Luciano interrompe o curso da exposição, propondo relançá-la amplificadamente: "E contarei algo ainda maior".[190] Após outras mais apóstrofes não menos irônicas intercaladas à narração, Luciano finaliza o episódio pondo novamente em questão o valor de verdade de seu relato: "Quem não acreditar que isso seja assim, ficará sabendo que digo a verdade se um dia for para lá [Lua]". [191]

O leitor encenado como crédulo é confrontado com um relato incrível, pautado pela noção de "autópsia", entendida no sentido etimológico de "ver com os próprios olhos". Esse critério, fundante da prática historiográfica na chave do ver para crer, Luciano o reinterpreta em outro opúsculo por meio do adágio "os ouvidos são menos fiáveis que os olhos",[192] atribuindo-o a Heródoto.[193]

[185] NV, I, 40.

[186] *Histórias*, I, 53; II, 35, 153. Sobre a questão do maravilhoso em Heródoto, cf. HARTOG, François. *O Espelho de Heródoto. Ensaio Sobre a Representação do Outro*, op. cit., p. 245-251; HUNZINGER, Christine. La Notion de $\theta\tilde{\omega}\mu\alpha$ chez Hérodote. **Ktèma**, Estrasburgo, Civilisations de l'Orient, de la Grèce et de Rome Antiques, n°20, p. 47-70, 1995. Hunzinger enumera 93 ocorrências de termos ligados à família do $\theta\tilde{\omega}\mu\alpha$ em Heródoto.

[187] HERÓDOTO. *Histórias*, I, 1.

[188] NV, I, 22.

[189] Ibidem.

[190] Ibidem.

[191] Ibidem, I, 26.

[192] LUCIANO. *A Dança*, 76; *Como se Deve Escrever a História*, 44.

[193] *Histórias*, I, 8.

Em Heródoto, a enunciação dos *thômata* ordena a exposição deles por meio de uma escala virtual que vai do menos ao mais maravilhoso.[194] Em Luciano, porém, a enunciação não obedece ao mesmo critério de progressão, embora eventualmente o incorpore parodicamente no interior de uma episódio, como o referido selenita, porquanto ela se desdobra horizontalmente na narração como índice genérico de apresentação, reiterativo das matérias. Nisso, as fórmulas de anunciar coisas maravilhosas se aplicam zombeteiramente tanto ao que o narrador diz que vai contar, quanto ao que diz que não vai contar, sendo a última não menos portadora de maravilhas que a primeira, pois a denegação, ao denunciar a montagem da operação paradoxal, automaticamente a põe em ação. No mesmo lance, elas evidenciam a artificialidade do procedimento, enquanto indicam seu campo ilimitado de intervenção a embaralhar as situações discursivas, de sorte a minar as categorias de determinação eventualmente evocadas, como o ser ("não me atrevi a escrever acerca de sua natureza: deles se diziam coisas prodigiosas e incríveis"),[195] a quantidade ("nada escrevo sobre a quantidade deles, pois pareceria incrível: eram muitíssimos").[196]

A autópsia tem fortuna na comédia como lugar de argumentação irônica, frequentemente associada ao supracitado fanfarrão: tipo que alardeia com termos pomposos conhecer regiões e coisas nas quais nunca esteve, nem tampouco conhece.[197] Em Luciano, a convenção serve não só para ilustrar a fanfarrice estratosférica do narrador de NV, como também para escarnecer da figura de um historiador que, afirmando desprezar as fontes secundárias, vangloria-se por ter escrito apenas sobre o que viu, pondo-se a dissertar com propriedade acerca de animais notáveis da Pártia sem jamais ter colocado seus pés fora de Corinto.[198]

A autópsia em registro cômico abona ainda não pouco chiste com os mitos, sobretudo com os que têm sua ocorrência creditada a um

---

[194] Cf. HARTOG, François. *O Espelho de Heródoto*, op. cit., p. 245-251.
[195] NV, I, 13.
[196] Ibidem, I, 18.
[197] TEOFRASTO. *Caracteres*, XXIII, 3.
[198] LUCIANO. *Como se Deve Escrever a História*, 29.

território conhecido. Trata-se, portanto, de submetê-los ao crivo do olho do viajante. Exemplar é a morte de Faetonte; contam os poetas que seu carro celestial, fulminado por Zeus, precipitou-se no Erídano, nas margens do qual as enlutadas Helíades, irmãs do jovem, à força de muito o prantearem, foram transformadas pelos deuses em choupos, tendo suas lágrimas sido destiladas em âmbar. Com efeito, Luciano narra em um opúsculo sua expedição ao mesmo rio Erídano em busca de informações sobre o fim trágico de Faetonte, além de buscar vestígios sobre a origem miraculosa do âmbar;[199] o critério autóptico serve para pôr à prova tanto o relato de poetas, quanto o seu próprio relato lunar, pelo que, revezada a posição do narrador e do destinatário, o último é instado a fazer uma odisseia sideral. Desnecessário, enfim, perorar sobre os barqueiros locais interpelados por Luciano, que se riram da ingenuidade dele por empreender tal investigação. Como figuras socráticas extraídas de um diálogo platônico, esses barqueiros retorquem que os poetas que cuidam de semelhantes contos não passam de charlatães e artífices de falsidades ($\psi\varepsilon\upsilon\delta\acute{o}\lambda o\gamma o\varsigma$).[200]

Não se subestime, aliás, a presença de Platão em Luciano;[201] depois de Homero, Platão figura a autoridade mais discutida em seus textos, pois a metafísica platônica é motivo frequente de galhofa.[202] Ela é referida, de passagem, no episódio das almas reunidas em festejo na Ilha dos Bem-aventurados. Platão é o único dos ilustres a não dar as caras nesse festim,[203] como que a dizer que a armadilha se volta contra o caçador: enredado, lucianicamente, pela engenhosidade com que plasmou seu mundo de ideias, notadamente em *República* e em *Leis*, Platão está condenado a viver nele e, quem sabe, a morrer pela boca como um Ugolino dantescamente cômico que acaba por encerrar-se em sua torre suprassensível para melhor regalar-se com sua própria prole eidética.

[199] LUCIANO. *Sobre o Âmbar ou Os Cisnes*, 1-3.
[200] Idem, ibidem, 3.
[201] Cf. BRANHAM, R. Bracht. *Unruly Eloquence Lucian and the Comedy of Tradition*. Cambrigde: Harvard University Press, 1989, p. 67-123.
[202] Cf. *A Dupla Acusação*, 34; *Vidas em Leilão*, 18; *Menipo ou A Descida*, 4.
[203] NV, II, 17.

Em termos gerais, Platão é arrastado na mesma espiral de paradoxos com que Luciano dissolve tudo quanto menciona; se, por um lado, NV genericamente acolhe a censura platônica nas fábulas de poetas como sendo mentirosas, por outro ostenta um antiplatonismo facecioso, pois opera na contramão dos preceitos preconizados pelo filósofo; com efeito, em lugar do discurso unívoco ou ortótico,[204] Luciano firma o duplo ou paralogístico; em detrimento do sério e do verdadeiro, propõe o lúdico e o falso. Em suma, em vez de se ater aos seres e imagens icásticas, NV se abre à proliferação de não-seres, deformações fantásticas, monstros de múltiplas formas.

Na agonística de Luciano,[205] Platão não é senão um dos alvos de uma artilharia multifária; ainda assim ressalta porque Luciano mobiliza o mesmo aparato discursivo que Platão combate, o dos oradores ditos "sofistas". Também por isso Luciano é associado à sofística, principal-mente à "segunda sofística", apesar de o próprio Filóstrato, inventor do termo, em nenhum momento o referir em seu *Vidas dos Sofistas*; a crítica antiga tende a pintá-lo como comediógrafo[206] ou filósofo, sobretudo de dentada cínica,[207] o que mostra a dificuldade de colocar uma etiqueta ao fugidio Luciano. Tudo depende, evidentemente, do que se entende por "sofista", já que o termo é polissêmico[208] e a figura, polimorfa. Ironicamente, Luciano fica conhecido como "sofista", embora seja provavelmente a autoridade antiga que mais escarneceu dele, pois

---

[204] Em *O Amigo da Mentira ou O Incrédulo*, obra do *Corpus Lucianeum* mais avizinhada com NV em termos de relatos de prodígios, o discurso ortótico (λόγον ὀρθόν) é referido no remate desse diálogo (40), como um antídoto contra as falsidades.

[205] Cf. *Arena Discursiva*.

[206] Fócio enfatiza: Luciano faz "comédia em prosa sobre os helenos", cf. *Biblioteca*, 128, 96a.

[207] Condenando os debates infindáveis envolvendo as escolas de pensamento à luz da φιλαρχία (amor ao poder, ambição de se impor), Isidoro de Pelúsio, autoridade cristã do quinto século, comenta as polêmicas travadas entre retores, poetas, historiadores e seus seguidores afirmando: o mesmo Platão que "os havia ridicularizado em seus diálogos foi, por sua vez, ridicularizado pelos cínicos, entre os quais Luciano, cujos diálogos visavam quase todo o mundo [...]. Pois, tendo ele [Luciano] encenado os deuses fabricados pelos poetas, recebeu a aprovação dos platônicos. Mas os discípulos dos poetas o trataram de blasfemador, de vez que ele havia zombado dos deuses que eles celebravam". Cf. a edição francesa das epístolas desse anacoreta egípcio editada por Pierre Evieux. ISIDORE DE PELUSE. *Lettres*. Volume I, carta 1338. Paris: Editions du Cerf, 1997, p. 385.

[208] No argumento (ὑπόθεσις) aposto a *Contra os Sofistas* de Isócrates, o Gramático Anônimo distingue três significados para "sofista": o primeiro deles, calcado no étimo, nomeia o sábio (σοφός) em busca da verdade e do bem, cujo exemplo seria o filósofo Platão; já o segundo qualifica genericamente o retor que ensina a arte da eloquência; quanto ao último, pejorativo, ele concerne aos que sofismam sobre a verdade. Lembra-se que Platão enumera seis definições de sofista, entre elas ressalta a de caçador interesseiro de jovens ricos, de negociante das ciências da alma, de mercenário erístico (*Sofista*, 222a - 233a).

aplica a máscara aristofânica do sofista[209] a figuras como Sócrates, Anaxágoras, Pitágoras, Aristóteles ou Jesus Cristo.[210]

Se, por um lado, Platão faz do sofista uma caricatura do filósofo que mente por se ocupar com coisas fantásticas ou enganosas, Luciano, por outro, faz de poetas, historiadores e filósofos, caricaturas de sofistas, mas não quando simplesmente inserem fábulas em vista do deleite, senão a partir do momento em que as veiculam como portadoras de verdade. Com isso, de encantação para crianças, a fábula se converte em macaqueação de adultos, pois se inscreve num horizonte discursivo que escapa à ordem do provável, argumento de fundo tucididiano[211] que Luciano amplifica em sua fábula selenita, a brincar também com os filósofos que julgam a Lua habitada.

A afirmação de Luciano de que os filósofos escrevem inverdades que não se fazem notar[212] é interpretada por um escoliasta como menção da fábula de Er, que epiloga a platônica *República*. Trazer Platão importa, sabendo-se que em meio à polissemia que recobre "*mythos*",[213] embora não seja ele a primeira autoridade a conferir uma acepção negativa ao termo,[214] marca uma inflexão conceitual relevante na distinção clara de *mythos* e *lógos*, opostos como o falso e o verdadeiro.[215]

Esse campo conceitual interessa às facécias de Luciano pelas incongruências suscitadas no interior da argumentação platônica: embora conceitue fábula (μῦθος) como um relato falso destinado a crianças, Platão não se cansa de semear seus diálogos com fábulas e

---

[209] Notadamente em *As Nuvens*.

[210] Cf. *Uma Sofística Samosatense*.

[211] *Hist. da Guerra do Peloponeso*, I, 21.

[212] NV, I, 4.

[213] Marcel Detienne chama atenção para a "história polifônica" do termo "*mythos*", o qual desde a epopeia até a metade do quinto século pertence ao campo semântico da fala (*parole*): "Fala concreta como se diz em uma assembleia, em um conselho ou entre gente que conversa, mas sem que em nenhum lugar haja uma divisão necessária entre o que é público e o privado, o que é político e o que não é. Quando Peleu confia a Fênix o cuidado de educar Aquiles, pede-lhe que faça de seu filho um bom 'conselheiro' e um bom 'fazedor de façanhas'. O 'conselheiro' é, literalmente, o 'orador de mitos' (*múthon ... rhetér*): nem o orador de profissão do século IV, nem o cidadão adulto quando toma da palavra e discute os projetos do pritaneu, mas um homem que sabe dizer sua opinião, falar como é preciso e como convém. Neste registro, como aliás em muitos outros, *mythos* é e continuará a ser sinônimo de *lógos* no decorrer do século VI e ainda na primeira metade do século V". DETIENNE, Marcel. *L'Invention de la Mythologie*. Paris: Gallimard, 1981, p. 93.

[214] Já há ocorrências disso em Heródoto, como também em Píndaro, cf. DETIENNE, Marcel. *L'Invention de la Mythologie*, op. cit., p. 96 sqq.

[215] Cf. BRISSON, Luc. *Platon: les Mots et les Mythes*. Paris: Maspero, 1982.

alegorias diversas para interlocutores exortados a nelas se fiarem. Daí, os referidos comentários irônicos do narrador de NV parodiarem não menos as apóstrofes platônicas, do que as dos historiadores. Pois, à diferença de Heródoto, que põe em dúvida parte dos contos prodigiosos que expõe, Sócrates conta fábulas, insistindo em que todas são verdadeiras e fiáveis, mesmo que verse sobre uma refrega na insular Atlântida ou sobre as aventuras de uma alma penada, como a de Er, o ressuscitado que lhe serve de testemunha.[216]

---

[216] Tendo contado a fábula (μῦθος) de Er, que alegoriza a imortalidade da alma (*República*, 621c), Sócrates diz a Gláucon que se fie nela. O mesmo ocorre em outros diálogos, epilogados por semelhantes relatos de cunho escatológico. Assim, no *Górgias* (523 sqq), Sócrates, tratando do julgamento no mundo dos mortos, considera-o não uma fábula (μῦθος), mas um discurso (λόγος), o que gera implicações ulteriores, pois, ao término dessa narração, o mesmo Sócrates diz a seu interlocutor que a desprezará, provavelmente por tomá-la por fábula (μῦθος) recitada por uma velha (*Górgias*, 527 a). Não pouco se escreveu sobre essa controvérsia à luz do conhecido passo da *República*, em que Sócrates, discorrendo sobre o modelo pedagógico adequado aos guardiões da *pólis*, relega a fábula ao campo do *psêudos* que se veicula a crianças:

" — Então que educação há-de ser? Será difícil achar uma que seja melhor do que a encontrada ao longo dos anos? — a ginástica para o corpo e a música para alma?
— Pois não!
— Na música, disse eu, tu incluis os discursos (λόγους), ou não?
— Incluo.
— E não há duas espécies de discursos, os verdadeiros (ἀληθές), de um lado, os falsos (ψεῦδος), de outro?
— Sim.
— E não devemos educá-los em ambos, mas primeiro nos falsos?
— Não entendo o que queres dizer.
— Não compreendes - disse eu - que primeiro ensinamos fábulas (μύθοις) às crianças? Ora, no conjunto, as fábulas são mentiras, embora contenham algumas verdades. E servimo-nos de fábulas para as crianças, antes de as mandarmos para os ginásios.
— Assim é.
— Pois era isso o que eu dizia, que se deve começar pela música, antes da ginástica.
— Perfeitamente". PLATÃO. *República*, 376e-377a. (Utilizou-se aqui tanto a versão de Maria H. da Rocha Pereira, quanto a de Daniel R. N. Lopes.)

A questão ganha contornos não menos irônicos nos textos em que Platão caricatura os historiadores, como no *Menexêno*, onde se encena uma paródia da oração fúnebre do tucididiano Péricles (*Hist. da Guerra do Peloponeso*, II, 35-46). Charles Kahn enumera a propósito cinco tópicos com vistas a solucionar o que chama de "enigma de *Menexêno*", *i.e.*, as dificuldades que ele suscita na recepção: "1. Por que a oração fúnebre que Sócrates profere é atribuída a Aspásia, a amante de Péricles? 2. Por que o anacronismo flagrante? [...] Sócrates se põe a recitar um discurso evocando eventos históricos ocorridos 13 anos após sua morte, enquanto a suposta autora do discurso provavelmente já estava morta há mais tempo [...]. 3. Por que a distorção sistemática da história ateniense [...] ? 4. Por que Platão pela primeira vez redige uma oração fúnebre? 5. Se, como diz Sócrates, o discurso é um jogo farsesco, ou [...] uma paródia [...], por que mais tarde foi levado tão a sério a ponto de ser lido anualmente por ocasião da cerimônia fúnebre pública?". KAHN, Charles H. Plato's Funeral Oration: The Motive of the Menexenus. **The University of Chicago Press. Classical Philology**, Chicago, vol. 58, n° 4, p. 220, outubro de 1963.

Algo semelhante ocorre em *Timeu* e em *Crítias*, ambos atravessados por burlas a Heródoto. Crítias arremeda do historiador de Halicarnasso a expressão "grandes e maravilhosos feitos" (*Timeu*, 20e), enfatizando que vai pronunciar um discurso "totalmente verdadeiro", mas "deveras insólito" (*Timeu*, 20e), pois centrado na ilha Atlântida. De modo geral, as Guerras Médicas fornecem o modelo para Platão compor o que Luc Brisson designa como uma narrativa "pseudo-histórica" (*Les Mots et les Mythes*, op. cit., p. 22), pois teria sido travada entre Atenas e Atlântida há mais de 9 mil anos. Mas a ironia não para aí: tendo ouvido de Crítias parte de seu conto atlante, Sócrates o ratifica (*Timeu*, 26e), julgando ter ele exposto um "discurso verdadeiro" (ἀληθινὸν λόγον), e não uma "fábula forjada" (πλασθέντα μῦθον). Discutindo o valor de verdade em textos platônicos onde μῦθος e λόγος

Um abismo separa a ironia luciânica da ironia socrática: enquanto a última, arte interrogatória inscrita em uma maiêutica na qual se simula ignorância sobre as matérias debatidas e se visa ao desmascaramento ou à confusão do oponente: mostrando-o errado e a Sócrates, o interpelante refutador, certo, reestabelece-se a verdade[217] ou pelo menos se indica o caminho pelo qual se pode a ela aceder; a ironia de Luciano, por sua vez, consiste em lançar por terra os enunciados que as autoridades alçam a verdades, porquanto ele não tem um mundo de ideias a defender, não assumindo o papel de pregador dos bons costumes: com as ironias, Luciano relativiza as certezas alheias, mas, diferentemente de Sócrates, o nietzschiano pastor platônico do ser, nada instaura em seu lugar. NV assim se oferece ao leitor: ruínas narrativas forjadas no vazio cômico dos paradoxos que se sucedem na fronteira das Colunas de Héracles com as Constelações do Zodíaco.

Sob esse aspecto, Luciano endossa a ironia atribuída a Górgias, a qual, dissolvendo os universais e mais posições fixas, opera com inversões contínuas, refutando tudo quanto se discute, comicamente. Lembra-se que Aristóteles define a ironia gorgiana como um recurso argumentativo útil em debates, que consiste em desfazer a seriedade dos adversários por meio do riso, e, inversamente, o riso por meio da seriedade.[218]

correm lado a lado, Kathryn Morgan interpreta a fábula atlante como encenação da "nobre mentira", aduzida na *República* (414b sqq), em que se admite que um relato falso se inscreva no seio da sociedade, contanto que ele atue sobre os afetos dos habitantes, tornando-os mais favoráveis e dedicados às questões da *pólis* (MORGAN, Kathryn. *Myth and Philosophy from the Presocratics to Plato*. Cambridge: University Press, 2000, p. 263-265).

[217] Cf. PERRIN, Laurent. *L'Ironie Mise en Trope*. Paris: Kimé, 1996, p. 7. Pierre Chantraine (*Dictionnaire Étymologique de la Langue Grecque*. Paris, Klincksieck, 1999, p. 326) rejeita a hipótese que faz derivar εἰρωνεία de εἴρομαι (interrogar, pedir), ou de εἴρω (dizer, declarar). Sabe-se que desde a Comédia Antiga o citado termo é assimilado ao astucioso. Aristófanes (*As Vespas*, 174) apresenta como "irônico" (ὡς εἰρωνικῶς) o intento de Filocleão de escapar de seu filho agarrando-se ao ventre de um asno. O ironizado é, evidentemente, Odisseu, o herói das mil astúcias, que, diferentemente desse herói cômico, cujo estratagema fracassa, consegue fugir da caverna de Polifemo enroscado debaixo de uma lanzuda ovelha (*Odisseia*, IX, 433).

Supõe-se, com efeito, que o significado primevo de *eironeia* seja o de "dissimulado". Vale dizer que Cícero quando traslada esse vocábulo grego para o latim, propõe *dissimulatio* (*Lucullus*, 9, 15). Quanto à ignorância simulada de Sócrates, apoiada no arrazoado délfico "como não sei mesmo, também não julgo saber algo" (PLATÃO. *Apologia de Sócrates*, 21d), ela é sintetizada no comentário de Trasímaco: "Cá está a célebre e costumeira ironia de Sócrates! Eu bem o sabia, e tinha prevenido os que aqui estão de que havias de te esquivar a responder, que te fingirias ignorante, e que farias tudo quanto há para não responder, se alguém te interrogaste" (*República*, I, 337a. Tradução de Maria H. da Rocha Pereira). Sobre os matizes da ironia socrática, cf. GOURINAT, Michel. Socrate Était-il un Ironiste? **Revue de Métaphysique et de Morale**, Presses Universitaires de France, 91e., nº 3, p. 339-353, julho-setembro de 1986.

[218] ARISTÓTELES. *Retórica*, III, 1418a.

Essa técnica zombeteira se materializa em NV por seu duplo movimento negativo, giro porventura mais radical que a da erística gorgiana, porque nem mesmo o narrador sai ileso desse *quodlibet*: Luciano faz a um tempo ironia de outrem, ridicularizando os argumentos com que os autores conferem legitimidade às suas fábulas enquanto ironiza a si mesmo, referindo continuamente o *psêudos* que preside sua narração de errâncias inerentes à uma navegação insólita. Esta opera por acúmulo de atopias no interior das quais Luciano afigura-se o protagonista de suas façanhas jocossérias para com elas se desmanchar em meio ao tufão que lança a nave no espaço sideral, à tripulação tragada pelo animal marinho, ao naufrágio junto aos antípodas.

Além do ironista, outro tipo cômico teofrastiano que intervêm no *éthos* do narrador luciânico é o do enredador (λογοποιῶν). Dois aspectos dele sobressaem na paródia do historiador reproposta em NV: anunciar coisas inéditas,[219] deleitáveis ao interlocutor;[220] tomar a narração como falácia, ainda assim abonável.

Teofrasto qualifica o enredador como aquele que expõe ditos e ações falsos, querendo sejam eles críveis.[221] Já o narrador de NV afirma contar "variegadas mentiras" (ψεύσματα ποικίλα), expostas, entretanto, de "modo crível e verdadeiro".[222] Esse enunciado antitético é a primeira evidência fornecida pelo texto acordada com o título da obra de sua natureza paradoxal, e que está articulado com a sentença final do proêmio. A contrapelo de autoridades que alegam a verdade de seus relatos, requerendo dos leitores a adesão a esses, já previamente Luciano se desacredita, advertindo para não se fiarem em nada do que vão ler de seu. A facécia de Luciano se inscreve, não numa *captatio*

---

[219] No plano da invenção, NV acolhe a novidade expressa no desejo do narrador-viajante por "coisas novas" (I, 5). Seu alcance implica três episódios, todos anunciados sob a perspectiva do insólito: os acontecimentos selenitas (I, 22), o sequestro de Helena (II, 25), o modo de navegar de uma etnia fabulosa (II, 45).

[220] TEOFRASTO. *Caracteres*, VIII, 2.

[221] Ibidem, VIII, 1. O enredador teofrastiano parte de um acontecimento histórico, a guerra de sucessão pelo reinado macedônico após a morte de Alexandre Magno, apresentando uma versão que julga fiável, porquanto apoiada no depoimento em primeira mão de participantes recém-saídos da refrega. O farsesco está na simulação de testemunhas, discriminadas por nomes ou ofícios de sorte a lhes conferir autenticidade (VIII, 4), nas menções patéticas ao prisioneiro de guerra — "ó infeliz" — (VIII, 9), e no tom confidencial ao interlocutor — "convém que você seja o único a saber disso" —, que nada tem de segredo, pois o enredador corre em seguida por toda a cidade a propalar o mesmo relato (VIII, 10).

[222] NV, I, 2.

malevolentiae, como a que dirige Cyrano de Bergerac ao "tolo leitor e ao não sábio",[223] mas, sim, numa benevolência de um discurso urbano de circunstância que distende o pensamento de leitores cultíssimos empenhados em obras mais sérias. Por "mais sérias" (σπουδαιοτέρων)[224] se entendem, evidentemente, as que pertencem aos gêneros elevados,[225] como as enumeradas no proêmio (I, 3) ou evocadas nos episódios a fim de serem arremedadas. Por contraste, a obra menos séria de Luciano — nada tendo a ver com a negligência, pois ele insiste no engenho implicado para compô-la —, a cômica, gerada na dissimetria entre a insignificância das coisas narradas e a seriedade afetada do narrador, move o riso, como quando o protagonista peleja contra piratas embarcados em abóboras.

Da Invenção de Navegação

No inventar um relato de expedição naval ao fim do Oceano,[226] investigativo dos que habitam o lado de lá chamados "antípodas",[227] Luciano recorre às autoridades que versaram sobre tais travessias, sendo que suas tópicas, como se disse, fornecem modelos de argumentação adaptáveis aos disparates de uma paradoxologia de viagem.

Essa matéria é assinalada em Homero a propósito das errâncias de Odisseu, que deve atravessar o Oceano e atingir a região dos mortos,[228] como lhe ensina Circe, antes do regresso à Ítaca. A mesma matéria de invenção — cuja fortuna alcança até pelo menos os registros de viagem de Marco Polo, de Jean de Mandeville, de Cristóvão Colombo, associada à exposição das *mirabilia* em *Terra incognita* — circula em escolas de eloquência gregas e latinas, principalmente em exercícios

223 Cyrano de Bergerac escreve "Au Sot Lecteur et Non Sage" a título de prefácio ao *Le Jugement de Pâris en Vers Burlesques* (1648), de Charles Coypeau d'Assoucy. Cf. a reedição, CYRANO DE BERGERAC. *Oeuvres Comiques, Galantes et Littéraires*. Paris: Adolphe Delahays, 1858, p. 107-108.

224 NV, I, 1.

225 Em Aristóteles, o termo σπουδαῖος (apressado, honesto, sério, zeloso, ativo, elevado) recorta os gêneros sérios, fazendo parte tanto da poesia épica (*Poética*, 1449 b, 10), quanto da poesia trágica (ibidem, 1449 b, 25), uma vez que as duas artes são definidas em termos de imitações de ações elevadas.

226 NV, I, 5.

227 Sobre os antípodas, cf. RAINAUD, Armand. *Le Continent Austral. Hypothéses et Découvertes*. Paris: Armand Colin et Cie., 1893, p. 19-35.

228 *Odisseia*, X, 508.

de aconselhamento, conhecidos como declamações deliberativas ou suasórias. Quintiliano alude a uma prática declamatória em que a tarefa do orador consiste em conjecturar sobre se Alexandre Magno lograria encontrar terras além do Oceano.[229] Conhece-se, de Sêneca, o Retor uma suasória dedicada à mesma invenção: Alexandre deve deliberar, diante de um conselho, sobre a referida viagem.[230] O pressuposto é a revolta explicitada por historiadores e biógrafos: tropas macedônias amotinaram-se às margens do rio indiano Hífasis, impedindo Alexandre de continuar suas conquistas, de sorte que ali foi instituída a fronteira oriental do império.[231] A suasória senequiana põe em cena vários declamadores, como membros do conselho militar, a expor argumentos contrários aos desígnios exploratórios de Alexandre.[232] Mas poderia haver, em sentido oposto, declamadores favoráveis ao avanço, a despeito da *hybris* implicada em um mortal querer ir além do que Dioniso e Héracles atingiram em suas campanhas indianas, na hipótese de que isso figurasse na parte inicial da suasória não remanescente.

Essa encenação deliberativa de marujos às voltas com os perigos iminentes de uma expedição transoceânica está em NV: a tripulação, ao se deparar finalmente com a terra dos antípodas, reúne-se e discute o rumo a tomar: explorar, ou não, o novo território que se vislumbra,[233] travando contato com os referidos antípodas, também chamados "antíctonos" segundo teorias que recuam aos Pitagóricos.[234] Estes, julgando ser a Terra esférica e em toda a sua volta habitada, afirmam que os antípodas, segundo o costume helênico, estão situados embaixo, enquanto eles mesmos dizem estar situados em cima,[235] o que

---

229 *Instituição Oratória*, III, 8, 16.
230 SÊNECA, O RETOR. *Suasórias*, I.
231 ARRIANO. *Anábase de Alexandre Magno*, V, 25-29; PLUTARCO. *Vida de Alexandre Magno*, 62.
232 Arriano encena não só a arenga de Alexandre Magno diante de suas tropas fatigadas e desanimadas, no intento de demovê-las do desejo de regresso à pátria (*Anábase de Alexandre Magno*, V, 25-26), como também a de Ceno, porta-voz da insatisfação generalizada, que argumenta em favor do imediato retorno dos Macedônios (ibidem, V, 27). A moral da história transparece no júbilo dos soldados quando o comandante em chefe decide pelo regresso: Alexandre, subjugador de quantos exércitos houve para lhe fazer frente, acabou por ser subjugado unicamente por seu exército (ibidem, V, 29).
233 NV, II, 47.
234 Cf. ARISTÓTELES. *Do Céu*, II, 13, 293a 24.
235 DIÓGENES LAÉRCIO. *Vidas e Doutrinas dos Filósofos Ilustres*, VIII, 26.

suscitou polêmicas, como a que opõe, segundo Plínio, o Velho,[236] os letrados ao vulgo, pois este se pergunta sobre o motivo de os homens instalados na região oposta lograrem ficar em pé, sentença de mão dupla: também os antípodas se admiram com o fato de seus antípodas ainda não terem caído.

Essas tópicas de invenção estão assentadas em categorias discursivas que reproduzem os valores e as hierarquias estabelecidos na *pólis* grega, em que Atenas é a referência, regulando, por extensão, a produção e disseminação dos livros de viagens, os quais põem em questão justamente o que é o outro e o que está alhures. Na base da convenção figura o par antitético heleno / bárbaro,[237] prolongável em séries de mais pares com extensões semânticas análogas, como familiar / estranho, racional / irracional, civilizado/ selvagem, crível / incrível, verdadeiro / falso. Nesse sentido, o lugar-comum por excelência da narrativa náutica é o de que a Grécia está no centro do mundo, cujo ônfalo localiza-se precisamente no santuário apolíneo de Delfos,[238] enquanto no extremo ocidental ficam as Colunas de Héracles, ponto de partida da navegação de Luciano e de seus predecessores, já constante do périplo de Hanão de Cartago e de Cílax de Carianda.[239] Nessa chave, Crates de Malos[240] é um dos gramáticos adeptos da tese segundo a

---

[236] *História Natural*, II, 65.

[237] Em que pese Homero ter vivido muito depois da Guerra de Troia, nele o termo "helenos", segundo Tucídides (*História da Guerra do Peloponeso*, I, 3), ainda não se aplica coletivamente a todos os povos da Hélade — então cognominados "dânaos", "argivos", "aqueus" —, como também em nenhuma parte aparece a palavra "bárbaros", porquanto os helenos não se haviam distinguido por uma designação única em oposição àquela. Sabe-se, entretanto, que Homero (*Ilíada*, II, 867) faz alusão aos Cários de fala bárbara (βαρβαροφώνων). Discutindo este e outros passos homéricos, Estrabão (*Geografia*, XIV, 2, 28) põe em questão a afirmação de Tucídides, contestando ainda o gramático Apolodoro quanto ao uso do termo "barbarófono" relativamente à língua dos cários, tida por ele como muito rude. Estrabão (ibidem, XIV, 2, 28) argumenta que "bárbaros" tinha de início conotação depreciativa, calcada na premissa de que falavam de modo áspero ou rude, pelo que se fixou no léxico como um termo étnico genérico em contraste com os helenos. Mais tarde, porém, devido ao frequente contacto com os bárbaros, já não apareceu aos helenos que isso decorreria de algum traço de aspereza ou defeito do aparelho fonador, mas corresponderia às particularidades inerentes às línguas. Dessa feita, o falar "bárbaro" passou também a significar quem se expressa em helênico, sem pronunciar corretamente as palavras, como os que se iniciam na língua helênica, o que ocorre também com os helenos quando falam um idioma bárbaro.

[238] Tendo implicações igualmente políticas e religiosas, a latinidade transfere a centralidade délfica do mundo para o Lácio, como se entrevê na encomiástica máxima de Ovídio: *Romanae spatium est urbis et orbis idem* ("o espaço da urbe romana e do mundo é o mesmo", *Fastos*, II, 684).

[239] Cf. PONCE, Francisco J. G. *Periplógrafos Griegos I. Épocas Arcaica y Clásica 1: Periplo de Hanón y Autores de los Siglos VI y V a.C.* Zaragosa: Prensas Universitarias de Zaragoza, 2008, p. 75-177.

[240] Cf. PORTER, James. Hermeneutic Lines and Circles: Aristarchus and Crates on the Exegesis of Homer. *In:* Lamberton, Robert; KEANEY, John (ed.). **Homer's Ancient Readers: The Hermeneutics of Greek Epic's**

qual as viagens de Odisseu teriam partido das mesmas Colunas. Com efeito, para além dos promontórios heracleios,[241] que demarcam o fim do Mediterrâneo e o princípio do Mar Ocidental, o Oceano Atlântico, proliferam localidades admiráveis,[242] como a ilha Atlântida de Platão,[243] os Meropes de Teopompo,[244] a região croniana de Plutarco,[245] a insular Tule (*ultima Thule*) de Píteas de Massália.[246]

Tem-se na esteira disso a tópica mais explorada em periplografias antigas: as zonas limítrofes do mundo condensam toda sorte de prodígios.[247] Assim, Heródoto as descreve em termos de excessos: elas possuem o que há de mais belo,[248] pelo que na Índia quase todos os animais são maiores do que os de outras regiões,[249] do mesmo modo na Arábia florescem as plantas mais perfumadas,[250] assim como na Etiópia

Earliest Exegetes. Princeton: Princeton University Press, 1992, p. 67-114.

[241] Louvando os trabalhos finais de Héracles, situados nos confins ocidentais do mundo, Diodoro propõe duas interpretações para o surgimento das Colunas que levam o nome do herói: em uma delas se afirma que ele decidiu levantar com as próprias mãos tais colunas a título de monumento perpetuador de sua expedição. Dessa feita, Héracles acumulou em ambos os extremos continentais (Europa e Líbia) material de aluvião em grande extensão a fim de erguer os promontórios; como havia de início grande espaço entre esses, põe-se ele então a reduzir a largura da passagem marítima até transformá-la em um estreito, impedindo, assim, que as grandes feras (μεγάλα κήτη) escapem do Oceano e passem para o Mar Interior (DIODORO SÍCULO. *Biblioteca Histórica*, IV, 18, 4-6).

[242] Comentando os comentários que Eratóstenes tece sobre as viagens de Odisseu — considera ele que Homero pretendeu situar tal odisseia nas regiões mais ocidentais do mundo, mas que teria abandonado o desígnio tanto por falta de informação precisa sobre essas localidades, quanto por querer exagerar o terrível (δεινότερον) e o prodigioso (τερατωδέστερον) — , Estrabão concorda em parte com a argumentação eratostiniana afirmando que os confins se prestam melhor aos relatos extraordinários (τερατολογεῖσθαι) devido às facilidades que o distante confere à fabricação de falsidades. Contudo, o mesmo Estrabão esclarece — seu interesse é mostrar que os poetas nada fazem por ignorância — que as narrativas maravilhosas ocorrem com não menos frequência em solo grego e em domínios adjacentes (cf. *Geografia*, I, 2, 19).

[243] *Timeu*, 20d - 27b; *Crítias*, 108e - 121c. Sobre a questão, ver o estudo de VIDAL-NAQUET, Pierre. *Atlântida: Pequena História de um Mito Platônico*. São Paulo: Unesp, 2008, p. 21-47.

[244] CLÁUDIO ELIANO. *Histórias Variadas*, III, 18.

[245] *Sobre a Face Visível no Orbe da Lua*, 26 (940F - 942D).

[246] Cf. MUND-DOPCHIE, Monique. La Survie Littéraire de la Thulé de Pythéas. **L'Antiquité Classique**, Bruxelas, nº 59, p. 79-97, 1990.

[247] Plutarco, através de um símile que compara o seu ofício historiográfico com o de outros, lança mão desse lugar-comum na abertura de seu *Vidas Paralelas*, dizendo que os historiadores "empurram para as margens dos mapas geográficos as partes que lhes escapam do conhecimento e ao lado escrevem a causa: 'para além há areais sem água e infestados de feras' ou 'pântano sombrio' ou 'gelo cítio' ou 'mar glacial'; também eu para escrever o *Vidas Paralelas*, tendo percorrido o alcançável por um discurso verossímil e acessível a uma história das ações, poderia bem falar dos mais antigos: 'para além há prodígios, poetas trágicos, mitógrafos, nada aí sendo crível nem claro'". PLUTARCO. *Vidas Paralelas. Teseu*, I, 1-3. Também em Heródoto ocorre algo parecido: sua historiografia se apresenta sob as lentes ampliadas do maravilhoso, mas este, embora disseminado por toda a narrativa, concentra-se principalmente nos livros III e IV, em que são discutidos as regiões finisterras e os povos que as habitam (cf. POLLINI, Airton. Hérodote au Pays des Merveilles. **Histoire Antique & Médiévale**, Dijon, nº 49, p. 34-39, mai./ jun. 2010).

[248] *Histórias*, III, 106.

[249] Idem, ibidem.

[250] Ibidem, III, 113.

encontra-se mais ouro, além de homens de elevadíssima estatura e de longevidade excepcional.[251] Também por isso, as regiões finisterras abrigam figuras monstruosas e povos não menos fabulosos.[252]

Se aos extremos geográficos correspondem temperaturas igualmente extremas, o calor e o frio intensos da Etiópia e dos Hiperbóreos, respectivamente, a centralidade da Hélade lhe confere o melhor de todos os climas.[253] O comentário herodotiano recobre uma premissa que se desdobra topicamente: os helenos são superiores aos bárbaros sob vários aspectos, calcados na primazia do *éthos* e do *nómos*, a começar, evidentemente, pela língua. Como se sabe, "bárbaro", derivado da onomatopeia "bar-bar", quer dizer balbuciar ou falar de modo ininteligível. Em um conhecido passo, Heródoto sintetiza os traços unificadores de todos os povos da Hélade: possuem eles o mesmo sangue (ὅμαιμόν) e mesma língua (ὁμόγλωσσον), santuários e sacrifícios comuns (θεῶν ἱδρύματά τε κοινὰ καὶ θυσίαι), semelhantes costumes (ἤθεά) e modos (ὁμότροπα),[254] o que não evita as contínuas dissensões entre as diversas regiões gregas.[255]

Os *tópoi* etno-geográficos põem à disposição esquemas descritivos variados no compor povos fabulosos, repertoriando-os em terras longínquas quaisquer segundo determinações não só de ordem linguística ou corporal, em que as anomalias anatômicas indiciam traços de bestialidade próprios de gente bárbara, pois também levam em conta os hábitos alimentares, as vestimentas,[256] as práticas matrimoniais e

---

[251] *Histórias*, III, 114.

[252] Sobre a questão da geografia antiga concernente às margens do mundo, cf. ROMM, James. *The Edges of the Earth in Ancient Thought: Geography, Exploration, and Fiction*. Princeton: Princeton University Press, 1992.

[253] HERÓDOTO. *Histórias*, III, 106. Tratando particularmente da Jônia, o historiador esclarece que ela goza do céu e do clima mais favoráveis (Ibidem, I, 142). O ambiente ameno da Jônia ampara teses ulteriores que consideram ser os jônios mais propícios à servidão do que os povos viventes sob condições naturais mais hostis (HIPÓCRATES. *Acerca do Ambiente*, 12. Apud SCHRADER, Carlos. Heródoto. *Historia*. I. Madri: Gredos, 1992, p. 209).

[254] *Histórias*, VIII, 144.

[255] Ibidem, VII, 9.

[256] O rei da Lua identifica Luciano e seus marujos como gregos pelas vestes que portam (I, 11). Quanto às túnicas de vidro e de cobre assinaladas aos costumes de uma etnia selenita (I, 25), ou às de teias de aranha trajadas pelos habitantes da Ilha dos Bem-aventurados (II, 12), isso corresponde, como inversão, à produção de variações fantásticas relativas à indumentária dos povos bárbaros, que a confecciona com diversos materiais. Com efeito, algumas etnias, como os Masságetas insulares e pantanares, vestem-se de cascas de árvores ou de peles de focas (ESTRABÃO. *Geografia*, XI, 8, 7), enquanto outras, como os indianos instalados em localidades mais remotas, usam peças de roupas feitas de junco (HERÓDOTO. *Histórias*, III, 98). Há ainda os que vivem nus e os que

amorosas,[257] os ritos religiosos etc. Nesse sentido, a alimentação e a bebida são critérios balizadores de humanidade e animalidade, pelo que desde Homero a prática da homofagia e antropofagia qualificam sociedades selvagens, como os Lestrigões,[258] ou ainda seres monstruosos, como sereias e ciclopes.[259] Quanto ao regime alimentar grego, ele se baseia no pão, no vinho[260] e no azeite, produtos consagrados aos deuses olímpicos, Deméter, Dioniso, Atena, respectivamente.

Glosando os códigos de civilidade grega, o narrador de NV moteja os modos de vida dos povos helênicos e dos bárbaros, produzindo, como novidade ($\beta\iota\omega\nu$ $\kappa\alpha\iota\nu\acute{o}\tau\eta\tau\alpha\varsigma$),[261] versões teratológicas deles em localidades imaginárias. Embaralhando, com efeito, referências linguísticas e alimentares, apresentam-se diversamente os caracteres dos Pés-cortiças[262] e das Pernas-asnos, pois ambas as etnias falam grego, porém, enquanto os primeiros são corteses, as últimas são cortesãs ávidas por carne humana.[263] Da mesma forma, a homofagia é um dos

usam apenas um cinto de couro ou uma rede de cabelo bem tecida, como ocorre em certas tribos etíopes (ESTRABÃO. *Geografia*, XVII, 2, 1-3).

[257] Sobre esse aspecto, cf. *Notas ao Das Narrativas Verdadeiras*, número 93.

[258] Heródoto refere tribos que comem carne humana, associando essa prática a costumes diversos: os Masságetas (I, 216) e os Issedones (IV, 26) assim se alimentam por razões sacrificiais, enquanto os Padeos (III, 99), por profilaxia; já os Andrófagos o fazem apenas por selvageria (IV, 106).

[259] O canibalismo recua aos primórdios quando Cronos, temendo ser destronado, se põe a devorar sua prole gerada por Reia (HESÍODO. *Teogonia*, 453-476). Ainda na esfera mítica, a idade de ouro dos homens, que até então festejavam com os deuses compartilhando as mesmas refeições, chega ao termo com os ardis de Prometeu: um deles decorre de sua malograda tentativa de enganar Zeus no episódio da partilha do touro imolado; o outro corresponde ao roubo do fogo divino. Jean-Pierre Vernant mostra que a fábula prometeica funda o rito do sacrifício entre os gregos, assim como estabelece as hierarquias doravante vigentes: os homens situam-se entre os deuses — os quais desconhecem a fome, o cansaço, a morte porquanto só absorvem o néctar e a ambrosia — e os animais, que se devoram cruamente uns aos outros (cf. VERNANT, Jean-Pierre. *Mythe et Religion en Grèce Ancienne*, op. cit., p. 79-86). Instalados na posição intermediária, os homens civilizados são os que cultivam os cereais e também consomem carnes cozidas ou assadas dos animais.

[260] Contrastando com o vinho, a cerveja é a bebida associada aos bárbaros, cf. AUBERGER, Janick; GOUPIL, Sébastien. Les "Mangeurs de Céréales" et les Autres. **Phoenix**, Toronto, vol. 64, n° 1/2, p. 56-57, primavera-verão, 2010. As conversações dos simposiastas são regadas de vinho, propiciando-lhes, segundo o tragediógrafo Querémon (*TrGF* 71 fr. 15), não só risada, mas também sabedoria, bom entendimento e bom conselho. Mas a regra de ouro também aqui é moderar a embriaguez inerente ao fermento dionisíaco, muito embora o critério de consumo adequado oscile de acordo com os autores, no que faz sucesso a fórmula do poeta lírico Xenófanes: pode se tomar vinho à vontade contanto que o beberrão consiga voltar para casa por conta própria (fr. 1, 17-18 West). Já o comediógrafo Êubulo demarca a fronteira da convivialidade na terceira cratera, pois a primeira brinda a saúde, a segunda, o prazer e o amor, a terceira, o sono, o que significa que o excesso vinoso leva à insolência, à ira, e até à loucura (cf. SOLER, M. J. G. Grands Mangeurs et Grands Buveurs dans la Grèce Ancienne. **Food & History**, vol. 4, n° 2, p. 51-52, 2006. Disponível em: 10.1484/J.FOOD.1.100081).

[261] NV, I, 3.

[262] Ibidem, II, 4.

[263] Ibidem, II, 46.

critérios a revelar a barbárie dos Ensalmourados,[264] e mais ainda a dos Cabeças-bois,[265] os quais, balbuciadores, só se comunicam por meio de mugidos e acenos, além de desprezarem os ritos de hospitalidade. Já as Mulheres-videiras, tão astuciosas quão sedutoras, habitam uma ilha prodigiosa que ganha contornos de aldeia báquica universal, onde coexistem diversas etnias, evidenciadas pelo multilinguismo delas, porquanto se comunicam, algumas em lídio, outras em índico, muitas em grego.[266]

Medidas, Desmedidas

O viajante Luciano marca seu itinerário recorrendo ora ao nictêmero (intervalo de tempo que abarca um dia e uma noite inteiros, ou uma jornada navegada durante vinte e quatro horas), ora ao estádio, no que mescla duas notações; a que assinala os deslocamentos por nictêmeros constitui o critério mais antigo, já referido por Odisseu em suas errâncias: a terra dos lotófagos, por exemplo, ele só a alcançará depois de nove dias mareando à mercê de ventos terríveis.[267] Mas, ulteriormente, as distâncias também passam a ser contadas em termos matemáticos, sendo o estádio a medida itinerária mais corrente entre os gregos, registrada nos périplos mais antigos, como no de Hanão de Cartago, assim como na historiografia de Heródoto e de Tucídides. Conquanto o estádio seja um critério de avaliação náutica mais preciso, isso não significa ter sido ele padronizado, pois também nesta matéria o consenso passava ao largo: "Cada autor está em desacordo com todos os outros, principalmente no que tange às distâncias [...]", escreve Estrabão.[268] Tal discrepância se aplica ao estádio, pois, como mostra Pascal Arnaud, ele foi uma unidade de medida oscilante, cujo valor variou entre 150 metros e mais de 298 metros, a depender dos

---

[264] NV, I, 35.
[265] Ibidem, II, 44.
[266] Ibidem, I, 8.
[267] HOMERO. *Odisseia*, IX, 82-84.
[268] *Geografia*, VI, 3, 10, C 285.

parâmetros adotados na conversão para milhas e pés.[269] Na convenção antiga, um estádio corresponde a 600 pés, e estes também foram diferentemente avaliados por cada região grega. Aulo Gélio[270] atribui o surgimento dessa convenção a Hércules.[271] Inclinamo-nos aqui, para efeito de conversão, pelo onfálico estádio de Delfos (177, 96 m), porém, pelo arbitrário da convenção, nada impede o leitor de se valer ou do estádio olímpico (192, 50 m) ou do ateniense (184, 86 m), uma vez que o procedimento luciânico produz um inverossímil com exatidão cômica. Com efeito, o narrador aplica o estádio para calcular não só suas itinerâncias (marítimas, terrestres, siderais), mas também para tudo quanto se apresente como colossal, de homem[272] a leme,[273] passando por animal;[274] do mesmo modo, no tocante à quantidade, ele emprega, como se viu, ora miríades, ora quilíades.[275] Quanto aos objetos menores, o narrador os amplifica recorrendo a diversas unidades de medidas (pletro, côvado, côvado régio, braça), convencionalmente empregadas para coisas de escala menor. Usualmente, a medida é usada para unificar, mas Luciano a emprega para heterogeneizar. Assim opera a paradoxologia em NV. Ora, alternar o sistema de medidas aplicado aos objetos não é senão variar a mesma bitola geratriz de incongruências, procedimento irônico por insistir em fornecer medida a tudo o que é desmedido, *ápeiron*, posto como extraordinário: a medida ilustra a desmedida do fantástico. Ela estabelece, por conseguinte, falsa exatidão a contrapelo das precisões empenhadas em discursos historiográficos, geográficos, outros, que visam a instruir sobre distâncias, tamanhos etc. A relevância disso na periplografia é atestada por uma obra chamada *O Estadismo do Grande Mar*, provavelmente ulterior a Luciano, e que mesmo em seu estado fragmentário, indica ser uma compilação de

---

[269] ARNAUD, Pascal. *Les Routes de la Navigation Antique. Itinéraires en Méditerranée.* Paris: Éditions Errance, 2005, p. 85.
[270] *Noites Áticas*, I, 1.
[271] Cf. *Notas ao Das Narrativas Verdadeiras*, número 19.
[272] NV, I, 40.
[273] Ibidem.
[274] Ibidem, I, 30.
[275] Ibidem, I, 13, 15, 16, 20, 27, 31, 36.

documentos de épocas distintas destinados a auxiliar na cabotagem, para a qual fornece distâncias, como diz o título, em estádios.[276]

Considere-se, assim, a braça, uma medida náutica com a qual Luciano afere tanto o comprimento de embarcações,[277] quanto a profundeza do mar congelado.[278] O jogo do verossímil e do inverossímil aparece em ambos os casos: naquele, o autor fornece uma medida verossímil (26 m) para naves inverossímeis quanto ao material de que são feitas, cascas bipartidas de nozes; neste, entretanto, é para um evento meteorológico verossímil, o congelamento do mar, que se aplica uma medida inverossímil: a formação de neve pelágica superior a 530 m de profundidade.

Arena Discursiva

Esquematicamente falando, a pena polemista de Luciano pressupõe a mudança no estatuto da palavra e nas técnicas de produzir persuasão que a acompanham, desenhadas no âmbito da democracia ateniense desde o sexto século com suas instituições deliberativas e jurídicas protagonizadas por magistrados, gramáticos, retores, filósofos, sofistas, dialetas. Marcel Detienne[279] mostra que, antes do advento da democracia e da retórica, a figura do aedo era portadora de um saber mítico-religioso que, infundido pela deusa Mnemosine, celebrava com o seu canto mágico os feitos de heróis e deuses e, tal qual o adivinho, possuía acesso privilegiado ao invisível, de sorte a poder patentear as coisas presentes, pretéritas e vindouras. *Alétheia* enunciava uma verdade assertiva: poder eficaz de instaurar o ser. Por isso, a verdade ainda não se opunha ao *psêudos*, pois tinha seu reverso em *léthe*, silêncio e esquecimento, que, à feição do mítico rio que leva o seu nome, dissolvia a memória no fundo das águas infernais. Com a arena erística e dialética da *pólis* montada e ocupada por sofistas e filósofos, a enunciação ritual de um rapsodo, que, chancelado

---

[276] Cf. ARNAUD, Pascal. *Les Routes de la Navigation Antique*, op. cit., p. 49.
[277] NV, II, 38.
[278] Ibidem, II, 2.
[279] *Les Maîtres de Vérité dans la Grèce Archaïque*. Paris: Pocket, 1995, p. 6.

pelas Musas, assegurava a eficácia do seu relato é então deslocada para o exame da verdade de um enunciado, em relação ao qual o falso está sempre à espreita: o *lógos* em permanente conflito com o *álogos*, como Platão encena em seu *Sofista*.[280] Passa-se então de um regime discursivo[281] marcado pela ambiguidade ou ambivalência — ilustrado pelo adágio hesiódico segundo o qual as Musas sabem dizer muitas mentiras com aparência de verdades, mas também sabem, quando desejam, proclamar a verdade[282] —, para um outro de natureza argumentativa calcado na adequação de uma proposição com sua referência, cuja exigência de não-contradição se revela desde a conhecida tese parmediana: o ser é, o não-ser não é. Em sua genealogia da noção de verdade, Detienne localiza as marcas de um "processo de laicização da fala" antes mesmo das reformas políticas instauradas por Clístenes, na esteira de Sólon, já com a instituição da assembleia militar.[283] No rastro disso, há também a aparição e a disseminação da escrita com seus efeitos na memória coletiva e na prática discursiva. Assim, Platão a tem por nefasta.[284] Já Alcidamante condena os discursos escritos em favor dos improvisados, animados pelo *kairós*.[285]

[280] Cf. PLATÃO. *Sofista*, 238c.
[281] Michel Foucault sintetiza a mudança de paradigma do *lógos* em um passo esclarecedor: "Porque, ainda nos poetas gregos do século VI, o discurso verdadeiro — no sentido forte e valorizado do termo —, o discurso verdadeiro pelo qual se tinha respeito e terror, aquele ao qual era preciso submeter-se, porque ele reinava, era o discurso pronunciado por quem de direito e conforme o ritual requerido; era o discurso que pronunciava a justiça e atribuía a cada qual sua parte; era o discurso que, profetizando o futuro, não somente anunciava o que ia se passar, mas contribuía para a sua realização, suscitava a adesão dos homens e se tramava assim com o destino. Ora, eis que um século mais tarde, a verdade a mais elevada já não residia mais no que *era* o discurso, ou no que ele *fazia*, mas residia no que ele *dizia*: chegou um dia em que a verdade se deslocou do ato ritualizado, eficaz e justo, de enunciação, para o próprio enunciado: para seu sentido, sua forma, seu objeto, sua relação a sua referência. Entre Hesíodo e Platão uma certa divisão se estabeleceu, separando o discurso verdadeiro e o discurso falso; separação nova visto que, doravante, o discurso verdadeiro não é mais o discurso precioso e desejável, visto que não é mais o discurso ligado ao exercício do poder. O sofista é enxotado". FOUCAULT, Michel. *A Ordem do Discurso. Aula Inaugural no Collège de France Pronunciada em 2 de Dezembro de 1970*. Tradução de Laura Fraga de Almeida Sampaio. São Paulo: Loyola, 1996, p. 14-15.
[282] HESÍODO. *Teogonia*, 27-28.
[283] Detienne escreve que a assembleia militar confere "o direito igual de fala para todos os que fazem parte do círculo de guerreiros e podem assim discutir os negócios comuns. Quando a reforma hoplítica, por imposição de um novo tipo de armamento e comportamento na guerra entra nos usos da cidade, por volta de 650 a.C., quando essa reforma favorece a aparição de cidadãos-soldados 'iguais e semelhantes', a fala-diálogo, a fala profana, aquela que age sobre o outro, a fala que busca persuadir e que se refere às questões do grupo, esse tipo de fala ganha terreno e, pouco a pouco, torna obsoleta a fala eficaz e portadora da verdade. Por sua função nova e fundamentalmente política em relação à ágora, o *lógos*, fala e linguagem, vem a ser um objeto autônomo, submetido às suas próprias leis". *Les Maîtres de Vérité*, op. cit., p. 7.
[284] Cf. *Fedro* 274c sqq; Platão, *Carta VII*, 344c sqq.
[285] ALCIDAMANTE. *Sobre os que Compõem Discursos Escritos ou Sobre os Sofistas*, 27-28.

Os relatos de natureza mítica passam então pelo crivo de vários tipos de interpretações atinentes ao seu valor pedagógico, moral, teológico, sendo ora legitimados, como na exegese evemerista,[286] ora refutados. Disso são patentes as teses atribuídas a Xenófanes de Cólofon, seja a que considera, antes do homem-medida protagoriano, o relativismo inerente a todo discurso: "Caso os bois, os cavalos ou os leões tivessem mãos e pudessem pintar e produzir obras com suas mãos, tal qual os homens fazem, os cavalos pintariam figuras semelhantes a cavalos, e os bois pintariam figuras semelhantes a bois, e fariam seus corpos como cada um deles o tem" (DK 21B15). Seja a que, prefigurando Platão, condena moralmente os poetas: "Homero e Hesíodo atribuíram aos deuses tudo o que, entre os homens, é reprovável: roubar, cometer adultérios e enganarem-se uns aos outros" (DK 21B11).

Como Odisseu costuma pôr à prova os seus interlocutores, também os historiadores põem à prova Homero, cujas afirmações são submetidas à demonstração. Com efeito, Heródoto[287] considera ridícula a noção mítica do rio Oceano assimilado a um cinturão caudal a rodear toda a Terra, argumentando que ninguém logrou fornecer evidências disso, no que diverge tanto de Homero, quanto de Hecateu de Mileto, que corrobora a posição homérica. Além de NV, o referido opúsculo *Sobre o Âmbar ou Os Cisnes* adota a mesma via aporética e polemista, pois, ao se recusar, no curso de uma viagem investigativa, a propor interpretação ao mito de Faetonte, plausível ou risível que fosse, Luciano não só brinca com os poetas que cantam a fábula, mas sobretudo com a prática historiográfica de procurar fornecer justificativas razoáveis aos relatos míticos, circunscrevendo-os ao domínio das causas naturais. Com efeito, um prodígio homérico, como Caríbdis, aparece em Tucídides como sendo não mais que "fortes correntes" de um estreito marítimo siciliano.[288] Nesse aspecto, Luciano está menos para a sisudez de Tucídides do que para a jocosidade de Eratóstenes, que, além de medir o perímetro da Terra, mede também a obtusidade dos letrados.

---

[286] Sobre Evêmero, cf. BUFFIÈRE, Félix. *Les Mythes d'Homère et la Pensée Grecque*, op. cit., p. 245-248.

[287] *História*, II, 21, 23; IV, 8, 36.

[288] *História da Guerra do Peloponeso*, IV, 24.

Segundo Estrabão, Eratóstenes considera todos os poetas "declamadores de tolices",[289] e tem igualmente na conta de ridículos os historiadores empenhados em situar as viagens de Odisseu em regiões conhecidas. O mesmo Eratóstenes conclui: só saberemos sobre os lugares que Odisseu teria percorrido durante suas errâncias no dia em que encontrarmos o sapateiro que costurou o odre dos ventos selado por Éolo.[290]

Uma Sofística Samosatense

No *Corpus Lucianeum*, o leque de significações para "sofista" é, como este, desdobrável em múltiplas acepções, em que as negativas, como a de embusteiro ou mentiroso, prevalecem, decalcadas das circunstâncias cômicas em que esteja representado. Em Luciano, com efeito, Pitágoras é alvo constante, pois é chamado de "sofista" e "charlatão"[291] por instituir dieta marcada pelo interdito à carne e à fava, chiste cultivado em NV.[292] Também Aristóteles, educador de Alexandre Magno, é rotulado "sofista" pelo cartaginês Aníbal, que reivindica sua preeminência em relação ao rei macedônico em nome de sua "boa natureza" e não por saber recitar Homero,[293] no que evoca a velha controvérsia entre *physis* (natureza) e *nómos* (lei, convenção, costume). Do mesmo modo, a atitude ambivalente de Sócrates diante da morte lhe confere a rubrica "sofista": em vida e antes de ir ao Hades, ele se mostra indiferente à morte, cedendo, porém, ao pavor quando se depara com Cérbero e as trevas infernais.[294] Já Jesus Cristo, apresentado sob o epíteto de "venerado sofista crucificado",[295] é referido pontualmente em uma biografia burlesca dedicada a Peregrino Proteu, o qual, antes de se tornar filósofo cínico e imolar-se pelas chamas durante os Jogos Olímpicos, converteu-se ao cristianismo quando esteve na Palestina. "Sofista" tem aqui o sentido genérico de líder de seita religiosa, propalador de

[289] *Geografia*, I, 2, 12, C22.
[290] Ibidem, I, 2,15, C24.
[291] *O Sonho ou O Galo*, 4.
[292] II, 24.
[293] *Diálogos dos Mortos*, 12, 3.
[294] Ibidem, 21, 2.
[295] *Da Morte de Peregrino*, 13.

falácias aos fiéis, cuja ingenuidade convida a que se tire proveitos, a esses persuadindo a mudarem atitudes e ideias, de modo a renegarem os deuses gregos e a viverem segundo o regramento cristão. Pelo regramento, os fiéis se consideram irmãos uns dos outros, acreditam na imortalidade, desprezando a própria vida e, por extensão, os bens materiais.[296] A exploração da credulidade da gente simples (ἰδιώταις ἀνθρώποις) por parte de um "charlatão" e "sofista" como Peregrino Proteu, designado também de "novo Sócrates",[297] corresponde à sua habilidade, derivada do nome proteico, em cambiar situações adversas: de seu encarceramento como milagreiro, sobrevém a comoção, do que resulta grande riqueza e muita gargalhada à custa da ingenuidade alheia.

Note-se, de passagem, que o gracejo de Luciano dirigido à primeira cristandade, no que vai de enfiada também o judaísmo e o socratismo, tem consequências: *Suda*, uma enciclopédia constantinopolitana do século X, o acusa de ateu afirmando que ele começa a carreira na Síria e termina a vida no Inferno, onde, com Satanás, vai arder no fogo eterno.[298] Quando Fernando Pessoa diz no poema *Tabacaria* que "as religiões todas não ensinam mais que a confeitaria", ele se insere em uma linhagem nada doce que remete a Protágoras, Demócrito, Epicuro, Luciano. Lembre-se o comentário mais antigo, denegatório, de uma autoridade cristã sobre o escritor dito de Samósata: segundo Lactâncio, conselheiro de Constantino I, Luciano não "poupa nem deuses, nem homens".[299] A fórmula será parcialmente reproposta por Karl Marx ao assinalar dois ocasos dos deuses gregos: se no *Prometeu Acorrentado* de Ésquilo os deuses são "feridos mortalmente", nos diálogos de Luciano eles "morrem comicamente".[300]

A pecha de "impiedade" recai sobre os sofistas e filósofos desde a figura aristofânica de Sócrates em *As Nuvens*. Luciano a reencena, por exemplo, em Anaxágoras, qualificado de "sofista" por se empenhar em convencer seus pupilos de que os deuses não intervêm no plano

---

[296] *Da Morte de Peregrino*, 13.
[297] Ibidem, 12.
[298] *Suidae Lexicon*, Λ 683.
[299] *Divinae Institutiones*, I, 9.
[300] *Para a Crítica da Filosofia do Direito de Hegel*. Introdução.

terrestre.[301] O sofista também corresponde ao argumentador capcioso que excele na justa dialética, pondo a nu as incoerências que amparam as teses contrárias. Nisso, um criminoso de nome Sóstrato, qualificado de "sofista",[302] se defende perante o tribunal de Minos, um dos juízes do Hades, contra a sentença que o mandara jogar ao rio de Fogo, o Piriflegetonte, argumentando serem seus delitos todos involuntários, uma vez que estabelecidos de antemão pelas divinas Moiras. Por isso, em hipótese nenhuma poderia ter ele agido diferentemente, o que significa que as verdadeiras responsáveis são as que na origem prescreveram tal ordem: a culpa é tão só do Destino. Nessa linha, "nobre sofista" designa o titã Prometeu que, "habilíssimo em discursos", defende-se do castigo imputado por Zeus ao lançar mão de uma "exposição sofística".[303]

"Sofista" se inscreve no plano da antiga educação quando define os pedagogos da *pólis* que, à semelhança dos filósofos, instruem os cidadãos a praticar virtudes e a evitar vícios e excessos, segundo o arrazoado de Sólon a Anacársis.[304] Luciano opera igualmente com o étimo quando contrasta σοφισταὶ, os peritos em discursos, e σοφοὶ, o sábio que não se atém à contemplação, pois seu conhecimento teórico não prescinde da prática a serviço da cidade.[305] Como Platão, Luciano equipara os primeiros sofistas, propagadores de um pseudossaber, ao hipocentauro. Afiguram-se mistos: metade feita de filosofia, metade, de charlatanice.[306] A facécia se estende aos professores de eloquência coetâneos de Luciano, aos quais são atribuídos os mesmos interesses mesquinhos e pecuniários, que recaem sobre os primeiros sofistas, achincalhados em consequência da pedagogia inepta que praticam (barbarismo, solecismo, taramelagem etc.), como se vê em *O Mestre de Retórica*, opúsculo em que Luciano, segundo alguns estudiosos, ataca a figura de Pólux de Náucratis, lexicógrafo e sofista lotado na cátedra de retórica de Atenas sob os auspícios de Cômodo.

[301] *Tímon ou O Misantropo*, 3.
[302] *Diálogos dos Mortos*, 30, 3.
[303] *Prometeu ou O Cáucaso*, 20.
[304] *Anacársis ou Sobre os Ginásios*, 22.
[305] *Hípias ou O Balneário*, 2.
[306] *Os Fugitivos*, 10.

Não se esgota, assim, o campo de significação que "sofista" adquire nos discursos luciânicos; mostram os referidos exemplos a dificuldade, senão a impossibilidade de se reduzir Luciano, sempre escorregadio, a uma etiqueta. Parte da crítica, principalmente a moderna, tende a conjurar essa dificuldade taxando Luciano simplesmente de sofista,[307] que ele também é — sobretudo à luz da acepção protagórico-gorgiana de sofista como hábil demolidor de certezas e semeador de dúvidas[308] —, mas não só. Outra parte da crítica o tem igualmente em conta de filósofo, comediógrafo, polemista e moralista, que Luciano também é, mas não só.[309]

A Prosa Paradoxal

Em toda parte, paradoxos. Do título da obra ao último enunciado, é neles e por eles que Luciano conta e comenta, produz paródias, ironias. Suas histórias se movem na circularidade dos paradoxos, eles mesmos de inscrição paradoxal, pois constituem lugares sem história onde as histórias sobrevêm. Segue-se disso que estas, em seus devires-acontecimentos, sempre podem ser outras em relação às relatadas: a reiteração dos temas e das figuras ao longo dos dois livros testemunha a orientação contingente de um discurso de fluidas aparições, que nada totaliza, pois os eventos inacabados escoam das bordas de suas narrações e figuras as de outras igualmente inacabadas. Com efeito, a refrega na besta marinha replica a do espaço sideral, que reverbera nas mais batalhas. Do mesmo modo, as mulheres-videiras ressurgem nas mulheres-asininas, os Cavalos-abutres equivalem aos Cavalos-formigas, os Abóboras-piratas, aos Nozes-nautas e, assim,

---

[307] Como na fórmula "a sophist's sophist". Cf. ANDERSON, Graham. Lucian: a Sophist's Sophist. *In:* WINKLER, John; WILLIAMS, Gordon. *Later Greek Literature.* Vol. XXVII. Cambridge: University Press, 2010, p. 61-92.

[308] Sobre Protágoras e Górgias, cf. UNTERSTEINER, Mario. *A Obra dos Sofistas. Uma Interpretação Filosófica.* Tradução de Renato Ambrósio. São Paulo: Paulus, 2012, p. 25-297.

[309] Um causídico fracassado que se transforma em logógrafo: resume-se, assim, a carreira de Luciano na Suda (*Suidae Lexicon, Λ 683*). Fócio, por sua vez, o vê pelas lentes do ceticismo: se Luciano assume uma crença, ela repousa em nada crer (*Biblioteca*, 128, 96a). Mas, a julgar pelo motejo com a *epokhé* dos céticos (NV, II, 18), os leitores do texto é que são tingidos de ceticismo quando se atribui o ceticismo ao narrador de NV. Conhece-se, enfim, o adágio de Ernest Renan: Luciano é "um sábio perdido num mundo de loucos" (*Marc-Aurèle et la Fin du Monde Antique.* Paris: Calmann-Lévy, 1882, p. 377).

sucessivamente. Quanto às ecfrases, também elas operam de modo especular quando se compara a Cidade-lamparina com a Cidade dos Sonhos. Não menos iterativos se apresentam na narração os nomes dos monstros.

O movimento em ricochete da prosa de Luciano é recebido, por redundante, com reservas pela crítica moderna que assinala o esgotamento da invenção no segundo livro[310] de NV. Nisso, ela aplica um esquema interpretativo exterior ao proposto por Luciano, que, alheio às práticas românticas, desconhece a originalidade. Nesse sentido, a maquinaria inventiva é posta a girar ainda mais na segunda parte do texto com o desdobrar dos primeiros contos nos sucessivos: por meio do cotejo desses, o narrador evidencia que conta histórias semelhantes, recombinando partes das que compõe. Com isso, a invenção de tais pseudo-histórias não tem limites. E como elas espelham autores que narram eventos prodigiosos, estes, consequentemente, serão vistos sob a mesma ótica hiperbólica. Isso evidencia a parcialidade do narrador na eleição das matérias do gênero elevado com que opera, pois, enquanto as narrativas épicas e históricas se valem dos prodígios como ornamentos, Luciano os situa no cerne da narração, que, não tendo por finalidade instruir, nem comover os ânimos, distende e deleita.

Luciano não inventa, decerto, a partir do mundo obscuro do inconsciente baudelairiano: recorre, pois, aos lugares-comuns assentados sobre os testemunhos de viajantes, dos quais se ri, diluindo-os no oceano de jocosidade com que recobre suas próprias aventuras, que se espraiam por todas as partes. O marear de sua nave é indício disso, pois ela, análoga ao andamento vertiginoso do discurso que a põe em cena, singra, rodopia, voa, aterrissa, desliza, encalha, escapa, afunda. Luciano provoca um cataclismo no mar há muito batido dos livros de viajantes, fazendo o seu coriscar nas figuras de assombro continuamente renovado. Em seu narrar errante, o texto dança na sintaxe, borboleteia com palavras de que se serve sem se deixar por

---

[310] OLLIER, François. *Lucien*, op. cit., p. 5. Ver também a apresentação de NV na referida edição Les Belles Lettres: *Lucien, Œuvres*, op. cit., p. 43.

elas agarrar. À beira-mar, Luciano narrador-navegador logra, no avesso do Proteu homérico, esquivar-se dos incautos leitores-exploradores que no texto se aventuram, pois, em vez de lhes fornecer respostas e caminhos, lança-os em enigmas e armadilhas.

Operadora de duplicidade, a paródia é duplamente operante: Luciano começa fazendo paródia dos contos de outrem e, sem abandonar a produção de contos duplicados, faz paródia de si mesmo, quando no curso de sua exposição passa a reduplicar na trama das aventuras sequentes elementos das precedentes. Com o ardil de enredador (λογοποιῶν) penelopiano, Luciano desfaz parte da trama já feita para refazê-la na jornada sequente, no que evidencia que a única imensidão navegável não é outra senão a do próprio discurso, espichando as urdiduras e bordas deste. Donde o propósito, anunciado no início (I, 5), de explorar os confins do Oceano como metáfora náutica de uma narração fronteiriça, porquanto traçante na confluência do *lógos* com o *álogos*.

Atravessado do começo ao fim por façanhas especiosas, NV não se organiza em torno de um relato principal ao qual os mais estejam subordinados: estes encadeiam-se, formando blocos narrativos que, avançando processionalmente, mantêm os laços da afinidade temática. Os episódios se apresentam, com efeito, como módulos intercambiáveis, moldáveis às circunstâncias, de sorte que quase todos podem virtualmente ocupar qualquer lugar no interior da narração, que opera por acúmulo e justaposição.

O leitor nota a disposição muito fluida dos capítulos de NV, que se deslocam nos não-lugares fantásticos, através dos jogos de rebatimentos narrativos que estes potencializam.[311] Com efeito, se Luciano antepusesse o conto da besta marinha (I, 30 - II, 2) ao do mundo lunar (I, 10- 26), ou se invertesse a posição do conto inicial (I, 6- 8) e a do final (II, 46), ou ainda se efetuasse outros tantos rearranjos, que, afetando, embora,

---

[311] Graham Anderson (*Studies in Lucian's Comic Fiction*. Leiden: Brill, 1976, p. 7-11) analisa NV sob a perspectiva estrutural de uma "composição paralela", estabelecendo correspondências entre os eventos narrados no primeiro livro com os do segundo em termos de um encadeamento especular. Essa esquematização interpretativa só em parte sustenta-se, porquanto enrijece um discurso escorregadio como o de Luciano, que admite múltiplas formas de agenciamento, pelo que é menos demarcado por simetrias do que extravasado de assimetrias.

a ordem da exposição, em nada comprometeriam a invenção. Afinal, os episódios correspondem à multiplicidade de efeitos articulados à mesma fantasia poética, que faz proliferar peripécias acerca de regiões fabulosas e povos transoceânicos, ocasiões para a figuração de toda sorte de estranhezas risíveis e expectativas reversíveis. Por isso, os episódios podem ser lidos como capítulos destacados: é o que a fortuna crítica faz quando hipervaloriza a viagem à Lua[312] que, por antonomásia, para alguns designa a obra toda.

Não pondo um ponto final em sua narração, Luciano rompe com a regra de ordenamento vigente desde Platão, que prevê que todo relato, sobretudo o de natureza mítica, deve ter começo, meio e fim. O preceito vale, decerto, para inúmeros tipos de discursos,[313] mas ressalta no mítico por suas exigências de fundo ritualístico ou religioso. Luc Brisson mostra, recenseando passos de diálogos platônicos,[314] que essa forma discursiva toma por modelo o corpo humano vivo: os pés são assimilados ao início de um discurso, o tronco designa o meio, enquanto a cabeça corresponde ao fim. Com efeito, quando se discorre sobre os mitos, não se admite sejam eles "abandonados no meio", como admoesta Sócrates, pois é necessário dar-lhes "uma cabeça, de sorte que não perambulem por aí sem cabeça".[315]

Se, por um lado, Luciano não abandonou seu relato fabuloso no meio, por outro, menos ainda o tem por finalizado. Paragem após paragem, a fabulação itinerante de Luciano recomeça sem cessar e assim prossegue. Opera um discurso em contínuo deslize, rastreável na sombra de outro insinuado como seu duplo, ao qual nega e que, paródico, se faz para se desfazer e de novo se refazer. Esse regime discursivo não obedece, com efeito, a nenhum critério prévio senão ao de decompor tudo quanto incorpora em admiráveis incongruências, apresentando-as como novidades. Com isso, a viagem contada de um modo, pode ser contada de modo inverso, uma vez que a diretriz da narração, indeterminada,

---

[312] Uma das crateras da Lua traz o nome de Luciano.
[313] Aristóteles, entre outros, estende o preceito à obra poética (cf. *Poética*, VII, 1450b).
[314] BRISSON, Luc. *Platon: les Mots et les Mythes*. Paris: Maspero, 1982, p. 72-75.
[315] PLATÃO. *Górgias*, 505d.

ganha forma no ato de narrar que lhe confere sentido no deslocamento, em seu processo de elaboração. Com a abolição da hierarquia, o primeiro evento encenado tem o valor provisório de um abre alas, provisório porque se insere como anterioridade na série para pôr em movimento a máquina de paradoxos, de modo a alimentar a irrupção de mais eventos, os quais, por sua vez, vão dar passagem a outros mais. Nas partes e no traçado geral, NV revela as marcas teratológicas que o constituem como narração que a um tempo dá a ver coisas monstruosas e se dá a ver como monstruoso, porquanto, fragmentário, misturado, aberto, inclusivo, não cessa de juntar disparates que não cabem em uma forma discursiva orgânica, nem se conforma a qualquer *télos*.

À luz de Platão, NV tem as características de uma fábula acéfala, que é também uma fábula multitentacular à luz dos critérios de Luciano, que, varrendo os princípios de unidade, verossimilhança, necessidade e finalidade, a estende sob o signo da multiplicidade, inverossimilhança e contingência, materializadas na reiteração dos eventos extraordinários; nessa tessitura teratológica, cada episódio do livro adquire um grau de independência. O antiplatonismo fica ainda mais patente em NV quando se observa que não deixar a "fábula sem cabeça" (ἀκέφαλος μῦθος) tem seu equivalente na fórmula a "fábula foi salva" (ὁ μῦθος σῴζεται), a qual é igualmente prescritiva de uma narrativa levada a bom termo, assim, encerrada por uma moral. Luc Brisson discute a extensão lexical da última expressão em Platão, levando em conta a dupla significação estampada no termo σῴζεται. Este designa tanto o resultado eficaz ("ser salvo" ou "não ter perecido"), quanto o processo marcado por adversidades ("ter chegado são e salvo"), acepção já presente em textos de historiadores e tragediógrafos.[316] O mesmo Brisson propõe: a "narrativa de um mito é assimilada a uma viagem que constitui um perigo do qual se salva, quando se chega são e salvo a bom porto".[317] O epílogo de NV, sob esse norte, é irremediável: a aniquilação da nave do protagonista metaforiza uma narração que nunca pode, por sua natureza de *álogos*, encontrar algum

[316] Cf. *Platon: Les Mots et Les Mythes*, op. cit., p. 73.
[317] Idem, ibidem.

porto seguro, *i.e.*, ter um *lógos* para chamar de seu. Por conseguinte, moral nenhuma se veicula através das fábulas de Luciano, ao contrário das que Platão propala, portadoras de verdades importadas do mundo das ideias. Com efeito, Sócrates, tendo finalizado sua fábula ($\mu\tilde{\upsilon}\theta\sigma\varsigma$) de Er, assevera que, como ela se salvou ($\mu\tilde{\upsilon}\theta\sigma\varsigma$ $\dot{\epsilon}\sigma\dot{\omega}\theta\eta$), também nós podemos ser salvos se nos fiarmos nela, acreditando na imortalidade da alma, alegorizada nessa fábula.[318] Com a comédia do além-mundo — Ilha dos Bem-aventurados, Ilha dos Ímpios — dirigida às várias doutrinas, Luciano desafina até da cantilena escatológica socrática. Em outros termos, pôr abaixo o mundo transcendente, implica jogar por terra toda a ilusão de redenção no *post mortem*, logo, de destinação assegurada para as almas.[319]

O narrador, na qualidade de enredador ($\lambda o\gamma o\pi o\iota\tilde{\omega}\nu$), é antes de mais nada um perito em tecer novas situações em que se representam coisas desconhecidas. Visto que no desconhecido se encontram as coisas conhecidas, porém, reconfiguradas como inversões, exageros, misturas, o leitor reconhece a programática aplicação dos mesmos preceitos a acontecimentos diferentes, assim como o engenho do narrador, urdidor de tudo nonada.

Nenhuma viagem empírica bordeja a paradoxologia de Luciano. O narrador, consequentemente, é navegante, mas não de mares, apenas de livros de navegações, e as façanhas que estes celebram, como tendo sido vividas por heróis, fornecem a matéria do motejo. Motejo extensivo à prática historiográfica de referir coisas maravilhosas a partir de testemunhos diretos e indiretos. Declarando não ter vivido nem visto nada que fosse digno de menção, Luciano escreve a ficção

---

[318] *República*, 621 c-d.

[319] Em outro discurso, Luciano ridiculariza os ritos fúnebres, começando pelos que se fiam em Homero, Hesíodo e outros que afirmam haver nas profundezas da terra um domínio chamado "Hades", grandioso e tenebroso, assim, nunca penetrado pelo sol. Esses autores imaginam tratar-se, entretanto, de um lugar alumiadíssimo, porquanto julgam ver o que acontece lá dentro (LUCIANO. *Sobre os Funerais*, 2). Ironiza-se igualmente a crença arraigada entre as pessoas de que, quando um ente familiar morre, elas devem inserir um óbolo na boca do falecido a título de pagamento ao barqueiro Caronte, o que conduz ao Hades. Mas, as referidas pessoas, pautadas pelos ritos antigos, agem sem antes terem verificado qual moeda está em vigor no Hades, ou se ali se aceita o óbolo de Atenas, da Macedônia, de Egina. A mesma personagem luciânica avança a hipótese: "Se não será melhor não ter com que pagar a passagem, pois deste modo, uma vez que o barqueiro não os recebe, eles [os mortos], assim recambiados, regressariam à vida" (*Sobre os Funerais*, 10. Tradução de Custódio Magueijo).

sobre a ficção contada por outros. Dessa ficção em segundo grau não se deduz, entretanto, haver qualquer autonomia na ficção de Luciano, como não poucos estudiosos modernos repetem à exaustão. Pois os atos de fingimento consignados no texto, não sofrendo o influxo de uma subjetividade pensante, são produzidos poético-retoricamente.

Mesclando na espessura do texto o que se narra — a sucessão de viagens — ao como se narra — a narração do narrado na forma de comentários que não raro ironizam as mesmas viagens —, Luciano embaralha o papel de narrador-navegador e o de glosador-gozador. Com essa duplicidade enunciativa, o texto apresenta figuras contrastantes — como os peixes de vinho em relação aos do mar, em que estes servem de antídoto para a *vinofagia* que aqueles provocam,[320] indicando que a embriaguez fantástica dos bichos vinosos contrapõe-se à sobriedade icástica dos dos mares piscosos — , bem como emite juízos alternativos sobre a credibilidade atribuível à narração. Luciano declara que a única verdade que diz é mentira[321] e, no sentido inverso, que nunca contara mentira,[322] como também, imbricando as duas posições, que expõe variegadas mentiras, de modo verdadeiro,[323] porém. Regida por esse estilo jocossério, a narração não tem um sentido prévio que a determine, senão a do movimento que a puxa de um lado para outro. Ao longo de todo o relato, Luciano qualifica de admiráveis os aspectos de navegantes e suas naves, enquanto, no final do mesmo relato, traz à cena homens embarcados em cortiças puxadas por golfinhos que, inspecionado a nave luciânica, são tomados de admiração pela forma desta.[324] A ambivalência opera também na Ilha dos Bem-aventurados: o narrador principia por descrevê-la em termos aprazíveis; região onde o tempo parou de correr, pelo que, sendo banhada eternamente pela luz do arrebol, nela nem noite nasce, nem dia, de todo brilhante.[325] Isso não impede, entretanto, que ele narre logo

---

[320] NV, I, 7.
[321] Ibidem, I, 4.
[322] Ibidem, II, 31.
[323] Ibidem, I, 2.
[324] Ibidem, II, 45.
[325] Ibidem, II, 12.

depois as personagens que escapam da mesma ilha ao cair da noite,[326] ou a floresta cerrada nela presente a fornecer sombra para os simposiastas.[327]

Por mais que NV se apresente ambivalente — valida, pois, a coexistência de dois sentidos opostos que alargam a extensão dos paradoxos —, não decorre disso ser ele contraditório, uma vez que o princípio de contradição se aplica a discursos unívocos, fundados em uma substância primeira. Estes têm, com efeito, um ser essencial em nome do qual travam combate contra os que se posicionam em trincheiras conceituais antagônicas — as *Refutações Sofísticas* de Aristóteles fornecem um arsenal argumentativo para os militantes que se escudam com a ontologia —, ao passo que o discurso de Luciano, abolindo de saída o verdadeiro e tendo o verossímil apenas por efeito de superfície, vive na proliferação de não-seres, efetuados por misturas de espécies, gêneros etc. Assim, dos Cavalos-abutres às Pernas-asnos, NV traz as marcas de um variado políptico teratológico: condensando mais de três dezenas de portentos, ele sobressai como o grandíssimo bestiário de Luciano, o qual se equipara, em termos de quantidade, à compilação, não cômica, mas épica, de bestas-feras guerreiras incluídas na hesiódica *Teogonia*[328] e em outros poemas.[329]

---

[326] NV, II, 25. Tal fuga corresponde ao rapto de Helena troiana por Cíniras. A paródia do notório mito motivador da guerra de Troia é ocasião para se produzir novas situações paradoxais. A começar pelo próprio rapto, o qual nada tem a ver com rapto, dado que Helena, enamorada do referido Cíniras, foge por vontade própria, não por um ato de violência, no que Luciano brinca com Górgias, cujo elogio, não menos brincalhão da mesma heroína, opera em favor da inocência dela. O episódio conta também que Helena foi carregada até um barco que disparou veloz (II, 25). Ignora-se, porém, como os raptores puderam realizar a façanha de carregar alguém que nem corpo tem. Por definição, todos os habitantes da Ilha dos Bem-aventurados são incorpóreos, impalpáveis, desencarnados (II, 12). Diz-se, entretanto, que eles "são como sombras [...] em pé" (ibidem). Tal característica ressalta ainda mais em Helena: considerá-la um fantasma que foge com simples mortais em direção a uma ilha de queijo ou de cortiça (II, 25), graceja de certas versões pós-homéricas do mesmo rapto, as quais afirmam que não foi propriamente Helena, mas apenas seu *eídolon* que teria sido transportado a Troia (sobre os simulacros de Helena, cf. CASSIN, Barbara. *Ensaios Sofísticos*. São Paulo: Siciliano, 1990, p. 297-302). François Ollier refere outras incongruências representadas nesse episódio, como a da nave com 50 heróis embarcados com vistas à perseguição dos raptores: trata-se de um embarcação feita de um único tronco de asfódelo, planta associada ao mundo dos mortos que não atinge o tamanho de um arbusto (*Lucien*, op. cit., p. 76-77). Assim, a nave asfodélica, como outras figurações de NV referidas, dá-se a ver prodigiosamente seja através da hipérbole — amplificação para menos: planta de pequeno porte que abriga meia centena de marinheiros —, seja através da impropriedade da matéria vegetal usada em sua confecção.

[327] NV, II, 14.

[328] *Teogonia*, 270 - 336. Sobre esse segmento do poema de Hesíodo, chamado modernamente de "catálogo de seres monstruosos", cf. STRAUSS CLAY, Jenny. *Hesiod's Cosmos*. Cambridge University Press, 2003, p. 151-161.

[329] Feras colossais agrupadas em hostes a travar guerras siderais remontam ao babilônico *Enûma Elish*, em que Tiâmat, a deusa primordial dos Oceanos, engendra monstros, como dragões, homens-peixes e homens-escorpiões (*Enûma Elish*, tabuinha II), postos a combater Marduk, o demiurgo e protetor da Babilônia. Também a hesiódica

Ademais, o nomeado "Luciano" de NV, longe de ser um sujeito empírico, materializa-se como inscrição polifônica que reverbera na enunciação por meio da qual se estabelece a mediação com os leitores. Com isso, a voz jocosséria do narrador intervém na exposição dos eventos, de modo análogo ao que ocorre na sátira menipeia e na parábase de certas comédias aristofânicas, fornecendo através da estilização dialógica indícios de como eles operam:

— Eis a narração que não é menos artificial do que qualquer outra, com a diferença de que nada nela fica oculto sob o véu da ilusão a fim de parecer natural. A regra do jogo é que tudo é jogo ($\pi\alpha\acute{\iota}\gamma\nu\iota o\nu$), artifício, excesso; forjada com a escala desmesurada do inverossímil, ela não elide o cômico das monstruosidades que põe em cena. Assim, a verdade é apenas uma posição discursiva, do mesmo modo que o ser, um efeito do dizer.[330] Como narrativa de navegação, ela difere, intensiva, da de Homero, da de Heródoto, da de Ctésias, da de Iambulo: em termos de fabulação nos prodígios e efetuação de estranhezas, epiditicamente ela sobrepuja as deles.[331] *Das Narrativas Verdadeiras*, movido pela potência do falso, não leva verdadeiramente a parte alguma.

O riso urbano que ecoa na fala do narrador e transparece em seu viso, máscara cômica de contornos epimenidianos, efetua-se no leitor, que, mais do que ler, é lido nas ironias do discurso. Essa máscara é

Teogonia narra, entre outras refregas, a Titanomaquia que opõe Zeus, outras deidades olímpicas e seus aliados, os Hecatônquiros, os Ciclopes, contra Cronos e vários Titãs (*Teogonia*, 617-735). Já a batalha planetária de NV (I, 13-18) põe em cena o tamanho descomunal e a variedade dos portentos épicos, mas também traz a peleja de matriz historiográfica no plano da ordenação dos contingentes envolvidos e da causa do confronto: o envio de colônia. Por nada excluir, o cômico aqui recobre não só o heteróclito das personagens, mas também se amalgama na trama da narração, alinhavada com retalhos de conflagração cósmica, de polemografia medo-peloponésia, além de não pouca zoomaquia, que é conhecida nas letras helenísticas através de vários títulos (*Aracnomaquia*, *Geranomaquia*, *Psaromaquia*, *Galeomiomaquia*), remanescendo textualmente apenas a citada *Batracomiomaquia*. Em relação aos *paignia* zoomáquicos, NV inova nos atributos com a invenção de monstros guerreiros feitos de vegetais, como os Asas-verduras. Lembra-se, ademais, que a fortuna crítica dessa polemografia jocosa encontra-se na Espanha seis e setecentista, onde florescem obras como *La Moschea* de José de Villaviciosa; *La Gatomaquia* de Lope de Vega; *El Poema Imperfecto de La Burromaquia* de Álvarez de Toledo; *La Perromachia* de Nieto Molina; *El Imperio del Piojo Recuperado* do Marquês de Ureña; *El Murciélago Alevoso* do Frade Diego González (cf. BONILLA CEREZO, Rafael; LUJÁN ATIENZA, Ángel. *Zoomaquias. Épica Burlesca del Siglo XVIII*. Madri: Editorial Iberoamericana, 2015).

[330] Sobre a expressão "efeito de dizer": CASSIN, Barbara. *Ensaios Sofísticos*, op. cit., p. 304-309.

[331] Na linha emulativa, Teopompo não apenas censura os diálogos de Platão por "inúteis e falsos" (ATENEU. *Banquete dos Sofistas*, 508c), como também compõe uma paródia da Atlântida platônica (CLÁUDIO ELIANO. *Histórias Variadas*, III, 18). O mesmo Teopompo, pautado pelo modo de narrar fábulas em sua obra histórica, julga ir além de Heródoto, Ctésias, Helânico e outros que versaram sobre a Índia (ESTRABÃO. *Geografia*, I, 2, 35).

só uma entre as inúmeras disseminadas nas obras de Luciano, que se vale, ocasionalmente, para os mesmos propósitos irrisórios, da figura de Menipo de Gadara. Pois o filósofo cínico também protagoniza expedições fabulosas, ora subindo ao Olimpo,[332] ora descendo ao Hades. A catábase se explica: como nenhum filósofo consegue fornecer resposta convincente para a questão sobre a melhor forma de vida, o Menipo luciânico se lança ao reino dos mortos a fim de consultar Tirésias, que, por sua vez, lhe confia, entre risos, o segredo da vida: "A única coisa que você deve buscar é gozar do momento presente, rir muito, correr sempre e não levar nada a sério".[333]

O riso é, decerto, o afeto preponderante nas obras luciânicas, seja ele sem dor, como em NV, seja ele com dor, como em *Da Morte de Peregrino*. Mas o riso não escapa do riso de Luciano, quando é enaltecido como singularidade do homem em detrimento dos outros animais, desprovidos de tal capacidade. Aristóteles é peremptório: "Nenhum animal ri, exceto o homem",[334] ao que Luciano responde: o homem ri, ao passo que o asno não ri,[335] mas este também não perde tempo construindo casa, como tampouco se arrisca viajando em barco.[336] Ainda mais se o propósito marítimo for levado ao extremo, como o do narrador-navegador de NV de chegar aos confins do Oceano e de conhecer os antípodas.[337] Quanto ao primeiro propósito, a máxima latina adverte: "Ao final de tudo, o Oceano; ao final do Oceano, nada".[338] A respeito do segundo propósito, é no comentário de uma personagem de Luciano que fica implícito o despropósito de se aventurar tão longe para discorrer sobre algo que se revela tão perto, duplicidade. Assim,

---

[332] LUCIANO. *Icaromenipo ou Sobre as Nuvens*.
[333] LUCIANO. *Menipo ou A Descida*, 21.
[334] ARISTÓTELES. *Das Partes dos Animais*, III, 673a.
[335] LUCIANO. *Vidas em Leilão*, 26.
[336] Em que pese o narrador de NV não ser caudatário do atomismo de base autarcista, ele prolonga, no âmbito da comédia, a tópica do riso de Demócrito, segundo a qual este filósofo, tido como louco, considera todas as coisas humanas triviais. Retorquindo o médico Hipócrates (cf. a carta 19 do *Corpus Hippocraticum*), Demócrito diz que se ri das desrazões dos homens com seus desejos pueris e sofrimentos inúteis, pois, sendo gananciosos, invejosos, volúveis, eles buscam a todo custo dominar o mundo sem nunca terem conseguido dominar-se a si mesmos. Os argumentos democritianos apresentam um denominador comum: as ações humanas são marcadas por incongruências e falta de discernimento, como a que leva os marinheiros, por audaciosos, a lançarem-se ao mar levando carga valiosa; audácia ridícula porque não raro acaba sendo tragada pela voracidade do mar.
[337] NV, I, 5.
[338] SÊNECA, O RETOR. *Suasórias*, I, 1.

ao estudioso (*physicos*), que estava a dissertar sobre os antípodas, a referida personagem o conduz a um poço e, mostrando-lhe a própria sombra na água, pergunta-lhe: "São estes, porventura, os antípodas de que você fala?".[339]

Não deixa de ser paradoxal constatar que NV, onde raramente surgem cenas de casais amorosos e de raptos — elementos nucleares dos assim chamados "romances antigos" —, seja, mesmo assim, assimilado ao romance grego pela crítica. Pierre-Daniel Huet, o inventor seiscentista do romance antigo, define, em seu *Traité de l'Origine des Romans* (1670), os romances (*romans*) como "ficções de aventuras amorosas, escritas em prosa com arte para o prazer e a instrução dos leitores". Mas a filologia alemã dá um passo além com Erwin Rohde, amigo de Friedrich Nietzsche. Enquanto Nietzsche põe por terra os idealismos em filosofia, Rohde idealiza, em seu *Der Griechische Roman und Seine Vorläufer* (1876), um gênero romanesco na Antiguidade à luz da Segunda Sofística filostratiana e de mais referências. Em outros termos, o que para autoridades antigas constitui apenas uma das matérias ficcionais que espraia-se por distintas formas narrativas, passa a ser positivada por especialistas modernos como um gênero literário autônomo, no que unificam sob uma categoria estilística algo que se apresenta múltiplo, combinatório, transitivo. Sabe-se, além disso, que "literatura" é uma invenção romântica e que os escritores antigos intitulados "romancistas" nunca se intitularam romancistas. Destarte, Fócio (*Biblioteca*, 94) qualifica de "*dramatikón*" a obra de Iâmblico (*Babilônicas*), de Aquiles Tácio (*Leucipe e Clitofonte*) e de Heliodoro (*Etiópicas*), todas elas articuladas por intriga amorosa (*erotikón*), sendo o *erotikón* uma modalidade de operar com o *dramatikón*, o qual, por sua vez, também nomeado de "*plasmatikón*", opera, ao lado do *mitikón*, do *historikón,* do *politikón,* no interior do grande gênero chamado "*diégema*", que os latinos traduzem por *narratio*.[340] Vale dizer que o *erotikón* opera igualmente na esfera do *mitikón* e do *historikón*. Não é à

[339] LUCIANO. *Vida de Demônax*, 22.
[340] Cf. HERMÓGENES. *Progymnasmata. Sobre a Narração;* AFTÔNIO. *Progymnasmata. Sobre a Narração;* CÍCERO. *Da Invenção,* I, 19, 27; QUINTILIANO. *Instituição Oratória,* IV, 2, 31.

toa que Cáriton de Afrodísias, já no prólogo do seu *Quéreas e Calírroe,* lança mão do modelo historiográfico tucididiano. Lembra-se, enfim, que Pierre Grimal inclui *Das Narrativas Verdadeiras* no rol de obras que traduz sob o título de *Romans Grecs et Latins* (1958).

A potência do falso, operatriz de ficções, é chamada por Górgias "artes duplas" (δισσαὶ τέχναι),[341] ficando igualmente conhecida como paralogismo, outra designação que a Antiguidade dá aos paradoxos. Aristóteles faz remontar o emprego poético do paralogismo a Homero, afirmando ter este ensinado os demais poetas a contar falsidades como se deve. Aristóteles[342] entende aqui o paralogismo em termos de falsa ilação, que, faz julgar erroneamente na suposição de implicação do consequente no antecedente, estabelecendo uma relação entre acontecimentos que não tem verdadeiramente um nexo causal. A título de exemplo, Aristóteles aduz a odisseica cena do banho.[343] Quanto a Luciano, ele discerne os usos do paralogismo, tendo-o por um discurso *psêudos* que corre em paralelo, logo, desviante, do que se julga ortótico. Pois, se o *psêudos* é justificado em poesia e em prosa fantástica, como licença assegurada para fabular coisas impossíveis,[344] é, contudo, condenado em outros gêneros discursivos. É o que ocorre em *Hermótimo*, em que o paralogismo é apresentado como mais um exemplo de arrazoado falacioso, visto que o propósito desse diálogo luciânico, de moldura cética, é mostrar a um estudante dedicado à filosofia ser impossível aderir a qualquer escola de pensamento, por convincente que ela se apresente à primeira vista: as filosofias reivindicam haver encontrado a verdade, mas nenhuma delas a detém. Suas premissas, por dogmáticas, não passam de quimeras. Dessa feita, o interlocutor do referido estudante Hermótimo argumenta paralogisticamente:

---

[341] Cf. *Elogio de Helena*, 10.
[342] *Poética*, 1460a 19.
[343] HOMERO. *Odisseia*, XIX, 164-250. Além do paralogismo que incide no consequente, Aristóteles discerne mais categorias de paralogismos (*Refutações Sofísticas*, 166b20 - 167a20), como o que toma o relativo pelo absoluto, o acidente pelo sujeito etc.
[344] *O Amigo da Mentira ou O Incrédulo*, 2-3; NV, I, 3-4.

Se um desses poetas atrevidos disser que houve uma vez um homem com três cabeças e seis mãos, e se tu, logo de início, aceitares a coisa pacificamente, sem examinares se isso é possível, mas, pelo contrário, lhe deres crédito, ele poderá, desde logo, ir acrescentando tudo o mais que daí resulte: que o dito homem tinha também seis olhos, seis orelhas, emitia simultaneamente três sons de voz, comia com três bocas, tinha trinta dedos, diversamente de qualquer de nós, que tem dez em ambas as mãos; e se tivesse de ir à guerra, três das mãos seguravam, respectivamente, um escudo ligeiro, um escudo oval e um escudo redondo, enquanto, das outras três, uma brandia uma acha, outra arremessava uma lança, e outra usava uma espada. E quem é que depois duvidaria das suas palavras? Na verdade, elas estão conformes com a premissa inicial, e a respeito desta é que se impunha ponderar, desde logo, se havia [ou não] que aceitá-la e admiti-la como válida. Ora, uma vez que concedas essas [primeiras] características, as restantes decorrem daí, nunca mais param, e já não é fácil pô-las em dúvida, visto estarem conformes e em concordância com a premissa inicialmente admitida.[345]

Evidenciam-se aqui os fundamentos da narrativa incrível com os infindáveis desdobramentos que ela pode atingir. Nesse sentido, Luciano prolonga fantasticamente por mais de oitenta capítulos de *Narrativas Verdadeiras*, ou quarenta de *O Amigo da Mentira*, o que formula sinteticamente em um fragmento de *Hermótimo*.

[345] LUCIANO. *Hermótimo*, 74. Tradução de Custódio Magueijo.

ANEXO

Sobre Kêτος

Traduções de *Das Narrativas Verdadeiras*, das mais antigas, quinhentistas, às mais recentes,[1] coincidem em pelo menos um aspecto: o de κῆτος reduzido a "baleia"[2] e seus análogos vernaculares:[3]

"*Balena*" (1525);[4] "*ballena*" (1551);[5] "*baleine*" (1583);[6] "*ballena*" (1617);[7] "*baleine*" (1654);[8] "*ballena*" (1729);[9] "*baleine*" (1787);[10] "*baleine*" (1788);[11] "*balena*" (1834);[12] "*balena*" (1862);[13] "*baleine*" (1866);[14] "*baleine*" (1934);[15] "*baleine*" (1958);[16] "*balena*" (1971);[17] "*ballena*" (1981);[18] "baleia" (1981);[19] "baleia" (1985);[20] "balena" (1995);[21] "*ballena*" (1998);[22] "*baleine*"

[1] Enumeram-se cronologicamente as versões que repertoriam *kêtos* em português, castelhano, francês e italiano. As referências completas das traduções consultadas figuram na bibliografia.

[2] O parâmetro é sempre I, 27: a primeira ocorrência do termo κῆτος na narração.

[3] Desconsideram-se, com efeito, as versões latinas da obra, pois nelas é grafado o homônimo *cetus*, como se lê, por exemplo, nas de Tifernate (1475), de Bracciolini (1546) ou de Dindorf (1842).

[4] Niccolò da Lonigo.

[5] Francisco de Enzinas, considerado o primeiro tradutor castelhano da obra sob o título *Historia Verdadeira*, suprime de sua versão, em I, 27, o passo em que Luciano menciona ter deixado os presentes que recebera de Endimião na besta marinha. Relativamente ao episódio, o tradutor escreve que os navegantes teriam encontrado em alto-mar "*muitas bestas como se fossem baleias mui grandes*". No transcorrer do episódio, *kêtos* é frequentemente traduzido por "*ballena*".

[6] Filbert Bretin.

[7] A tradução de Juan de Aguilar Villaquirán, feita a partir de edições latinas e da versão italiana de Niccolò da Lonigo, interpreta livremente o referido trecho (I, 27), a ponto de alterar o texto grego, porquanto menciona que os presentes oferecidos na Lua aos tripulantes da nave perderam-se "no mar", não no "*kêtos*" como escreve Luciano. E quando trata propriamente do episódio, Villaquirán adota frequentemente o termo *ballena*, cambiando-o, entretanto, às vezes por *bestia* e por *monstro*.

[8] Nicolas Perrot d'Ablancourt.

[9] Francisco de la Reguera.

[10] Jean Massieu.

[11] Jacques Nicolas Belin de Ballu.

[12] Guglielmo Manzi.

[13] Luigi Settrembrini.

[14] EugèneTalbot.

[15] Émile Chambry.

[16] Pierre Grimal.

[17] Ugo Montanari.

[18] Andrés Espinosa Alarcón.

[19] Aníbal Fernandes.

[20] Custódio Magueijo.

[21] Maurizia Matteuzzi.

[22] Carlos Garcia Gual.

(2002);[23] "*baleine*" (2003);[24] "*ballena*" (2007);[25] "baleia" (2008);[26] "*baleine*" (2012);[27] "baleia" (2012).[28]

Divergindo delas,[29] propõe-se aqui o composto "besta marinha", que acolhe a latitude semântica e a profusão imagética de *kêtos*; assim, não se o limita a uma das categorias mastozoológicas, evitando-se associá-lo ao animal existente, a baleia. *Grosso modo*, cinco aspectos enfeixam-se no *kêtos*: figura pavorosa;[30] bicho aquático, eventualmente terrestre;[31] predador insaciável;[32] corpo gigantesco; forma cambiante, variável dos peixes aos cavalos, das serpentes às lacraias,[33] dos mamíferos marinhos aos animais mistos. Por isso, "besta marinha" não prefigura o imaginário do leitor, nem domestica o bestiário do autor, acolhendo, ainda, as definições perifrásticas da lexicografia antiga: Elio Herodiano qualifica *κῆτος* de "grande animal marinho";[34] algo semelhante se lê na *Suda*, qualificando *κῆτος*, "fera (*θηρίον*) marinha polimorfa (*πολυειδές*)".[35]

Como na Suda, em Luciano *kêtos* e *thêrion* são sinônimos, por qualificarem em NV o mesmo monstro que engole a nave do protagonista. O uso do *θηρίον* se explica: também ele é polissêmico,[36] no

23 Claude Terreaux.
24 Guy Lacaze.
25 Pilar Gómez; Francesca Mestre.
26 Lucia Sano.
27 Jacques Bompaire.
28 Gustavo Piqueira.
29 Em seu comentário, Ollier considera *κῆτος* um "monstro marinho", mas em seguida o refere em termos de um "cachalote", argumentando que o mesmo bicho tem dentes (*Lucien*, op. cit., p. 37).
30 Sobre as adversidades enfrentadas pelos pescadores, Opiano afirma (*Haliêutica*, I, 48) que eles tremem de horror frente as intempéries do mar e com as bestas marinhas (*κήτεα*). O mesmo autor (I, 360) acrescenta que as bestas marinhas (*κήτεα*) causam pavor a quem as vê.
31 Diodoro Sículo escreve que uma região pantanosa da Arábia alimenta manadas de elefantes, assim como outros animais terrestres monstruosos (*ἄλλα ζῷα κητώδη χερσαῖα*), biformes, de aparência estranha (*Biblioteca Histórica*, II, 54).
32 "As bestas (*κήτεα*) que se alimentam nos mares são numerosas e de tamanho desmesurado. Não sobem com frequência à superfície, pois, devido ao seu peso, habitam a profundeza marinha e, sempre famintas, enfurecem-se incessantemente por comida. Nunca cedem à voracidade do seu terrível estômago, pois qual alimento seria suficiente para preencher a cavidade do seu ventre, ou para satisfazer e deter suas mandíbulas insaciáveis?". OPIANO. *Haliêutica*, V, 46.
33 Cláudio Eliano considera a lacraia (*σκολόπενδρα*) não apenas uma besta marinha (*θαλάττιον κῆτος*), como também uma das maiores bestas (*μέγιστον κητῶν*), de sorte que, ao surgir na praia, ninguém se atreve a encará-la. Segundo o mesmo autor, ela tem cauda plana, semelhante à da lagosta, sendo que em tamanho, pode-se compará-la a uma perfeita trirreme (*Da Natureza dos Animais*, XIII, 23).
34 *Partitiones*, 66, 1: *Kêtos (κῆτος):* grande animal marinho, daí *kêtodes (κητώδης)*, grande peixe.
35 *Kappa*, 1555.1: <*Κῆτος*> *θαλάσσιον θηρίον πολυειδές*.
36 Cf. ZUCHER, Arnaud. *Les Classes Zoologiques en Grèce Ancienne: d'Homère (VIIIe av. J.-C.) à Élien (IIIe ap. J.-C.).* Aix-en-Provence: Presses Universitaires de Provence, Col. Héritages méditerranéens, 2012, p. 67.

que se aplica a muitos animais, mormente selvagens,[37] pequenos e grandes, naturais e imaginários. Em Políbio, ele designa alguns elefantes de Asdrúbal, mortos em campo de batalha contra os romanos;[38] em Heródoto,[39] o termo refere os monstros que habitam o trecho marítimo junto ao Monte Atos: estes devoraram não poucos marinheiros persas quando a frota deles foi parcialmente destroçada pela borrasca. Já em Platão, o referido termo especifica Tífon,[40] enquanto em Aristóteles, o não menos monstruoso Marticora. É Aristófanes que se ri do aspecto ameaçador de Empusa: fera enorme ($\theta\eta\rho\acute{\iota}o\nu$ $\mu\acute{\varepsilon}\gamma\alpha$),[41] com o rosto coberto de fogo e pernas heteróclitas, das quais uma é de bronze, e a outra, de merda bovina.[42] Cagado de medo, o deus Dioniso fica com a veste tingida de amarelo e foge de Empusa, que pode assumir todas as formas, afigurando-se ora como boi, ora como mula, ora como mulher, ora como cão.

Também em Luciano, $\theta\eta\rho\acute{\iota}o\nu$ tem acepções múltiplas; com efeito, designa algumas espécies de serpentes, como a víbora[43] e a dípsade,[44] assim como a aranha,[45] a manada de elefantes,[46] o grifo,[47] os monstros[48] que Héracles extermina e, não menos, os homens.[49] Já em NV, o vocábulo caracteriza os animais fantásticos de tamanho colossal e surge já no proêmio da obra como uma das matérias fabulosas sobre

[37] Como explica P. Chantraine, (*Dictionnaire Étymologique de la Langue Grecque*, op. cit., p. 435), $\theta\eta\rho\acute{\iota}o\nu$ deriva de $\theta\acute{\eta}\rho$ e, apesar do sufixo, só formalmente é seu diminutivo, ainda que $\theta\eta\rho\acute{\iota}o\nu$ também designe pequenos animais, como as abelhas (TEÓCRITO. *Idílio*, XIX, 6). Ele se impõe antes como substituto de $\theta\acute{\eta}\rho$, tanto no jônico, quanto no ático. Por ser um qualificativo geral para "animal feroz ou selvagem" (BAILLY, A. *Dictionnaire Grec Français*. PARIS: Hachette, 2000, p. 936), $\theta\eta\rho\acute{\iota}o\nu$ aparece, por vezes, em chave opositiva, nos casos em que se distingue o homem do animal, o civilizado do selvagem, o racional do irracional, como se vê em Aristóteles (*Ética a Eudemo*, 1215b), bem como em Diógenes Laércio (*Vidas e Doutrinas dos Filósofos Ilustres*, I, 33), que, comentando a doutrina de Tales, atribui a este um pensamento segundo o qual a Fortuna ($T\acute{\upsilon}\chi\eta$) lhe havia propiciado três vantagens, das quais a primeira é de ter nascido homem ($\ddot{\alpha}\nu\theta\rho\omega\pi o\varsigma$) e não animal ($\theta\eta\rho\acute{\iota}o\nu$).
[38] POLÍBIO. *Histórias*, XI, 1, 12.
[39] *Histórias*, VI, 44.
[40] *Fedro*, 230a.
[41] ARISTÓFANES. *As Rãs*, 288.
[42] Ibidem, 295.
[43] *O Amigo da Mentira ou O Incrédulo*, 11.
[44] *As Dípsades*, 6.
[45] *Elogio da Mosca*, 5.
[46] *Zêuxis ou Antíoco*, 10.
[47] *O Navio ou Os Desejos*, 44.
[48] *Zeus Trágico*, 32.
[49] O vocábulo se aplica a filósofos em dois casos: um deles é um cínico censurado por levar uma vida de bicho (*Cínico*, 12); o outro é Aristóteles chamado de "fera aprisionada" (*Os Ressuscitados ou O Pescador*, 2).

a qual filósofos, historiadores e poetas versam: "As enormidades das feras" (θηρίων τε μεγέθη).[50]

Thêrion é mais abrangente que *kêtos*, que só é frequente no episódio da besta marinha, onde mais aparece; aqui, em onze ocorrências o narrador chama ao monstro κῆτος, ao passo que em outras quatro, θηρίον, o qual, não apresenta singularidades nas situações em que é referido,[51] o que não impede de se jogar com esses termos. O episódio começa quando os navegantes, após longa viagem sideral, regressam ao mar; este, ao cabo de poucos dias, está infestado por toda a sorte de monstros, como "feras (θηρία), muitas bestas marinhas (κήτη) como também outras (μὲν καὶ ἄλλα)",[52] sendo que o maior deles mede uma quilíade e quinhentos estádios.[53] Enumerados, *thêrion* e *kêtos* nomeiam bichos marinhos distintos, mas, no decurso da narrativa, ambos os termos, como se disse, convergem para só qualificar o maior deles. A besta marinha que traga a nave e os navegantes é também a fera (θηρίον) que devora muitas feras (πολλὰ θηρία):[54] de devoração em devoração, também são deglutidos os nomes dos dois monstros, que, por muito reiterados ao longo do relato, acabam por perder a particularidade de sua designação.

Atestado desde Homero, *kêtos*[55] marca presença não apenas nos discursos de gênero alto — epopeia, tragédia, historiografia —, mas também nos chamados "instrutivos e didáticos" — zoologia, astrologia, medicina, venatória —, e não menos nos de gênero baixo, pois, além de figurar numa comédia de Aristófanes,[56] ele ressalta em Luciano:

---

[50] NV, I, 3.
[51] Assim, na primeira conversa que travam (I, 33), Luciano e Cíntaro designam o animal, no interior do qual se encontram aprisionados, uma fera (θηρίον). Em outro momento (I, 40), tendo ouvido muito barulho oriundo do mar, Luciano e seus companheiros decidem subir à boca da fera (θηρίον) e, ficando aquém dos dentes dela, observam a batalha das ilhas-naves em pleno mar, vencida pelos guerreiros de Centauro-éolo (I, 42), os quais não só erigem um troféu sobre a cabeça da besta marinha (κῆτος), como também decidem acampar nela (θηρίον) durante a noite.
[52] NV, I, 30.
[53] Ibidem.
[54] Ibidem, I, 31.
[55] O adjetivo, muita vez substantivado, κητώδης tem um campo de significação equivalente ao substantivo κῆτος. ZUCKER, Arnaud. *Les Classes Zoologiques en Grèce Ancienne*, op. cit., p. 65.
[56] Na parábase de *As Nuvens*, 556, Aristófanes fala em uma velha bêbada a dançar o córdax e a ser devorada por um monstro marinho (κῆτος).

kêtos é a um tempo personagem e cenário do segundo episódio mais extenso de NV.

Figurado aqui e ali em diversas narrações, *kêtos* é coadjuvante nos ciclos narrativos de Perseu, de Héracles, de Jonas. Em Aristóteles, como veremos adiante, ocorre uma viragem conceitual, pois este discute *kêtos* não mais como um animal fantástico, mas como um gênero animal, como até hoje vigente: o cetáceo, considerado em termos de fisiologia e taxionomia. Quanto aos tratados médicos, estes reduzem-no ainda mais: *kêtos* não é senão carne, nem sempre suculenta, ainda que o interesse recaia em suas propriedades alimentares.[57]

Dos *kétea*, aliás, quase tudo se aproveita: de sua gordura se obtém óleo;[58] de seus nervos, cordas para harpas e instrumentos de guerra;[59] de sua carcaça, estrutura de casas, pois, segundo consta, as bestas marinhas que encalham e morrem na praia são desmembradas pelos nativos, que dos ossos delas se servem na construção de suas moradas, dos quais, os dos flancos usados como vigas, e os das mandíbulas, como portas.[60]

Em Homero, *kêtos* é recorrente, mas não tem forma precisa, porquanto nenhum atributo físico dele se menciona: ligado ao mar e quase sempre aos deuses, *kêtos* surge ora sozinho, ora em grupo, ora predador, ora presa, ora enfim a participar em um cortejo. Na *Odisseia,* o termo refere: os grandes animais que, a exemplo dos golfinhos e dos cães-marinhos, são caçados por Cila;[61] o monstro enorme (κῆτος μέγα) que Odisseu teme lhe seja enviado por algum deus como um castigo;[62] as focas de Proteu.[63] Já na *Ilíada,* o mesmo termo se aplica

57 ORIBÁSIO, em *Coleções Médicas,* II, 57, afirma que os cetáceos (κητωδῶν), como as focas (φῶκαι), as baleias (φάλαιναι), os golfinhos (δελφῖνές), os peixes-martelo (ζύγαιναι), os grandes atuns (θύννων οἱ μεγάλοι), os galhudos (κύνες), assim como os que se lhes assemelham, têm a carne dura, além de serem impregnados de maus humores e de matérias excremencias; por isso só são comidos depois de salgados. Argumento semelhante se lê em Galeno (*De Alimentorum Facultatibus,* III, 738). Também em chave culinária, Heródoto (*Hist.,* IV, 53) conta que o sal cristaliza-se naturalmente na foz do rio Borístenes; este fornece grandes peixes (κήτεά τε μεγάλα) sem espinhos, chamados "esturjões", para a salga.

58 CLÁUDIO ELIANO. *Da Natureza dos Animais,* XII, 41.

59 Idem, Ibidem, XVII, 6.

60 ARRIANO. *Anábase de Alexandre Magno,* VIII, 30.

61 HOMERO. *Odisseia,* XII, 97.

62 Idem, Ibidem, V, 421.

63 Menelau conta a Telêmaco (*Odisseia,* IV, 332 sqq) que, graças a artimanha de Idoteia, ele e três companheiros puderam se esconder nas areias da ilha egípcia de Faros sob a pele de focas recém-esfoladas por ela. Assim,

tanto ao monstro feroz que persegue Héracles, o qual só encontra refúgio nas muralhas de Troia,[64] quanto aos animais, nada terríveis, que acompanham a viagem de Posídon pelos mares.[65]

Em Hesíodo, registra-se a variante Κητώ: nome próprio a especificar uma divindade marinha primordial,[66] filha de Ponto e Gaia, que copula com o próprio irmão, Fórcis, e engendra uma prole portentosa formada por Equidna e pelas Graias, Górgones.[67]

As quatro acepções correntes de *"kêtos"*[68] são: (1) monstro marinho; (2) grandes peixes; (3) animais, principalmente os mamíferos da família dos cetáceos; (4) constelação austral. Com a flutuação de acepções, *kêtos* se define pela especificidade do termo em cada narrativa, levando-se em conta o gênero discursivo que a ele se remete; assim, regida pelo admirável, a primeira acepção figura em epopeias, tragédias, como também em comédias. Já a segunda acepção, por sua abrangência morfológica, pode transportá-lo para a primeira ou para a terceira; esta, por sua vez, se restringe à história natural. Quanto à última acepção, astronômica ou astrológica, deriva ela da primeira, porque, ao morrer em combate contra Perseu, *kêtos* transforma-se na constelação homônima — a fim de memorar a façanha do herói —, formada por treze brilhantes estrelas, demarcadoras da silhueta desse portento no firmamento.[69]

A primeira acepção é, por conseguinte, a mais corrente em textos e imagens, de Homero aos bestiários hoje conhecidos como "medievais".

quando Proteu chega à praia para tomar sol e verificar suas focas, não os viu disfarçados. Ao se deitar na areia, Proteu é agarrado por eles de tal sorte que, mesmo se transformando em vários seres, não logra escapar. Menelau o solta com a condição de que ele, vaticinador, conte-lhes como poderiam regressar à Esparta. Κῆτος é aqui empregado duas vezes: a primeira é quando Idoteia insere ambrosia nas narinas dos heróis a fim de anular o cheiro desagradável das focas (κῆτος) esfoladas; a segunda, quando Proteu passa em revista as focas (φώκη) deitadas na praia, acrescentando na contagem os heróis ocultos sob as peles de focas (κῆτος).

[64] HOMERO. *Ilíada*, XX, 147.

[65] Idem, Ibidem, XIII, 28. Nesse passo, uma vez mais o vocábulo se presta a interpretações divergentes, sendo vertido ora por "golfinhos" (Frederico Lourenço), ora por "monstros marinhos" (Eugène Lassarre). Odorico Mendes, por sua vez, utiliza aqui "cetáceos", mas para o *kêtos* a caçar o Héracles antes referido emprega "tremenda orca".

[66] *Teogonia*, 238.

[67] Ibidem, 270-276.

[68] LIDDELL, Henry George; SCOTT, Robert. *A Greek-English Lexicon*. Oxford: Clarendon Press, 1996. p. 949. BAILLY, A. *Dictionnaire Grec Français*. PARIS: Hachette, 2000, p. 1089.

[69] ERATÓSTENES DE CIRENE. *Catasterismos*, XXXVI. Estudiosos observam que o mito de Perseu, Andrômeda e *kêtos* se impõe no espaço celeste: grupo representado pelas constelações de Cefeu (XV), Cassiopeia (XVI), Andrômeda (XVII), Perseu (XXII), além do referido Κῆτος (XXXVI).

Seu polimorfismo permite identificá-lo com um grande peixe, como o que engole o profeta Jonas. Não por acaso, Hesíquio qualifica κῆτος de "peixe marinho gigantesco" (θαλάσσιος ἰχθὺς παμμεγέθης),[70] enquanto Eliano chama ao atum κητώδης.[71]

Como monstro, *kêtos* tem dois sentidos, complementares: prodígio divino, *mirabile* da natureza, diferenciáveis tanto pelo papel desempenhado pelo monstro, principal ou secundário, quanto pela visada e extensão das narrativas. Assim, no primeiro caso, a presença dos deuses e o protagonismo do herói fazem com que o monstro não seja mais do que um instrumento, de vingança para aqueles, de glória para este. Portanto, seu surgimento miraculoso consiste em levar a cabo um castigo mortal, infligido a alguém que, direta ou indiretamente, desobedeceu a uma ordem divina, como se vê nas evocadas narrativas sobre Perseu, Héracles, Jonas, em que o monstro, como coadjuvante, coloca à prova o herói, testando-lhe o valor. Já no segundo caso, sem a presença dos deuses e sem exercer um papel necessariamente funesto, *kêtos* protagoniza eventos assombrosos: narrativas curtas, independentes entre si, em que é descrito transformado em um outro ser ou, simplesmente, pintado como figura colossal e heteróclita, semi-homem e semianimal, habitante de regiões remotas. Assim ocorre em discursos históricos e de geógrafos e de naturalistas. Cláudio Eliano conta que o Grande Mar,[72] nas cercanias da ilha de Taprobana, é o *habitat*, não só de peixes, mas também de monstros (κήτη), tendo uns cabeça de leão, leopardo, lobo, carneiro, enquanto outros, a forma de um sátiro com aspecto de mulher e, em vez de madeixas, espinhos.[73] Há também tritões: o mesmo Eliano rediz uma narrativa propalada de que no mar há monstros (κήτη) com a forma humana da cabeça à cintura, enquanto propõe a existência deles com recurso a Demóstrato, que, em seu hoje perdido *Tratado de Pesca*, afirma ter visto um tritão dissecado em Tânagra.[74] Já Estrabão escreve que o pescador Glauco

---

[70] HESÍQUIO DE ALEXANDRIA. *Lexicon*, K 2575.
[71] CLÁUDIO ELIANO. *Da Natureza dos Animais*, I, 40.
[72] O Grande Mar, como se disse, corresponde ao Oceano Índico, enquanto a ilha de Taprobana, ao atual Sri Lanka.
[73] *Da Natureza dos Animais*, XVI, 18.
[74] Ibidem, XIII, 21.

se transforma num *kêtos*[75] e que monstros anfíbios (κήτη δ'ἀμφίβια) vivem perto da mesma Taprobana, uns se assemelhando a bois, outros, a cavalos, outros ainda a mais animais terrestres.[76] Ateneu, por sua vez, reconta, evocando o naturalista Sóstrato, uma metamorfose ictioide em que *kêtos* surge no auge do crescimento de um tipo de atum: "Sóstrato diz, no segundo livro de seu *Sobre os Animais*, que bonito (πηλαμύδα)[77] chama-se *atum* (θυννίδα) e, quando fica grande, *thýnnos* (θύννον) e ficando ainda maior, *órkynos* (ὄρκυννον), mas, ao alcançar tamanho descomunal, *besta marinha* (κῆτος)".[78] Quanto ao Fisiólogo, nele se descreve o "áspide-tartaruga" (ἀσπιδοχελώνη), *kêtos* dotado de duas naturezas: uma, de víbora, cuja boca exala perfume por toda parte e atrai para si os peixes pequenos que ela devora; outra, de um grande ser, ilha, que os marinheiros, por não reconhecê-la como um monstro, nela prendem suas naves e desembarcam; ao acenderem o fogo para cozinhar, esse *kêtos,* sentindo o calor, mergulha e leva tudo consigo.[79] Assinale-se que a ilha-cetáceo ou ilha-errante que emerge e submerge é exemplo recorrente em narrativas de viagens extraordinárias, sendo que nas de Alexandre Magno, situadas na Índia, o monarca só escapa porque um seu companheiro desembarca antes e desaparece com o monstro que volta para as profundezas. Com variantes, a ilha-cetáceo[80]

---

[75] ESTRABÃO. *Geografia*, IX, 2,13. Outras fontes divergem: Pausânias afirma que Glauco transforma-se, não em *kêtos*, mas em uma divindade marinha (δαίμων) por ter comido uma erva que lhe deu o poder dos vaticínios (*Periegese da Grécia*, IX, 22,7). Para o Escoliasta da *República* de Platão, Glauco se tornou imortal após se ter banhado numa fonte sagrada. Na qualidade de divindade marinha, foi assimilado a Proteu (apud PLATÃO. *A República*. Introdução, tradução e notas de Maria Helena da Rocha Pereira. Lisboa: Calouste Gulbenkian, 1996, p. 482).

[76] Idem, *Geografia*, XV, 1,15.

[77] É usualmente identificado a um pequeno atum (THOMPSON, D´Arcy. *A Glossary of Greek Fishes*, op. cit., p. 197). Em NV, ele nomeia um monstro guerreiro alçado a comandante de tropa (I, 38).

[78] ATENEU. *Banquete dos Sofistas*, VII, 66.

[79] ANÔNIMO. *Fisiólogo*, XVII.

[80] Ela suscita também ceticismo nas autoridades. Estrabão evoca Nearco, que nega a existência de uma ilha misteriosa na Índia capaz de fazer sumir os marinheiros que nela fundeiam, porque ele mesmo nela desembarcou e a percorreu por inteiro sem encontrar vestígios de homens desaparecidos, concluindo que a ilha não teve qualquer responsabilidade nisso (*Geografia*, XV, 2,13). Na mesma chave, em *O Livro dos Animais*, Al-Jahiz, zoólogo árabe do séc. IX, declara: "Quanto ao *Zaratán*, nunca encontrei ninguém que garantisse tê-lo visto com os próprios olhos. Alguns marinheiros contam que aconteceu de se aproximarem de certas ilhas marítimas e que nelas havia bosques e vales e gretas e que acenderam uma grande fogueira; e que quando o fogo chegou ao dorso do *Zaratán*, este começou a deslizar (sobre as águas) com eles (em cima) e com todas as plantas que sobre ele havia, a tal ponto que só quem conseguiu fugir pode salvar-se. Essa história deixa para trás todos os relatos mais fabulosos e atrevidos" (apud BORGES, Jorge Luis. *O Livro dos Seres Imaginários*. Tradução de Heloisa Jahn. São Paulo: Companhia das Letras, 2017, p. 215-216).

é recontada não só em Luciano, mas também na primeira viagem de Sindabād no *Livro das Mil e Uma Noites*, na fábula irlandesa de são Brandão, no *Orlando Furioso* de Ariosto, no *Paraíso Perdido* de Milton, mas é a versão latina do *Fisiólogo* que ressurge em diversos *Bestiários*, como os de Philippe de Thaon e de Guillaume le Clerc.

Difundidas em textos e imagens, as pelejas de Perseu e de Héracles contra *kêtos* integram esquemas narrativos similares, variando os nomes das personagens e dos lugares, os motivos da cólera divina, as cenas de combate. Em ambas as narrações, o herói (ora Perseu, ora Héracles) chega a uma região devastada (ora Etiópia, ora Troia) e se depara, à beira-mar, com uma princesa (ora Andrômeda, ora Hesíone) amarrada a uma rocha e oferecida a um *kêtos* enviado por Posídon: a cólera deste contra os monarcas (ora Cassiopeia, ora Laomedonte)[81] desaparecerá desde que as filhas deles sejam devoradas pelo prodígio, como preconizam os oráculos. O epílogo é conhecido: matando a besta marinha, o herói salva a princesa da imolação.

Tal matéria floresce em não poucas ecfrases de quadros, como no de Filóstrato, o Moço, que pinta *kêtos* com os olhos enormes, as sobrancelhas recobertas por espinhos, a língua afiada, os dentes pontiagudos dispostos em três fileiras, dos quais uns se voltam para dentro com a forma de anzol, e outros se elevam a grandes alturas; tem ele tamanho desmesurado, corpo flexível e curvilíneo em muitas partes, ficando umas submersas, umas, emersas, que "se assemelham a ilhas aos que não estão familiarizados com o mar".[82] Aquiles Tácio descreve, por sua vez, a pintura de Evantes no templo de Pelúsio, em que se vê *kêtos* a emergir das profundezas com o fito de devorar Andrômeda: "Grande parte do seu [κῆτος] corpo ainda se encontra cercado por ondas e apenas sua cabeça surge do mar. Sob as ondas se revelam na pintura, entretanto, a sombra do seu dorso, assim como as suas escamas volumosas, o pescoço arqueado, a crina espinhosa e a cauda enrodilhada. A mandíbula dele, larga e grande, se abre toda

---

[81] No caso do rei Laomedonte, este rompe o juramento firmado com Apolo e Posídon, negando-se a pagá-los por o terem auxiliado a construir as muralhas de Troia. Quanto à rainha Cassiopeia, esta é acometida pela *hybris*: ela ousa desafiar as Nereidas, filhas de Posídon, em um certame de beleza, vangloriando-se de ser mais bela do que elas.

[82] FILÓSTRATO, O MOÇO. *Imagens*, XII, *Hesíone*.

até a junção dos ombros e prossegue até a barriga".[83] Ambos os autores figuram *kêtos* como um animal aterrador com atributos reptilianos, tendente a um crocodilo colossal em Aquiles Tácio e a uma não menos gigantesca serpente marinha com dentes de Cila em Filóstrato. Luciano trata da mesma imagem, elogiando o pintor que também figurou o "aspecto invencível da fera ($\theta\eta\rho\acute{\iota}o\nu$)", a qual "avança, espinhos eriçados, escancarando sua boca horrenda, enquanto Perseu exibe a Górgone com a mão esquerda e, com a espada na direita, a transpassa: a parte da besta marinha ($\kappa\tilde{\eta}\tau o\varsigma$) que viu a Medusa virou pedra, mas a parte que remanesceu viva foi destroçada pela foice".[84] Comparem-se as duas bestas marinhas luciânicas: a de *Narrativas Verdadeiras* tem brânquias, enquanto a de *Acerca da Casa*, espinhos eriçados. Nos dois discursos, a besta marinha recebe os mesmos nomes — tanto $\kappa\tilde{\eta}\tau o\varsigma$, quanto $\theta\eta\rho\acute{\iota}o\nu$ —, ataca de modo similar — avança com a boca aberta —, e sempre conhece um final funesto, pois, com os golpes de Perseu e o olhar de Medusa, ela morre rapidamente, mas, com o fogo ateado por Luciano, morre lentamente.[85]

Conquanto a ecfrase não se ocupe de pintura conhecida — pressupõe, aliás, como emulação verbal a inexistência dela[86] —, as imagens que ela produz de *kêtos* nas referidas autoridades, convergem, entretanto, com a iconografia do mesmo prodígio animal em antigas pinturas, relevos e esculturas, pois nas artes tanto letradas, quanto nas pictóricas, *kêtos* é sempre $\pi o\iota\kappa\acute{\iota}\lambda o\varsigma$: ondulante, cambiante, fluido, diverso e polimorfo à feição de Proteu, *kêtos* é figurado ora como peixe, ora como serpente, ora como cavalo, ora ainda como mistos de seres.

No tocante ao episódio de Jonas e da besta marinha, incluído no livro homônimo do Antigo Testamento, é o próprio profeta, e não um outro, a desobedecer à ordem divina e sofrer castigo, porque embarca,

[83] AQUILES TÁCIO. *Leucipe e Clitofonte*, III, 6-7.
[84] LUCIANO. *Acerca da Casa*, 22. Tal narrativa ressurge, com variantes, em um diálogo que as Nereidas travam com Tritão; este anuncia que o *kêtos* por elas enviado com o fito de matar a princesa, não só não conseguiu matá-la, como também foi ele quem acabou por morrer. Surpresas, as Nereidas o questionam acerca do ocorrido, no que Tritão conta tudo o que sucedera, inclusive o casamento de Perseu e Andrômeda no palácio de Cefeu (LUCIANO. *Diálogos dos Deuses Marinhos*, 14).
[85] NV, II, 1-2.
[86] HANSEN, João Adolfo. Categorias Epidíticas da Ekphrasis, op. cit., p. 86.

não para Nínive, como lhe ordenara Jeová, mas, para Társis, fugindo de sua missão. Por isso, o mesmo Jeová manda-lhe dois portentos: um deles é a forte e repentina tempestade que sobreveio às ondas, ameaçando destroçar a nave de Jonas que só resistiu porque os marinheiros o lançaram ao mar enfurecido, que, então, se acalma; o outro portento é o grande peixe que, em seguida, o ingere, mas não o digere,[87] pois, ao cabo de pouco dias, o animal o regurgita vivo em terra firme.

Sabe-se da dificuldade no verter para as línguas vernáculas os nomes dos bichos estampados em textos antigos.[88] É o exemplo do animal que engole Jonas: no hebraico, ele é referido como גּדוֹל דָּג (*dâg gadol*), que, significa "grande peixe",[89] sem determinação de gênero ou espécie. No grego bíblico, se o traduz ora por μέγα κῆτος,[90] como na *Septuaginta*,[91] ora apenas por κῆτος, como em são Mateus.[92] Também em são Jerônimo: em sua *Vulgata*, latiniza *dâg gadol* por *piscis grandis* (peixe grande) e mantêm o homônimo *cetus* para o κῆτος referido em são Mateus; procedimento que os tradutores latinos de Luciano imitam quando vertem o *kêtos* de NV.

Assim, tanto o κῆτος que engole e aprisiona Luciano e sua nave por quase dois anos, quanto o que engole e aprisiona Jonas por três dias, são ambos conhecidos por "baleia", como na fórmula "Jonas e a baleia".[93] Que Luciano tenha aqui parodiado Jonas direta ou indiretamente via textos gregos que referem o prodígio, não se pode afirmar com certeza; porém, que tenha conhecido o cristianismo, parodiado suas práticas e seus representantes, é o que aparece em sua obra, como se viu.

---

[87] DOUCHET, Sébastien. Dans le Ventre du Grand Poisson: Mer et Parole Prophétique dans le Livre de Jonas et son Iconographie, *in*: CONNOCHIE-BOURGNE, Chantal (dir.). *Mondes Marins du Moyen Âge*. Aix-en-Provence: Presses Universitaires de Provence, 2006, p. 115.

[88] Cf. AVENAS, Pierre; WALTER, Henriette. Noms d'Animaux et Difficultés de Traduction. **Revue Meta**, Montreal, vol. 55, nº 4, p. 769-778, dezembro de 2010.

[89] VIGOUROUX, Fulcran. *Dictionnaire de la Bible*. Paris: Letouzey et Ané, 1908, p. 498.

[90] *Septuaginta*, *Jonas*, 2:1.

[91] Na *Septuaginta*, *kêtos* também é polissêmico, pois conota, entre outros prodígios, os primeiros e grandes animais (*tá Kēte ta mégala*) engendrados pelo Senhor no quinto dia da criação universal (*Livro do Gênesis*, I:21), bem como o monstro, que alguns traduzem por Leviatã, Rahab ou Serpente, destroçado por obra do Senhor (*Livro de Jó*, 26:12).

[92] *Evangelho Segundo são Mateus*, 12:40.

[93] Um dos episódios mais divulgados do Antigo Testamento, o da estada do profeta no interior do animal pisciforme, não é ele o mais relevante no *Livro de Jonas*, ainda que tenha valor paradigmático na cristologia.

À força de muito engolir, *kêtos* é engolido no vernáculo pelo grandíssimo mamífero marinho, transposição metonímica, uma vez que a baleia, como o maior dos cetáceos, se impõe como o cetáceo por excelência. Tal argumento, mesmo que pautado pela história natural, nesta encontra um contra-argumento. Afinal, o animal jonasiano é qualificado de "peixe" no hebraico e no latim. Ora, "peixe" não é baleia nem para Aristóteles, nem para Rondelet, autoridade quinhentista em ictiologia. Este afirma que Jonas foi engolido, não por uma baleia, mas, sim, por uma lâmia.[94] Para o naturalista Lineu, nem esta, nem aquela: Jonas foi tragado por um tubarão.[95]

Isso se explica em parte pela natureza proteiforme de *kêtos*, cambiante como as divindades marinhas. Na iconografia, ele é mostrado ora a combater heróis, ora a engolir e a regurgitar Jonas, ora ainda como montaria para Nereidas e mais divindades, fazendo parte, ou não, de um cortejo (θίασος) marinho.

Três tipos de bichos preponderam na iconografia de *kêtos*: o peixe, o cavalo, a serpente, os quais podem se misturar com outros, produzindo variações teratológicas.

O tipo pisciforme figura principalmente em cenas jonasianas, como na de um sarcófago bizantino em que o animal abocanha a cabeça e parte do tronco do profeta [fig. 4]; na pintura de uma Bíblia dos séculos XII-XIII, mostrando-o com o corpo retorcido e a boca escancarada, pronto a tragar Jonas [fig. 5]; ou ainda, no teto da Capela Sistina em que Michelangelo, alterando a convenção, pinta um animal de porte médio fora da água em contraste com o gigantismo do profeta sentado ao seu lado [fig. 6].

---

[94] A lâmia é descrita como o maior de todos os peixes, por isso pode devorar até homens. Tanto é assim que alguns homens, afirma o estudioso, foram encontrados inteiros no estômago de uma lâmia, seja em Marselha, seja em Nice (cf. RONDELET, Guillaume. *L'Histoire Entière des Poissons*. Lion: Chez Mathieu Bonhomme, 1558, p. 306).

[95] Apud AVENAS, Pierre; WALTER, Henriette. Noms d'Animaux et Difficultés de Traduction, op. cit., p. 775.

Fig. 4. ANÔNIMO. *Jonas e Kêτος*, s/data, mármore. Cônia, Museu Arqueológico.

Fig. 5. ANÔNIMO. *Jonas Jogado no Mar*, séculos XII-XIII, ilustração bíblica. Bourges, Bibliothèque Municipale.

Fig. 6. MICHANGELO. *O Profeta Jonas* [det.], 1511, afresco. Vaticano, Capela Sistina.

Já o tipo equino, ora bípede, ora quadrúpede, assemelhado, como cavalgadura, ao hipocampo, é bastante figurado. Tem-se, assim, o conjunto escultórico, admiradíssimo na Antiguidade, executado por Escopas e conhecido pela descrição de Plínio, o Velho, que o localiza no Santuário de Domício: "Netuno, Tétis, Aquiles e Nereidas sentados sobre golfinhos, bestas marinhas (*cete*) ou hipocampos (*hippocampos*), além de tritões, do cortejo de Fórcis, das pistris (*pistrices*) e de muitos outros [seres] marinhos".[96] Já em uma taça ática, *kêtos*, transportando às costas Tétis a carregar uma greva para Aquiles, aparece com pescoço alongado, crinas pontudas, rosto canídeo estilizado, orelhas erguidas, tendo somente as pernas dianteiras, pois sua dorsal, serpentinada, encerra, ao modo de cauda, uma grande pinça ou garra [fig. 7]. Com aspecto análogo, mostra-se o monstro a enfrentar Perseu; todo escamado, o bicho tem focinho crocodiliano e pernas tentaculares [fig. 8].

Fig. 7. PINTOR LONDRES E 130.
Tétis sobre um Kêtos [det.], s/data, taça ática. Londres, British Museum.

Fig. 8. GRUPO MÉTOPA.
Perseu contra Kêtos [det.], c. 320 a.C., ânfora apuliana.

Quanto ao tipo serpentiforme, é não só o mais frequente, como o que mais apresenta variações na iconografia de *kêtos*; sua tipologia remete ao dragão marinho. Fala-se aqui em "tipos", por causa da abrangência imagética dos animais, tanto mais que o supramencionado equino constitui uma variante dragontina dos *kétea*. Uma gema do século VIII a.C. é considerada a mais antiga representação de

---

[96] *História Natural*, XXXVI, 26.

kêτος.[97] Nela se vê a grande serpente de corpo delgado e escamado, mandíbulas abertas, longas barbatanas, a nadar junto à proa de uma nave [fig. 9]. Figura semelhante reaparece em um mosaico de Aquileia, tendo aqui grandes barbatanas, corpo espiralado e a mesma cauda tricúspide [fig. 10].

Fig. 9. ANÔNIMO. *Uma Flor, uma Nave e um Monstro Marinho* (*Kêτος*), século VIII a.C., selo amigdalino de Epidauro Limera.

Fig. 10. ANÔNIMO. *Jonas e Kêtos* [det.], século IV, mosaico de pavimento. Aquileia, Basílica de Santa Maria Assunta.

Fusiforme ou anguiforme, o *kêτος* tem forma oscilante, porque seu corpo deixa-se ver às vezes robusto e estirado, às vezes, delgado e enrodilhado, ou ainda mais encorpado e enrodilhado, como Tiziano o pinta em cena de Perseu e Andrômeda [fig. 11]. Os apêndices dele podem ser nadadeiras, mas também patas de felinos ou asas de rapinas, no que o *kêτος* alado, em chave funerária, figura a título de animal psicopompo principalmente em sarcófagos romanos;[98] escamas, crinas, espinhos são frequentemente associados a ele, como ornamentos multifários.

[97] Cf. SHEPARD, Katrine. *The Fish-Tailed Monster in Greek and Etruscan Art*. Darke County: Coachwhip Publications, 2011, p. 29.

[98] RICCIONI, Stefano. Dal Kêtos al Sênmurv? Mutazioni Iconografiche e Transizioni Simboliche del Kêtos dall'Antichità al Medioevo (Secolo XIII). **Hortus Artium Medievalium**. *Journal of the International Research Center for Late Antiquity and Middle Ages*, volume 22, p. 134, 2016.

Fig. 11. TIZIANO. *Perseu, Andrômeda e Kêtos*, 1554-1556, óleo sobre
tela, 175 × 189 cm. Londres, The Wallace Collection.

Mas é na cabeça que a variação mais se faz notar: o focinho de *kêtos*
é ora de peixe, ora de porco, ora de leão, ora de crocodilo, ora ainda
de cão. Com focinho comprido e pontudo a evocar um crocodiliano,
é o monstro figurado em uma ânfora do século VI a.C. Trata-se
da mais antiga obra pictórica remanescente com a inscrição *kêtos*[99]
[fig. 12]. Mais abundante é o de focinho canídeo, orelhas pontudas,
pescoço retorcido com patas ou nadadeiras na parte anterior do corpo
anguiforme, visível em cenas de Jonas [fig. 13-14], de Perseu [fig. 15]
e de Nereida [fig. 16].

Fig. 12. ANÔNIMO. *Perseu, Andrômeda e Kêtos* [det.], c. 550 a.C.,
ânfora coríntia. Berlim, Staatliche Museen.

[99] As inscrições identificadoras das personagens compõem-se de letras arcaicas do alfabeto grego, com o uso da
letra san (M), em lugar do sigma, para ΚΕΤΟΣ. Este é igualmente grafado com épsilon quase retangular em
vez do convencional eta.

Fig. 13. ANÔNIMO. *Cenas de Jonas*, século III, mármore [frente
de um sarcófago]. Vaticano, Museo Pio Cristiano.

Fig. 14. ANÔNIMO. *Jonas e Kêτos*,
século III, mármore, 41 x 36 x 18
cm. Cleveland, Museum of Art.

Fig. 15. ANÔNIMO. *Perseu, Andrômeda e
Kêτos* [det.], século I, afresco, 159 x 118
cm. Nova York, Metropolitan Museum
of Art.

Fig. 16. ANÔNIMO. *Nereida e um Kêτos* [det.], c. 380 d.C., prata e ouro,
caixa de *Secundus* e *Proiecta*. Londres, British Museum.

Lembrem-se de que monstros marinhos predadores, como Cila, frequentam não poucas narrativas antigas. Eliano conta a pescaria de Epopeu e seu filho na Ilha Icária, pesca malfadada porque a rede só conseguiu pegar peixes-pilotos, os quais eles comem. Como esses peixes são consagrados a Posídon, o deus se vinga: manda um monstro (*kêtos*) atacar a embarcação de Epopeu e devorá-lo na presença do filho.[100] Pseudo-Calístenes rediz Alexandre Magno, que descreve em carta sua aventura submarina em busca de pérolas, semelhantes às que ele e seus soldados haviam extraído do corpo moribundo de um gigantesco caranguejo. Suspeitando de que tais pedras preciosas provinham do mar profundo, Alexandre mergulha em um vaso ($\pi i\theta o\varsigma$) gigantesco de vidro externamente reforçado por uma jaula de ferro, amarrada a uma longa corrente sustentada por mais de trezentos homens dispostos em quatro naves. Mesmo assim o vaso acabou arrastado por um grandíssimo peixe ($\pi\alpha\mu\mu\varepsilon\gamma\varepsilon\theta\acute\varepsilon\sigma\tau\alpha\tau o\varsigma$ $i\chi\theta\grave\upsilon\varsigma$), que o abocanha, despedaça a jaula, e arremessa Alexandre Magno à terra firme.[101] Na versão de Lícofron, sobre o referido episódio de Héracles, de Hesíone e de *kêtos*, é o herói que se deixa engolir pelo prodígio marinho — aqui designado pelos epítetos "cão de dentes agudos" ($\kappa\acute\alpha\rho\chi\alpha\rho o\varsigma$ $\kappa\acute\upsilon\omega\nu$)[102] e "cão glauco" ($\gamma\lambda\alpha\upsilon\kappa\acute o\varsigma$ $\kappa\acute\upsilon\omega\nu$)[103] —, para em seguida matá-lo, destroçando-lhe as entranhas com sua arma; mas Héracles não sai incólume: o tórrido calor das entranhas do animal fez com que ele perdesse todos os cabelos.[104] Essas cenas gregas de devoração, bem como as narrativas de combates contra seres fabulosos das profundezas, são precedidas por cosmogonias e epopeias mesopotâmicas, egípcias, ugaríticas.[105]

---

[100] *Da Natureza dos Animais*, XV, 23.

[101] PSEUDO-CALÍSTENES. *História de Alexandro Magno*, II, 38b [Manuscrito L].

[102] LÍCOFRON. *Alexandra*, 34.

[103] Idem, ibidem, 471.

[104] Idem, ibidem, 37.

[105] No referido poema *Enûma Elish*, a cena em que Tiâmat tenta devorar Marduk constitui o momento decisivo da batalha pelo poder supremo: "Quando Tiâmat abriu a boca para devorá-lo, Marduk lançou o Vento Maligno que não se deteve nos lábios dela. Pois os ventos ferozes incharam a barriga de Tiâmat, distendendo-lhe o corpo, escancarando-lhe a boca. Então Marduk jogou a lança que rasgou a barriga de Tiâmat, cortando-lhe as entranhas, rasgando-lhe o coração. Tendo assim a subjugado, Marduk acabou com a vida dela" (*Enûma Elish*, tabuinha IV, 98-102. Traduzido da versão inglesa: PRITCHARD, James. *Ancient Near Eastern Texts Relating to the Old Testament*. Princeton: University Press, 1969, p. 67). Há estudiosos que apontam semelhanças da narrativa de Tiâmat e Marduk não apenas com a de *kêtos* e Héracles, mas também com a ugarítica em que Mot (deidade do Inframundo e dos mortos) traga Baal (deus do trovão e da fertilidade), cf. FONTENROSE, Joseph. *Python:*

No tocante à antes referida terceira acepção de *kêtos* — à dos animais chamados "cetáceos" —, deriva ela de Aristóteles e tem fortuna crítica na história natural. Com efeito, nos tratados aristotélicos de zoologia, *kêtos* designa não mais os seres prodigiosos e gigantescos, associados não raro com divindades, mas, simplesmente, os mamíferos marinhos, como golfinhos e baleias. A zoologia se impõe assim à epopeia, como a anatomia comparada dos bichos, à descrição hiperbólica dos monstros. Na taxonomia de Aristóteles, "cetáceo" estabelece um dos grandes gêneros de animais sanguíneos:

"Os grandes gêneros (γένη) em que se dividem os outros animais são: o das aves (ὀρνίθων), o dos peixes (ἰχθύων), o dos cetáceos (κῆτος). Todos são sanguíneos".[106] Tal classificação dos animais, embora parcial, implica a separação de peixes e cetáceos em categorias distintas,[107] sendo a característica determinante dos peixes, em relação aos demais sanguíneos, as brânquias,[108] enquanto os cetáceos têm pulmões e respiram através de espiráculos,[109] os quais, notadamente os das baleias, estão situados no alto da cabeça. Isso importa porque nem Plínio, o Velho, nem os naturalistas ulteriores distinguem claramente entre cetáceos e peixes. Mesmo Lineu só os distingue a partir da 11ª edição, a penúltima (c. 1760), de seu *Systema Naturae*.[110] Ademais, *kêtos*

a *Study of Delphic Myths and Its Origins*. Berkeley: University of California Press, 1980, p. 161. Diferentemente das narrativas supracitadas, na da Tifonomaquia de Apolodoro, Zeus não é tragado, mas apenas mutilado por Tífon — misto de homem e fera (θηρίου) de 100 cabeças dragontinas —, que o abandona numa caverna da Cilícia. Reatados seus tendões ao corpo e recobradas suas forças, Zeus persegue e vence Tífon, lançando sobre este o monte Etna (*Biblioteca*, I, 6, 3). Na versão de Opiano, entretanto, Tífon é o monstro marinho enganado por Pã, que, tendo-lhe prometido um banquete de peixes, fá-lo sair de sua cova para beira-mar, onde foi abatido pelos raios de Zeus (*Haliêutica*, III, 15). Mencionem-se ainda os não poucos combates contra serpentes ou dragões, como o de Jeová *versus* Leviatã (ISAÍAS, 27:1), e o de Rê *versus* Apópis (Papiro Bremner-Rhind, British Museum, 10188).

106 ARISTÓTELES. *História dos Animais*, 490b 10.

107 O caso das focas é curioso: ao explicar a reprodução e a respiração dos cetáceos (*História dos Animais*, 566b), Aristóteles não inclui as focas, discutidas no capítulo subsequente. Comentando, porém, as orelhas dos animais (*História dos Animais*, 492a), o mesmo autor explica que todos os vivíparos as têm, exceto "a foca, o golfinho, como os outros cetáceos", o que sugere que também a foca faça parte desse gênero. Em Homero, como se viu, *kêtos* é sinônimo de "foca", embora ele não estabeleça taxinomia alguma.

108 ARISTÓTELES. *Das Partes dos Animais*, 696b.

109 Idem, ibidem, 697a 17.

110 Apud Elvira Jiménez Sánchez-Escariche: ARISTÓTELES. *Partes de los Animales*. Introdução, tradução e notas de Elvira Jiménez Sánchez-Escariche e Almudena Alonso Miguel. Madri: Gredos, 2000, p. 245. De acordo com o zoologista oitocentista Frédéric Cuvier, entretanto, a distinção entre cetáceos e peixes remete a naturalistas mais recentes como Bernard de Jussieu e Jacques Brisson: "Esses animais [cetáceos], que se apresentam sob tantas formas diferentes [...] foram durante muito tempo considerados peixes; mas, depois de Bernard de Jussieu e de Brisson, foi preciso reconhecer, enfim, que eles pertencem à classe dos mamíferos porque eles têm

continua a oscilar nos discursos pós-aristotélicos, sendo que Eliano e Opiano compõem um inventário de cetáceos[111] de que constam inclusive animais fantásticos; também neles não faltam cenas dos *kétea* como prodígios marinhos, o que revela o alcance limitado das distinções aristotélicas na Antiguidade.

O mesmo Aristóteles esclarece ainda que os cetáceos, como animais tanto terrestres, quanto aquáticos, têm natureza dupla, porquanto "respiram ar como os [animais] terrestres, mas não têm pés e extraem seu alimento da água como os [animais] aquáticos".[112] Mas não se infere disso que a zoografia aristotélica seja refratária ao maravilhoso: supõe-se, pelo contrário, que Aristóteles tenha escrito um tratado sobre a fauna fantástica denominado *Dos Animais Mitológicos*;[113] quanto aos tratados remanescentes,[114] neles há alusões a animais fabulosos. Ao discutir as diferenças relativas aos dentes, Aristóteles, em um excurso, descreve o Marticora: bicho com três fileiras de dentes em cada maxilar, sendo que em tamanho, pelos e patas se assemelha ao leão, mas, em rosto e orelhas, ao homem, além de ter olhos azulados e pele avermelhada; a cauda dele se assemelha à do escorpião terrestre pelo ferrão e pelos espinhos eriçados, jogados como dardos: é feroz, come carne humana e vive na Índia. Aristóteles[115] afirma que se apoia na descrição de Ctésias, a quem, aliás, considera pouco fiável.

Dada a ausência de registros em autores precedentes, é em Aristóteles que se nota pela primeira vez a vinculação da baleia ao *kêtos*, sendo este um tecnicismo a designar, como se disse, o grande gênero dos mamíferos aquáticos, vivíparos, constituídos por pelos, mamas e

dupla circulação completa e porque alimentam seus filhotes com o leite de seus mamilos". CUVIER, Frédéric. *De l'Histoire Naturelle des Cétacés, ou Recueil et Examen des Faits dont se Compose l'Histoire Naturelle de ces Animaux*. Paris: Librairie Encyclopédique de Roret, 1836, p. v.

[111] "Os maiores cetáceos (κητῶν) são o leão-marinho (λέων), o tubarão-martelo (ζύγαινα), o leopardo-do-mar (πάρδαλις), os cachalotes (φύσαλοι), a pristis (πρῆστις) e o chamado 'malta' (μάλθη) [...]". CLÁUDIO ELIANO. *Da Natureza dos Animais*, IX, 49. Este menciona ainda bichos marinhos terríveis como, o carneiro (κριός), a hiena (ὕαινα) e o peixe-cão (κυνῶν), que é também um nome genérico para os tubarões. A identificação desses animais suscita muito debate. Quanto à lista estabelecida por Opiano (*Haliêutica*, I, 365), ela é similar à de Eliano e reaparece ulteriormente na Suda.

[112] ARISTÓTELES. *Das Partes dos Animais*, 697a 30.

[113] O título consta no catálogo aduzido por Diógenes Laércio (*Vidas e Doutrinas dos Filósofos Ilustres*, V, 25).

[114] De atribuição controversa, uma obra sortida de relatos fantásticos figura no *Corpus Aristotelicum*: *Das Maravilhosas Coisas Ouvidas* (Περὶ θαυμασίων ἀκουσμάτων).

[115] *História dos Animais*, 501a 25.

espiráculos. A argumentação aristotélica, entretanto, é de pouca utilidade para esclarecer a assimilação, entre os tradutores de NV, da baleia ao *κῆτος*. Primeiro porque em duas ocasiões, Luciano escreve que a besta marinha tem brânquias,[116] não, espiráculos. Portanto, o *κῆτος* de NV seria, não uma baleia, mas um peixe, aristotelicamente. Segundo, porque "baleia" no léxico grego, e ainda mais no de Aristóteles, é especificada por *φάλαινα*, vocábulo de pouca circulação nos discursos antigos em relação a *κῆτος*, a ponto de Luciano em nenhum momento o ter grafado em sua narrativa.

"Baleia", por conseguinte, é restritiva e equivocada, além de retoricamente inadequada à amplificação paradoxal-epidítica de *kêtos* em NV. Enquanto a baleia-azul,[117] tida como o maior bicho existente, mede menos de 40 metros,[118] a besta marinha de Luciano chega a mais de 260 quilômetros.[119] Mas o bestiário luciânico fornece exemplos comparáveis: os Cavalos-abutres, antes referidos, também não caberiam, como ela, em qualquer zoografia moderna.

Mas por que os tradutores de Luciano são unânimes no verter o *kêtos* de NV por "baleia"? Seria por mera atualização terminológica? Pelo que "baleia" sendo um termo acessível ao leitor moderno, este poderia então associar uma figura oceânea sem fisionomia distintiva nem contorno estável à imagem de um animal imediatamente reconhecível? Mas isso implica proceder ao arrepio da própria narração, uma vez que o narrador nunca positivou seu portento marinho, seja a animalidade ou outra essência: *kêtos*, matéria em movimento, corresponde ora a um bicho aterrorizante, ora a uma cidade luxuriante, ora ainda a uma ilha flutuante.

Propõe-se, como hipótese, que a viragem conceitual tenha ocorrido na latinidade, e desta migrado para as línguas românicas, pois,

---

[116] Em I, 34, Cíntaro diz se alimentar dos peixes vivos que saem pelas brânquias da besta marinha; já em I, 39, são os Tritões-bodes que escapam pelas brânquias da mesma besta em direção ao mar, temorosos de morrerem na guerra em curso.

[117] Lineu a nomeia *Balaenoptera musculus*, cf. PERRIN, William et al. *Encyclopedia of Marine Mammals*. Londres: Academic Press, 2002, p.112.

[118] Consta que as maiores baleias-azuis já capturadas nas Ilhas Shetland do Sul e Geórgia do Sul mediam 33, 6 m (PERRIN, William et al. *Encyclopedia of Marine Mammals,* op. cit., p.112).

[119] NV, I, 30-31.

hipervalorizada, "baleia" tem no latim a mesma relevância que κῆτος, no grego. Para isso contribuiu a história natural romana, que faz da baleia não só o maior dos mamíferos, mas também o monstro dos mares. Coteje-se Aristóteles e Plínio, o Velho: na aristotélica *História dos Animais*, discute-se não pouco os cetáceos, mas nada se diz sobre o tamanho colossal das baleias, ao passo que na pliniana *História Natural*, o gigantismo corporal delas ressalta, tornando-se seu aspecto principal; portanto, a grandeza se impõe como critério. Plínio escreve que os maiores animais habitam o Mar Índico, como as baleias (*ballaena*) de quatro jeiras[120] e as pistris (*pistris*) de duzentos côvados,[121] e que, no Oceano Gálico, o de maior tamanho é o cachalote (*physeter*), que se eleva das águas como uma coluna, ficando maior que as velas das naves.[122] O mesmo Plínio, também em chave epidítica, rediz Juba, que conta a aparição de um monstro (*cetus*) com 600 pés de comprimento por 300 de largura[123] em um rio da Arábia, e que a gordura deste foi comercializada pelos mercadores.[124] Apesar disso, *belua* é o vocábulo mais corrente em Plínio na designação de monstros, inclusive os marinhos. Com efeito, o monstro (*belua*) a que Andrômeda foi exposta, teve os seus ossos levados de Jope, na Judeia, a Roma, onde foram mostrados com outros portentos (*miracula*). Tinha ele 40 pés[125] e seu costado ultrapassava dois elefantes.[126]

A lexicografia imperial romana vai *pari passu*. Em seu tratado, Festo assimila *kêτos* a baleia, e não o contrário, definindo-a como monstro marinho (*belluam marinam*): "Baleia (*balænam*), monstro marinho: diz-se que é a mesma que *pistris* (*pistricem*),[127] a mesma também

---

[120] *História Natural*, IX, 4. A jeira romana equivale a 2500 m² (0, 25 hectare).
[121] Idem, ibidem. O côvado romano mede uns 45 cm.
[122] Ibidem, IX, 8.
[123] Cerca de 17.700 m por 8.850 m.
[124] Ibidem, XXXII, 6.
[125] Quase 12 m.
[126] Ibidem, IX, 11.
[127] Algumas edições críticas corrigem *pistricem* por *pistris*, porque o último designa atualmente o chamado "peixe-serra": πρίστις ou πρῆστις deriva do verbo πρίω, serrar. Thompson explica que a *pistris* em sua forma latina, *pistrix*, se amplifica a ponto de designar um "monstro marinho fabuloso"; por isso, nem em grego, nem em latim, é claramente reconhecível como peixe-serra, embora nominalmente a identificação permaneça. THOMPSON, D´Arcy. *A Glossary of Greek Fishes*. op. cit., p. 219. Recorde-se ainda que *pistris* figura no inventário dos cetáceos em Eliano.

que *cetus*".[128] Festo acrescenta que *balaena* deriva do grego φάλαινα pelo costume antigo, o que é contestado por filólogos modernos, que supõem terem ambos os termos origem comum, possivelmente ilírica.[129] Isidoro de Sevilha inscreve "baleia" e "*kêтos*" em entradas lexicais separadas, mas os aproxima pelo tamanho gigantesco, qualificando a primeira de *bestia* (besta), e o segundo de *bellua* (monstro). Segundo Isidoro, *ballena* deriva do grego βάλλειν (jogar, lançar),[130] afirmando que as baleias fazem jorrar água dos espiráculos e provocam ondas maiores do que outros seres marinhos. De *cetus*, entretanto, Isidoro não propõe etimologia alguma, evocando apenas o episódio bíblico do Jonas tragado.

Apoiando-se em não poucas autoridades,[131] bestiários e outros discursos, em línguas vernáculas sobre animais escritos a partir do século XII, tendem não só a equiparar *kêтos* e baleia, mas também a enfatizar a última em detrimento do primeiro, pois, aquele só remanesce com o tecnicismo aristotélico "cetáceo", enquanto esta floresce: do latim *balaena*, advém no português do século XIII *balea*[132] e, antes ou coetaneamente, no francês, castelhano e italiano, *baleine*,[133] *ballena*[134] e *baléna*,[135] respectivamente, assim como os termos destes derivados. A primeira obra intitulada *Bestiário*, a de Philippe de Thaon, redigida em anglo-normando do início do séc. XII, reconta o "áspide-tartaruga", do supracitado Fisiólogo, designado quer como *cetus*, quer como *balain*.[136] Na alegoria de Philippe de Thaon, *cetus* é o diabo, o mar, o mundo.[137] Com variantes, o mesmo episódio do Fisiólogo é figurado em *Bestiários* subsequentes, sendo que, no de Pierre de Beauvais, o

[128] FESTO. *De Verborum Significatu*, II.
[129] ERNOUT, Alfred; MEILLET, Antoine. *Dictionnaire Étymologique de la Langue Latine*. Paris: Klincksieck, 2001, p. 65.
[130] *Etimologias*, XII, vi, 7.
[131] Plínio, o Velho; Solino; Isidoro de Sevilha; textos bíblicos; versões latinas do Fisiólogo.
[132] CUNHA, Antônio Geraldo da. *Dicionário Etimológico da Língua Portuguesa*. Rio de Janeiro: Lexikon, 2007, p. 77.
[133] DAUZAT, Albert. *Dictionnaire* Étymologique *de la Langue Française*. Paris: Larousse, 1938, p. 70.
[134] BARCIA, Roque. *Diccionario Etimológico de la Lengua Española*. Madri: Álvarez Hermanos, 1887, p. 609.
[135] PIANIGIANI, Ottorino. *Vocabolario Etimologico della Lingua Italiana*. Roma: Società Editrice Dante Alighieri, 1907, p. 122.
[136] PHILIPPE DE THAON. *Bestiaire*, 940-963.
[137] Idem, ibidem.

monstro marinho é chamado, sem maiores explicações, de *Lacovie*.[138] Em seu *Livre du Trésor*, Brunetto Latini afirma que *cete* é um grande peixe a que muitos chamam *balaine*.[139]

No proêmio de NV, o narrador menciona autoridades que emula em sua obra, das quais sobressai Homero, concernido já no início do episódio: o assalto da nave de Luciano pela besta marinha em parte moteja a arremetida de Cila contra a nave de Odisseu, que, seguindo conselhos, avança na direção desta,[140] desviando-se de Caríbdis, situada no lado oposto do mesmo estreito marítimo; por isso ela difere da inercial nave luciânica, que não avança, nem desvia, apenas voga à matroca. Nas atitudes, os protagonistas também se distinguem: o destemido Odisseu empunha armas para lutar contra o monstro, ao passo que o desarmado Luciano não é dado a bravuras: receando a morte, só se despede dos companheiros; enquanto a coragem é uma divisa do herói na epopeia e nos gêneros altos, a sobrevivência, ao implicar até a covardia, é um traço nada heroico do herói na comédia e nos gêneros baixos, como se lê tanto na *Batracomiomaquia* do Pseudo-Homero,[141] quanto no *Abandono do Escudo*,[142] poema atribuído a Arquíloco de Paros, diversamente recontado na Antiguidade, concernente a um guerreiro que foge à luta,[143] o que não se aplica a Luciano, porque nas duas guerras em que toma parte, em nenhuma bate em retirada ou depõe o escudo, mesmo quando capturado na batalha sideral.[144] A voracidade dos monstros marinhos se impõe em ambas as narrativas, tendo consequências distintas, uma vez que Cila traga seis companheiros de Odisseu e os destroça com seus fortes e cerrados dentes,[145] ao passo que *kêtos*, apesar de tragar todos os marinheiros

---

[138] Apud BIANCIOTTO, Gabriel. *Bestiaires du Moyen Age*. Paris: Stock, 1995, p. 42.

[139] BRUNETTO LATINI. *Li Livres dou Tresor*. Ed. de P. Chabaille. Paris: Imprimerie Imperial, 1863, p. 186.

[140] *Odisseia*, XII, 201-260.

[141] *Batracomiomaquia*, 224-225.

[142] Esse *tópos* é referido também por Horácio na conhecida sentença *relicta non bene parmula* (*Odes*, II. 7, 10). O passo é assim traduzido por Elpino Duriense: "Contigo a filipense guerra, e a fuga/ Veloz segui, deixando torpe o escudo / Quando os minaces, rota a hoste, ó pejo! / Com o rosto o chão te tocaram".

[143] Sobre a questão, cf. CORRÊA, Paula da Cunha. *Armas e Varões. A Guerra na Lírica de Arquíloco.*, op. cit., p. 112-137.

[144] NV, I, 18.

[145] *Odisseia*, XII, 92.

e a embarcação de Luciano, nada destroça, nem mesmo a nave, que passa incólume pelos interstícios imensos dos seus dentes. Na caverna de um rochedo marinho, Cila tem sua morada, diferentemente de *kêtos,* que, vagando pelo mar, mora em lugar nenhum e é seu interior que ressoa como uma caverna.[146] À diferença de Odisseu — cujas navegações são regidas menos por sua vontade do que pelos desígnios dos deuses, intervenientes ora em sua proteção, como Atena, ora em sua perseguição, como Posídon —, Luciano lança-se a navegar também movido pela "curiosidade do pensamento" e pelo "desejo por coisas novas",[147] propósitos opostos aos dos heróis épicos, submetidos tanto às injunções divinas, a exemplo de Odisseu, quanto aos desafios impostos por um monarca, a exemplo de Jasão.[148]

Uma vez que a narrativa se desloca do Oceano para o interior da besta marinha, esta também muda, pois, de personagem, ela se converte em cenário; portanto, o que por fora configura-se como um gigante predador oceânico, afigura-se, por dentro, uma vasta região habitada: cidade-cetáceo.

A imagem de uma *pólis* é, aliás, a primeira que se oferece aos marinheiros no interior do animal, dominado por uma cavidade elevada, capaz de abrigar dez mil habitantes.[149] O corpo de *kêtos* é mais político do que fisiológico: um corpo sem órgãos físicos, pois, em vez de coração, cérebro, fígado, rins e afins, ele tem colina, lagoa, vegetação, fauna, moradia, templo. Anatomia geográfica: o *kêtos* de Luciano é o *análogos* da cidade habitada por homens e monstros, como também o *álogos* do animal composto por boca, dentes, brânquias, cauda, à feição de um peixe. E esse heteróclito, por não figurar em autores precedentes, constitui uma novidade de Luciano nas letras greco-latinas.

Como se disse, o episódio de *kêtos* é marcado por não poucas referências a Homero; considere-se a exploração do interior do monstro

[146] NV, I, 38.
[147] Ibidem, I, 5.
[148] APOLÔNIO DE RODES. *Argonáuticas,* I, 4-18.
[149] NV, I, 31.

por Luciano e sete companheiros seus a evocar a de Odisseu e seus doze companheiros na caverna de Polifemo; os dois lugares são tidos como prisões em que os aventureiros receiam morrer, embora a ulterior fuga de Odisseu, preso à barriga lanzuda de um grande carneiro que sai para pastar, contrasta com a de Luciano, que prende sua nave aos dentes do bicho moribundo, fazendo-a então baixar ao mar.

O mesmo episódio de NV é pontuado por referências a historiadores; assim, a recusa em pagar o tributo como causa para a guerra[150] já aparece em Tucídides,[151] que quantifica o valor do tributo em dinheiro — quatrocentos e setenta talentos[152] — ao passo que Luciano, em moluscos — quinhentas ostras[153] —, o que é comicamente verossímil, já que os beneficiários desse imposto são, não a liga de Delos, mas peixes-monstros. Também a emboscada,[154] como expediente militar para surpreender o inimigo, é referida em termos análogos por Xenofonte.[155]

Na narrativa de *kêtos*, a historiografia é mimetizada por passos dedicados à etnografia, à geografia, à polemografia; agonística cômica, a propor-se, aqui, a Cítia de Heródoto como um modelo da cidade-cetáceo de Luciano. Comece-se pela sequência narrativa, regida pelo mesmo encadeamento: ao modo de Heródoto, Luciano descreve primeiro os lugares, depois, os costumes. A Cítia e o cetáceo se assemelham como territórios imensos, selváticos, habitados por povos fabulosos, mas também se distinguem, pois aquela é simétrica, superfície quadrada de quatro mil estádios, bordejada a sul e a leste pelo mar,[156] ao passo que este, multifário e muito menor, vaga pelo mar envolto por sua pele-parede pisciforme com boca.

A etnografia de Heródoto desloca para os confins setentrionais da ecúmena povos fabulosos, dos quais alguns não são Citas, como os

[150] NV, I, 35-36.
[151] *História da Guerra do Peloponeso*, I, 99.
[152] Ibidem, I, 96
[153] NV, I, 35
[154] Ibidem, I, 37.
[155] *Helênicas*, V.
[156] HERÓDOTO. *Histórias*, IV, 99.

Hiperbóreos,[157] os Mantos-negros ($Μελάγχλαινος$)[158] — assim chamados devido à cor de suas vestes —, os Arimaspos[159] que têm um só olho, os Neuros[160] — assemelhados a feiticeiros por se metamorfosearem em lobos durante certos dias ao ano —, enquanto outros nem sequer são humanos, como os Grifos Guardiães do Ouro.[161] Apesar de menos variada que a de Heródoto, a etnografia do cetáceo de Luciano não é menos fantástica, pois constituída, não por homens, mas por monstros ictioides, mais de mil destes se repartem em seis povos písceos, cujos nomes, quase todos compostos e isotópicos com os seus *habitat*, derivam de animais aquáticos (atum, caranguejo), acrescidos de um qualificativo corporal (cabeça, pé), podendo este aludir a uma parte da anatomia animal destacada por natureza — as mãos dos Mãos-caranguejos subentendem as grandes pinças dianteiras desses crustáceos —, ou evocar atributo de uma etnia: "velocíssimos" é um dos epítetos dos Pés-linguados, jocoso porque contraria a visão comum deste peixe, o qual, vivendo camuflado no fundo costeiro, não tem pés, menos ainda, velocidade.

Semelhante onomástica binária aplicada a etnias fabulosas já aparece em Heródoto, que trata os Pés-bodes[162] na qualidade de homens habitantes de montanhas altas, inacessíveis,[163] pelo que também divergem topograficamente dos Pés-linguados, distinguidos no território cetáceo, cujo centro ocupam. Heródoto não julga fiável a narrativa que ouve acerca dos Pés-bodes, ficando implícita uma referência aos sátiros, mistos de homens com bodes. Quanto aos caprinos do Egito, o mesmo Heródoto afirma que por lá todos eles são sagrados e exemplifica com o vocábulo $μένδης$, que no léxico egípcio qualifica a um só tempo o "bode" e o deus "Pã".[164] Este vocábulo é retomado por Luciano no composto $Τριτωνομένδητες$ (Tritões-bodes), designativo

[157] *Histórias*, IV, 13, 32-36.
[158] Ibidem, IV, 20, 107.
[159] Ibidem, IV, 13.
[160] Ibidem, IV, 105.
[161] Ibidem, III, 116; IV, 13, 27.
[162] Ibidem, IV, 25.
[163] O historiador diz ter recolhido esse relato dos Argipeus, cujo testemunho ele julga não ser digno de confiança.
[164] Ibidem, II, 46.

de uma população biforme: homens na parte superior do corpo, e peixes-espada na inferior, o que explica a menção dos tritões, porém, não dos caprinos.

Uma região pode ser elogiada, escreve o retor Menandro, em termos de topografia (montanhosa ou plana), de solo (fértil ou estéril), de água (abundante ou escassa);[165] tais elementos aparecem na geografia variada da Cítia e do cetáceo, tendo ambos terras elevadas (colinas neste;[166] montanhas naquela),[167] desertos em seus confins,[168] bem como florestas, das quais a Hileia é encomiada por Heródoto quer na qualidade de grande região arbórea da Cítia, quer como o lugar de acontecimentos maravilhosos, pois nela, em tempos remotos, Héracles encontra uma virgem monstruosa, misto de mulher e serpente, com quem copula e tem filhos, sendo o mais novo chamado "Cita", do qual descendem os sucessivos reis da região;[169] também na Hileia o sábio Anacársis encontra não só refúgio ao regressar à Cítia após muitas viagens, mas também a morte, atingido por uma seta lançada pelo próprio irmão, o rei Sáulio.[170] Como a Hileia, a floresta do cetáceo abriga todas as espécies de árvores;[171] amplificação extensiva às vinhas e à fonte da segunda, pois delas Cíntaro frui.[172]

Suponha-se a discrepância nos resultados: enquanto a campanha militar do Grande Dario na Cítia é um fracasso, a de Luciano no cetáceo, um sucesso, e o triunfo deste ocorre após pouca peleja e muita gritaria que faz o *kêtos* ressoar como uma caverna;[173] alarido semelhante produzem, não os soldados, mas os asnos da Pérsia, cujo relinchar deixa a cavalaria cita em alvoroço e a faz recuar, segundo Heródoto;[174] este explica o extraordinário da situação por inexistirem asnos e mulos

[165] MENANDRO, O RETOR. *Tratado de Retórica Epidítica I*, II, 345.
[166] NV I, 31.
[167] HERÓDOTO. *Histórias*, IV, 23.
[168] Ibidem, IV, 22.
[169] Ibidem, IV, 10.
[170] Ibidem, IV, 76.
[171] NV, I, 31.
[172] Ibidem, I, 34.
[173] NV, I, 38.
[174] *Histórias*, IV, 129.

naquelas gélidas regiões, derivando disso o espanto que causam.[175] O relinchar dos asnos é tática dos Persas tanto para surpreender em combate os Citas, quanto para distraí-los no momento em que eles, deixando para trás esses animais, batem em retirada.[176] Os Citas triunfam fugindo, evitando o confronto direto com as tropas persas, deslocando sua gente e gado para regiões mais remotas, destruindo fontes e pastagens. Assim, vencido, Dario, depois de dois meses de malogradas expedições, sai da Cítia, forçado pela falta de provisões, ao passo que o vencedor Luciano permanece por quase dois anos no cetáceo, levando uma vida luxuosa.[177]

Como monstro, *kêtos* não tem essência nem unidade, mas aparência e multiplicidade; por isso muda de forma ao longo da narrativa, exemplificável por sua configuração, que o mostra ora como pele de animal, ora como muro de cidade, ora ainda como superfície de ilha. Com efeito, o polimorfismo de *kêtos* se evidencia no decurso dos acontecimentos seguindo as peripécias dos navegantes, e joga com as categorias longe/ perto, fora/ dentro, animado/ inanimado, que regulam suas mutações. À distância, *kêτος* surge como um colossal predador marinho, como se disse; mas, por dentro e de perto, ele se converte em um território tenebroso com luz intermitente, gerada das aberturas de sua boca,[178] e variadíssimo, constituído por flora, fauna, campo cultivado, campo santo. Suas brânquias também são lugares heteróclitos, consideradas tanto balneário[179] para os marinheiros, quanto rota de fuga para os Tritões-bodes em fuga da guerra.[180] Por fora, contudo, o monstro moribundo afigura-se, no final desse episódio, uma terra insular inanimada onde os marinheiros acampam após terem escapado de seu interior.[181]

---

[175] *Histórias*, IV, 129.
[176] Ibidem, IV, 135.
[177] NV, I, 39.
[178] Ibidem, I, 31.
[179] Ibidem, I, 34.
[180] Ibidem, I, 39.
[181] Ibidem, II, 2.

A nave luciânica deixa o cetáceo, mas não a Cítia, referida ainda no episódio subsequente, em que a cavidade tenebrista do animal dá lugar a uma cavidade alvacenta no mar; é que, após fazer-se ao largo, a nave do protagonista se depara com um frio intenso e o mar a se congelar, o que impele seus marujos a cavarem, no deserto de gelo, um abrigo, dentro do qual se refugiam.[182] A caverna e o fogo se impõem aos marinheiros nas duas narrativas, mas com visadas distintas. Enquanto a caverna animal de *kêtos* é por eles considerada, como se disse, uma prisão, a cavidade glacial do mar, uma proteção, e nesta é o fogo que lhes permite ficarem vivos e aquecidos, enquanto o incêndio daquela é o que lhes propícia a fuga, morto o monstro. Luciano cita, no episódio do mar congelado, o inverno cita; sendo este um *tópos* nos discursos antigos a tratar a Cítia como região antípoda à Grécia, inclusive no clima. Hipócrates[183] escreve que o inverno na Cítia é prolongadíssimo, marcado anualmente por uns poucos dias estivais, no que segue Heródoto, que, menos hiperbólico, reduz para oito meses a estação invernal da região, época em que se congela todo o mar, bem como o Bósforo Cimério a formar passagem atravessada por tropas citas e seus carros, os quais se dirigem então ao território dos Sindos.[184] Parodiando Heródoto, Luciano compõe uma imagem menos bélica e mais inverossímil: a de sua nave, impelida nas velas pelos ventos, a deslizar, como se navegasse, no manto glacial.[185]

Tiâmat, Tannin, Rahab, Leviatã, Thêrion, Belua, Pistris, Gascônio, Lacovie, Porfírio, Zaratán, Fastitocalon, Orca, Moby Dick, são nomes de prodígios das profundezas frequentemente associados aos *kétea*, e não poucos deles são hoje conhecidos como baleias; entretanto, o campo imagético destas não abrange o daqueles, considerando-se a variadíssima iconografia de *kêtos*, que não o limita, como se viu, ao universo aquático. Também o léxico é objeto de debate; afinal, o bicho que os antigos designam por κῆτος é o mesmo bicho que os

[182] NV, II, 2.
[183] *Acerca de Ares, Águas e Lugares*, 19.
[184] *Histórias*, IV, 28. Os Sindos, ou Sindis, ocupavam a costa sudeste do mar de Azove (na península de Taman), chegando as imediações ocidentais do Cáucaso.
[185] NV, II, 2.

modernos designam por baleia, *ballena, balena, baleine*, no português, no espanhol, no italiano, no francês, respectivamente, ou por *wal* e *whale*,[186] no alemão e no inglês?

Para naturalistas, como Cuvier[187] e Lacépède,[188] provavelmente *não*; provavelmente porque não se propõem discutir os textos antigos dedicados à matéria, senão deslindar empiricamente a variedade de baleias no interior dos ainda mais variados gêneros que compõem os cetáceos; entretanto, para romancistas, como Melville, *sim*, pois, no início do seu *Moby Dick*, o narrador esclarece a etimologia de *whale*, indica termos correspondentes em outras línguas, como κῆτος e *cetus*, além de compilar excertos de "baleia" (*whale*), tirados do Jonas do *Antigo Testamento* à *História Natural dos Cachalotes* de Thomas Beale, passando por Plínio, Luciano, Shakespeare, Milton e outros.[189]

Ishmael, o narrador-baleeiro de *Moby Dick*, qualifica de "fraudes pictóricas"[190] as antigas representações egípcias, gregas, hindus de baleias, e constata equívocos análogos em imagens ulteriores dos cetáceos, extensivos às ilustrações de obras científicas, como na de um cachalote, censurado por parecer uma "abóbora",[191] presente num tratado de Frédéric Cuvier. Ainda com a dicção oitocentista de um baleeiro, Ishmael põe em questão o que chama de "degenerescência do tamanho original"[192] das baleias ao longo dos séculos, considerando fósseis remanescentes, bem como testemunhos de naturalistas, que as descrevem, não raro, com grandes dimensões — Lacépède atribui a uma baleia franca uns cem metros de comprimento[193] —, e julgando tais descrições não fiáveis, o mesmo Ishmael conclui que as baleias de seu tempo não são menores que as da época de Plínio.[194]

---

[186] Traduções inglesas de NV vertem κῆτος por *whale*, como mostram as edições de Hickes (1634), de Tooke (1820), de Francklin (1887), de Willson (1899), de Davidson (1902), de Fowler e Fowler (1905), Reardon (1989) e de Harmon (2006).

[187] CUVIER, Frédéric. *De l'Histoire Naturelle des Cétacés*. Paris: Librairie encyclopédique de Roret, 1836.

[188] LACÉPÈDE, Bernard Germain de. *Histoire Naturelle des Cétacés*. Paris: Chez Plassan, 1804.

[189] MELVILLE, Herman. *Moby Dick*. Tradução de Irene Hirsch e Alexandre Barbosa de Souza. São Paulo: Cosac Naify, 2008, p. 12-24.

[190] Idem, ibidem, p. 284.

[191] Idem, ibidem, p. 286.

[192] Idem, ibidem, p. 478.

[193] Trata-se da obra antes referida de Bernard Germain de Lacépède.

[194] Idem, ibidem, p. 479.

A crítica de Melville ao tamanho das baleias pressupõe a positivação das descrições delas, que, por as amplificarem, não se confirmam empiricamente aos olhos de um baleeiro. Ocorre que as antigas descrições são epidíticas, adequadas à efetuação dos *kétea* como prodígios, daí figurados com hipérboles. Há monstros (κήτη) no Oceano Índico, diz Cláudio Eliano, cujo tamanho excede em cinco vezes o do maior elefante,[195] enquanto os κήτη do Golfo de Sirte são maiores que as trirremes,[196] mas os que habitam a costa da Gedrósia, não só são maiores — têm cerca de meio estádio[197] — como também mais fortes, porque, quando respiram, fazem as ondas se elevar de sorte que os ignaros as tomam por redemoinhos.[198] Em Opiano, os monstros que aterrorizam os barqueiros no Mar Ibérico se assemelham a naves de vinte remos.[199] Já o citado κῆτος, chamado pelo Fisiólogo de "áspide--tartaruga", é tão grande quanto uma ilha;[200] do mesmo modo, Isidoro de Sevilha se refere a eles (κήτη) como monstros imensos (*bellua*), considerando que seus corpos equivalem a montanhas,[201] amplificação semelhante se lê em Ovídio: o prodígio que vem arrebatar Andrômeda é um monstro (*belua ponto*), cujo "peito cobre a extensão do mar".[202]

Alheias, evidentemente, ao realismo, essas descrições de prodígios não efetuam a transposição de grandes animais presumivelmente encontrados em mares distantes, porquanto elas fazem parte de discursos diversos que, recorrendo aos mesmos *tópoi* de invenção de monstros fixados em epopeias, em historiografias, competem entre si no figurar intensamente os *kétea*, variando elocutivamente os lugares, as circunstâncias e as metáforas.

Quintiliano[203] escreve que a hipérbole frequentemente suscita o riso, e é Cícero que a emprega jocosamente a propósito de um

---

[195] *Da Natureza dos Animais*, XVI, 12.
[196] Ibidem, XVII, 6.
[197] Quase 90 m.
[198] *Da Natureza dos Animais*, XVII, 6.
[199] *Haliêutica*, V, 59.
[200] *Fisiólogo*, I, 17.
[201] *Etimologias*, XII, vi, 8.
[202] *Metamorfoses*, IV, 690-691.
[203] *Instituição Oratória*, VIII, 6, 74.

homem de grande estatura, dizendo que ele "bateu com a cabeça no arco do Triunfo de Fábio".[204] Nessa chave, Demétrio afirma que toda a hipérbole, por ser um impossível (*adynatos*) é utilizada pelos poetas cômicos:[205] do impossível eles tiram o risível (γελοῖον);[206] assim, um deles, atinente ao apetite insaciável dos persas, diz que estes "defecam planícies inteiras".[207] Satirizando o apetite não menos voraz do rei Luís Filipe I, Daumier o litografa, não com os traços de um persa, mas sob a forma de um gigante, o Gargântua rabelaisiano com boca escancarada; sua língua é a imensa escada a tocar o solo pela qual sobem valetes da corte carregando cestas cheias de moedas, jogadas goela abaixo do monarca [fig. 17]. Como um *kêtos* oitocentista, Luís Filipe é o rei-pera que traga toda a riqueza da França, como também a liberdade de Daumier, condenado a meio ano de prisão por incitação ao ódio e desprezo ao governo.

Fig. 17. HONORÉ DAUMIER. *Gargântua*, 1831, litografia, 21 x 30 cm.

Personagem cômica por excelência, o glutão é posto em verso por outro poeta cômico que descreve o rei Medoque da Trácia carregando

---

[204] Apud Quintiliano. *Instituição Oratória*, VI, 3, 67.
[205] *Sobre o Estilo,* 126.
[206] Idem, ibidem.
[207] Idem, ibidem.

"um boi inteiro entre os dentes",[208] no que difere de *kêtos* que, apesar de seu apetite voraz, não consegue mastigar a nave luciânica que atravessa os interstícios de seus dentes.[209] *Kêtos* evidencia que o riso brota, não dos dentes que mordem, mas dos que deixam de morder.

A hipérbole é uma das figuras produtoras de amplificação mais utilizadas pelo narrador também em *kêtos*, sendo que a aplicada ao tempo dilata a duração dos eventos, como a estada dos cipriotas náufragos por mais de vinte e sete anos dentro da besta marinha; contrasta ela com a redutiva dos três dias passados por Jonas dentro de outro *kêtos* e que abrevia a cronologia dos acontecimentos em Luciano: a esquemática *androictiomaquia* que opõe homens e peixes,[210] encenando uma peleja cômica, não excede duas jornadas, no que a distingue de polemografias, extensas e minuciosas, apresentadas em obras épicas e históricas — a guerra de Troia se arrasta por um decênio, enquanto a do Peloponeso, por quase três —, mas a aproxima, em compensação, da *Batracomiomaquia*, em que a batalha dos bichos ocorre num só dia. Há também amplificações de quantidade, com as quais se exalta a riqueza da natureza presente em *kêtos*, feito de uma "floresta com todas as espécies de árvores",[211] bem como uma "lagoa com toda a sorte de peixes".[212] Às vezes, elas marcam, como se disse, assimetrias tanto nas tropas, quanto nos resultados bélicos: mais de mil bichos[213] contra cinquenta humanos, sendo que dos primeiros são assassinados cento e setenta, enquanto, dos últimos, apenas um.[214]

A corpulência de *kêtos* tem extraordinária espessura paródica na condensação de antigas narrativas de prodígios pelágicos dispersas em não poucos autores e obras. A aparição inicial da besta marinha aos assombrados marinheiros luciânicos recicla não só o referido modelo homérico, mas também o historiográfico, posto em circulação na

---

[208] DEMÉTRIO. *Sobre o Estilo*, 161.
[209] NV, I, 30.
[210] Ibidem, I, 36-39.
[211] Ibidem, I, 31.
[212] Ibidem, I, 34.
[213] Ibidem, I, 36.
[214] Ibidem, I, 37.

expedição indiana de Alexandre Magno, cuja tripulação, aterrorizada, deixa os remos caírem ante a aproximação de um *kêtos* a agitar as águas, como violenta tempestade, descrita por Arriano[215] recontando Nearco. Quanto à estada no interior do bicho, além das presumidas alusões a Jonas e a Héracles, ela pode evocar tanto a reclusão em uma caverna, e já se propôs a de Platão[216] como referência à de Luciano,[217] quanto a deambulação por uma cidade fortificada, que a não menos platônica Atlântida exemplifica; esta se distingue, entretanto, por seus anéis de terra alternados por outros de mar[218] à semelhança da Ecbátana herodotiana, constituída de muralhas de círculos concêntricos.[219]

Das Narrativas Verdadeiras é, em última análise, o próprio *kêtos* posto em cena: um monstro discursivo devorador de tudo quanto passa pelo seu caminho. Mas também ele vai sendo devorado à medida que atravessa o imaginável espaço tramado nos registros de viagens e que o empurra, no mesmo movimento, até as bordas do inimaginável.

A prosa luciânica, oceânica, avança e recua sobre as margens de vários livros, a estes, assim, designa e desvia. Ela é, nos confins do mundo conhecido, o que lhe é exterior, porém, paradoxalmente, revela-se nele, porque cintila no clarão aberto pelo *lógos-álogos*, cuja lúdica denegação dá as cartas no grande tabuleiro desenhado pelos episódios onde os seres e os não-seres não cessam de jogar com papéis mesclados. Tem-se aí uma partida fora do comum, em que nem se entreveem vencedores, nem qualquer perspectiva de ser levada a termo, mas na qual as palavras, compondo quadros quiméricos na sucessão das jogadas-acontecimentos de *Narrativas Verdadeiras*, assinalam sua potência de suscitar estranhezas.

[215] *Anábase de Alexandre Magno*, VIII, 30.
[216] *República*, VII, 514.
[217] GEORGIADOU, Aristoula; LARMOUR, David H. *Lucian's Science Fiction Novel True Histories*, op. cit., p. 158.
[218] PLATÃO. *Crítias*, 113d.
[219] HERÓDOTO. *Histórias*, I, 98.

BIBLIOGRAFIA

Traduções consultadas
de Ἀληθῶν Διηγημάτων (ordem cronológica)

(c. 1475) CASTELLANO, Lilio [Lilio Tifernate]. *De Veris Narrationibus Libelli Duo*. Nápoles: Arnaldo de Bruxelas.

(1525) LONIGO, Niccolò da [Niccolò Leoniceno]. *Delle Veri Narrationi Libbri Doi*. In: ____. **I Dilettevoli Dialogi, le Vere Narrationi, le facete epistole di Luciano Philosopho, di Greco in volgare tradotte per M. Nicolo da Lonigo, et historiate & di nuovo accuratamente reviste et emandate**. Veneza: Zoppino.

(1538) BRACCIOLINI, Poggio. *Historiae Verae Liber Primus*; *Historiae Verae Liber Secundus*. In: **Luciani Samosatensis Opera, Quae Quidem Extant, Omnia, e Graeco Sermone in Latinum, partim iam olim diuersis autoribus, partim nunc demum per Jacobum Micyllum, quaecunque reliqua fuere translata. Cum Argumentis & annotationibus eiusdem passim adiectis**. Frankfurt: Christianus Aegenolphus.[1]

(1551) ENZINAS, Francisco de. *Historia Verdadera de Luciano*. Argentina (Estrasburgo): Augustin Frisio.

(1583) BRETIN, Filbert. *La Vraye Histoire*. In: ____. **Les Oeuvres de Lucian de Samosate, philosophe excellent, non moins utiles que plaisantes: traduites du grec par Filbert Bretin aussonois, docteur en medecine. Repurgées de paroles impudiques et profanes**. Paris: Abel l'Angelier.

(1617) AGUILAR VILLAQUIRÁN, Juan de. *Libro Primero de La Verdadera Historia*; *Libro Segundo de La Verdadera Historia*. Santander: Biblioteca Menéndez y Pelayo (Mss. M-164).

(1634) HICKES, Francis. *The True Historie*. In: ____. **Certain Select Dialogues of Lucian Together With His True Historie**. Oxford: William Turner.

(1654) PERROT D'ABLANCOURT, Nicolas. *L'Histoire Véritable*. In: ____. **Lucien, De la Traduction de N. Perrot, Sr d'Ablancourt**. Paris: Augustin Courbe.

(1729) REGUERA, Francisco de la. *Las Historias Verdaderas de Luciano. Escritas en Lengua Castellana por D. Francisco de la Reguera, natural de Valladolid. Recogidas por un Amigo suyo*. Madri: Biblioteca Nacional de España (Mss. 2844).

(1787) MASSIEU, Jean. *Histoire Véritable*. In: ____. **Œuvres de Lucien. Tome VI**. Paris: Moutard.

(1788) BELIN DE BALLU, Jacques Nicolas. *L'Histoire Véritable*. In: ____. **Œuvres de Lucien. Tome II**. Paris: Jean-François Bastien.

(1820) TOOKE, William. *The True History*. In: ____. **Lucian of Samosata from the Greek with the Comments and Illustrations of Wieland and Others. Volume II**. Londres: Longman, Hurst, Rees, Orme, and Brown.

---

[1] A tradução latina de Bracciolini, de datação ignorada, figura sem menção de autoria na edição das obras completas de Luciano organizada por Micilo, cf. ZAPPALA, Michael O. *Lucian of Samosata in the Two Hesperias: An Essay in Literary and Cultural Translation*. Potomac: Scripta Humanistica, 1990, p. 129; GRIGORIADU, Theodora. Libro terzero de las Historias Verdaderas de Luciano, escritas en lengua castellana por don Francisco de la Reguera, natural de Valladolid: estudio y edición de la única continuación literaria de Luciano de Samósata en el Siglo de Oro. **Criticón**, Toulouse, nº 113, p. 120, 2011.

(1842). DINDORF, Guillaume. *Veræ Historiæ Liber Primus; Veræ Historiæ Liber Secundus*. In: ____. **Luciani Samosatensis Opera. Ex Recensione Guilielmi Dindorfii, Græce Et Latine Cum Indicibus. Editio Altera Emendatior**. Paris: Ambrosio Firmin Didot.

(1834) MANZI, Guglielmo. *Della Vera Istoria*. In: ____. **Le Opere di Luciano. Vol. III**. Capolago: Tipografia Elvetica.

(1862) SETTEMBRINI, Luigi. *Di Una Storia Vera*. **Opere di Luciano. Volume Secondo**. Florença: Felice Le Monnier.

(1866) TALBOT, Eugène. *Histoire Véritable*. In: ____. **Œuvres Complètes de Lucien de Samosate. Tome l**. Paris: Hachette.

(1877) FRANCKLIN, Thomas. *The True Historie*. In: ____. **Trips to the Moon by Lucian**. Londres: Cassel & Company.

(1891) CHURCH, Alfred John. *The Greek Gulliver. Stories from Lucian. With Illustrations By C.O. Murray*. Londres: Seeley and Co; Nova York: Macmillan and Co.

(1894) HICKES, Francis. *Lucian's True History translated by Francis Hickes. Illustrated by William Strang, J. B. Clark and Aubrey Beardsley with an introduction by Charles Whibley*. Londres: Privately Printed.

(1899) WILLSON, John Basil Wynne. *Lucian's Wonderland, being a Translation of the 'Vera Historia'. With Numerous Illustrations by A. Payne Garnett*. Edimburgo e Londres: Blackwood and Sons.

(1902) DAVIDSON, Augusta M. Campbell. *The True Historie*. In: ____. **Translations from Lucian**. Londres: Longmans, Green, and Co.

(1905) FOWLER, H. W.; FOWLER, F. G. *The True Historie*. In: ____. **The Works of Lucian of Samosata. Complete With Exceptions Specified in the Preface. Volume II**. Oxford: The Clarendon Press.

(1934) CHAMBRY, Émile. *Histoire Vraie*. In: ____. **Lucien de Samosate. Œuvres Complètes. Traduction Nouvelle. Tome Deuxième**. Paris: Garnier.

(1958) GRIMAL, Pierre. *Histoire Véritable*. In: ____. **Romans Grecs et Latins**. Paris: Gallimard (Bibliothèque de la Pléiade).

(1971) MONTANARI, Ugo. *Luciano di Samosata. Storia Vera*. Cento: Montanari.

(1981) ALARCÓN, Andrés Espinosa. *Relatos Verídicos*. In: ____. **Luciano de Samosata. Obras I**. Madri: Gredos.

(1981) FERNANDES, Aníbal. *História Verdadeira*. In: ____. **História Verdadeira, Lúkios ou O Burro, Elogio da Mosca, O Parasita ou O Papa-jantares**. Lisboa: & Etc.

(1985) MAGUEIJO, Custódio. *Uma História Verídica*. Lisboa: Inquérito.

(1989) REARDON, B. P. *A True History*. In: ____. **Collected Ancient Greek Novels**. Berkeley; Los Angeles; Londres: University of California Press.

(1995) MATTEUZI, Maurizia. *Una Storia Vera*. In: ____. **Luciano. Racconti Fantastici**. Milão: Garzanti.

(1998) GUAL, Carlos García et al. *Relatos Verídicos*. In: ____. **Luciano de Samósata. Relatos Fantásticos**. Madri: Alianza Editorial.

(2002). TERREAUX, Claude. *Voyage dans la Lune et Autres Histoires Vraies*. Paris: Arléa.

(2003) LACAZE, Guy. Lucien. *Histoires Vraies*. In: ____. **Histoires Vraies et Autres Œuvres**. Paris: Librairie Générale Française.

(2006)[2] HARMON, A. M. *A True History*. In: ____. **Lucian. Volume I. With An Anglish Translation by A. M. Harmon**. Cambridge; Londres: Harvard University Press.

(2007). GÓMEZ, Pilar; MESTRE, Francesca. *Relatos Verídicos*. In: ____. **Luciano. Obras. Volumen IV**. Madri: Consejo Superior de Investigaciones Científicas.

---

[2] Primeira edição de 1913.

(2008) SANO, Lucia. *Das Narrativas Verdadeiras, de Luciano de Samósata*. Dissertação (Mestrado em Letras Clássicas) — Faculdade de Filosofia, Letras e Ciências Humanas da Universidade de São Paulo, São Paulo.

(2012) BOMPAIRE, Jacques. *Histoires Vraies*. In: ____. **Lucien. Œuvres. Tome II. Opuscules 11 - 20**. Paris: Les Belles Lettres.

(2012). PIQUEIRA, Gustavo. *A História Verdadeira. Luciano. Concepção e Tradução Relativamente Fiel de Gustavo Piqueira. Ilustrações de Alexandre Camanho, Carlos José Gama e Jaca*. Cotia: Ateliê Editorial.

Referências Gerais

APOLONIO DE RODES. *El viaje de los Argonautas*. Trad. Carlos García Gual. Madri: Alianza, 1987.

ARISTÓTELES. *Poética*. Trad. Eudoro de Souza. Lisboa: Casa da Moeda, 1998.

_____. *Retórica*. Trad. Manuel Alexandre Júnior, Paulo F. Alberto e Abel do N. Pena. Lisboa: Casa da Moeda, 1998.

BALTRUSAITIS, Jurgis. *Le Moyen-âge Fantastique*. Paris: Flammarion, 1993.

BOMPAIRE, Jacques. *Lucien Écrivain: Imitation et Création*. Paris: E. de Boccard, 1958.

BLOCH, Raymond. *Les Prodiges dans l´Antiquité Classique*. Paris: Presses Universitaires de France, 1963.

BRANDÃO, Jacyntho José Lins. *A Poética do Hipocentauro: Identidade e Diferença na Obra de Luciano de Samósata*. Belo Horizonte: UFMG, 2001.

BRANDÃO, Roberto de Oliveira. *A Poética Clássica: Aristóteles, Horácio, Longino*. São Paulo: Cultrix, 2005.

BRANHAM, Robert B. *Unruly eloquence: Lucian and the Comedy of Traditions*. Cambridge; Londres: Harvard University Press, 1989.

CASTER, Marcel. *Lucien et la Pensée Religieuse de son Temps*. Paris: Les Belles Lettres, 1937.

CHASTEL, André. *La Grottesque. Essai sur l'«Ornement Sans Nom »*. Paris: Promeneur, 1988.

CURTIUS, R. Ernest. *Literatura Européia e Idade Média Latina*. São Paulo: Edusp, 1996.

HESÍODO. *Teogonia. A Origem dos Deuses*. Trad. Jaa Torrano. São Paulo: Iluminuras, 2003.

HERÓDOTO. *História*. Trad. Mário da Gama Kury. Brasília: UNB, 1985.

HOMERO. *Ilíada*. Trad. Frederico Lourenço. São Paulo: Penguin Classics Companhia das Letras, 2013.

HOMERO. *Odisseia*. Trad. Frederico Lourenço. São Paulo: Penguin Classics Companhia das Letras, 2011.

JONES, J. P. *Culture and society in Lucian*. Cambridge; Londres: Harvard University Press, 1986.

JOUTEUR, Isabelle. *Monstres et Merveilles: Créatures prodigieuses de l´Antiquité*. Paris: Les Belles Lettres, 2009.

KAPPLER, Claude. *Monstres, Démons et Merveilles à la Fin du Moyen Age*. Paris: Payot, 1980.

LASCAULT, Gilbert. *Le Monstre dans l'Art Occidental. Un Problème d'Esthétique*. Paris: Klincksieck, 2004.

PERNOT, Laurent. *La Rhétorique de l'Éloge dans le Monde Gréco-romain. Tome I. Histoire et Technique. Tome II. Les Valeurs*. Paris: Institut d'Études Augustiniennes, 1993.

NOTAS AO
DAS NARRATIVAS VERDADEIRAS

[1] Luciano lança mão de um *tópos* que trata das ocupações ou atividades, elencadas em pares complementares, em que, de um lado, figuram as sérias ou requerentes de esforço para a sua realização, conhecidas através de um léxico grego e latino variado *(ἀσχολία, σπουδή, negotium)*, enquanto, de outro, as divertidas ou lúdicas que atendem por nomes como διατριβή, σχολή, παίγνιον, *ludus, schola, otium*.

Quando Quintiliano escreve (*Instituição Oratória*, I, 3, 8) que a distensão também faz parte da instrução oratória, do mesmo modo que o esforço empenhado no aprender depende da vontade, põe em circulação noções gregas. Aristóteles considera que os jogos, embora não tragam felicidade, são úteis à condição de poder empenhar-se em outras atividades, pois, como não se pode labutar de modo ininterrupto, a recreação é benéfica: remédio para a alma, aprazível quando se está fadigado ou muito concentrado (Ética a *Nicômano*, X, 6 - 1176b). Heródoto trata do binômio σχολή (*otium*)/ σπουδή (*negotium*) a propósito do faraó Amásis: censurado pelos súditos por despender parte do dia a jogar e a beber, ainda que dedicado à outra aos negócios do reino, o faraó retorque comparando a condição do homem com a do arco usado na caça e na guerra: como o arco só é vergado quando necessário, porque romperia caso ficasse sempre tensionado, também o homem que se aplica demasiado aos assuntos sérios, sem entregar-se ocasionalmente à diversão, acabaria, sem se dar conta, ficando louco ou imbecil (*Histórias,* II, 173). Como exercício lúdico (παίγνιον), o discurso é associado ao elogio irônico ou epidítico em chave paradoxal desde o gorgiano *Elogio de Helena*. Sobre a questão, cf. NOËL, Marie-Pierre. L'Enfance de l'Art. Plaisir et Jeu chez Gorgias. **Bulletin de l'Association Guillaume Budé**, Paris, n°1, p. 71-93, março de 1994.

[2] Jorge Luis Borges convida os leitores de seu *O Livro dos Seres Imaginários* (*El Libro de los Seres Imaginarios*) a frequentarem-no "como quem brinca com as formas cambiantes reveladas por um caleidoscópio", pois ao compor sua "silva de vária lição" recorreu a múltiplas fontes, registradas em cada artigo. A mesma ludicidade e multiplicidade de referências recobrem os episódios de NV, com à diferença de que Luciano poucas vezes traz ao longo dos episódios as fontes usadas na figuração dos seus animais extraordinários, o que constitui uma forma de jogo (παίγνιον), em que se põe à prova a memória treinada do leitor. A paródia depende do conhecimento prévio das obras imitadas, no que esse é convidado não só a desvendá-las, como também a avaliar as variações produzidas, emulativamente. Além disso, nomear apenas parcialmente as fontes é sinal de respeito para com a inteligência do ouvinte/ leitor. Teofrasto, segundo Demétrio (*Sobre o Estilo*, 222), opina que tudo dizer *como se ele* [ouvinte/ leitor] *fosse ignorante*, é tratá-lo com *desprezo*. Como expediente eficaz de persuasão, o mesmo Teofrasto prescreve que se fale sem prolixidade, evitando-se os detalhes, de sorte a deixar que o ouvinte/ leitor possa *compreender* por si mesmo, pois, uma vez que tiver compreendido, ele passará a

ser testemunha do autor, julgando-se mais inteligente graças a ele que lhe forneceu as chaves de compreensão.

[3] Ollier (*Lucien. Histoire Vraie*, op. cit., p. 10) observa que a locução αὐτῷ σοι é um aditamento incluído nas edições da obra, pois esta, segundo o costume antigo, deve ter sido antes divulgada por meio de leitura pública.

[4] Passo corrupto. Bompaire adita <ὧν>, seguindo a conjectura proposta por outros estudiosos.

[5] A pecha de mentiroso atribuída aos historiadores que deslindaram a Índia é proverbial. Estrabão qualifica de ψευδολόγοι Deimaco, Megástenes, Onesícrito e Nearco; todos escritores-navegadores que tomaram parte nas expedições índicas de Alexandre Magno. A desconfiança de Estrabão (*Geografia*, II, 1, 9) volta-se contra Deimaco e Megástenes, principalmente, por terem contado histórias extraordinárias sobre homens (uns com orelhas à guisa de cama, outros sem boca ou sem nariz, outros ainda com um olho só), e sobre animais (formigas que escavam ouro, serpentes que engolem bois e cervos). Tais matérias integram a *Índica* de Ctésias, como se vê na doxografia remanescente. No epítome dedicado a Ctésias (*Biblioteca*, 72, 49b), Fócio escreve que as montanhas indianas são habitadas por homens belicosos com oito dedos em cada mão e cada pé, e que eles têm orelhas que atingem os cotovelos, dissimulando suas costas. Antes desses navegadores, Cílax de Carianda empreende uma viagem exploratória ao rio Indo e, ao cabo de trinta meses, chega ao mar Vermelho (HERÓDOTO. *Histórias*, IV, 44).

[6] A obra de Iambulo ficou conhecida através de Diodoro Sículo, que fornece um resumo dela (cf. *Biblioteca Histórica*, II, 55-60).

[7] É o episódio em que Éolo, senhor dos ventos, encerra dentro de um odre os ventos nefastos, de maneira que a nave de Odisseu pudesse voltar à Ítaca (*Odisseia*, X, 1-75).

[8] Referência aos ciclopes: figuras colossais, de um só olho no meio da testa que, insociáveis, moram em cavernas isoladas. O mais ilustre deles é Polifemo, cujo relato (*Odisseia*, IX, 166-549) virou matéria da comédia desde Epicarmo.

[9] Comedores de carne crua são os Lestrigões ou Lestrígones, um povo de gigantes governado por Antífates, o qual recepciona os embaixadores de Odisseu, banqueteando-se com um desses. Odisseu conta que os Lestrigões arpoavam os marinheiros como se fossem peixes para serem servidos no jantar (*Odisseia*, X, 81-132). Carne crua humana também compõe o cardápio de Polifemo, devorador de seis companheiros de Odisseu.

[10] O designativo "homens selvagens" recobre várias figuras homéricas, inclusive Odisseu e seus companheiros, tendo em conta as atrocidades que eles cometem na terra dos Cícones (*Odisseia*, IX, 39-61).

[11] Sabe-se que Cila tem seis cabeças e doze pernas (*Odisseia*, XII, 85-106).

[12] A maga Circe recepciona em seu palácio uns companheiros de Odisseu com comida e bebida enfeitiçadas. Valendo-se de tal sortilégio, ela os metamorfoseia em porcos (*Odisseia*, X, 234-240).

[13] Reivindicando a *licença no fabular* convencionalmente assumida por poetas, Luciano repropõe um lugar-comum aduzido por filósofos, sofistas e outros segundo o qual os poetas escrevem e cantam visando antes a suscitar o deleite do que a servir à verdade (cf. PLATÃO, *Górgias*, 501d -502b, *República*, X 607c; ANÔNIMO. *Dissoi Logoi*, II, 28). Uma variante desse lugar argumentativo ocorre no parágrafo precedente a respeito de Iambulo, cujos relatos, aprazíveis, são tão admiráveis quão enganosos, pelo que fica subentendido ser ele um fabulista (ψευδολόγος) ao modo dos historiadores que versaram sobre a Índia, como indica Estrabão.

[14] Sobre este trecho, relevantíssimo por esclarecer o *modus operandi* de NV, consultar *O Dizer o Indizível*.

[15] Cifra semelhante aparece a propósito dos Argonautas. Segundo Apolodoro, Argo constrói uma nave de 50 remos (*Biblioteca*, I, 16). Mas o assim chamado "catálogo dos Argonautas" varia de acordo com os autores, compreendendo entre 50 e 55 nomes de aventureiros. Apolônio de Rodes destaca 55 tripulantes a bordo da Argo. A mesma convenção figura em mais relatos

de expedições. Com efeito, a circum-navegação do cartaginês Hanão nas regiões da Líbia é empreendida com naves contendo 50 remos.

[16] Além do κυβερνήτης (piloto ou timoneiro), o responsável por manejar o leme, e do κελευστής (contramestre ou chefe dos remadores), a quem cabia a tarefa de marcar a cadência dos remos, como Orfeu entre os Argonautas, as letras náuticas gregas destacam a figura do πρωράτης, o encarregado de cuidar da proa, daí ser visto como o segundo piloto. Essa atribuição tem relevância, dado que as expedições antigas não empregam as cartas náuticas (CASSON, Lionel. *Ships and Seamanship in the Ancient World*. Nova Jersey: Princeton University Press, 1986, p. 300). Ademais, em noites sem nebulosidade, os trajetos das embarcações eram determinados com base na constelação de Castor e Pólux (ROUGÉ, Jean. *La Marine dans l'Antiquité*. Paris: Presses Universitaires de France, 1975, p. 207).

[17] Tópica náutica de ancoragem homérica encenada no episódio em que Odisseu (*Odisseia*, IX, 82-104), tendo desembarcado com sua frota na terra dos Lotófagos, destaca uma tríade de marujos para investigar os autóctones, os quais se alimentam, como indicado no etnônimo, de lótus, uma planta entorpecente vinculada ao esquecimento.

[18] A estela recebe aqui dupla significação, seja monumento religioso (reverenciado pelos marinheiros como revelador da presença de Héracles, herói civilizador, e da de Dioniso, divindade agrária, referido em seguida por um de seus atributos, o vinho), seja baliza geográfica, por inscrever um marco fronteiriço, explícito na inscrição "vieram até aqui". A incongruência de escala cartográfica se evidencia no fazer incidir em um mesmo lugar, finisterra, dois marcos diametralmente opostos da ecúmena, pois, enquanto os confins ocidentais do mundo habitado são estabelecidos por Héracles, os orientais o são por Dioniso. Há colunas a um e a outro consagradas, sendo que as de Dioniso se situam na Índia, marcando o ponto extremo de sua expedição (DIONÍSIO PERIEGETA. *Periegese da Ecúmena*, 1162-1164; APOLODORO. *Biblioteca*, III, 36, 1). O divertido da hipótese é ver que mesmo tendo partido das Colunas de Héracles e singrado os mares por quase três meses, os aventureiros continuam a vagar no mesmo domínio herácleo, porém, duplicado pelo dionisismo indiano, já que Dioniso, deus da duplicidade, é aquele que abole todas as fronteiras (cf. VERNANT, Jean-Pierre. *Mythe et Religion en Grèce Ancienne*. Paris: Seuil, 1990, p. 99-104).

[19] "Do pé se mede Hércules", diz a máxima latina (*ex pede Herculem*), sintetizando um arrazoado grego que Aulo Gélio, relendo Plutarco, atribui ao filósofo Pitágoras, o qual logrou estabelecer a estatura elevada do herói: sabendo que Hércules mediu com seus próprios pés o comprimento do estádio de Pisa, próximo ao templo de Júpiter Olímpico, e que os 600 pés ali registrados foram aplicados nas construções ulteriores de estádios, os quais, todavia, ficaram menores, o mesmo Pitágoras determinou que o pé de Hércules era tanto maior que o dos demais homens, como o estádio olímpico (192, 50 m) o era em relação aos demais estádios; e com base no pé de Hércules calculou a altura correspondente ao corpo dele considerando a proporção de todos os membros, concluindo que Hércules superava em tamanho todos os homens até então existentes (A. GÉLIO. *Noites Áticas*, I, 1-3). Com a pegada na rocha, Luciano amplifica jocosamente o louvor pitagórico a Héracles, atribuindo-lhe uns 180 metros de altura, se tomarmos como termo de comparação a regra vitruviana: "O pé é a sexta parte da altura do corpo" (*Da Arquitetura*, III, 1). Mas, a julgar por Apolodoro (*Biblioteca*, II, 4, 9), a estatura de Héracles era mais modesta: sequer transcendia os quatro côvados (180 cm).

[20] Como ocorre no relato dos Cabeças-bois (II, 44) relativamente ao Minotauro, também aqui se faz uso do modelo pictórico ou escultórico extraído de narrativa mítica — a metamorfose da ninfa Dafne em loureiro —, o qual fornece um análogo imagético eficaz às figuras portentosas descritas, efetuando-se, com as mulheres-videiras, uma imagem desviante de outra imagem, que, por sua vez, remete a uma terceira imagem. Jogo de transposições reversíveis: sabe-se que a versão contada por Ovídio da referida metamorfose de Dafne (*Metamorfoses*, I, 452-567)

orientou a produção de obras artísticas, de que a notória escultura de Bernini (*Apolo e Dafne*, c. 1622-1625, mármore) exemplifica. Luciano ri da mesma fábula em outro texto (*Diálogos dos Deuses*, 15 [17]), pondo em cena um Apolo, azarado em amores, a comentar as próprias desventuras, dizendo, a respeito de Jacinto, que este faleceu atingido por um disco, e, quanto a Dafne, que ela preferiu virar um vegetal a ter relações com ele, no que apenas lhe restaram coroas.

[21] Relatos de viagens aos domínios celestes são antigos e variados, não faltando heróis a sulcarem os ares, como Ícaro que adeja pelas cercanias do Sol, ou Belerofonte que, montado em Pégaso, ruma ao Olimpo. Os dois heróis trágicos são motivos de representações cômicas: o Menipo luciânico, atando um par de asas aos seus ombros, uma de águia e outra de abutre, se desloca pelo firmamento e vai à morada olímpica, do que se entende o título *Icaromenipo* dado ao diálogo. Do mesmo modo, o Trigeu aristofânico, um lavrador ático, arremedador do euripidiano *Belerofonte*, sobe às costas de um escaravelho colossal e esvoaça pelos ares (*A Paz*).

Mas, com o conto selenita de NV, Luciano oferece um elemento novo: variando o predicado associado ao voo maravilhoso — em vez de animais alados ou de homens voadores, traz à cena um barco à vela aeronavegante —, inaugura a expedição náutica à Lua, sendo fundador de uma tradição de périplos fantásticos, replicada diretamente até pelo menos Rudolf Raspe (*As Aventuras do Barão de München hausen*, 1785). Consta nas letras gregas um precedente de narrativa de viagem, em que um aventureiro, após ter franqueado os confins do mundo, ascende à Lua. Trata-se de *Das Coisas Incríveis Além de Tule* (Τὰ ὑπὲρ Θούλην ἄπιστα), de Antônio Diógenes. Obra só conhecida por meio de fontes indiretas, notadamente pelo resumo de Fócio (*Biblioteca*, 166). Este considera *Das Coisas Incríveis Além de Tule* a "fonte" e "raiz" de NV (ibidem, 111b). O comentário fociano suscitou o debate entre os estudiosos modernos, quer no sentido de o endossar (REYHL, K. Antonios Diogenes. *Untersuchungen zu den Roman-Fragmenten der «Wunder jenseits von Thule» und den «Wahren Geschichten» des Lukian*. Dissertação, Tübingen, 1969), quer no sentido de o rechaçar (MORGAN, J. R. Lucian's True Histories and the Wonders beyond Thule of Antonius Diogenes. **The Classical Quarterly**, New Series, vol. 35, nº II, 1985, p. 475-490). Se o epítome de Fócio permite ver pontos de convergência entre os dois relatos, ele, no entanto, não autoriza ninguém a concluir que Luciano tenha extraído sua história deste A. Diógenes. Já sob esse aspecto, o proêmio de NV desmente a hipótese de haver referência única: a viagem de Luciano perpassa diversos rincões da *paideia* grega instituída por poetas, historiadores, filósofos. Pelo epítome de Fócio, aliás, nem mesmo se sabe como Dínias, o protagonista de *Coisas Incríveis*, logrou chegar a Lua. Supõe-se que esse deslocamento tenha sido fruto de encantamento, devido às ressonâncias neopitagóricas que ecoam no relato. Conta-se, nesse sentido, que o protagonista regressa à Terra por obra de magia (ibidem, 111a). Em meio às dúvidas que cercam o significado de *Coisas Incríveis Além de Tule* — seria ele apenas um relato ficcional para divertir ou estaria também recoberto por uma aretologia de fundo pitagórico ? —, Fócio propõe uma direção interpretativa, afirmando que Antônio Diógenes designa a si mesmo como um escritor de "comédia antiga" que elabora relatos incríveis e falsos (ibidem, 111a). Com esses qualificativos, indicam-se os preceitos com que o autor opera, pois sua encenação cômica produz coisas surpreendentes, seja por inversão, seja por exagero, relativamente àquelas que ocorrem em cidades gregas, como procedem comediógrafos desde Aristófanes. Assim, ao longo das viagens, as personagens de A. Diógenes contam terem visto ou ouvido coisas dignas de atenção: mulheres que vão à guerra enquanto homens cuidam da casa e dos lavores femininos (109b 36-37), habitantes cegos de dia, mas ventes à noite (109b 19-20), cavalos cuja cor da pele é cambiante (ibidem, 109b), e ainda uma região hiperbórea em que a noite, como o dia, pode prolongar-se por um ano inteiro (ibidem, 111a).

[22] Das questões que agitam o debate erudito envolvendo a Lua desde os Pré-socráticos, uma concerne ao cálculo preciso da distância da Terra à Lua. A aeronavegação luciânica fornece através das

unidades de medidas assinaladas, o estádio e o nictêmero (consultar *Medidas, Desmedidas*), uma resposta jocosa, pois opera aqui com uma amplificação para menos, diferentemente da amplificação para mais em I, 6 concernente à tempestade de 79 dias que se abateu sobre a nave em alto-mar. O cômico rebaixa radicalmente as cifras estratosféricas estabelecidas pelas autoridades precedentes que mediram a rota lunar. Considerando-se que a convenção mais adotada na Antiguidade converte sob condições climáticas favoráveis um nictêmero (24 horas navegadas) em 1.000 estádios (ARNAUD, Pascal. *Les Routes de la Navigation Antique. Itinéraires en Méditerranée*. Paris: Errance, 2005, p. 79-81), e que a embarcação só vai aceder à região selenita no oitavo dia, tem-se a distância entre a Terra e a Lua estimada em 8.300 estádios, soma que inclui os 300 estádios que resultam da elevação da embarcação na atmosfera (I, 9). Ora, a precisão farsesca, articulada a uma cifra insignificante, importa para encenar os números não menos contrastantes trazidos pelas autoridades. Segundo Cleomedes, a distância entre a Terra e a Lua é de 5.000.000 de estádios (*Do Movimento Circular dos Corpos Celestes*, II, 1, 302-303). Para Posidônio, entretanto, ela é menor: 2.000.040 estádios (PLÍNIO, O VELHO. *História Natural*, II, 85). Já em Pitágoras essa distância cai para singelos 126.000 estádios (idem, ibidem, II, 83). Mas nada se compara com o Menipo de Luciano, que também empreendera tal aeronavegação: 3.000 estádios, diz ele, separam a superfície terrestre da lunar (*Icaromenipo ou Sobre as Nuvens*, 1). Esse gracejo menipeio, de fundo cínico-cético, se dirige à selenografia e mais especulações de ordem astronômica marcadas por assimetrias e inépcias da parte dos que as determinaram. É que os filósofos, mal sabendo precisar quantos estádios há entre Mégara e Atenas, ainda assim se atrevem a medir a distância da Lua ao Sol, o perímetro da Terra, a profundidade do mar, bem como a investigar toda sorte de fenômenos celestes (*Icaromenipo ou Sobre as Nuvens*, 6).

[23] Os compostos prevalecem na nomeação dos monstros em NV; neste particular, o cavalo-abutre resulta da adjunção de ἵππος (cavalo) ao γυπός (abutre), como também joga com a aliteração dos sufixos πό/ποι (Ἱππόγυποι). Os tradutores trasladam diversamente esse hápax; enquanto alguns apenas transliteram os caracteres gregos em latinos, outros se aventuram na articulação sonora, elidindo certas letras do nome: aglutinação holofrástica a produzir um tipo de palavra-valise, visível nas versões "*Cabalgabuitres*" (Andrés Alarcón); "*Cavalabutreiros*" (Lucia Sano); "Abutrevaleiros" (Gustavo Piqueira). Já Pierre Grimal e Custódio Maguejo propõem respectivamente "*Cavaliers-Vautours*", "Cavaleiros-Abutres", no que interpretam o primeiro vocábulo à luz da explicação apresentada pelo narrador: "Os Cavalos-abutres são homens sobre grandes abutres e utilizam as aves como cavalos". Ambas as traduções ajustam, assim, o nome do portento à descrição do mesmo, considerando a sinédoque mobilizada por Luciano, o qual não fala em "cavaleiros", senão em cavalgadura, tanto aqui, quanto nos mais compostos formados com ἵππος-. Com o fito de evidenciar a onomástica teratológica de Luciano, optou-se quase sempre por separar os termos binários com hífen e determinar em cada incidência deles no texto a inscrição mais apropriada ao cômico, que remonta aos nomes compostos aristofânicos. Um critério adotado foi o do sintetismo onomástico, suprimindo-se as preposições que normalmente as línguas latinas empregam ao verterem compostos gregos. Assim, onde algumas traduções assinalam "Pés-de-cortiça" por Φελλόποδες, escreve-se, aqui, simplesmente "Pés-cortiças"; mas há ocorrências de nomeações mais ambíguas, de difícil interpretação, como os "Mosquitos-ares" (I, 16). Michel Bréal, discorrendo sobre os compostos gregos e os modos de traduzi-los, propõe que o emprego de artigos e preposições se presta mais a satisfazer as "exigências de uma língua tornada rigorista e detalhista" do que a "corresponder a uma necessidade de precisão e clareza." (Cf. *Mélanges de Mythologie et de Linguistique*. Paris: Hachette, 1882, p. 311). A questão está longe de ser nova, pois Quintiliano já deplora a pobreza do latim em relação ao grego: à diferença deste, a língua latina não dispõe de nomes para muitas coisas, tornando-se necessário recorrer a metáforas ou perífrases (*Instituição Oratória*, XII, 10, 34).

²⁴ Os monstros destacados como guardiões de domínios de divindades celestes são tão velhos quanto Gilgámesh, cujo poema relata, entre outros, o encontro do herói homônimo com homens-escorpiões (*Girtablilu* em acádio), postos a vigiar o portal da montanha do deus solar Shámash (SIN-LÉQI-UNNÍNNI. *Epopeia de Gilgámesh*. Tradução de Jacyntho L. Brandão. Belo Horizonte: Autêntica, 2018, p. 105). Poder-se-ia mesmo assinalar, por via heurística, convergências entre a narrativa de Luciano e a de Sin-léqi-unnínni no que tange à inesperada vinda de um marujo a um lugar situado além do mundo conhecido, após uma travessia improvável; assim como Luciano é interpelado pelo deus lunar acerca de sua proeza náutica, assim também Gilgámesh o é, mas não pelo deus solar, senão pelo mesmo homem-escorpião, cujo aspecto não é descrito. Entretanto, iconografias diversas lhe são atribuídas, das quais se impõe a figura itifálica alada tendo a parte superior do corpo humana, a inferior de pássaro, e uma cauda de escorpião erguida. Cf. GREEN, Anthony. A Note on the 'Scorpion-Man' and Pazuzu. **British Institute for the Study of Iraq**, Londres, v. 47, p. 75-82, 1985.

²⁵ A surpresa advém de um artifício nada surpreendente: a *paraprosdokian* (παρὰ προσδοκίαν), que é figura empregada para subverter, como indica o termo grego, a expectativa do leitor/ouvinte quanto ao verossímil implícito no evento narrado, previsibilidade ancorada quase sempre em matriz épica ou historiográfica, donde ser um recurso não pouco explorado em comédias. Por tratar-se de uma embarcação saída de região longínqua, seria de se esperar do anfitrião que, tendo acolhido os navegantes, a estes interpelasse acerca da viagem nos seguintes termos: "Mas como chegaram até aqui, atravessando tanto mar?". Operada por substituição de parte do enunciado, a *paraprosdokian* acentua o acontecimento fantástico, correspondente ao cenário sidéreo onde se sucedem as peripécias náuticas do protagonista. Já em Aristófanes ocorre o mesmo efeito de estranhamento. A certa altura da encenação, o deus Hermes aconselha Trigeu a esposar Abundância (Ὀπώρα), a viver com ela no campo e a gerar uvas (ARISTÓFANES. *A Paz*, 706-708). Caso Abundância fosse uma mulher, os votos seriam de que ela gerasse filhos, porém, como se trata de uma personificação associada à frutificação e à colheita, do mesmo modo que Trigeu é viticultor até no nome, sobrevém o comentário atinente ao engendramento de uma prole vinífera. Além de assinalar mais ocorrências da *paraprosdokian* em Aristófanes (*As Nuvens*, 149; 177-179), Demétrio remonta o emprego dessas aos textos homéricos, verificável no diálogo cômico travado entre Polifemo e Odisseu, notadamente na resolução tomada pelo gigante (*Odisseia*, IX, 369): "Por último, vou comer Ninguém [Odisseu]". Isso porque ninguém esperaria ser agraciado com semelhante presente de boas-vindas, nem Odisseu, nem o leitor (DEMÉTRIO. *Sobre o Estilo*, 152). Polifemo, o que "muito fala", já segundo uma acepção etimológica, é também aquele que nada compreende a não ser o que está ao alcance do ventre. Desdenhando da hospitalidade, ele replica a Odisseu dizendo-lhe que "Ninguém" é o último dos marujos presos na caverna a ser devorado. Objeto desse jogo, o ciclope é o glutão ctônico que acaba por ser devorado pelos poderes da astúcia odisseica. No ato de furar o olho de Polifemo, Odisseu dá a ver a incivilidade que recobre o monstro homófago. Mesmo quando não era cego, o gigante pouco enxergava, monoftalmo. A cegueira de Polifemo figura no interior de um episódio em que Homero parodia as cenas de hospitalidade apresentadas em outras rapsódias. Ao modo dos *dissoi logoi*, os discursos duplos que elencam argumentos a favor e contra uma mesma tese, Homero fornece tanto o modelo épico de encenação do rito de hospitalidade (um estrangeiro que aporta em terra desconhecida é acolhido em nome de Zeus hospitaleiro, que a corte feácia exemplifica), quanto seu contramodelo cômico, dramatizado na caverna do ciclope. Na condição de estrangeiro recém-chegado e suplicante, Odisseu supõe, pautado no costume antigo, que lhe seja fornecido alimento e não que ele mesmo seja o alimento. Em outros termos, Alcino está para o convivialismo, como Polifemo, para o bestialismo.

²⁶ O cômico incide no combate de um rei eternamente dorminhoco (Endimião) contra outro rei, completamente estorricado (Faetonte), segundo a parte do mito que os dá a conhecer. Consta

que Faetonte foi fulminado por um raio de Zeus após ter conduzido de modo imprudente o carro do Sol (HIGINO. *Fábulas*, 189; 270). Quanto a Endimião, a Lua (Selene) se apaixonou pela beleza dele e Zeus lhe concedeu um pedido: Endimião escolheu dormir para sempre, sem ser afetado pela morte ou pela velhice (APOLODORO. *Biblioteca*, I, 7, 5).

[27] Este efetivo de 10 miríades constitui cifra verossímil para uma epopeia de guerra, presente na *Ilíada* segundo estimativas de estudiosos: Peter Jones presume que o total de Aqueus, comandados por Agamêmnon e Menelau, que desembarcaram em Troia chegavam aos mesmos 100.000 soldados (Cf. *Introdução* in: Homero, *Ilíada*. São Paulo: Penguin Classics Companhia das Letras, 2013, p. 11). Isso importa como estratégia narrativa: Luciano parte de um verossímil épico de contingente militar para em seguida transfigurá-lo em inverossímil cômico: a infantaria (aludida em I,15 como remate das forças selenitas) compreende 60.000.000 (seis quilíades de miríades) de combatentes, compostos por aranhas gigantescas.

[28] Traduções acrescentam o qualificativo "maior" à Ursa, ausente no texto grego, pois este nada diz sobre a grandeza ou a localidade da ursídea celeste, portanto, poderia designar quer o asterismo Ursa Maior, quer o Ursa Menor (Ἄρκτος ἡ μηγάλη; Ἄρκτος ἡ μικρά), distinção presente em *Catasterismos* atribuído a Eratóstenes de Cirene. Já se viu aqui uma evocação a Ártemis, cuja variante teonomástica *Arktemis* corresponde à *árktos* (ursa); ainda que tal motivação etimológica seja discutível, sabe-se que os ursídeos figuravam no culto da irmã gêmea de Apolo, também apresentada como uma personificação da Lua, o que a vincularia a Selene. Nessa chave, o risível reside na temível arqueira Ártemis, também chamada "senhora das feras", enviar, como suas feras arqueiras, pulgas colossais.

[29] Note-se que ambos os termos do composto Στρουθοβάλανοι têm significado duplo. Στρουθός: pardal e avestruz; βάλανος: glande e bolota.

[30] Tal contingente de 60.000.000 de infantes é hiperbolicamente adequado às inadequações previstas na paradoxologia de Luciano, e não deixa de motejar da cifra extraordinária com que Heródoto quantifica as forças terrestres persas em território grego: 170 miríades, ou 1.700.000 homens (*Histórias*, VII, 60). Soma considerada exagerada por estudiosos modernos, que estimam uns 180.000 guerreiros sob o comando de Xerxes I (cf. BURN, A. R. *Persia and the Greeks: The Defence of the West, c. 546 - 478 B.C.* Nova York: St. Martin's Press, 1962, p. 330). Alheio à positividade de historiadores modernos, Heródoto ressalta desde o início contar os feitos maravilhosos de helenos e bárbaros (*Histórias*, I, 1), os quais passam também pelos números que os notabilizam, de sorte que tal hiperquantificação põe em evidência a força colossal da expedição do Grande Rei, além de indicar o desafio sobre-humano da armada grega ante a invasão bárbara, consignado na apologética menção dos Atenienses como os "salvadores da Hélade" (*Hist*. VII, 139). Isso transparece ainda nas cifras assimétricas que marcam os contingentes em pé de guerra: o mesmo Heródoto escreve que Xerxes chega às Termópilas à frente de um exército que totaliza 5.283.220 soldados (*Hist*. VII, 186), ao passo que as forças gregas, encabeçadas por Leônidas, contam com pouco mais de 5.200 homens assinalados (ibidem, VII, 202-203). Conquanto Luciano não assimile diretamente o Grande Rei ao rei lunar Endimião, nem tampouco Leônidas ou Temístocles ao rei solar Faetonte, ele replica na generalidade do modelo polemográfico a mesma disparidade nos contingentes envolvidos, assim como o desfecho do evento bélico: enquanto as forças selenitas chegam a 60.180.050 de combatentes especificados (também Luciano, como Heródoto relativamente aos gregos, só fornece números parciais dos aliados), as dos Heliotas atingem 115.000, e são estas, como os gregos da Segunda Guerra Médica que, mesmo estando em número infinitamente menor e derrotadas em batalha prévia decisiva, saem vencedoras. Luciano emprega, evidentemente, o modelo para esvaziá-lo: sua polemografia, descrevendo brevemente as batalhas (ao contrário do ocorre com os historiadores), valoriza os contingentes bélicos, pois estes concentram grande parte dos portentos figurados na narração, a indicar de passagem

que a guerra e seus heróis, matérias por excelência de poemas épicos e relatos históricos, se revelam risíveis monstruosidades.

[31] Com "Mosquitos-ares" se preserva a estranheza e ambiguidade do composto grego, supondo-se que tal nomeação abreviada e imprecisa dê acolhida à dupla acepção contida no hápax Ἀεροκώνωπες, traduzido comumente por "mosquitos-do-ar", mas que a teratologia de Luciano autoriza a verter também em "mosquitos-de-ar", designativo a sugerir que tais insetos fossem constituídos de ar — assim como os Asas-verduras são pássaros feitos com asas de alface e, como um todo, revestidos por verduras (I, 13) —, o que lhes confere, como dípteros gasosos encimados por arqueiros, um aspecto fantástico de aeróstato adequado às inadequações do bestiário luciânico. Mas como Luciano não trata da natureza dos mosquitos, referidos, a exemplo de abutres e pulgas, apenas como cavalgaduras, os tradutores adotam "Mosquitos do ar", "Aeromosquitos" e termos correlatos; com isso, eles deslocam o significante da anatomia do animal para o lugar onde este se inscreve. No plano do significado, Luciano joga com a aliteração entre ἀεροκώνωψ e οἰνοκώνωψ, sendo o último termo aplicado às drosófilas, como a mosca-do-vinagre, e que reputadas entre os insetos mais pestilentos da Antiguidade, ganham distinção na lexicografia, não na historiografia (cf. BEAVIS, Ian. *Insects and Other Invertebrates in Classical Antiquity*. Exeter: University of Exeter, 1988, p. 236). Além dos mosquitos, a entomologia maravilhosa de Luciano destaca também pulgas e formigas, mas não alude nem a abelhas, associadas aos Faraós no Egito e a Zeus e Ártemis na Grécia, nem a vespas, incluídas no repertório cômico desde Aristófanes, que, em peça homônima, põe em cena um coro formado por magistrados atenienses, os quais, trasvestidos de vespas, têm cada qual atado ao traseiro, como ferrão, um longo estilete semelhante ao que eles usavam para redigir suas sentenças em tabuinhas de cera; aguilhão condenatório referido pelos mesmos juízes quando, a certa altura, confessam "ganharem a vida picando todo mundo" (*As Vespas*, 1111-1112), mesmo os não culpados. Também Aristófanes encena uma batalha faceciosa: em formação compacta e armado de abespinhados ferrões, o enxame de juízes-vespas luta para resgatar um dos seus, Filocleão, feito prisioneiro em sua casa pelo próprio filho; este, recorrendo a um bastão, uma tocha acesa e a alguns escravos, logra, ao cabo de um breve entrevero, livrar-se desse vespeiro.

[32] O hápax Ἀεροκόρδακες, literalmente, os "Cordacistas-ares", alude a um gênero de dança tido por licencioso, chamado "córdax" — ou "cordacismo" na designação de Manuel Bernardes (*Nova Floresta*, II, p. 4) —, presente na Comédia Antiga e circulante ainda na época Imperial (cf. PETRÔNIO. *Satíricon*, 52, 8) a ponto de o Senado, sob Tibério, haver adotado medidas restritivas quanto à presença desses dançarinos em Roma. Aristófanes já censurava o comediógrafo Êupolis por haver posto em cena uma idosa bêbeda a bailar o córdax (*As Nuvens*, 555). Os relatos remanescentes não permitem descrever precisamente como evoluía um cordacismo, tampouco sua inserção coral; admite-se, como hipótese, que sua coreografia evidenciava um gestual vertiginoso com os cordacistas a manipularem uma presumida corda que lhes passava pelas mãos. Enquanto Aristófanes afirma não lançar mão do córdax em sua comédia (*As Nuvens*, 540), Luciano não se furta a utilizá-lo nas suas, descrevendo, em *Icaromenipo*, 27 , um banquete no Olimpo onde Apolo toca cítara, as Musas recitam Hesíodo e Píndaro, enquanto Sileno se põe a dançar o córdax; ainda como dança báquica, Luciano inclui algures (*Dioniso*, 1), entre as tropas da armada de Dioniso na Índia, um contingente de jovens nus, sátiros a executarem o mesmo cordacismo. Quanto à cena militar montada em NV, pode-se conjecturar que os Dançarinos-ares estariam posicionados, como infantaria cordacista, na teia de aranha e, agitando freneticamente as ancas, arremessariam, recorrendo a cordas, rabanetes (picantes no sabor, letais na picada) na linha de frente inimiga; enquanto esta, tendo por forças equivalentes os Lança-painços e os Guerreiros-alhos, contra-atacaria lançando, por sua vez, espiguetas de painço e cabeças de alho.

[33] Descrevendo a armada de Dioniso em pé de guerra contra os Indianos, Luciano (*Dioniso*, 4) traz o asno de Sileno a zurrar em tom marcial como uma das armas báquicas empregadas na

intimidação do inimigo. Heródoto, por sua vez, refere o espantoso relinchar dos asnos persas usados com sentido militar, porquanto o alarido produzido pelos animais é tão espantoso que, se não chega a espantar a cavalaria dos Citas, pelo menos a desordena, constituindo uma vantagem do exército de Dario durante a invasão da Cítia (*Histórias*, IV, 129). O rebaixamento cômico na guerra selenito-heliota leva em conta, ademais, o da *Batracomiomaquia*, em que o clangor da guerra animalesca é anunciado por mosquitos através de suas grandes trombetas (*Batracomiomaquia*, 199-200).

[34] Antevendo a morte de seu amado filho Sarpédon em meio a uma peleja campal, mas persuadido a não interferir no destino funesto reservado a esse guerreiro lício, Zeus, compadecendo-se dele, transforma sua dor em louvor: faz as nuvens jorrarem sangue na Terra (*Ilíada*, XVI, 458-461). O comentário do narrador de NV toma ao pé da letra o que na *Ilíada* corresponde a um emblema elegíaco que põe em relação o efeito da carnificina sideral dos Selenitas com o evento preditivo do ocaso de Sarpédon, subjugado pelas mãos de Pátroclo: a chuva ensanguentada do Zeus homérico condensa numa imagem cósmica o pranto paterno frente a uma perda iminente e irreparável. Tal imagem, enfática dos poderes divinos, integra o arsenal dos *adynata* (impossíveis) mobilizado nos poemas homéricos, sendo também exemplar disso a imagem hiperbólica dos corcéis de Hera a voar entre a terra e o céu: o simples salto desses cavalos alados coincide com a extensão do universo (*Ilíada*, V, 768-772).

[35] Seria mesmo o Arqueiro do Zodíaco, latinizado como Sagitário, um centauro? A questão é objeto de disputa, sendo Eratóstenes de Cirene um dos que divergem da posição prevalecente no debate astronômico da Antiguidade, encabeçado por Eudoxo e Hiparco, que vislumbram na referida constelação a imagem de um homem-cavalo a portar um arco (cf. *Eratosthenes and Hyginus: Constellation Myths with Aratus's Phaenomena*. Tradução de Robin Hard. Oxford University Press: Nova York, p. 192). O mesmo Eratóstenes argumenta que nenhum centauro faz uso do arco, porquanto manuseiam armas mais rústicas, e que a parte animal do arqueiro nem sequer é a de um quadrúpede equino, mas a de um bípede caprino, o sátiro chamado "Croto", cujo mito o vincula às Musas e à invenção do tiro com arco (*Catasterismos*, XXVIII). Em Luciano, o Arqueiro do Zodíaco, mais que um centauro, se impõe como um pégaso colossal alçado a líder de uma etnia antropo-ornito-equina. Ressalte-se, enfim, que tal iconografia é de matriz oriental: centauros-arqueiros alados, às vezes com cauda de escorpião, figuram em cenas de caça desde o século XIII a.C. em selos-cilindros cassitas, neobabilônicos e médio-assírios (cf. PADGETT, J. Michael. *The Centaur's Smile: The Human Animal in Early Greek Art*. New Haven: Yale University Press, 2003, p. 6; 129-132).

[36] Paródia da muralha instalada na aérea cidade de Cucos-nas-nuvens, que, erguida com tijolos de barro e mais materiais por aves diversas (ARISTÓFANES. *As Aves*, 550-552; 836-842; 1124-1162), parodia, por sua vez, a grande muralha de Babilônia, a qual se conhece através de Heródoto (*Histórias*, I, 178-179). O historiador trata do processo de construção da referida muralha, vazada ao longo de sua extensão por cem portas de bronze maciço, ressaltando ainda a presença de uma muralha interna em Babilônia, tão resistente quanto à primeira, ainda que mais estreita (ibidem, I, 178-181).

[37] Referência historiográfica de base tucididiana, cf. *História da Guerra do Peloponeso*, I, 44; III, 36.

[38] Estudiosos, desde Albert Stengel (*De Luciani Veris Historiis*, op. cit., p. 29-30), veem aqui as marcas do tratado de paz entre Atenienses e Lacedemônios, tal como firmado em Tucídides (*História da Guerra do Peloponeso*, V, 19-20).

[39] Além de antecipar, ao modo teatral, o relato atinente aos costumes selenitas (I, 22-26), fornecendo um elemento exemplar dos prodígios que neste proliferam, o passo ironiza Homero no plano dos arranjos matrimoniais, visto o rei Alcino intentar em vão reter Odisseu em terra feácia, oferecendo-lhe sua filha em casamento (*Odisseia*, VII, 309-315).

[40] Não poucas inversões risíveis se condensam nos Selenitas, a começar pela gestação de um natimorto, cuja vida advém do vento insuflado na boca do cadáver, uma vez que esse é extraído da perna: o nascimento corresponde ao renascimento. Tem-se também o descimento da geração da vida por deslocamento do embrião da cavidade abdominal para o membro inferior do corpo, daí a expressão "barriga da perna", nome popular da "panturrilha", ser tomada ao pé da letra. Como pseudosseres, os Selenitas surgem assim de uma metáfora de gênero baixo. A etimologia é objeto de motejo: fornece-se uma explicação crível para a origem do nome de uma parte corporal, recorrendo-se a um evento de todo incrível. A visada é, decerto, o mito do nascimento de Dioniso da coxa de Zeus — divindade por isso chamada de "homem-mulher" em outro texto de Luciano (*Diálogos dos Deuses*, 12, 1) — e, por acréscimo, a ironia é dirigida ao procedimento exegético levado a cabo por filósofos e historiadores que buscam interpretações razoáveis para as origens dos mitos, supondo haver neles um fundamento verdadeiro e que as versões dos poetas, consequentemente, contêm toda sorte de exagero. Tome-se, como exemplo, a figura épica de Linceu: Apolônio de Rodes ressalta os olhos penetrantes desse argonauta, tão penetrantes que ele pode ver até o que há debaixo da terra (*Argonáuticas*, I, 151-155). Na exegese de Paléfato (*Das Coisas Incríveis*, IX), contudo, a fábula desse marujo de visão prodigiosa é convertida na história do primeiro minerador: Linceu, durante o processo de extração de minerais, levava tochas para debaixo da terra lavrada e as deixava ali, transportando para cima os sacos de cobre e de ferro. Paléfato conclui que Linceu não só via debaixo da terra, como também a penetrava.

[41] Joga-se com a significação do termo κομητῶν ἀστέρων, que à letra quer dizer "astro de cabelo comprido" em alusão à cauda (coma) luminosa característica desse corpo estelar. Além disso, através da maravilhosa metamorfose dos cometas em terras longínquas visitáveis, o narrador põe em cena os enunciados proemiais que regem seu discurso — tratar do que não é, do que não viu, do que não soube por outros (I, 4) —, fazendo ironia com o testemunho indireto, um dos critérios empregados pelos livros de viajantes no avaliar a autenticidade de lugares e acontecimentos. Variações faceciosas desse critério de valor historiográfico — com recurso ora ao testemunho indireto, ora ao testemunho direto ou ocular — proliferam no texto. Assim, Luciano contesta previamente o ceticismo que pode suscitar o seu relato selenita, convidado o leitor a empreender uma viagem à Lua: ver com os próprios olhos se o narrado corresponde à verdade (I, 26).

[42] Como os regalos do rei lunar remetem aos presentes de hospitalidade oferecidos pelo rei Alcino (HOMERO. *Odisseia*, VIII, 389-442), também a escolta selenita evoca a embarcação feácia encarregada de transportar Odisseu para Ítaca (*Odisseia*, XIII, 75-115).

[43] Tanto as Plêiades, quanto as Híades integram a constelação de Touro. Segundo Eratóstenes de Cirene, o semblante do Touro é delineado pelas estrelas pertencentes às Híades, enquanto no dorso dele situam-se as Plêiades, constituídas por sete estrelas irmãs (*Catasterismos*, XIV).

[44] O hápax λυχνεών alude ao lugar que acolhe lamparina, podendo designar por extensão o depósito de material usado no funcionamento dela.

[45] ARISTÓFANES. *As Aves*, 819.

[46] Cf. NV, I, 28.

[47] Figura gorgiana por excelência (cf. *Elogio de Helena*), a antítese — que é um dos operadores de paradoxos em Luciano — também intervém neste episódio através do paralelismo de termos postos em contraste semântico. Assim ocorre na sentença constatativa de ambivalência, "nos imaginamos mortos, mas nos acreditamos vivos". Tal uso do oxímoro em relação quiasmática articula-se com a interpelação precedente a propósito da condição dos navegantes recém-chegados: se estes são "deuses marinhos ou homens desafortunados [...]". Similar oposição habita em mais encenações, sendo ora desencadeadora de batalha devido à vantagem vislumbrada no plano da panóplia — eles "estão desarmados, e nós, armados" (NV, I, 36) —,

ora corresponde ao triunfo bélico propiciador de paz, independência e bonança para marujos submetidos, outrossim, à vida clausural dentro da fera: homens a um tempo livres e cativos, eis a situação paradoxal dos aventureiros sintetizada no comentário do protagonista: "Em tudo nos assemelhávamos aos que, em uma prisão enorme e inescapável, vivem no luxo e na liberdade" (NV, I, 39). A antítese dá-se ainda associada ao cambiamento da fortuna — "a mudança para melhor vem a ser muita vez o princípio de males maiores" (NV, I, 30) —, como peripécia anunciada de saída, pois a tripulação, tendo aterrissada no mar, acaba logo engolida pelo monstro.

[48] A autossuficiência gozada por Cíntaro é também uma gozação do mundo rural idílico encampado por Aristófanes. O comediógrafo o desenha através de um modelo agrário de tipo autarcista, cuja referência remonta à hesiódica idade de ouro: a felicidade passa pela volta dos antigos costumes associados à vida simples, campestre e próspera dos varões em tempos de paz. (Cf. CORBEL-MORANA, Cécile. *Le Bestiaire d'Aristophane*. Paris: Les Belles Lettres, 2012, p. 28-33. SAID, Suzanne. La Campagne d'Aristophane. **Pallas**, Toulouse, nº 54, p. 191-206, 2000). Diferentemente do herói aristofânico, que recorre aos mais variados artifícios para conquistar a paz (como Trigeu em *A Paz* e Diceópolis em *Os Acarnenses*), a personagem luciânica deliberadamente põe-se a deflagrar a guerra, mesmo vivendo em abundância.

[49] O composto παγουρίδαι, formado pela junção de πάγος (crosta, capa, ponta de rochedo ou qualquer objeto endurecido ou congelado) com οὐρά (cauda), significa literalmente os "caudas--duras", o que soa estranho por tratar-se de crustáceos, como nota E. de SAINT-DENIS ao discutir *pagurus* (*Le Vocabulaire des Animaux Marins en Latin Classique*. Paris: C. Klincksieck, 1947, p. 81). Na zoologia moderna, *paguro* é associado aos caranguejos que refugiam-se em conchas de moluscos por terem o abdômen mole, e que mudam de abrigo à medida que crescem. Aristóteles situa os πάγουροι em segundo lugar na escala de grandeza decrescente dos caranguejos (*História dos Animais*, IV, 2, 525 b). Metaforicamente, o mesmo termo é aplicado à fênix (LÍCOFRON. *Alexandra*, 419). Já os tradutores de NV propõem interpretações diversas, pois alguns retêm do nome composto apenas o crustáceo ("*Crabéens*", Grimal; "*famille des crabes*", Bompaire; "Sirinos", Sano), enquanto outros o vertem à letra ("Caudas-rijas", Magueijo; "*Colatiesas*", Mestre e Gómez), no que desconsideram o artrópode implicado no jogo. "Caudas-siris", aqui proposto, acolhe as duas acepções da designação binária, de modo a preservar a isotopia onomástica desses povos fabulosos, geralmente apresentados através de um animal aquático, ao qual são acrescidos qualificativos de ordem anatômica como, mão, pé, cabeça.

[50] A nave do protagonista parte das Colunas de Héracles tendo a bordo 52 tripulantes, sendo 50 marujos, mais o capitão e Luciano (I, 5). Subtraídas as duas perdas humanas sofridas aquando da exploração da ilha das mulheres-videiras (I, 8-9) e somados os dois cipriotas integrados ao contingente, resulta disso que o exército de Luciano conta com 52 homens, e não 50 como assinala o narrador. Essa cifra falaciosa, longe de indiciar uma inépcia da parte do escritor como já sugeriu a crítica (OLLIER, F. *Lucien. Histoire Vraie*, op. cit., p.44; GEORGIADOU, A; LARMOUR, D. *Lucian's Science Fiction Novel True Histories*, op. cit., p. 170), deve ser entendida à luz dos paradoxos forjadores de armadilhas discursivas: pressupõe-se um leitor sempre atento aos jogos farsescos com as precisões numéricas, farsescos pois essas são objeto de subversão. Encontra-se um equivalente menos sutil do procedimento no resultado da refrega: enquanto 170 inimigos são chacinados, um único combatente luciânico perde a vida. A emboscada aqui encenada, efetua-se em dois planos, pois a um tempo fustiga os peixes monstruosos e fisga os leitores nas malhas ardilosas da narrativa. Jogos análogos com as incongruências nos números e nas personagens envolvidas frequentam relatos cômicos, fantásticos e outros, como no de Teopompo, em que se descreve, segundo o epítome de Eliano, que em terras antípodas há uma cidade de 2 milhões de habitantes, os quais, certa feita, decidiram empreender viagem até a nossa terra, levando, porém, um contingente de 10 milhões de homens (CLÁUDIO ELIANO.

Histórias Variadas, III, 18). Já o Pseudo-Homero refere um guerreiro morto em combate (*Batracomiomaquia*, 202-205), mas que em seguida ressurge incólume no mesmo campo de batalha pelejando contra outro inimigo (ibidem, 216-217). Viu-se, nisso, à parte o problema da transmissão dos códices, um motejo homérico: Pilêmenes, líder dos Paflagônios, apesar de morto por Menelau (*Ilíada*, V, 576-579), reaparece vivo e vertendo lágrimas diante do cadáver de seu filho abatido em combate (ibidem, XIII, 658-659).

[51] Segundo a ictiologia moderna, Bonito designa diversos tipos de peixes de corpo fusiforme, sendo comumente identificado com um pequeno atum. THOMPSON, D´Arcy. *A Glossary of Greek Fishes*. Londres: Oxford University Press, 1947, p. 197.

[52] A afetação da exatidão numérica é um artifício cômico explorado ao longo de NV e hiper-valorizado em Rabelais: o gigante Gargântua, recém-chegado a Paris e incomodado com a importunação dos habitantes que se admiravam com ele, decide então ir descansar nas torres da Catedral de Notre Dame. Achando-se ali e vendo uma multidão de parisienses em derredor, Gargântua põe-se a mijar "tão acremente em cima deles que morreram afogados duzentos e sessenta mil, quatrocentos e dezoito, sem contar as mulheres e as crianças". RABELAIS, François. *Gargantua*, cap. XVII. Tradução de Aristides Lobo. São Paulo: Hucitec, 1986, p. 106.

[53] "Cada uma" quer dizer, evidentemente, "ilha", termo elíptico na expressão ἐν ἑκάστηι.

[54] Variante dos referidos Centauros-nuvens (NV, I, 18), Centauro-éolo empresta-lhes a mesma beligerância no caráter e gigantismo no corpo, mas seus respectivos nomes também os enlaçam a fábulas distintas; com o termo "nuvens", o narrador alude à gênese dos centauros, nascidos da união de Íxion com uma nuvem, a qual Zeus havia plasmado com a forma de Hera a fim de verificar se esse rei da Tessália, enamorado da esposa do mesmo Zeus e convidado a festar com os deuses, levaria a termo seus desejos sacrílegos (cf. LUCIANO. *Diálogos dos Deuses*, 5). Píndaro conta que Néfele (Nuvem) deu à luz ao centauro, o qual, copulou com as éguas da Magnésia, engendrando uma horda assombrosa de homens-cavalos (*Píticas,* II, 21-49), enquanto Íxion, lançado ao Hades, é amarrado a uma roda ardente que o atormenta eternamente. Quanto a "Éolo", ele designa, como nome próprio, diversas personagens, das quais a mais notória é o Guardião dos ventos, visitado por Odisseu, a quem ele presenteia com o odre que encerra todos os ventos, à exceção daquele que o levaria de volta à Ítaca (HOMERO. *Odisseia*, X, 1-76). "Bebe-mares" sugere a voragem de Caríbdis (cf. GEORGIADOU e LARMOUR. *Lucian's Science Fiction,* op. cit., p. 175), portento que, sob o recuo de um rochedo marítimo, traga as águas e as regurgita três vezes ao dia (HOMERO. *Odisseia*, XII, 104-106; 235-242); *voragem* rebaixada aqui em *pilhagem*, a denotar os não poucos golfinhos que ele tragara de seu inimigo. Já "Centauro-éolo" tira partido da polissemia inscrita no adjetivo "éolo" (*aiólos*), que, entre outros, significa o que se agita ou se move sem cessar, assim, ligado à inconstância, mas também à cintilação e ao engano, por isso, semanticamente avizinhado ao termo *poikílos*, no sentido de mutante, múltiplo, versicolor (cf. DETIENNE, Marcel; VERNANT, Jean-Pierre. *Métis — As Astúcias da Inteligência*. São Paulo: Odysseus, 2008, p. 26-27); tal aspecto cambiante pode explicar por que Centauro-éolo, o comandante de uma esquadra, embora tenha seu nome identificado tanto ao Senhor dos ventos, quanto à progênie da Néfele, não se detém em nenhum deles: solapa a um tempo a deidade de Éolo e a duplicidade homem/animal do centauro.

[55] Canto ou hino coral consagrado inicialmente ao deus Apolo, depois estendido a outras divindades e homens ilustres. O peã era entoado em ocasiões solenes como rituais, campanhas, triunfos militares, e mais acontecimentos honoríficos.

[56] Corpos de praticamente 90 metros (NV, I, 40).

[57] Bóreas, uma das divindades gregas dos ventos, personifica o Vento do norte que traz a estação invernal.

[58] Em sua particularidade, o passo condensa a dupla articulação operante no discurso: a descrição seguida do comentário da mesma descrição (cf. *O Dizer o Indizível*). O narrador compõe

imagem cômica, entendida como incongruência ou inversão de outra: uma imagem de gênero baixo delineada à risca com a transposição dos chifres dos touros para baixo dos seus olhos. Em seguida, o preceito cômico usado na efetuação da imagem se dá a ver na evocação de uma divindade associada à comédia, Momo, que personifica o sarcasmo. Em Hesíodo, Momo é um dos filhos da Noite (*Teogonia*, 214). Mas, é em Luciano que esse deus da burla e da fala franca, até então deixado praticamente às sombras nas letras gregas, vem à luz, tornado arauto de alguns textos seus (cf. JOUANNO, Corinne. Mythe et Allégorie dans l'Œuvre de Lucien. **Kentron**, Caen, n⁰ 24, p. 202-203, 2008).

[59] A duplicidade enunciativa é marcada no vocábulo de valor dêitico "daqui" (ταύτην), que alude ao lugar de fala do narrador em oposição ao não-lugar em que se figura a personagem, a ilha de queijo. Os tradutores interpretam diferentemente o passo ἐντεῦθεν ἀπαλλαγὴν ταύτην, dizendo ora que Tiro havia deixado a sua "casa" ou "pátria" (Harmon, Alarcón), ora que ela havia abandonado a "terra" ou o "nosso mundo" (Chambry, Grimal, Magueijo, Bompaire, Lacaze, Mestre e Gómez). A última interpretação leva em consideração o Hades homérico: ao descer à região dos mortos com o fito de ouvir as profecias de Tirésias, Odisseu lá encontra vários fantasmas, dos quais o de Tiro, que lhe conta que, além de ser filha de Salmoneu, está enamorada do divino rio Enipeu; mas é Posídon que, assumindo a forma desse, tem relações com ela. Por fim, o deus dos mares revela sua verdadeira identidade e que ela engendrará filhos dele (*Odisseia*, XI, 235-259). Em um dos *Diálogos dos Deuses Marinhos* (13), Luciano traz o referido episódio, inventando uma conversa burlesca de um brejeiro sedutor Posídon com um enciumado Enipeu. Este o reprova por ter-se passado por ele e por ter desvirginado a jovem; Posídon replica dizendo que ele era indiferente ao amor de Tiro e que a desprezou, mas o indignado Enipeu acusa o deus dos mares de ter iludido uma jovem ingênua e de ter gozado do que lhe pertencia, ao que Posídon responde que assim agiu por não querê-la. Com efeito, a τιμή (vertida aqui por recompensa, mas que significa também estima, honra, dignidade régia, cargo honorífico) que Tiro recebe de Posídon foi não apenas a de ter tido dois filhos dele, Pélias e Neleu (ambos escudeiros de Zeus, como diz Homero), como também a de reinar, ou pelo menos qualificar, uma ilha de queijo com mais de 4 km de perímetro, visto que o nome da jovem, Τυρὼ, tem assonância com queijo, τυρός. Na mesma chave, em um mar de leite com uma ilha-queijo, encontra-se um santuário consagrado a Galateia, cujo nome deriva de γάλα (leite).

[60] Logrando avistar em alto-mar uma porção de terra plana (πλατύς) e baixa (ταπεινός), mesmo estando à distância de uns 89 km, a tripulação luciânica tem olhos de lince. Mas a hipótese da visão penetrante traz o atributo do argonauta Linceu, apto a ver o mais profundo, inclusive o da terra (APOLÔNIO DE RODES. *Argonáuticas*, I, 151). O *adynaton*, aqui, prescreve, efetuando o reconhecimento de um alcançável pela visão, de modo que o invisível não se acrescenta ao visível, mas o modela com fantasia.

[61] Amplificando Heródoto, que afirma exalar a Arábia uma fragrância divinamente agradável (*Histórias*, III, 113), Diodoro Sículo a faz propagar-se até o pleno mar, de sorte que os navegantes mesmo distantes da terra firme podem sentir seu perfume (*Biblioteca Histórica*, III, 46). Também Plínio, o Velho, retoma as narrativas arábicas de Heródoto, mas para censurar como "*fabula*" a que diz que sob os raios do sol do meio-dia a península arábica inteira exala perfume indizível composto de todos os aromas; menos digno de fé é, segundo o mesmo Plínio, afirmar que a brisa perfumada anuncia a Arábia em pleno mar à frota de Alexandre Magno antes mesmo que esta a tenha divisado (*História Natural*, XII, 86). Quanto a Luciano, ele repropõe a Arábia herodotiana como país dos aromas, mas desconsidera em NV as plantas e os modos prodigiosos de obtê-los referidos pelo historiador (*Histórias*, III, 107-112). Isso porque toma a referência historiográfica como metáfora de região paradisíaca, no que aproxima a Arábia da igualmente feliz ilha dos mortos ilustres cantada por poetas, matéria motejada nesse episódio (NV, 6-29).

62 Como seu irmão Minos, Radamanto é um renomado rei de Creta tornado no *post mortem* juiz do tribunal do Hades devido às qualidades que cultivara em vida: sabedoria, prudência, equidade. Homero menciona Radamanto morando nos Campos Elísios (*Odisseia*, IV, 563-564), enquanto Platão fala dele na condição de juiz incumbido de julgar unicamente as almas provenientes da Ásia (*Górgias*, 524a).

63 Com a morte de Aquiles em combate, suas armas são alvo de uma disputa entre Ájax e Odisseu, que sai vencedor. Sentindo-se injustiçado, Ájax decide vingar-se, porém, tomado de loucura, põe-se a trucidar os animais destinados ao alimento do exército, tomando-os por inimigos. Quando recobra a sanidade, Ájax, envergonhado, cai em desespero. Decide então pôr fim a própria vida em lugar ermo: após enterrar a espada verticalmente com a lâmina saindo do solo, precipita-se contra ela (cf. SÓFOCLES. *Ájax*, 815-865). Ájax Telamônio é celebrado pelo epíteto "o grande Ájax" não apenas por sua excepcional estatura e bravura, mas também para o distinguir de outro combatente homônimo em Troia, o Ájax da Lócrida, sobre o qual pesam atos cruéis e sacrílegos, no que é um herói desventurado igualmente aos olhos do narrador de NV, que o relega, apenado eternamente, à Terra dos Ímpios (II, 17).

64 Na farmacologia antiga, creditava-se às propriedades purgativas desta planta o poder de curar a loucura. Nas cartas trocadas com o médico Hipócrates (especialmente a carta 19 do *Corpus Hippocraticum*), o filósofo Demócrito trata a loucura como enfermidade provocada pela alteração da umidade do encéfalo, onde reside a atividade da alma, quer por ação da fleuma, quer por ação da bile, já que ambos os humores distorcem a visão e a audição, fazendo com o que o paciente veja e ouça coisas diversas das que efetivamente vê e ouve (cf. HIPÓCRATES. *Sobre o Riso e a Loucura*. Tradução de Rogério de Campos. São Paulo: Hedra, 2011, p. 65-66).

65 Também no mundo dos mortos, Menelau entra em disputa por Helena; também no mundo dos mortos, Helena é infiel a Menelau, entregando-se, não, como outrora, a um filho da nobreza — o pai de Páris, Príamo, era rei de Troia —, mas apenas a um filho da plebe (NV, II, 25), o pai de Cíniras, Cíntaro, era mercador de Chipre (NV, I, 34). Quanto a Teseu, diz-se que ele participara no rapto de Helena, quando ela nem sequer estava em idade casadoira, ao passo que este herói, de pendor esponsal, já era quinquagenário. Além disso, a sentença de Radamanto traz em apenso irônico certas aventuras amorosas de Teseu: a referida Amazona, pode ser Melanipe, Antíopa ou Hipólita, pois uma delas, a depender dos exegetas, vai gerar o notório filho dele, Hipólito. Quanto às filhas de Minos, trata-se tanto de Fedra, a segunda esposa de Teseu, quanto de Ariadne, conhecida por ajudá-lo a conseguir livrar-se do labirinto de Minotauro. Mas a enamorada Ariadne ficou a ver navios: Teseu, regressando à Atenas, a abandona na ilha de Naxos.

66 Mesmo confrontadas com o nada da morte, as almas insistem em obter honrarias, tão vãs quanto as não-existências que o reino infernal lhes assegura *ad aeternum*. Tal comédia é representada também em *Diálogos dos Mortos*: em um dos episódios, os mesmos generais conquistadores, além de Cipião Africano, figuram no Hades em uma disputa, arbitrada por Minos, sobre quem excele na arte militar. Após ouvir os argumentos dos três contendores, Minos, a exemplo de Radamanto, dá a palma a Alexandre. Cf. LUCIANO. *Diálogos dos Mortos*, 12 [25].

67 Como estratego ateniense, Aristides teve papel relevante em combates contra os Persas nas batalhas de Maratona, de Salamina e de Plateias, segundo conta Plutarco, que refere também a rivalidade política daquele com Temístocles, o estado de pobreza em que teria morrido, além do rigoroso senso de justiça que lhe confere notoriedade (*Vidas Paralelas. Aristides*), característica acentuada já no comentário superlativo de Heródoto: Aristides, o melhor e o mais justo homem de Atenas (*Histórias*, VIII, 79).

68 Note-se o efeito rítmico obtido no jogo de expressões correlatas μονόξυλοι κινναμώμινοι (monóxilos de cinamomo, *i. e.*, cada portão é feito de um único tronco ou casca dessa madeira, assemelhada à canela) e μονόλιθοι ἀμεθύστινοι (monólitos de ametista, *i. e.*, cada altar é feito

de um único bloco dessa pedra). As duas expressões redobram no plano fônico a maravilha dos materiais desdobrada no plano urbanístico dos Bem-aventurados.

[69] A cidade dos Bem-aventurados de Luciano parodia a Jerusalém Celeste de João Evangelista, propõe o escoliasta (cf. RABE, Hugo (edit.). *Scholia in Lucianum*. Leipzig: B.G. Teubner, 1906, p. 21). Na alegoria numinosa de João Evangelista, a Nova Jerusalém tem doze portões, doze pilares adornados com toda sorte de pedras preciosas, sendo a cidade toda feita de ouro (*Apocalipse segundo São João*, XXI, 11-21). Apesar destes e de outros traços de convergência visíveis entre as duas cidades, não se segue haver referência ecfrástica única em Luciano, pois, como em outros episódios de NV, também neste confluem fontes textuais diversas: a Cidade-sol (Heliópolis) de Pseudo-Calístenes (*Historia Alexandri Magni*, III, 28), a Tebas de sete portões de Homero (*Ilíada*, IV, 405) e de Hesíodo (*Trabalhos e Dias*, 163). Assinala-se que o modelo descritivo de cidades prodigiosas remonta à Babilônia de Heródoto (*Histórias*, I, 178-184), que Platão imita ao compor sua Atlântida (*Timeu*, 20d-27b; *Crítias*, 108e-121c).
Em NV, as ecfrases, operantes periegeticamente, integram-se à narração, de modo a conduzir o leitor pelos lugares visitados, os quais, convertidos em imagens animadas, se sucedem em pequenos quadros ao modo de notações amplificadoras de um itinerário que torna o narrado como que evidente em seu efeito de presença. Leia-se a definição de ecfrase, latinizada como *descriptio*, de Élio Téon: "A ecfrase é um discurso periegético que põe sob os olhos o que dá a ver" (*Progymnasmata. Sobre a Ecfrase*). Sob esse aspecto, Pseudo-Longino louva o artifício descritivo empregado por Heródoto, pois, em comentário a um passo de *Histórias*, ele afirma que o historiador conduz a alma do ouvinte através dos lugares, apresentando-os ao ouvido como se os vissem (*Do Sublime*, XXVI, 2). De acordo com Élio Téon, as ecfrases abarcam os diversos elementos da narração, assim, as personagens, os lugares, os tempos, os modos (*Progymnasmata. Sobre a Ecfrase*). Quanto às ecfrases de regiões em Luciano, elas operam com a divisão das partes, detalhadoras dos seus aspectos naturais e arquiteturais. Enquanto na ecfrase de retrato, descreve-se a pessoa da cabeça aos pés, na ecfrase de região, esta é apresentada do exterior ao interior, do maior ao menor, como ocorre na cidade dos Bem-aventurados, em que se descreve inicialmente a muralha e os portões, depois, o pavimento interno, os templos e os altares; alude-se, por fim, em movimento de vaivém, ao rio em derredor da cidade, porque ele atrai isotopicamente os balneários e banheiras nesta presentes. Epidíticos, os lugares de argumentação implicam o belo e o prazeroso, donde pedras preciosas e árvores orientais como ornatos de efeitos brilhantes e odoríficos condizentes com os propósitos encantatórios de uma *pólis* habitada por homens ilustres; do mesmo modo, na Terra dos Ímpios (NV, II, 30), os lugares de argumentação, operantes na via oposta, correspondem às coisas feias, fedorentas, mortas, (ar nebuloso orvalhando breu, região sem árvores ou água, caminhos repletos de espinhos e espetos, rios de lama, sangue, fogo etc.), ornamentadoras de um domínio destinado aos supliciados. O mesmo dispositivo descritivo se aplica à figuração da Cidade dos Sonhos (NV, II, 32-33), com o emprego alegórico de elementos associados ao onírico, como o sono (as fontes "Dorminhoca" e "Soporífera", o palácio do Sono), a noite (o Noctuário, o rio Noctâmbulo, a fonte "Vara-noite", os morcegos), a magia (através dos vegetais alucinógenos, como a papoula e a mandrágora) e, sobretudo, a duplicidade (os dois templos, o da Falsidade e o da Verdade). Lembra-se, enfim, que a ecfrase, além de exercício de declamação oratória ensinado nas escolas de eloquência, constitui um gênero de discurso, cultivado por Luciano em peças epidíticas, como *Zêuxis ou Antíoco*, *Heródoto ou Aécion*, *Não se Deve Acreditar Levianamente na Calúnia*, *Acerca da Casa*, *Hípias ou O Balneário*, *Imagens*, *Acerca das Imagens*.

[70] Portador da primavera, Zéfiro é o Vento do oeste que rege às florações e frutificações, alegorizadas em sua união amorosa com a ninfa Clóris, que gera o filho chamado "Carpo" (fruto). A fábula

ganha versões pictóricas, estando em parte representada na notória *Primavera* de Botticelli (c. de 1480).

71 Plantas "cultivadas" e "silvestres" são designações que não dão conta da oposição entre ἡμέροις e σκιεροῖς, pois ambos os termos consideram igualmente o contraste claridade/ obscuridade, dado que o adjetivo ἥμερος (domesticado, adocicado) provém de ἡμέρα, que significa "dia" e, por extensão, "luz"; do mesmo modo, σκιερός quer dizer o que fornece sombra, termo derivado de σκιά (sombra, obscuridade), empregado no léxico pictórico, a ponto de *skiagràphos* ser uma das acepções de "pintor". Luciano joga, pois, com a duplicidade plantas cultivadas/ plantas silvestres e plantas diurnas ou luminosas/ plantas noturnas ou umbrosas.

72 Dado que a passagem do tempo foi abolida da Terra dos Bem-aventurados, o calendário só tem interesse farsesco. Com isso, se pode fantasiar à larga sobre a memória dos grandes vultos locais, homenageando-os com os nomes dos meses. Assim ocorre com Minos, assimilado a um período intensamente fertilizador da terra: menção jocosa às inumeráveis aventuras amorosas do rei cretense quando vivo, quer com homens, quer com mulheres.

73 É comum nas línguas latinas, à exceção do italiano, traduzir-se συμπόσιον por "banquete", o que se aplica também ao diálogo de Platão conhecido como Συμπόσιον. Embora os dois termos se refiram à solenidades festivas, "banquete" é comumente associado à comida, enquanto "simpósio", à bebida, ou mais especificamente ao rito de "beber junto", como indica o verbo συμπίνω, o que a prática dos simposiastas de Luciano dá a ver. "Banquete" foi utilizado para verter δεῖπνον, grafado no início do parágrafo seguinte, por tratar-se de uma designação genérica para refeição.

74 Acompanhando a cantoria, haveria uma cítara, instrumento associado aos dois primeiros regentes corais referidos. Segundo consta, Êunomo da Lócrida levou a palma num certame musical graças em parte à intervenção de uma cigarra que pousara em sua cítara para entoar uma nota faltante, já que uma corda do seu instrumento se tinha rompido em meio à apresentação. Conta-se também que, tomada de admiração, a cidade de Delfos mandou erguer um monumento de bronze tendo a figura de Êunomo com a cítara e a cigarra (CLEMENTE DE ALEXANDRIA. *Protréptico*, I, 1.2). Êmulo de Orfeu, no canto que encanta homens e bichos, também é Árion de Lesbos, considerado o inventor do ditirambo. Dizem, pois, que numa travessia a Corinto, a tripulação, ávida por roubar a fortuna que Árion carregava consigo, obriga-o a se jogar no mar; antes, porém, o citaredo, paramentado, empunha seu instrumento para entoar um hino litúrgico, o que lhe salva a vida, uma vez que um golfinho vem acolhê-lo em seu dorso e o depõe em lugar seguro (HERÓDOTO. *Histórias*, I, 23-24). Luciano reconta, com variantes, o mesmo episódio do músico náufrago, porém, o faz da perspectiva do cetáceo que o resgata em um diálogo travado com o deus Posídon (*Diálogos dos Deuses Marinhos*, 5 [8]). Já Anacreonte, poeta jônico, é incluído nesse rol por versar sobre matérias simposiastas, sobretudo o amor e o vinho, como se infere dos fragmentos recolhidos de suas obras por fontes indiretas. Quanto a Estesícoro e a dita "reconciliação" com Helena, alude-se, aqui, à notória e não menos prodigiosa narrativa acerca de sua cegueira e ulterior recuperação; é que Helena o havia punido com a privação da visão devido às invectivas que o poeta sobre ela lançara num poema homônimo. Então, com o fito de aplacar a cólera da filha de Leda, cultuada como deidade em localidades gregas, e de recobrar a própria visão, o mesmo Estesícoro compõe *Palinódia*, como recantação à sua precedente *Helena*, onde a inculpara da guerra de Troia, pelo que, como sugere Luciano, ele obteve acolhida favorável.

75 O destino funesto de Ájax, dito "o Pequeno", coincide com os derradeiros eventos da Guerra troiana e o regresso dos vencedores: durante o saque de Troia, o líder dos Lócridas arrebata a princesa Cassandra do altar consagrado a Atena. Os gregos tentam sem êxito punir a impiedade dele. Então, no caminho de volta dos marujos, Atena cobra o preço do sacrilégio cometido, fazendo naufragar muitas naves gregas, incluindo a de Ájax, o qual, todavia, consegue salvar-se

por intervenção de Posídon. Mas, tomado da *hybris*, ele se gaba de ter vencido a cólera da deusa, o que leva o deus dos mares a dar cabo do rochedo onde Ájax havia se refugiado, causando o seu afogamento.

[76] Ciro, o Grande, da dinastia dos Aquemênidas, logra instaurar o Império Persa com o triunfo militar sobre o rei meda Astíages e com a anexação de vastas extensões territoriais. Na qualidade de grande conquistador e de soberano sábio e clemente, ele aparece na referida disputa com Alexandre Magno (NV, II, 9). Já Ciro, o Moço, príncipe e estratego da casa real aquemênida, tem sua notoriedade atestada em relatos como o de Xenofonte (*Anábase*), em que se conta, entre outras coisas, a tentativa dele de tomar o poder das mãos do irmão mais velho (Artaxerxes II), após a morte do pai (Dario II), por meio de um levante militar. Assim, ele reúne um exército, composto também pela tropa mercenária grega nomeada os *Dez Mil*, que sai derrotado da batalha de Cunaxa (401 a.C.), onde o próprio Ciro é morto em combate.

[77] Personagem da realeza cita, cujo desejo de conhecimento o leva a percorrer regiões gregas, Anacársis figura em listas antigas dedicadas aos Sete Sábios. Protagoniza também um diálogo de Luciano, *Anacársis ou Sobre os Ginásios*, moldado segundo as declamações veiculadas em escolas de eloquência em que se ficcionalizam certames envolvendo eminências letradas (Homero e Hesíodo; Demócrito e Heráclito; Demócrito e Hipócrates; Aristófanes e Menandro). Neste caso, Anacársis põe em questão o modelo educacional grego em conversa com o não menos sábio e legislador Sólon, tendo como pano de fundo os exercícios físicos e competições esportivas de jovens, desejosos de glórias olímpicas, além de serem ocasiões para o cultivo do corpo, da coragem, da excelência guerreira. Pelos olhos de um estrangeiro de passagem por Atenas, encena-se um debate trocista sobre a inutilidade e insanidade de certos costumes helênicos. E é por meio da agudeza de um bárbaro que se evidencia a barbárie grega na esfera dos espetáculos públicos. Comédia duplamente representada: de um lado, espectadores que se deleitam em assistir lutas que acabam em banhos de sangue; de outro, atletas que se sujeitam a levar pancadas ou até ficar estropiados em competições de pugilato e pancrácio tendo em vista a vitória, pelo que se sentem orgulhosos de receber prêmios que não passam de maças, coroas de oliveiras, aipos ou pinheiros (LUCIANO. *Anacársis ou Sobre os Ginásios*, 1-16). Invenções são atribuídas a esse sábio cita, como a da âncora. Seu discernimento transparece, ademais, em réplicas irônicas: à capciosa pergunta de um interlocutor sobre quais seriam os mais numerosos, os vivos ou os mortos, Anacársis retorque: "Em que classe você coloca os navegantes?" (cf. DIÓGENES LAÉRCIO. *Vidas e Doutrinas dos Filósofos Ilustres*, I, 104-105).

[78] Zalmóxis era venerado como deus único pelos Getas, os quais se julgavam imortais, considerando que na hora da morte iriam se juntar a ele. Heródoto conta ainda, referindo testemunhos, que Zalmóxis havia sido um homem que, em Samos, serviu ao filósofo Pitágoras na condição de escravo; ulteriormente, porém, logrou conquistar a liberdade, amealhar fortuna e regressar à sua pátria (*Histórias*, IV, 94-96). Apesar de identificado com a Trácia, Zalmóxis é também assimilado à Cítia em outro texto de Luciano (*O Cita ou O Próxeno*, 1-4).

[79] Numa e Licurgo apresentam traços de convergência, uma vez que ambos notabilizam-se como regentes e legisladores. Com efeito, Numa Pompílio, o segundo rei de Roma, instaura normas jurídicas e religiosas que asseguram a estabilidade política da urbe após as campanhas expansionistas de Rômulo, fundador da monarquia. Donde o contraste entre os dois monarcas: o reinado de Numa é marcadamente pacifista. Igualmente reformador, Licurgo distingue-se pela constituição que faz promulgar em Esparta; nesta também implementa uma educação (ἀγωγή) proverbialmente austera (cf. PLUTARCO. *Vidas Paralelas. Licurgo e Numa*). O nome de Licurgo está na gênese de um modelo institucional militarmente eficaz: a hegemonia de Esparta na Hélade fica patenteada na Guerra do Peloponeso.

[80] Estratego e estadista, Fócion é um varão virtuoso, a quem a Fortuna não sorri nem no fim da vida. Motejando com a justeza da providência divina, uma personagem luciânica lança o

seguinte questionamento a Zeus: por que Fócion, apesar de honrado, morreu, a exemplo do que antes ocorrera com Aristides, o Justo, em lamentável condição de pobreza e tamanha penúria, enquanto pessoas indignas prosperam e impunemente esbaldam-se em toda sorte de excesso até a hora da morte? (LUCIANO. *Zeus Refutado*, 16-17). Já Telo, em contrapartida, constitui o paradigma herodotiano do homem afortunado. Interrogado pelo rei lídio Creso se havia encontrado o homem mais feliz do mundo, Sólon lhe responde: "Sim, é o ateniense Telo" (HERÓDOTO. *Histórias*, I, 30-31). Arremedando o mesmo diálogo entre Sólon e Creso, em que o último, devido à riqueza, se acha o mais felizardo dos mortais, Luciano inverte a hierarquia herodotiana dos afortunadíssimos, colocando em primeiro lugar Clêobis e Bíton e, em segundo, o referido Telo (LUCIANO. *Caronte ou Os Inspecionantes*, 10).

[81] Tirano de Corinto, Periandro promove políticas propícias tanto ao comércio, calcado princi-palmente em artefatos de cerâmica, quanto às artes, acolhendo em sua corte o referido citaredo Árion de Lesbos (NV, II, 15). Perspicaz negociador, Periandro é requisitado a mediar conflitos, logrando que Atenienses e Mitilênios chegassem a um armistício. Sua divulgada imagem de soberano cruel é forjada desde Heródoto (*Histórias*, III, 48-53; V, 92). Por isso, embora Periandro figure em umas listas dos Sete Sábios (DIÓGENES LAÉRCIO. *Vidas e Doutrinas dos Filósofos Ilustres*, I, 13, 41), noutras é excluído (PLATÃO. *Protágoras*, 343a).

[82] Luciano realiza a felicidade almejada por Sócrates no *post mortem*. Após ser condenado à pena capital, o Sócrates platônico especula em discurso sobre os significados da morte, dizendo que caso esta corresponda a uma viagem da alma para o Hades, onde ela poderá conviver com Homero, Hesíodo, confrontar os sofrimentos padecidos por outros que igualmente pagaram com a própria vida por causa de condenações injustas (como as imputadas a Palamedes e a Ájax Telamônio), além de interrogar os que lá se encontram sobre se se consideram ou não sábios, então, sob esse aspecto, nada haverá a deplorar quando esta existência chegar ao termo. Pelo contrário, significando a convivência e o diálogo com os vultos do Hades, a morte constituirá o ápice da felicidade (PLATÃO. *Apologia de Sócrates*, 40e-41c).

Variações cômicas desse episódio de NV ocorrem em mais discursos de Luciano. Em um deles, encena-se uma periegese do mundo infernal: Éaco leva Menipo a conhecer as sumidades ali presentes, entre elas os mesmos defuntos tagarelas, Sócrates, Nestor e Palamedes (LUCIANO. *Diálogos dos Mortos*, 20 [6]). Trava-se então uma discussão entre Menipo e Sócrates, ocasião para o filósofo cínico fazer ironia com a ironia socrática, com a pederastia atribuída a Sócrates — o qual aparece prazerosamente cercado de belos moços (cf. NV, II, 19) —, e com o próprio Platão, apostrofado de bajulador de tiranos sicilianos, em referência à estada de Platão na corte siracusana de Dioniso I e de Dioniso II.

[83] Referência zombeteira aos varões gregos com seus costumes pederastas, em que se mesclam figuras históricas e míticas. A personagem do jovem Alcibíades — este irá exercer o ofício de general ateniense na Guerra do Peloponeso — frequenta diálogos platônicos (*Banquete, Alcibíades I, Alcibíades II, Protágoras*) como sendo amante de Sócrates; mas o interesse erótico deste filósofo no Hades luciânico volta-se para jovens célebres, cuja beleza havia arrebatado o coração de heróis e deuses masculinos: Héracles amava Hilas, Apolo amava Jacinto, Narciso amava sua imagem. Três tristes intrigas amorosas: Narciso se mata, Jacinto é morto e Hilas, abduzido.

[84] O comentário ironiza o desígnio do filósofo de pôr em prática seu projeto de cidade, *politeia* só exequível no mundo dos mortos, análogo ao mundo das ideias não raro ridicularizado em Luciano. Sabe-se, pois, que Platão tenta implementar seu modelo de legislação e governo em Siracusa, então sob a égide dos referidos tiranos Dioniso I e seu filho, Dioniso II (cf. PLATÃO. *Carta VII*). Registram-se, assim, três inglórias viagens de Platão à Sicília: em uma delas ele é feito prisioneiro e, em outra, acaba sendo vendido como escravo (cf. DIÓGENES LAÉRCIO. *Vidas e Doutrinas dos Filósofos Ilustres*, III, 19) em decorrência de desavenças com os soberanos

locais. Jogando não só com a incongruência entre teoria e prática políticas, mas também com o sentido literal e figurado dos termos, já os Cínicos motejam as referidas obras platônicas. Estobeu encena assim um diálogo entre Platão e Diógenes de Sinope, em que este, após ouvir daquele a confirmação de que havia redigido a *República* e as *Leis*, pergunta-lhe sobre se considera a República desprovida de leis: "De jeito nenhum", riposta Platão, ao que Diógenes treplica: "Então por que você precisou ainda escrever as *Leis*?" (cf. JOÃO ESTOBEU, apud *Les Cyniques Grecs: Fragments et Témoignages*. Edição de Léonce Paquet. Paris: LGF, 1992, p. 74).

[85] Discípulo de Sócrates, Aristipo, fundando a chamada "Escola Cirenaica", centra-a no prazer, que é o bem supremo (DIÓGENES LAÉRCIO. *Vidas e Doutrinas dos Filósofos Ilustres*, II, 65-93). Na chave hedonista, Epicuro instala o prazer no princípio e no fim da vida feliz, mas esse bem primordial nada tem a ver com a volúpia e mais excessos, pois se define como ausência de sofrimento no corpo e ausência de perturbação na alma (DIÓGENES LAÉRCIO. *Vidas e Doutrinas dos Filósofos Ilustres*, X, 128-131). Epicuro teoriza dois modos de prazer, ambos expostos em Diógenes Laércio, o qual também destaca as posições divergentes entre Epicuristas e Cirenaicos acerca do prazer (ibidem, X, 136-137). Em Luciano, os dois sábios ganham representações variadas, sendo ora achincalhados — Aristipo pintado à feição de um bêbado, afeminado, corrompido, e Epicuro como um ímpio e glutão (cf. *Vidas em Leilão*, 12, 19) —, ora enaltecidos, como neste episódio de NV, em que a matéria simposial fornece o critério avaliador das escolas de pensamento. Recenseando os presentes (Pitágoras, Sócrates, Diógenes, Epicuro, Aristipo) e os ausentes (Platão, os Estoicos) dos Campos Elísios, mas também os hesitantes (Acadêmicos) e os destes banidos (Crisipo, Empédocles), Luciano põe em confronto os caracteres dos filósofos com suas respectivas doutrinas, assinaladas por um traço singularizador, com o que delineia também aqui uma história cômica da filosofia grega.

[86] Esopo é tanto a autoridade helênica de fábulas — circulam sob sua rubrica algumas centenas dessas breves narrativas moralizantes —, quanto uma *persona* cômica, referida assim em comediógrafos (ARISTÓFANES. *As Vespas*, 566, 1258; ALÉXIS DE TÚRIO. *Esopo* [frag. 9 K.-A.]) e principalmente no Anônimo *Vida de Esopo*. Neste se conta a trajetória do fabulista, primeiro na condição de escravo, depois na de liberto, mas em ambas com mais liberdade de pensamento do que os senhores aos quais serve. Contrastes marcam a figura de Esopo: feíssimo por fora — sua feiura supera a de Sócrates, a de Crates e a de Tersites reunidas, sendo retratado como nanico, negro, vesgo, cabeçudo, beiçudo, barrigudo, banguela, coxo, de braços curtos e pênis enorme —, mas belíssimo por dentro, porquanto dotado de uma sagacidade excepcional, apto a interpretar presságios e a decifrar enigmas. Se a sapiência de Esopo vai lhe propiciar fama e fortuna junto a reis que o alçam a conselheiro político, sua bufonaria, no entanto, vai custar-lhe a vida, pois, tendo escarnecido dos habitantes de Delfos, estes, injuriados, condenam-no, por meio de ardis, à morte, forçando-o a se jogar de um precipício (cf. JOUANNO, Corinne. La Vie d'Ésope: une Biographie Comique. **Revue des Études Grecques**, Paris, tomo 118, p. 391-425, jul./ dez. 2005).

[87] Chiste do modo de vida austero adotado pelos filósofos cínicos desde Antístenes: exercício de disciplina ascética marcado pela impassibilidade e domínio de si. Nisso se inclui uma dieta não menos rigorosa, restrita à água e alimentos frugais, exemplificada na educação de jovens instruídos por Diógenes (cf. DIÓGENES LAÉRCIO. *Vidas e Doutrinas dos Filósofos Ilustres*, VI, 31). Arremeda-se também um comentário atribuído a Diógenes, o qual, ao ser questionado sobre o momento propício para se casar, responde dizendo que para um jovem, ainda é demasiado cedo e, para um velho, demasiado tarde (idem, ibidem, VI, 54); essa tópica filosófica se aplica igualmente a Tales de Mileto (idem, ibidem, I, 26). Quanto à Laís, esta designa várias cortesãs, não raro confundidas, sendo aqui referida provavelmente Laís de Corinto, a mais antiga e mais notória delas, cuja beleza e sedução ensejaram versos, como "a Grécia inteira suspira em sua porta" (PROPÉRCIO. *Elegias*, II, 1-2). Ateneu considera Laís a amante dos filósofos Aristipo

e Diógenes, bem como do orador Demóstenes, mas a associa à região de Hícara, tornando-a cortesã siciliana (*Banquete dos Sofistas*, XIII, 588c-d).

88 Trata-se de excerto hesiódico (*Trabalhos e Dias*, 290), cuja fortuna crítica aparece na reflexão filosófica de Parmênides, Heráclito, Empédocles, e na poética de Simônides de Ceos (apud JIMÉNEZ, Aurelio P.; DIÉZ, Alfonso M. *Hesíodo. Obras y Fragmentos*. Madri: Gredos, 2000, p. 80). Essa noção de *areté* — traduzida aqui por "virtude", mas entendida desde a epopeia homérica como "excelência" em termos de habilidade e caráter do herói —, alcançável só ao termo de uma árdua ascese estoica, é alvo de chacota em discursos de Luciano. Em um deles, Hermótimo, sexagenário aprendiz do estoicismo, é questionado sobre quanto tempo ainda lhe falta para atingir o pico montanhoso onde habita a Virtude, chave da vida sublime, da qual se contemplam os outros homens como se fossem formigas. Mesmo hesitante, Hermótimo calcula que vai alcançar o cume dentro de uns vinte anos de penosos estudos, donde a gozação do interlocutor, o qual replica dizendo ter ele um mestre notável, a um tempo professor de filosofia estoica e de artes divinatórias, pois pressagiador de vida tão longa. Suspeitando da eficácia de se suportar muitíssimo sofrimento em nome de uma presumida virtude, Licino, o interlocutor de Hermótimo, lança dúvidas sobre a felicidade de base estoica, a qual, reinante nas alturas, corresponde à aquisição de bens não menos hipotéticos, como a sabedoria, a coragem, a justiça, a beleza em si, o conhecimento exato de cada coisa (LUCIANO. *Hermótimo*, 1-7).

89 Crisipo é expoente da doutrina estoica, com o que a exigência de se submeter a um tratamento à base de planta purgativa para recobrar-se a razão, prognostica o desatino que acomete, segundo o narrador, o próprio Estoicismo, como desarranjo filosófico.

90 Iniciador da Academia Média, Arcesilau é o primeiro escolarca a abster-se de emitir qualquer juízo devido às oposições a que todo discurso se presta (DIÓGENES LAÉRCIO. *Vidas e Doutrinas dos Filósofos Ilustres*, IV, 28). Trata-se da *epokhé* (ἐποχή), conceito relevantíssimo na doutrina cética, definida por Sexto Empírico como "um estado de repouso do pensamento, por meio do qual nada se afirma, nada se nega" (*Hipotiposes Pirrônicas*, I, 10). Arcesilau também foi pioneiro no exame das teses em ambos os sentidos, além de modificar o discurso tomado a Platão, desenvolvendo o seu aspecto erístico (DIÓGENES LAÉRCIO. *Vidas e Doutrinas dos Filósofos Ilustres*, IV, 28). Diz-se também que por haver suspendido o juízo sobre as coisas, Arcesilau não escreveu livro qualquer (ibidem, IV, 32), do mesmo modo que os Acadêmicos de NV, em estado de dúvida incessante, nunca chegaram a parte alguma. Em Luciano, Acadêmicos e Céticos dançam na mesma galhofa da *epokhé*. Esta, em outro discurso, é associada a Pirro, o fundador do Ceticismo, o qual, quando questionado sobre o propósito da suspensão do juízo, afirma: permanecer na ignorância, sem ouvir nem ver o que quer que seja. Também, deixar de julgar e de sentir. Numa palavra, em nada ser diferente de um verme (LUCIANO. *Vidas em Leilão*, 28).

91 Dá-se a ver a hierarquia das eminências guerreiras: enquanto Teseu é o principal herói da Ática, Aquiles, homericamente agraciado, o é da Hélade inteira.

92 Tópica historiográfica evidenciadora dos contrastes entre os civilizados e os bárbaros (consultar *Da Invenção de Navegação*), que pressupõe a adequação do que helenicamente rege a esfera pública em detrimento do que pertence à particular: os homens ocupam as ágoras com discursos, enquanto as mulheres, os lares com teares. Também nisso está implicada a separação entre hábitos monogâmicos e atitudes bestiais. Com efeito, os gregos reservam as relações eróticas ao âmbito restrito, ao passo que os bárbaros, como os Mosinecos referidos em Xenofonte (*Anábase*, V, 4, 33-34) e Apolônio de Rodes (*Argonáuticas*, II, 1015-1029), as consumam publicamente. Heródoto identifica o mesmo costume em regiões da Índia, afirmando que alguns indianos copulam em público, como o gado (*Histórias*, III, 101). Já Megástenes o assimila aos habitantes do Cáucaso (ESTRABÃO. *Geografia*, XV, 1, 56). Essa tópica adquire sentido filosófico com os Cínicos, que, subversores dos princípios morais e normas socias vigentes na Grécia, forjam

modos de vida condizentes com a noção de liberdade total que professam, exemplificada na máxima dioginiana: valer-se de qualquer lugar para exercer qualquer atividade, como comer, dormir, discursar (DIÓGENES LAÉRCIO. *Vidas e Doutrinas dos Filósofos Ilustres*, VI, 22). Crates, discípulo de Diógenes, explicita a lição do mestre: faz amor com sua esposa, a filósofa Hiparquia, em lugar público (SEXTO EMPÍRICO. *Hipotiposes Pirrônicas*, I, 153). O ensinamento vazado de gracejo dos Cínicos é assim expresso em Crates: filosofar é preciso até que se considere os generais condutores de asnos (DIÓGENES LAÉRCIO. *Vidas e Doutrinas dos Filósofos Ilustres*, VI, 92).

93 O superlativo amplifica zombeteiramente o círculo de mulheres que se entregam a todos os homens, como assinalado na *politeia* platônica, pois nesta a troca irrestrita de parceiros sexuais se restringe à casta dos guardiões e guardiãs (*República*, 457c-d). Aristófanes arremeda as teorias coletivistas de amor propugnadas por Platão e outros. Com efeito, Praxágora, a protagonista de uma comédia, estabelece nova legislação com base no comunitarismo de bens, o que inclui o comunitarismo de amores, asseverando democraticamente que as mulheres não mais terão o direito de copularem com os homens belos e altos antes de terem satisfeito os feios e pequenos (ARISTÓFANES. *Mulheres na Assembleia*, 628-631). Diógenes de Sinope também subscreve a comunidade de mulheres, em que o coito, na esteira do jogo seducional, é fruto de consentimento mútuo (DIÓGENES LAÉRCIO. *Vidas e Doutrinas dos Filósofos Ilustres*, VI, 72), o que significa a abolição do matrimônio institucional pautado em condicionantes como a aprovação dos pais e critérios de riqueza e mais de estatuto social. O paradigma do amor feminino livre e coletivo vem dos confins do mundo: Heródoto o distingue no seio de povos diversos, como os Masságetas (*Histórias*, I, 216) e os Auseus (ibidem, IV, 180), enquanto os Agatirsos adotam a comunidade de mulheres a fim de se manterem unidos por laços de parentesco e, mercê de formarem uma só família, nunca sofrerem cisões internas motivadas por inveja e ódio (ibidem, IV, 104). Iambulo repropõe esse traço social de harmonia e felicidade quando descreve os prodigiosos ilhéus de um rincão meridional (cf. DIODORO SÍCULO. *Biblioteca Histórica*, II, 58).

94 O episódio traz alusões às variadas vidas escritas sobre Homero, que cristalizaram a imagem do rapsodo cego, errante e pobre. Trata-se de peças escolares de cunho biográfico que traçam a genealogia, a procedência geográfica, as viagens e mais vicissitudes que teriam acompanhado a trajetória do poeta, uma vez que este não considerou adequado falar de si mesmo, tampouco se dignou a revelar seu nome, como afirma o Pseudo-Plutarco I (*Sobre Homero*, 1). Retomando a controvérsia atinente ao local de nascimento de Homero, Proclo constata que não há cidade que não tenha reivindicado para si o varão ilustre, considerando ser plausível chamar-lhe com o nome hoje divulgado "cosmopolita" (κοσμοπολίτης), cf. *Crestomatia*, 2. Brinca-se ainda com a etimologia, fazendo-se paronomásia do nome próprio Ὅμηρος (Homero) com o verbo ὁμηρεύω, cuja forma participial ὁμηρεύσας quer dizer "tomado como refém", tal como escreve o narrador.

95 Primeiro diretor da biblioteca de Alexandria, Zenódoto de Éfeso foi responsável pela repartição da *Ilíada* e da *Odisseia*, dividindo ambos os poemas em 24 cantos, assim vigentes até hoje. Em sua edição de Homero, Zenódoto lança mão do óbelo: traço inserido à margem do manuscrito de sorte a assinalar os versos considerados pouco fiáveis ou espúrios. Já Aristarco de Samotrácia, o último diretor da mesma biblioteca ptolomaica, além de ampliar o aparato filológico em sua edição crítica de Homero, polemiza com os estudiosos chamados "corizontes" (separatistas), partidários da tese de que a *Ilíada* e a *Odisseia* constituem obras de lavras distintas.

96 Proclo acrescenta a hipótese que faz derivar o nome do poeta de sua cegueira, asseverando que os cegos, segundo os Eólios, são designados "*hómeroi*" (*Crestomatia*, 3). Já se atribuiu também a cegueira dele ao brilho intenso emanado do escudo de Aquiles (ANÔNIMO. *Vita Romana*, 5). Proclo refuta as teorias concernentes à cegueira homérica, julgando que seus adeptos são

débeis de pensamento, dado que Homero pôde ver melhor e mais longe do que qualquer homem (*Crestomatia*, 6). Na etopeia incluída em NV, o poeta da *Ilíada* tanto vê, quanto fala: encenação em que Homero após ter cantado a cólera de Aquiles, comicamente canta a sua própria cólera, pondo em questão os exegetas de seus poemas. Homero é aqui o visionário que responde retroativamente à fortuna crítica centrada em Alexandria, mas a imagem do aedo visionário inspirado pelas Musas é ridicularizada em outro texto lucânico: Homero não passa de um homem cego e charlatão, tão atrevido que se põe a descrever as coisas do céu, enquanto as da terra é incapaz de ver (LUCIANO. *A Dupla Acusação*, 1). Não menos jocosa é a versão que associa as inverdades cantadas na *Ilíada* à metempsicose sofrida por seu autor, quadrúpede tornado homem ulteriormente. Assim, um guerreiro morto em Troia afirma que Homero nada poderia saber dos combates travados em solo troiano, porque à época desses acontecimentos ele ainda era um camelo na Báctria (LUCIANO. *O Sonho ou O Galo*, 16).

[97] A glosa da epopeia homérica aponta para várias direções; uma delas diz respeito ao descolamento do autor relativamente às suas personagens, que ganham vida própria, como fica implícito nos contos feácios (*Odisseia*, IX-XII), em que Odisseu, sem a mediação do narrador, fala em seu nome de viva voz. Essa hipótese é desdobrada em biografias de Homero, sendo este ora apresentado como viajante que teria aportado em Ítaca, onde recolhe informações acerca das aventuras de Odisseu (PSEUDO-HERÓDOTO. *Sobre o Nascimento, a Época e a Vida de Homero*, 7), ora ainda assimilado à linhagem real itacense: Telêmaco é o pai de Homero (ANÔNIMO. *Certame de Homero e Hesíodo*, 3). Sob essa perspectiva, o entrevero entre Tersites e Odisseu dramatizado na *Ilíada* (II, 211-269) se converte aqui em controvérsia judicial de foro familiar, em que Homero, colocado no banco dos réus, é defendido por seu avô. E este Odisseu causídico evoca a verve discursiva que lhe confere notoriedade. Eloquência transluzente em símile: as palavras de Odisseu sucedem-se como flocos de neve em dias invernais (HOMERO. *Ilíada*, III, 222).

[98] Gracejo com a doutrina pitagórica da reencarnação, que Heródoto faz recuar aos egípcios, pois já estes creem que a alma é imortal. E uma vez que o corpo falece, ela encontra morada em outro animal que naquele instante estava em vias de nascer. O ciclo da alma, ademais, se completa ao cabo de três mil anos após ter transmigrado pelos seres terrestres, marinhos, aéreos, quando então ela volta a entrar no corpo de um homem (*Histórias*, II, 123). Quanto a Pitágoras, diz-se que foi Hermes, o deus psicopompo, que lhe havia concedido a graça de ter memória eterna, podendo ele assim se lembrar de tudo quanto lhe acontecesse, mesmo depois de morto, como reminiscências de vidas passadas (DIÓGENES LAÉRCIO. *Vidas e Doutrinas dos Filósofos Ilustres*, VIII, 4). No curso do tempo, Pitágoras regressa à Terra primeiro no corpo de Etálides, o arauto da tripulação argonáutica distinguido por sua memória prodigiosa, depois encarnado em Euforbo, guerreiro troiano e um dos responsáveis pela morte de Pátroclo (HOMERO. *Ilíada*, XVI, 849-850), e que morre pelas mãos de Menelau. Desde pelo menos Xenófanes, a teoria pitagórica da transmigração é alvo de chacota. Ele afirma que certa feita, passando perto de um cão que estava a ser espancado, Pitágoras, apiedado, não só censura o ato, como pede que parem de maltratar o animal, pois julga reconhecer neste a alma de um seu amigo ao ouvir seus lamentos (cf. DIÓGENES LAÉRCIO. *Vidas e Doutrinas dos Filósofos Ilustres*, VIII, 36). Não poucos textos de Luciano prolongam os gracejos assinalados ao filósofo de Samos. Em um deles, Pitágoras aparece encarnado em um galo (*O Sonho ou O Galo*). Já o ouro recobridor de parte do corpo do filósofo evoca seu esplendor divino, estando ele associado a Apolo e aos cultos de mistérios. Conta-se, assim, que em Crotona, Pitágoras era cognominado "Apolo Hiperbóreo", e que em Olímpia, durante os Jogos, ele se pôs a levitar em plena competição, revelando ter uma coxa de ouro (CLÁUDIO ELIANO. *Histórias Variadas*, II, 26).

[99] A mais célebre e não menos contestada versão da morte de Empédocles afirma que ele voluntariamente se precipita no Etna, cujas chamas de chofre o devoram. O ato suicidário vem confirmar as suspeitas que circulavam a seu respeito: Empédocles havia se transformado numa divindade. Mas a apoteose é contestada ardentemente pelo próprio vulcão, o qual não tarda a expelir uma das sandálias do filósofo, que costumava usar calçados de bronze (cf. DIÓGENES LAÉRCIO. *Vidas e Doutrinas dos Filósofos Ilustres*, VIII, 69). Tal apoteose aparece diferentemente em *Icaromenipo*: todo queimado e recoberto de cinzas, Empédocles declara que o Etna o arremeteu para a Lua, onde doravante habita, alimentando-se de orvalho (LUCIANO. *Icaromenipo ou Sobre as Nuvens*, 13). Já em outro diálogo luciânico, o mesmo Empédocles, relegado ao Hades, explica que pulou dentro da cratera vulcânica por haver sido acometido pela melancolia, ao que Menipo o refuta dizendo que ele ficou reduzido a carvão em razão da vanglória, do orgulho e de não pouca estupidez (*Diálogos dos Mortos*, 20 [6], 4).

[100] Adota-se a tradução castelhana proposta por Andrés Espinosa Alarcón, porquanto também no português o substantivo "mortuório" designa, segundo Houaiss, "cerimônia ou honra fúnebre, realizada como última homenagem a um morto; funeral", no que é mais apropriado para verter Θανατούσια, hápax formado a partir de θάνατος (morte). Como a crítica recorda, Luciano parodia, entre outros jogos, os funerários descritos na *Ilíada* (XXIII, 260-897), instituídos por Aquiles, que figura também em NV como um dos ἀγωνοθέτης — vocábulo que qualifica o organizador ou o presidente dos jogos públicos —, sendo o outro Teseu, talvez como evocação de τὰ Θήσεια, celebração realizada em Atenas, que incluía jogos com memoração fúnebre. O Aquiles homérico, após fazer as exéquias de Pátroclo e trazer os prêmios das naus, promove competições em memória do seu fiel escudeiro, como o pugilato e a luta, referidos por Luciano, que se declara amnésico em relação ao vencedor da corrida, o que soa irônico para quem no início anuncia narrar os principais momentos, mas pode remeter o leitor ao inesquecível desfecho da corrida vencida por Odisseu com o auxílio da deusa Atena, quando Ájax, preste a triunfar, escorrega e cai de boca na merda bovina (*Ilíada*, XXIII, 777). Enquanto na *Ilíada* os jogos mortuórios são realizados pelos vivos em homenagem ao herói morto, em NV os próprios mortos os realizam como homenagem a si mesmos na Ilha dos Bem-aventurados; daí, a pavonesca condecoração que recebem: os prêmios, em Homero, consistem em caldeirões, trípodes, ouro, cavalos, bois, mulas, mulheres, ao passo que em Luciano, tão somente coroas de penas de pavão, inversão jocosa das de louro apolíneas.

[101] Segue-se, aqui, Bompaire que, a partir da proposição de Paulmier, corrige Κάρανος por Κάπρος.

[102] Diferentemente do que escreve Luciano, Homero (*Ilíada*, XXIII, 690) afirma que o terrível Epeio vence, inconteste, no pugilato, Eumíalo, aqui substituído pelo egípcio Ário. Este, segundo a hipótese de F. Ollier, seria um filósofo estoico de Alexandria, amigo de Augusto, inclusão devida ao seu nome belicoso, pois derivado do cruel deus da guerra, Ares.

[103] A agonística entre poetas circula em discursos antigos — Aristófanes representa a disputa no Hades de Ésquilo contra Eurípides pelo trono honorífico da tragédia (*As Rãs*, 830) — e se torna matéria de retórica escolar, como se disse, que retém passos de obras conhecidas na elaboração de vidas, antilogias, e com elas polemiza. Hesíodo menciona ter embarcado para os Jogos do rei Anfidamante em Cálcis e de ter, com seu hino, saído vencedor (*Trabalhos e Dias*, 650-662). Ora, os participantes desse concurso, bem como seus meandros, figuram não no referido texto hesiódico, senão em obras ulteriores, epidíticas, como no *Certame de Homero e Hesíodo* de um compilador anônimo, divulgado por manuscrito quatrocentista e que pode remeter a um texto sofístico do gorgiano Alcidamante. Em *Certame,* Homero mostra-se superior porque logra responder às inúmeras perguntas, aporias, anfibologias de Hesíodo, as quais encantam o público, que reclama seja a coroa outorgada a Homero. Mas, na prova final, a situação muda: o rei Panedes pede que ambos recitem o mais belo trecho de seus poemas, no que Hesíodo recebe a coroa porque o rei alega que sua poesia exorta a agricultura e a paz (*Trabalhos e Dias*,

383-392), enquanto a de Homero, apesar de admiradíssima, descreve combates e matanças (*Ilíada,* XIII, 126-133).

[104] Em Esopo, o pavão é associado não só à beleza, mas também à vaidade e à ostentação, como na fábula em que essa ave despreza outra, o grou, dizendo que este nada tem de belo em suas asas, diferentemente do ouro e da púrpura que lhe tingem a plumária. Mas o grou replica, argumentando que voa muito alto e canta perto das estrelas, ao passo que ele, pavão, não passa de animal rastejante, pois anda no chão junto das galinhas, como um galo (cf. *Fábulas*, 333).

[105] Quinteto de personagens malignas, porquanto identificadas com regimes tirânicos, práticas sanguinárias ou simples banditismo. Com efeito, Escíron e Pitiocamptes são bandoleiros chacinados por Teseu (PLUTARCO. *Vidas Paralelas, Teseu*, 8, 3-4; 10, 1-2). Diomedes, por sua vez, é o rei da Trácia notório por varrer a hospitalidade do seu reino: os viajantes que por lá passavam eram comidos pelas éguas vorazes do monarca. Como Diomedes, Busíris, rei do Egito não figurado nas listas dinásticas de faraós, também tinha a reputação de odiar os estrangeiros e de os aniquilar. Com as secas assolando o Egito, Busíris consulta o vaticinador cipriota Frásio. Este preconiza-lhe oferecer em sacrifício um homem a Zeus, todo ano, de sorte a aplacar a cólera divina. Busíris seguiu à risca o conselho: Frásio foi o primeiro a ser imolado. Busíris e Diomedes padecem do mesmo castigo impingido por Héracles, a morte. Soberano igualmente cruel, Fálaris teve seu renome associado a um instrumento de suplício: o touro de bronze no interior do qual costumava queimar vivo todos os por ele considerados criminosos. Consta que até mesmo o construtor do touro, o escultor Perilau foi encarcerado e grelhado dentro do artefato brônzeo sob pretexto de demonstrar a eficácia do mesmo: um invento projetado com aulos acoplados nas fossas nasais, de modo que os gritos do ardente prisioneiro se transformassem em mugidos análogos ao de um touro enfurecido (DIODORO SÍCULO. *Biblioteca Histórica*, IX, 18-19). Matéria de oratória, Fálaris figura em dois discursos paradoxais de Luciano, sendo um deles protagonizado pelos embaixadores do governante agrigentino enviados a Delfos com vistas não só a defender, perante os sacerdotes de Apolo, a conduta de Fálaris — elogio irônico da tirania exercida por meio de suas punições severas visantes a preservação do poder quando confrontado com ameaças insurrecionais —, mas também a ofertar o touro de bronze ao santuário local. Já o discurso sequente dá-se na forma de monólogo exortativo de um sacerdote apolíneo aos seus pares religiosos e concidadãos delfianos para que deliberem em favor da aceitação da oferenda falarisiana sem que analisem o mérito da dignidade atribuída ao ofertante (LUCIANO. *Fálaris I*; *Fálaris II*), no que fica também subentendido o motejo com o presente de grego, o cavalo troiano. O cotejo implica a inversão de papéis, pois o sacerdote de Apolo em Troia, Laocoonte, é voz dissonante, defensor de que a cidade não deveria acolher o cavalo de madeira deixado na costa pela armada inimiga, aconselhando que ele fosse destruído por violento fogo (cf. QUINTO DE ESMIRNA. *Pós-Homéricas*, XII, 445-446). Mas a cidade não deu ouvidos a Laocoonte, fala asfixiada pelas serpentes divinas que assassinaram o sacerdote e seus filhos (cf. VIRGÍLIO. *Eneida*, II, 202-230, bem como o grupo escultórico atribuído a Agesandro, Polidóro e Atenodóro, instalado no Museu do Vaticano). Por não ter incendiado o cavalo, Troia acabaria, pelos efeitos do estratagema grego, incendiada.

[106] Cf. NV, II, 7.

[107] A batalha travada na região beócia de Délio está entre as mais aterradoras da Guerra do Peloponeso, em que as tropas atenienses bateram em retirada, acossadas pelos Tebanos sob o comando de Pagondas. Tucídides não inclui Sócrates entre os combatentes (*História da Guerra do Peloponeso*, IV, 89-101), pelo que o acovardamento desse constitui glosa derrisória avançada por Luciano e outros (cf. ATENEU. *Banquete dos Sofistas*, V, 215c-216c). Com efeito, o Sócrates desertor do campo de batalha — foge ele correndo do monte Parnete e encontra refúgio no ginásio de Táureas, segundo uma personagem de Luciano (*O Parasita ou A Arte do Parasitismo*, 43) —, ironiza a posição de Platão, que em diálogos enaltece a coragem e

o autodomínio de Sócrates em meio à debandada do exército ático (*Banquete*, 220e -221c; *Laques*, 181b). Acresce-se ainda, arremedado um verso cômico (ARISTÓFANES. *As Nuvens*, 362), a altivez do filósofo: Sócrates sói andar "pavoneando-se e olhando de soslaio" (PLATÃO. *Banquete*, 221b). Já a Mortacademia é o hápax ridicularizador da Academia fundada por Platão no subúrbio de Atenas, instituição que ganha assim sucursal no arrabalde do reino dos mortos.

[108] Arremeda-se a abertura exordial da *Odisseia* homérica (ἄνδρα μοι ἔννεπε, μοῦσα, πολύτροπον, ὅς μάλα [...]), por mais que o evento guerreiro aduzido convoque o campo beligerante da *Ilíada*. Nisso vai de enfiada a irônica invocação à musa, fórmula rapsódica empregada por Homero e Hesíodo, em que a poesia encontra seu primado no divino, do mesmo modo que o poeta, como arauto das musas inspiradoras, seja o instrumento por meio do qual elas entoam seus cantos. Diz-se, em uma das versões canônicas, que as Musas, filhas de Zeus e Mnemósine, a personificação da memória, exercem o papel de patronas das artes ditas "liberais", no que asseguram a preservação dessas frente à inexorável ruína de tudo quanto se inscreve na ordem temporal, assim, na contingência humana. Por isso, não deixa de ser jocosa a aproximação aqui acenada da nova obra homérica produzida e já perdida com a invocada Musa. Considerando-se o horizonte discursivo de Luciano, e estando ausente do panteão apolíneo uma musa consagrada à narrativa paradoxal, tem-se NV florescente com a máscara cômica de Tália, uma prosa ligeira talhada ainda com contornos tirantes às irmãs musais Calíope (poesia épica) e Clio (historiografia), assinaláveis através das autoridades realçadas desde o proêmio (NV, I, 1-4).

[109] Ocorria em Atenas a celebração agrária chamada "Pianépsias", consagrada a Apolo, em que o consumo de favas e mais plantas cozidas integravam o cerimonial, mercê das primícias outonais.

[110] Alusão às normas de abstinência preconizadas por Pitágoras, em que as favas são mandadas às favas. Este interdito alimentar, que reporta às práticas dos sacerdotes egípcios (HERÓDOTO. *Histórias*, II, 37), acolhe interpretação de cunho ético-religioso inerente às exigências requeridas aos iniciados no pitagorismo. Diógenes Laércio, aduzindo texto aristotélico, afirma que Pitágoras impõe a abstenção das favas, tanto por elas se assemelharem aos órgãos genitais, como por parecerem com os portões do Hades — trata-se da única planta detentora de um caule desprovido de nós (*agonaton*) — e não menos serem destrutivas, ou por serem semelhantes à natureza do universo, ou ainda por serem oligárquicas, porquanto é por meio delas que os soberanos são tirados à sorte (*Vidas e Doutrinas dos Filósofos Ilustres*, VIII, 34; sobre o simbolismo pitagórico ligado aos alimentos, cf. DETIENNE, Marcel. La Cuisine de Pythagore. **Archives de Sociologie des Religions**, Paris, n°29, p. 153-155, 1970). Além de Luciano, também os comediógrafos brincaram com a dieta restritiva das seitas pitagóricas (ver, entre outros, SANCHÍS LLOPIS, Jordi. Los Pitagóricos en la Comedia Media: Parodia Filosófica y Comedia de Tipos. **Habis**, Sevilla, n° 26, p. 67-82, 1995). Consta, ademais, que as favas custaram a vida de Pitágoras. Diógenes Laércio expõe versões divergentes a esse respeito. Conta-se, por exemplo, que em meio à guerra entre Agrigento e Siracusa, Pitágoras e seus discípulos saíram da cidade e formaram a vanguarda dos agrigentinos. Após estes debandarem, Pitágoras, querendo evitar um campo de favas, foi chacinado pelos siracusanos quando tentava contorná-lo (*Vidas e Doutrinas dos Filósofos Ilustres*, VIII, 40).

[111] Reinvenção jocosa do rapto de Helena levado a cabo por Páris, crime desencadeador da Guerra troiana.

[112] Asfódelo é uma planta liliácea consagrada à Perséfone, também associada aos ritos fúnebres. A narrativa homérica lhe confere notoriedade através do chamado "campo de asfódelos", região do Hades onde as almas, fantasmas de heróis defuntos, costumavam vagar (HOMERO. *Odisseia*, XXIV, 13-14; XI, 539 e 573).

[113] Menção do episódio homérico em que Odisseu vai ter com Tirésias: o adivinho cego antevê o itinerário, atravessado por toda sorte de adversidades, que vai conduzir o marujo-errante de volta ao lar (*Odisseia*, XI, 90-138).

[114] Estimada também por suas propriedades curativas (PLÍNIO, O VELHO. *História Natural*, XX, 84), a malva assume tripla significação no decurso das histórias, sendo ora instrumento de flagelo usado na fustigação de marinheiros que cometeram delitos (NV, II, 26), ora veneno de efeito mortal quando besuntado na superfície de armamento bélico (ibidem, I, 16), ora ainda, em sentido inverso, erva mágica protetora da vida. Essa planta-amuleto ofertada por Radamanto — paródia do fármaco fornecido por Hermes a Odisseu, a fim de que este ficasse imune aos sortilégios de Circe (HOMERO. *Odisseia*, X, 277-306) — , tem préstimo ulterior: com o fito de evitar a morte de seus companheiros pelo fascínio exercido por mulheres canibais, Luciano recolhe-se, malva à mão, em oração (NV, II, 46).

[115] Retomam-se, em linhas gerais, determinações prescritas aos Pitagóricos, recolhidas nos assim chamados "*Acusmata*" (*Coisas Ouvidas*), e que fizeram parte também das normas de conduta dos iniciados em certos cultos de mistério. A fórmula "não atiçar o fogo com faca" corresponde pitagoricamente a nunca humilhar através de palavras duras um homem tomado de cólera (PORFÍRIO. *Vida de Pitágoras*, 42), assim como a antes referida abstinência de favas integra a dieta dos Pitagóricos, reconhecíveis por meio de seu regramento alimentar. Já a máxima respeitante à proibição de se manter relacionamento erótico com jovem maior de dezoito anos alude uma vez mais à prática grega da pederastia e, implicitamente, a Sócrates.

[116] Embarcado com os Argonautas rumo à Cólquida, Náuplio, após a morte de Tífis, se apresenta como piloto da expedição (APOLÔNIO DE RODES. *Argonáuticas*, II, 896). Mas a tarefa de que é incumbido por Radamanto ironiza os serviços que costumava prestar aos monarcas: o papel de Náuplio não era assegurar uma travessia livre de perigo ao passageiro colocado sob sua guarda, mas, pelo contrário, por meio de exílio ou de extermínio, dar cabo dessa figura indesejável. Conta-se, com efeito, que Auge havia tido relações com Héracles, por isso o pai, Áleo, encarregou Náuplio de afogar a princesa grávida. Como Auge no transcorrer da viagem deu à luz Télefo, o navegador mudou de rumo: decidiu deixá-la aos cuidados de mercadores de escravos. Mas a piedade vira vingança quando o filho do barqueiro, Palamedes, vítima de injustiça, morre lapidado em solo troiano. Náuplio doravante se entrega ao comércio enganoso, lançando mão de ardis contra as esposas dos guerreiros gregos deslocados a Troia, a fim de que estas caíssem em adultério, como ocorre com Clitemnestra e Egíale, esposas infiéis de Agamêmnon e Diomedes, respectivamente. O logro naupliano vai além: por ocasião do regresso de parte da armada grega, na altura em que esta se encontrava nas cercanias de Giras, Náuplio põe fogo, durante a noite, junto ao recife local. Julgando tratar-se de um porto, os gregos, guiados pelo clarão, rumam para a formação rochosa, onde as embarcações naufragam.

[117] Sobre a disposição dos rios que correm no mundo infernal, cf. PLATÃO. *Fédon*, 112a - 113d.

[118] Tímon de Atenas é tido como uma personagem histórica, coetânea da Guerra do Peloponeso, conhecida por sua proverbial misantropia. Esse traço é ressaltado sobretudo na Comédia Nova, que a converte em figura histriônica. Luciano lhe dedica um diálogo, *Tímon ou O Misantropo*, muito admirado no Renascimento. Contudo, a notória peça de Shakespeare, *The Life of Tymon of Athens* (c. 1606), toma por fonte principal textos de Plutarco (*Vidas Paralelas*). Em NV, a galhofa é explícita: põe-se aquele que é o mais avesso ao convívio com os homens para recepcionar e vigiar os piores dentre eles. Tímon, condenado a tomar conta dos condenados.

[119] *Odisseia*, XIX, 560-569.

[120] A minuciosa ecfrase dedicada à Ilha dos Sonhos não só compete com as ecfrases previamente apresentadas (cf. NV, II, 11), como também compete com Homero, em passo concernente a sonho e presságio (*Odisseia*, XIX, 535-569). É que Penélope vem pedir ao Estrangeiro — Odisseu travestido de mendigo — que interprete seu sonho, prenunciador do regresso de Odisseu e da morte dos pretendentes. Frente à concordância expressa pelo interlocutor, Penélope lança dúvida quanto ao poder vaticinador dos sonhos, indicando haver duas portas por onde as tênues imagens oníricas trafegam; assim, os sonhos que passam pelas portas de marfim trazem

palavras nunca realizáveis, enquanto os que atravessam as portas de chifre portam coisas dignas de confiança. Em *Odisseia*, "portas", assimiladas a materiais mais ou menos preciosos, correspondem a zonas de passagem de imagens oníricas de valor ou não preditivo, ao passo que em NV, as portas homéricas são tomadas ao pé da letra, como partes do aparato arquitetural, que, somado ao aparato natural, dão a ver uma região multifária em que a matéria do sonho se abre ecfrasticamente, para além de personificações, a toda sorte de elaboração alegórica.

[121] Diógenes Laércio alude ao adivinho Antifonte como um rival de Sócrates (*Vidas e Doutrinas dos Filósofos Ilustres*, II, 46). Ocorre que sob o nome de Antifonte orbitam figuras diversas, não raro confundidas, das quais duas preponderam. Uma delas é Antifonte, o Orador, também chamado "Antifonte de Ramnunte", sobre quem Tucídides tece comentários laudatórios (*História da Guerra do Peloponeso*, VIII, 68) e que teve o destino cruel de ser morto sob acusação de traição. O outro é Antifonte, o Sofista, conhecido igualmente como adivinho e intérprete de sonhos, ao qual se atribuem obras como *Tetralogias* e *Sobre a Interpretação dos Sonhos*. Dario del Corno, estudando a oniromancia grega, assinala que o referido tratado de Antifonte, só remanescente através de fragmentos doxográficos, traz as marcas do pensamento especulativo de época, em que a significação e explicação dos sonhos se cristalizam como uma arte complexa, pois, conforme o caso em apreço, lançam mão de princípios como inversão, continuidade, analogia, antítese, além de artifícios linguísticos (como a etimologia) e aritméticos (como a isopsefia), com vistas a estabelecer aproximações entre sinais mânticos e eventos em presença (cf. DEL CORNO, Dario. Dreams and their Interpretation in Ancient Greece. **Bulletin of the Institute of Classical Studies**, Oxford University Press, nº 29, p. 55-62, 1982). A maneira alusiva de onirocrítica operada por Antifonte transparece em passo aduzido por Cícero: um corredor que se preparava para ir a Olímpia sonhou ter sido arrastado por uma quadriga. No dia seguinte, ele foi ter com um intérprete, que prognosticou: "Você vai vencer, porque trata-se de velocidade e força dos cavalos". Em seguida, o corredor foi consultar Antifonte, que lhe respondeu de modo contrário: "Não há como sair vencedor; não compreende que quatro corredores o precedem?" (CÍCERO. *Da Adivinhação*, II, 70, 144). A dupla explicação fornecida ao mesmo sonho do corredor também concorre em sua ambivalência semântica para explicar o par de templos na luciânica Cidade dos Sonhos sob os auspícios de Antifonte, o da Falsidade e o da Verdade.

[122] Além da elaboração onírica no plano das personagens, a cena evoca o modo de vida dos animais de regiões gélidas, a hibernação. Trata-se, na esfera narrativa, de um lugar-comum efetuador de maravilhas. Quando descreve as regiões extremas dos Citas, Heródoto afirma haver para além destas a presença de homens que dormem durante a metade do ano (*Histórias*, IV, 25; ver também Antônio Diógenes apud FÓCIO. *Biblioteca*, 166, 110b - 111a). A mesma convenção se presta à amplificações de ordem temporal ainda maiores quando aplicadas às figuras fabulosas: diz-se que Epimênides de Creta ficou dormindo em uma caverna por cinquenta e sete anos (DIÓGENES LAÉRCIO. *Vidas e Doutrinas dos Filósofos Ilustres*, I, 109), enquanto Endimião entrou em um sono sempiterno.

[123] A princesa tebana Ino é transfigurada pelos deuses em divindade marinha sob o nome "Leucótea". Tinha ela por ofício proteger os marujos, orientando-os em meio às tormentas. Assim ocorreu com Odisseu: estando o herói em apuros, Leucótea vem salvá-lo do naufrágio iminente, oferecendo-lhe um véu mágico, o qual, uma vez cingido ao corpo, logra impedir o afogamento em decorrência das ondas arrebatadoras de Posídon (HOMERO. *Odisseia*, V, 333-381).

[124] A epístola trata tanto de eventos contidos na *Odisseia* homérica, quanto de eventos nesta não contados, os quais figuram em poemas ulteriores, notadamente na *Telegonia* atribuída a Eugâmon de Cirene, em que também se narra a viagem do jovem Telêgono quando fica sabendo através da mãe, Circe, quem era seu pai. Em Ítaca, porém, ele teve um entrevero com Odisseu

e o matou ignorando que a vítima era seu progenitor. Em que pese a *Telegonia* só remanescer em epítome (PROCLO. *Crestomatia*) e escassa doxografia, parece em parte parodiar Édipo na prática do parricídio e incesto. O cômico intervém, com efeito, sucedendo o evento trágico, na encenação de um inesperado final feliz: Telêgono descobre o crime cometido e, auxiliado por Telêmaco e Penélope, leva o cadáver de Odisseu até Circe. A deusa os torna imortais. Celebram-se, enfim, matrimônios: Telêgono desposa Penélope, enquanto Telêmaco se casa com Circe (PROCLO. *Crestomatia*, 4 [*Codex Vaticanus A*]). As novas núpcias imortalizadas na Ilha de Circe fornecem argumento cômico, desdobrável no comentário lamentoso do Odisseu luciânico: herói embalado por desejo de evasão e acolhida, uma vez preterido pela esposa, por uma amante e por dois filhos. A carta de Odisseu torna-se ainda mais farsesca à luz da versão de Apolodoro para os mesmos acontecimentos, pois este conta que Circe não só celebra o vínculo conjugal de Telêgono com Penélope, como também que ela teria enviado o novo casal à Ilha dos Bem-aventurados (APOLODORO. *Biblioteca* [Epítome], VII, 37). Sabe-se que na *Odisseia*, Penélope constitui o modelo de esposa virtuosa e fiel. Contudo, o historiador Duris de Samos, a contrapelo de Homero, faz dela a rainha fornicadora por excelência, asseverando que Penélope era lasciva e que, após ter dormido com todos os pretendentes, gerou Pã com pernas de bode (apud TZETZES. *Escólios sobre Lícofron*, 772). Com isso, a prudência ou a castidade de Penélope vem à baila no questionamento irônico de Calipso, após ler a carta, sobre a ὄψιν e σώφρων da rainha de Ítaca, tal como enaltecidas pelo próprio Odisseu (cf. NV, II, 36).

125 Glosa jocosa de um passo homérico: *Odisseia*, V, 214-220.

126 Eis a quinta batalha, sendo a segunda naumaquia e a primeira por incursão de piratas, referidos ainda nos dois parágrafos seguintes. Consta, aliás, que a pirataria surge como ofício glorioso, aventurosamente ligada tanto ao desenvolvimento da navegação, quanto à expansão das cidades, requerentes cada mais vez de recursos para seu aprovisionamento. Tucídides escreve que os gregos em Troia, premidos pela carência de suprimentos, se dedicam a cultivar terras do Quersoneso e à pirataria (*História da Guerra do Peloponeso*, I, 11). Sob esse aspecto, já Odisseu porta-se como pirata quando, em seu périplo de regresso, investe selvagemente contra Ísmaro, saqueando-lhe a cidade e massacrando os Cícones, cujos tesouros e mulheres, espoliados, são divididos igualmente entre todos os marujos itacenses (HOMERO. *Odisseia*, X, 40-42). Também filósofos há que têm a pirataria em boa conta. Aristóteles, por exemplo, a considera um *modus vivendi* tão natural quanto o pastoreio, a agricultura, a pesca e a caça (*Política*, I, 1256b). O mesmo Tucídides julga Minos de Creta o primeiro soberano a intentar desembaraçar o mar dos piratas (*História da Guerra do Peloponeso*, I, 9), tarefa exigida para o controle das rotas marítimas, com o que eles passaram a ser combatidos como rapinas do mar, ameaçadoras do bom funcionamento do comércio. Diferentemente da guerra, regrada por tratados internacionais e por interesse público, a pirataria atua tirando proveito da clandestinidade, ainda que por vezes institucionalize-se como esquadra mercenária, seja para controlar regiões, seja a serviço de um Estado para assediar eventuais inimigos. As duas práticas se assemelham, entretanto, não só pela violência que exercem, como também pela fortuna que geram, quer através da pilhagem, quer através de prisioneiros, ora resgatados mediante pagamento, ora negociados em grandes mercados de escravos, como o de Delos (ESTRABÃO. *Geografia*, XIV, 5, 2). Uma abordagem rápida a surpreender incautos marujos, como a aqui referida, constitui uma das táticas levadas a cabo por piratas, peritos em manter informantes junto aos portos, ou vigias, em atalaias insulares, à espreita de ricas embarcações que passem ao largo, de sorte a interceptarem-nas com suas próprias naves. A eficácia destas depende, com efeito, de serem mais velozes, manejáveis, e não imediatamente reconhecíveis por seus propósitos predatórios (ARNAUD, Pascal. L'Antiquité Classique et la Piraterie. *In*: BUTI, Gilbert; HRODEJ, Philippe (dir. geral). *Histoire des Pirates et des Corsaires. De l'Antiquité*

à nos Jours. Paris: CNRS, 2016, p. 57.) A notória contrafação associada à arte da pirataria — os piratas, sendo mestres do disfarce, costumam passar por comerciantes e suas embarcações, por naves pesqueiras — , ganha inflexão fantástica no relato de Luciano, onde a ligeireza requerida das embarcações piratas opera sob novo disfarce, ainda mais leve, o da camuflagem fitomórfica: os cascos delas, por transposição cômica, viram cascas de plantas, abóbora ou noz (II, 38), metaforizações extensivas às mais partes náuticas que as compõem.

[127] Apoiadas em alguns manuscritos de NV, mas não em outros, edições como a de Harmon ou Grimal, aditam a locução ἀντὶ λίθων, ausente da de Bompaire, com o que o passo assim ficaria: "Avançando sobre nós com duas tripulações, atacaram-nos e a muitos feriram com os disparos, em vez de pedras, de sementes de abóboras". Note-se que, além de pedras, balas de chumbo e serpentes venenosas integravam o arsenal náutico usado como projéteis.

[128] Tais figuras são avivadas pela fabulação do narrador, que transforma qualquer coisa insignificante em matéria poética. Não à toa, Rabelais, Cervantes, Swift, Sterne, Machado de Assis, são ilustres leitores de Luciano. Sob esse aspecto, análoga força imaginante está em Guimarães Rosa. Como Luciano toma cortiça, casca de abóbora ou de noz por naves, Rosa faz do estrume seco do boi um barco (*Partida do Audaz Navegante*, conto incluído em *Primeiras Estórias*). Traço de agudeza e graça (ἀστείου τε καὶ χαρίεντος), reivindicado por Luciano, é a operação metafórica na combinação de objetos distantes, visantes a efetuar o insólito. Agudezas jocosérias: Luciano transfere uma batalha épica para o ventre de um bicho marinho, já Sterne desloca a Guerra de Sucessão Espanhola para o jardim da casa do tio Toby (*A Vida e as Opiniões do Cavalheiro Tristram Shandy*). A mescla de termos incongruentes mimetiza a dupla visada operante nos gêneros baixos: se os comediógrafos gregos, por um lado, caçando analogias, nunca cessam de figurar imagens inesperadas, por outro, fazem chacota das agudezas alheias. É o caso do poeta cômico Aléxis em referência ao filósofo Platão: aquele ridiculariza a este por pretender instruir sobre tantas coisas, inclusive as disparatadas, visíveis quando põe em relação o sabão e a cebola (DIÓGENES LAÉRCIO. *Vidas e Doutrinas dos Filósofos Ilustres*, III, 27). Subentende-se, nisso, o engenho de Platão apto a produzir um discurso deslizante, repleto de camadas, porém, de condimento lacrimoso. Também evidencia o contraste no léxico, encenando o baixo de um vegetal bulboso assimilado ao vulgo, como a cebola, com o alto de uma substância associada à higiene não só dos atletas, como também dos Acadêmicos: o sabão é metáfora ligada à purificação e à ascese filosófica. Convergentes com os propósitos de NV, afiguram-se, em suma, os quatro prefácios faceciosos entremeados em *Tutameia* (*Terceiras Estórias*): Guimarães Rosa, nestes, declara, denega, demonstra, duvida, no que compõe uma prosa paradoxal com ditos, desditos, sobreditos, reditos, inauditos.

[129] Evocam-se os golfinhos-piratas assimilados a uma narrativa de Dioniso, difundida por iconografia vascular (cf. EXÉQUIAS. *Dioniso e os Golfinhos-piratas* [fig.1]), também atestada em um *Hino Homérico* (*H. Hom. 7: A Dioniso*), o qual canta o rapto do deus e sua ulterior vingança contra os piratas tirrenos: vendo Baco como adolescente de manto púrpura sobre um promontório e julgando tratar-se de um príncipe, os piratas decidem sequestrar a nave dele com o fito de obter lucro. Mas a empreitada não se revela bem sucedida, pois sobrevêm acontecimentos prodigiosos por encantamento do mesmo Baco, que não apenas modifica a configuração da barca, como transforma os piratas, que, com medo, lançam-se ao mar, tornando-se golfinhos. De bandoleiros das costas a benfeitores dos mares, esses golfinhos-piratas são doravante encarregados, como diz Luciano em *Diálogos dos Deuses Marinhos*, 5 [8], de resgatar marujos e banhistas náufragos, que o citaredo Árion de Lesbos refere (cf. NV, II, 15). Daí a inversão: os golfinhos-corsários, que a partir do mito báquico devem zelar pela vida dos navegantes, são os mesmos que aqui se põem a afundá-los. Luciano também alude, ao menos em parte, a uma conhecida técnica de abordagem segundo a qual as naus agressoras se separam, delineando círculos ao redor da nave alvo, de forma a bloquear a rota, o que lhes permite, posicionando-se perpendicularmente

a ela, utilizarem o comprimento do flanco como posto de tiro próximo (ARNAUD, Pascal. L'Antiquité Classique et la Piraterie, op. cit., p. 62). Heliodoro descreve tal investida corsária, mas não o lançamento de projéteis que amiúde decorre dessa ação (*Etiópicas*, V, 24, 4). Já Luciano, aludindo aos piratas de arquearia, ressalta outro aspecto: com os golfinhos-naves, repropõe a imagem dos corsários como mestres da camuflagem, cujo aspecto mais visível são suas barcas, feitas para parecerem diferentes: ligeiras como as embarcações pesqueiras, as dos piratas habitualmente se apresentam como navios de pesca. Contudo, a transformação dos animais de pesca nas próprias naves convém a uma encenação cômica, porquanto rebaixa os golfinhos, montaria divina de Posídon, a bestiais cavalgaduras de salteadores, no que se alude também a uma prática condenada nos poemas ditos *didáticos:* Opiano opina que a captura de golfinhos, considerados os reis do mar, é abominável (*Haliêutica*, V, 417).

[130] A calmaria corresponde aos dias alciônicos: no solstício de inverno os ventos, sob a ordem de Zeus, cessam de soprar, de modo que as alciões, nidificando em orlas marinhas, possam chocar seus ovos sem a ação destruidora das vagas. Sobre os relatos fabulosos ligados a essa ave marinha, cf. LUCIANO. *Alcíone ou Metamorfoses*, 1-2; APOLODORO. *Biblioteca*, I, 7, 4; HIGINO. *Fábulas*, 65; OVÍDIO. *Metamorfoses*, IX, 410-750.

[131] Trata-se, não de um tonel que, aliás, os gregos ignoravam e que os romanos teriam tomado de empréstimo aos gauleses, mas, sim, de um grande vaso oval de terracota usado para armazenar, entre outras provisões, vinho, azeite, cereais; no caso, continha o vinho de Quios, antes referido pelo narrador (I, 7), muito apreciado pelos Antigos. O termo empregado, *píthos*, designa também o artefato presenteado pelos deuses por ocasião das núpcias de Pandora. Fontes gregas dizem mesmo que Zeus enviou esse *píthos* ao marido dela, Epimeteu. Assim, a notória "caixa de Pandora" nunca foi para os gregos antigos uma caixa, nem um recipiente portátil, e menos ainda um objeto pertencente à própria Pandora (sobre a questão, cf. o estudo de Dora e Erwin PANOFSKY. *A Caixa de Pandora. As Transformações de um Símbolo Mítico*. São Paulo: Companhia das Letras, 2009). Além de males e mantimentos, um *píthos* chegou a abrigar o filósofo cínico Diógenes, que fez dele morada (DIÓGENES LAÉRCIO. *Vidas e Doutrinas dos Filósofos Ilustres*, VI, 23; LUCIANO. *Como se Deve Escrever a História*, 3, 63).

[132] Alusão ao formato ovalado da extremidade da popa, ornamentada por vezes com a figura da cabeça e pescoço de um ganso, pormenor náutico visível no referido vaso de Exéquias [fig.1], o qual também está implicado, a exemplo do *Hino Homérico a Dioniso*, na imagem do mastro aflorante em cachos de uvas.

[133] Variante dos não menos prodigiosos deslocamentos da embarcação, seja no deslizar pelo mar glacial (NV, II, 2), seja no adejar para o espaço sideral (ibidem, I, 9-10), a travessia náutica sobre a copa das árvores ironiza a afetação poética levada a cabo por Antímaco de Cólofon, poeta coetâneo da Guerra peloponésia, cujo verso Luciano encena à risca, tomando por base o significado usual de πλόον como "navegação", enquanto o poeta colofônio, ao que parece, reveste o mesmo vocábulo com a acepção rara de "caminho terrestre" ou "estrada", donde a metaforização aplicada ao verso ter o significado de "prosseguiam por um nemoroso caminho". Nessa linha, a evocação a uma rota terrestre, permeada ou não por floresta (ὑλήεντα) — no poeta tal palavra também pode ter alcance metafórico em termos de região coberta de mato ou de lama — , leva em conta a hipótese, avançada por estudiosos modernos (MATTHEWS, Victor. *Antimachus of Colophon. Text and Commentary*. Leiden: Brill, 1996, p. 223-229), de que o excerto de Antímaco deveria fazer parte de seu poema *Lídia* (uma compilação de narrativas em tom elegíaco composta por ocasião da morte de sua amada que dava nome ao texto), notadamente do passo em que se cantava a passagem dos Argonautas pela Líbia. Em seu itinerário de regresso, os heróis jasônicos transportam a nave Argo por terras africanas com vistas a atingirem o mar Mediterrâneo; do mesmo modo, os marujos lucianicos alçam a embarcação na transposição de um oceano a outro, tendo por obstáculo, em vez de uma

porção territorial, um bloco florestal (cf. MATTHEWS, Victor. *Antimachus of Colophon*, op. cit., p. 228), representação que encontra equivalente em Apolônio de Rodes quando descreve os Argonautas compelidos a carregar sob a força dos ombros a nave com toda a sua carga pelas dunas do deserto líbio durante doze jornadas até as águas do lago Tritão (*Argonáuticas*, IV, 1385-1392). Outras fontes antigas, como o Escoliasta de Nicandro de Cólofon, *Teríaca* (Θηριακά), 295c, citam esse fragmento de Antímaco, verso tido como admirável por insólito ou abstruso, mas que adquire, aqui, por excessivo, um efeito cômico adaptável à figuração ainda mais excessiva de NV. Este ainda se sobredetermina com o narrador, que, apesar de afirmar no proêmio (NV, I, 2) não pôr em relevo as autoridades parodiadas no curso dos episódios, ainda assim, aqui e acolá, ele as refere nominalmente, dando a ver uma das técnicas forjadoras de paradoxos enredadas na narração.

[134] Conserva-se o vocábulo οὐ, presente em algumas edições, mas ausente da de Bompaire.

[135] Tomando "pélago" (πελάγη) como sinônimo de "mar" (θαλάττης), aludido em seguida, certos tradutores costumam verter os dois termos pelo segundo, apagando a especificidade do primeiro, que o passo patenteia na imagem da cisão radical das águas. Elas formam dupla muralha notória desde a bíblica travessia do mar Vermelho (*Êxodo*, XIV, 15-31): referência zombeteira ao evento protagonizado por Moisés, segundo um escólio de NV (Γ Ω S apud BOMPAIRE, J. *Lucien. Œuvres*, op. cit., p. 129). Em Luciano, "pélago" designa o mar profundo ou o abismo oceânico, pelo que a descrição do portento se apoia no contraste entre a verticalidade abissal dos dois blocos pelágicos e a horizontalidade da ponte marinha que faz a conexão entre esses pela superfície.

[136] A primeira parte do relato, atinente ao encontro com um povo hostil e às baixas humanas decorrentes da ação orquestrada por figuras monstruosas devoradoras de homens, é caudatária do modelo homérico, em que se conta as tribulações de Odisseu e seus companheiros no território dos Lestrigões (*Odisseia*, X, 81-132).

[137] O pagamento de resgate constitui uma atividade rentável na Antiguidade, e a cotação, por mais oscilante que fosse, considerava o estatuto do prisioneiro, o que gerou situações cômicas. Plutarco conta que o montante exigido pelos piratas cilícios a fim de soltar Júlio César chegava a 20 talentos, valor que fez o próprio César soltar gargalhadas, julgando-os, no mínimo, simplórios. Como ignorassem quem era ele, prometeu dar-lhes, então, uma quantia à altura de sua grandeza: 50 talentos (PLUTARCO. *Vida de César*, 2). Não menos zombeteiros que o ditador romano de Plutarco são os filósofos gregos que Luciano põe em cena num divulgado diálogo (*Vidas em Leilão*), em que são vendidos como escravos, tendo Hermes como leiloeiro e Zeus como supervisor do pregão. A precificação das vidas dos filósofos é o pano de fundo para a apreciação cômica de suas doutrinas, caricaturadas em cada uma das cenas de proclamas: vende-se Sócrates/Platão por 2 talentos (ou quase 65.000 óbolos), como também Pitágoras por 10 minas (ou 6.000 óbolos); já Diógenes, o Cínico, é arrematado por 2 óbolos, enquanto Demócrito e Heráclito sequer encontram compradores. No tocante aos Cabeças-bois, note-se que eles resgatam os seus reféns mediante pagamento feito, não em moeda, senão em escambo, o que soa coerente com a condição deles de homens selvagens, além de ocasião para evocar os prodígios de ordem animal. Esses Cabeças-bois (βουκέφαλος) apresentam, além disso, traços do Minotauro cretense, aos quais agregam características dos Cabeças-cães, também chamados de "Cinocéfalos", que várias fontes antigas discutem e representam em imagens. Do Minotauro, os Cabeças-bois retêm tanto a aparência, quanto o canibalismo; dos Cinocéfalos, muito mais: eles se lhes assemelham enquanto uma etnia zoomórfica, desprovida de fala humana, que vive da caça (cf. CTÉSIAS. *Indica*, 37-40), mora em terra distante e pratica o escambo. No relato de Luciano, entretanto, o escambo é uma merce de resgate que inclui cervídeos de valor excepcional, pois os quadrúpedes com três patas eram vistos como prodígios, manifestações dos deuses, que, intervêm no nascimento dos animais a engendrar monstros de toda sorte.

Narrativas gregas e latinas descrevem teratologias, sendo Tito Lívio um dos historiadores a contar a aparição, não de veados, mas de um mulo com três patas (*Hist. de Roma desde sua Fundação*. XL, 45), de outro mulo com cinco patas, além de animais policéfalos (cf. CUNY- LE CALLET, Blandine. *Rome et ses Monstres. Naissance d'un Concept Philosophique et Rhétorique*. Grenoble: Jérôme Millon, 2005, p. 252-257).

[138] Homens-barcos já figuram na Mesopotâmia, mostrados em selos-cilindros acádios, como no que aparece o deus sol *Šamaš* (*Shamash*) em embarcação conduzida por um remador, que é também a proa da mesma: figura barbada de longas madeixas, cuja cintura se prolonga na forma da barca, sendo esta, assim, antropomorfizada no rostro, animalizada na popa, a qual é encimada por cabeça viperina com língua bífida [fig. 2]. Coroado com a sagrada tiara cornuta, o referido remador é tido como personificação da barca de um deus, identificado por vezes com Sirsir, celebrado em viagens e procissões (BLACK, Jeremy; GREEN, Anthony. *Gods, Demons and Symbols of Ancient Mesopotamia: An Illustrated Dictionary*. Londres: British Museum Press, 2004, p. 45). Enquanto na iconografia acádia o homem aparece misturado com a barca como prótomo animado, em NV eles se convertem nas próprias barcas, no que a verticalidade do busto dá lugar à eritilidade do pênis, enquanto as costas formam o casco. Diferentemente das águas sagradas do deus-barco mesopotâmico, os falos-naves lucânicos navegam pelo domínio do obsceno, documentado desde a Comédia Antiga, pois a conversão de falos túrgidos em mastros, por analogia e amplificação da forma, restitui uma das metáforas náuticas associadas a diversos movimentos corporais ligados à excitação erótica (HENDERSON, Jeffrey. *The Maculate Muse: Obscene Language in Attic Comedy*. Oxford: University Press, 1991, p. 48-49). Quanto ao manejar os instrumentos, o remo e as âncoras, mais do que o mastro, podem ser associados à genitália masculina.

[139] O nome da ilha e da cidade, por imprecisas nos manuscritos, dão margem a interpretações e correções. Já se propôs, por exemplo (OLLIER, F. *Lucien. Histoire Vraie*, op. cit., p. 97), associar Κοβαλοῦσα ao termo κόβαλος (enganador), donde a ínsula dita "Embusteira" servir de *habitat* apropriado a mulheres ardilosas. Estas também são marinhas, o que explica o topônimo Água-desregrada (Ὑδαμαργία) aplicado à cidade e que evoca, por extensão, o poder metamórfico das mulheres-asnos, assim dramatizado no desenlace da história, em que a anfitriã, feita prisioneira, procura desembaraçar-se assumindo a forma de água. O poder de se metamorfosear em qualquer coisa remonta às figuras divinas, marinhas e não menos astuciosas, como Métis e Proteu. Este episódio de NV acolhe, ademais, em suas camadas paródicas, referências épicas extraídas das aventuras de Odisseu com Circe e com as Sereias. As últimas, mistos de mulheres e bichos à feição das mulheres-asnos, também se alimentam de marujos incautos, voracidade ilustrada pelas ossadas humanas espalhadas em seu domínio (HOMERO. *Odisseia*, XII, 45-46). Quanto a Circe, é no plano dos acontecimentos que a feiticeira homérica desponta em Luciano, pois este saca sua arma exigindo esclarecimento sobre as atitudes dissimuladoras da hospedeira, a exemplo do que fizera Odisseu quando reclama o restabelecimento dos companheiros convertidos em porcos (*Odisseia*, X, 321- 400).

[140] Cf. NV, II, 27.

[141] Valendo-se da recapitulação, o narrador-navegador faz o inventário, ao modo do que antes fizera (NV, I, 33), das aventuras de que havia sido protagonista ao longo de suas errâncias. A recapitulação é relevante aos ouvidos antigos, como exercício de rememoração do já declamado, considerando-se o costume heleno e latino de leitura pública dos discursos. Os retores tratam não apenas das matérias, como das partes constitutivas da narração, prescrevendo, nos casos em que a exposição é longa, a necessidade de remate, recorrendo a um epílogo conciso, de forma a trazer à memória resumidamente as coisas que foram ditas extensamente, como ensina Jorge de Trebizonda (*Rhetoricorum Libri V*, apud ARTAZA, Elena. *El Ars Narrandi en el Siglo XVI Español*. Bilbau: Universidad de Deusto, 1989, p. 118), relendo, entre outros,

Quintiliano (*Instituição Oratória*, IV, 2, 1-132). Procedimento enumerativo ligado à brevidade, a recapitulação já opera na *Odisseia*, notadamente no passo em que Odisseu, tendo gozado depois de muito do amor de Penélope, passa a contar a ela as venturas e desventuras que lhe sucederam até regressar à Ítaca (*Odisseia*, XXIII, 310-343). Trata-se de um epítome alusivo às mesmíssimas peripécias previamente narradas em pormenor por ele na corte de Alcino (*Odisseia*, IX - XII). Note-se, enfim, que os retores concordam que a brevidade é uma das qualidades persuasivas imprescindíveis da narração (QUINTILIANO. *Instituição Oratória*, IV, 2, 43; CÍCERO. *Da Invenção*, I, 20, 28), uma vez que as narrativas alongadas tendem a entediar. Convém, pois, saber pôr fim à prosa não só porque "anoitece", como diz o solar Cícero (*Do Orador*, III, 209) lançando mão da tópica do remate, mas também porque a fadiga sempre aparece, a exigir concisão: exposição que se atenha aos acontecimentos necessários e seja comedida nos ornamentos. Caso contrário, corre-se o risco de se fazer "da mosca um elefante", termos com que Luciano conclui uma de suas paradoxologias (*Elogio da Mosca*, 12). Com o símile irônico, ele adverte que poderia discorrer ainda mais sobre a mosca, matéria entomológica vasta, porém, prefere não a espichar a ponto de transformar uma declamação festiva em um enfadonho paquiderme.

A *Iluminuras* dedica suas publicações à memória
de sua sócia Beatriz Costa [1957-2020] e a de seu
pai Alcides Jorge Costa [1925-2016].